Laurann Dohner a grandi avec Fifi Brindacier et *Alice détective*, Stephen King et Agatha Christie. Passionnée de romance, elle se lance dans l'écriture après la lecture d'un roman médiocre, persuadée de pouvoir faire mieux. Après une première série de romance dans un univers de science-fiction, elle s'aventure dans le monde de la bit-lit. Elle vit en Californie avec son mari et ses quatre enfants.

De la même autrice :

Hybrides :
1. *Rage*
2. *Slade*
3. *Vaillant*
4. *Justice*
5. *Brute*
6. *Colère*
7. *Tigre*
8. *Obsidienne*
9. *Ombre*
10. *Lune*
11. *Vérité*
12. *Pénombre*
13. *Joyeux*
14. *Deuil*
15. *Héros*

CE LIVRE EST ÉGALEMENT DISPONIBLE
AU FORMAT NUMÉRIQUE

www.milady.fr

Laurann Dohner

Rage

Hybrides – 1

Traduit de l'anglais (États-Unis) par Tristan Lathière

Milady

Milady est un label des éditions Bragelonne

Titre original : *Fury*

ISBN : 978-2-8112-2800-2

Bragelonne – Milady
60-62, rue d'Hauteville – 75010 Paris

E-mail : info@milady.fr
Site Internet : www.milady.fr

À M. Laurann, soutien indéfectible, même au temps où je me servais d'un logiciel antique pour écrire. Il ne s'est jamais plaint que je passe des soirées entières au-dessus du clavier et n'a jamais trouvé idiot que j'invente des histoires… parce qu'il savait que cela me rendait heureuse.

Mention spéciale à tous les lecteurs qui m'envoient des e-mails à propos de ce que j'écris : cela m'a souvent poussée à me relire et, ainsi, à faire revivre telle ou telle série.

Prologue

— Merde, murmura Ellie en contemplant l'homme enchaîné au mur de la pièce voisine.

C'était pareil chaque fois qu'elle se faufilait dans la salle d'observation : le spectacle la déprimait sans qu'elle puisse s'y arracher.

En dépit de la vitre sans tain, le captif donnait l'impression de la suivre des yeux. Ellie détailla le torse dénudé aux muscles saillants, les biceps massifs qui se contractaient lorsqu'il tirait sur ses entraves, les traits déformés par la fureur.

Elle éprouvait un élan d'empathie et de compassion presque douloureux. Privé de liberté et de dignité, le sujet faisait preuve d'une détermination sans faille. Il devait pourtant avoir conscience que ses efforts étaient vains. La jeune femme leva la main pour effleurer le cadre en bois de la vitre sans tain. Elle aurait voulu l'apaiser, lui montrer que quelqu'un compatissait. Plus encore, elle désirait le soustraire à cette prison infernale. Il méritait d'être libre.

Un mouvement dans un recoin de la pièce lui fit quitter des yeux celui qui hantait ses pensées jour et nuit. La peur accéléra son rythme cardiaque : un technicien venait d'entrer. Jacob Alter, probablement l'un des employés les plus inhumains de Mercile Industries. Un salopard qui prenait plaisir à faire souffrir les cobayes… et celui-ci en particulier. Un mois auparavant, le colosse cloué à la paroi avait profité de ce que Jacob s'était risqué trop près pour lui casser le nez d'un coup de coude. Bien fait pour lui, de l'avis d'Ellie. Le technicien, qui portait encore les stigmates de l'incident, adressa un sourire mauvais à sa victime désignée. Il avait de toute évidence l'intention de procéder à des tests douloureux.

— Salut, 416. (Jacob poussa un gloussement sardonique.) T'as fâché le docteur Trent, à ce qu'il paraît. Tu sais ce que ça veut dire, hein ?

Le nouveau venu posa une sacoche brune, de la taille d'un sac de bowling, sur la table d'examen qui trônait dans un angle. Le choc provoqua un bruit sourd.

— Ça veut dire que je vais pouvoir faire un truc qui me démange depuis très, très longtemps. Tu vas en baver.

Il leva la tête vers la caméra de surveillance, dans un coin de la salle, et se passa un pouce en travers de la gorge.

— Merde, merde et merde, gémit Ellie, en proie à la panique.

Elle avait eu vent de prisonniers torturés pour s'être mis à dos l'un ou l'autre toubib. Jacob, visiblement, ne tenait pas à ce que soient filmés les sévices qu'il comptait infliger à 416. Il fallait s'attendre au pire.

Jacob pencha la tête de côté, le regard toujours rivé sur la caméra, puis se fendit d'un sourire mauvais et reporta son attention sur le sujet enchaîné.

— La caméra est coupée. Rien ne sera enregistré. Ce qu'ignore le docteur Trent, c'est que tu vas avoir un terrible accident, sale monstre. Fallait pas me faire chier. Je t'avais pourtant prévenu… (Il empoigna la sacoche.) T'as signé ton arrêt de mort, en me pétant le nez. J'étais sûr que l'heure de ta punition arriverait un jour ou l'autre ; ma patience a fini par payer.

Il brandit une seringue.

— C'est l'heure de mourir, tas de merde !

Impossible, songea Ellie. Elle n'avait pas subi le cauchemar éveillé qu'était devenue sa vie d'espionne infiltrée au cours des deux derniers mois pour assister en direct à l'exécution de 416 ! Deux mois qu'elle vivait dans la peur constante d'être démasquée. La force morale nécessaire, elle l'avait puisée dans l'attitude de défi permanent du sujet 416. C'était pour lui qu'elle avait pris des risques réels – et collecté les preuves nécessaires à la libération des captifs.

Elle s'attendait à tout moment à ce que les vigiles lui tombent dessus. Dans sa hâte de récupérer des informations à propos de ce qui se passait réellement au centre de recherche, elle avait joué son va-tout une demi-heure plus tôt : chiper son badge à une femme du staff médical, s'en servir pour pénétrer dans le bureau de l'intéressée et copier son disque dur. Si jamais un vigile visionnait les bandes, elle était cuite. On l'arrêterait sur-le-champ… et elle connaîtrait un sort aussi funeste que 416. Mort assurée pour l'un et l'autre.

Que faire ? Tenter quelque chose d'incroyablement stupide, à savoir essayer de le sauver, ou obéir aux ordres de son vrai chef en se gardant d'intervenir ? Elle venait enfin d'obtenir assez d'éléments pour espérer la libération des cobayes. À condition de fermer les yeux, de se taire et de ne pas faire de vagues, elle avait de bonnes chances d'exfiltrer lesdites informations au terme de sa journée de travail. Ce qui revenait à laisser Jacob assassiner l'homme enchaîné au mur.

Elle reporta son attention sur 416. De tous les détenus, c'était lui qu'elle tenait le plus à libérer. Lui qui troublait son sommeil depuis qu'elle avait été mutée au centre de recherche illégal dirigé par Mercile Industries. L'image du colosse occupait ses pensées nuit après nuit avant qu'elle succombe à la fatigue. Et parfois, devait-elle admettre, il jouait un rôle de premier plan dans ses rêves. Sa décision était prise : il n'était pas question d'assister au massacre sans rien tenter, elle en aurait le cœur brisé. Soit elle s'efforçait de le sauver, soit la vie ne valait plus la peine d'être vécue.

— Tu ne pourras pas te rebiffer, cette fois. Je te veux à ma merci. Je veux que tu voies la mort arriver. (La voix de Jacob devenait rauque.) Mais avant de te tuer, je vais t'en faire baver.

Ellie tourna les talons, sans plan précis en tête, mais déterminée à secourir 416. Elle quitta précipitamment la salle et s'obligea à ralentir la cadence une fois dans le couloir, consciente d'être dans le champ des caméras de surveillance, puis obliqua vers la réserve afin de se munir d'un kit d'analyse : faire irruption dans la cellule sans motif valable paraîtrait louche. La valisette en plastique suffirait à donner le change. Elle se composa tant bien que mal un visage impassible et ressortit dans le couloir. L'urgence commandait de gagner la cellule de 416 au plus vite pour couper court aux atrocités de Jacob.

— Ellie !

La jeune femme s'immobilisa, écarquilla les yeux puis se retourna lentement. Un grand rouquin – le docteur Brennor – sortait d'une pièce voisine, muni d'un relevé.

— Oui ?

— Où en est le prélèvement buccal du 321 ?

— C'est fait.

La jeune femme s'obligea à patienter alors qu'elle n'avait qu'une envie, tourner les talons et filer.

— Bien. Vous l'avez porté au labo ?

— Bien sûr.

De sa main libre, Brennor se frotta la nuque.

— Dure journée, hein ? Vous n'avez pas hâte que ce soit le week-end ? Moi si.

Fermez-la, grinça-t-elle en silence, *que je puisse y aller*. Elle haussa les épaules.

— J'aime mon travail. À ce propos, j'ai une prise de sang à faire. En urgence.

— Entendu. (Brennor la détailla des pieds à la tête.) Sinon, ça vous dirait qu'on dîne ensemble, demain soir ?

Ellie n'en crut pas ses oreilles. Il lui proposait un rencard ?

— J'ai un petit ami, mentit-elle, écœurée à la simple idée de sortir avec un employé de Mercile. Mais merci quand même.

Les lèvres pincées, Brennor perdit toute chaleur dans ses yeux verts.

— Je vois. Bien… je ne vous retiens pas. J'ai des relevés à mettre à jour.

Il partit dans la direction opposée.

— Toute cette paperasse, grommela-t-il avant de disparaître au détour d'un couloir.

Les caméras m'observent, se rappela Ellie en refrénant l'envie de s'élancer. La jeune femme se dirigea à pas lents vers la cellule de 416 en s'efforçant de ne rien laisser paraître de son émoi.

Dieux du ciel, faites que j'arrive à temps! Elle composa le code d'accès d'une main tremblante. Le boîtier électronique émit un « bip » d'acceptation, puis les tiges d'acier coulissèrent dans un chuintement caractéristique. Elle poussa le panneau et pénétra en toute hâte.

— C'est pour une prise de sang, annonça-t-elle, un sourire factice aux lèvres.

La porte se referma dans un cliquetis métallique, puis un bref bourdonnement attesta qu'elle était à son tour enfermée dans la cellule. La scène horrible qui lui apparut alors lui arracha un hoquet.

416 n'était plus debout contre la paroi... mais à plat ventre sur la dalle de béton. Les longues chaînes de ses menottes avaient été tirées jusqu'à un anneau au sol, ce qui l'obligeait à se cabrer, les bras tendus au-dessus de la tête, alors que ses chevilles étaient restées enchaînées au mur. Jacob avait ôté le pantalon du supplicié – Ellie remarqua la boule d'étoffe blanche qu'il formait dans un coin – et se tenait à genoux entre les jambes écartées de 416.

Quelques secondes suffirent à la jeune femme pour comprendre ce qu'elle venait d'interrompre. Agenouillé, un instant pétrifié, Jacob se ressaisit plus vite que l'intruse. Il lâcha son instrument barbare – était-ce une matraque de vigile ? – et tenta de se relever en remontant son pantalon et en jurant. Ellie réagit enfin.

— Sale taré !

Elle passa à l'action sans y penser, serrant si fort la poignée du kit de prélèvement que le plastique dur lui meurtrissait la paume, et frappa de toutes ses forces. Jacob encaissa le choc en pleine figure. Il eut beau reculer, couiner et tomber à la renverse, Ellie s'acharna. Elle se jeta sur lui à califourchon, pesa de tout son poids et empoigna la valisette à deux mains. Sa rage aveugle fit le reste. Jacob tenta vainement de protéger son visage ; après quelques coups bien placés, ses bras sans force s'abattirent contre le béton.

— Foutu monstre, haleta-t-elle, frappant toujours, avant de s'apercevoir qu'il était en sang.

Elle se figea, prise de tremblements, les yeux rivés sur le technicien. Puis son regard alla du visage tuméfié à la valisette. Le côté qui avait servi à le pilonner était plein de sang. Elle lâcha l'objet sous l'effet du choc et cessa de peser sur l'homme étendu. Sa poitrine ne se soulevait pas.

— Miséricorde.

Tout en geignant doucement, elle tâta la gorge en quête du pouls. Rien.

— Oh non, oh non, oh non, gémit-elle, désormais certaine de l'avoir tué.

Elle se retourna et dévisagea 416 comme s'il venait d'apparaître. Il lui faisait face, ses yeux étaient ouverts, sa joue reposait sur le béton. Il cilla. Il avait tout vu. Elle baissa les yeux sur ses mains tremblantes.

Je viens de tuer Jacob. Elle reporta son attention sur le salopard qu'elle avait massacré dans un accès de fureur. *Il l'a bien cherché.* Puis elle s'exhorta au calme. *Réfléchis. Ils finiront par entrer ici et le trouveront. Ils sauront alors que c'est moi qui l'ai tué. Puis ils me tortureront jusqu'à ce que j'avoue, et après, ils m'élimineront. Les preuves n'arriveront jamais jusqu'à mon agent de liaison. Bon sang, Ellie, fais marcher ta cervelle !*

Elle leva les yeux vers la caméra. Celle-ci n'émettait pas l'habituel clignotement rouge : elle ne filmait pas. Le préposé avait suivi les instructions de Jacob. 416 était l'unique témoin de ce qui s'était vraiment passé. Jusqu'à quand la surveillance vidéo allait-elle rester coupée ? Probablement jusqu'à ce que Jacob ordonne sa remise en route… La jeune femme déglutit et se mit à genoux. Toute son attention était rivée sur l'homme à terre, apparemment sans force, qui la dévisageait en retour.

— Tout va bien se passer, promit-elle.

Les cobayes étaient dangereux. On l'avait prévenue cent fois : il arrivait que l'un d'eux brise une chaîne. Mercile Industries avait illégalement modifié des êtres humains avec de l'ADN animal avec, pour résultat, une force accrue et certains changements dans l'apparence. Plusieurs assistants et médecins avaient été tués par leurs créatures. Des nouvelles qui ravissaient secrètement Ellie : tous ceux qui se livraient à des expériences impies dans ce complexe souterrain lui sortaient par les yeux. Le laboratoire pharmaceutique Mercile Industries ne reculait devant rien pour faire du profit.

Elle surveilla 416… tout en s'autorisant à lorgner le corps dénudé. Hormis le dos, qui se soulevait au gré des inspirations, et les paupières, il ne bougeait pas un muscle. Ellie remarqua une marque rouge sur son flanc. Avec ses bras tendus vers le plafond, c'était facile à voir. Ellie hésita. Il lui suffisait de briser une chaîne pour la tuer.

Il mérite d'être sauvé. Ce mantra en tête, elle rassembla le courage d'approcher l'homme étendu. Elle avait déjà décidé de mettre sa vie en jeu quand elle avait accepté d'opérer incognito : espionner Mercile Industries, c'était courir un très gros risque. Trop de vies étaient sacrifiées au nom des avancées scientifiques. Cette foutue boîte ne s'intéressait qu'à l'argent ; il fallait mettre un terme à ses agissements.

— Je ne vais pas te faire de mal.

Quand sa main frôla la marque, la colère revint en force. C'était Jacob, en appuyant comme un fou avec sa seringue, qui avait créé cette cloque de la taille d'une pièce de monnaie. Elle regarda 416 dans les yeux.

— Il t'a injecté quelque chose ?

Le sujet ne répondit pas. Elle s'y attendait. Les cobayes étaient aptes à parler, elle en avait entendu plusieurs pousser des jurons ou menacer le personnel alors qu'elle effectuait des prises de sang, mais celui-ci ne lui avait jamais adressé la parole. Quand elle entrait dans sa cellule, il ne grondait même pas : il l'observait en silence, reniflait parfois son odeur… sans jamais la quitter des yeux. Ellie déglutit de nouveau et remarqua à quel point il était chaud. De la fièvre ?

— Tout va bien. Il est mort, il ne te tourmentera plus.

La jeune femme rompit le contact et reprit son inspection. La découverte de ce que Jacob lui avait fait subir la fit grimacer : 416 avait tout l'arrière-train zébré de coups de matraque. Jacob s'était acharné sur les fesses, l'intérieur des cuisses et les mollets. Ellie serra les dents. Elle n'était pas arrivée à temps pour empêcher que se produise une autre atrocité… Des filets de sang, près du rectum, confirmèrent ses pires craintes. Jacob s'était servi de la matraque pour agresser sexuellement le prisonnier.

Prise d'un nouvel accès de fureur, Ellie posa un regard assassin sur le mort. La braguette ouverte permettait de voir sa queue flasque enrobée d'une capote. Pas de sang sur celle-ci ; c'était toujours ça, il n'avait pas eu le temps de violer sa victime. 416 grogna.

— Là, ça va, dit-elle. Tu saignes. Laisse-moi t'examiner, je suis infirmière.

Elle ne prit pas la peine d'aller chercher des gants dans le placard d'angle. Le temps jouait contre elle. Au terme d'une brève hésitation, elle enjamba la cuisse épaisse et musclée du blessé afin de mieux voir puis inspecta le postérieur rebondi. Elle lui écarta délicatement les fesses et constata que les dégâts étaient minimes.

— Désolée de ce qu'il t'a fait subir. Apparemment, il n'a pas…

Elle n'en dit pas plus. Énoncer à voix haute que Jacob n'avait pas eu le temps de le sodomiser était au-dessus de ses forces. Rien de tout cela n'aurait dû arriver.

— Tu n'as rien de sérieux.

Sur le plan physique, en tout cas, compléta-t-elle mentalement en lui relâchant les fesses.

La jeune femme vint se placer devant 416 et se pencha pour détailler ses traits. En croisant son regard, elle vit qu'il bouillait intérieurement. Il entrouvrit la bouche et découvrit des canines affilées. Puis il gronda, un peu plus fort cette fois, mais toujours sans bouger.

Dieu du ciel, il a des crocs! songea-t-elle. *Comme ceux d'un chien… ou d'un vampire.* L'hybridation était de toute évidence à base d'ADN canin. Cela cadrait avec le grondement sourd, terrifiant, qui émanait du fond de son larynx : la promesse de violence d'un molosse dangereux. Elle se méfia, craignant de se faire mordre si elle passait à portée de ses crocs.

— Tout doux. Je ne vais pas te faire de mal.

L'inspection de ses yeux lui apprit deux ou trois choses. Les pupilles étaient très dilatées, il paraissait avoir des difficultés à faire le point. Jacob avait dû lui injecter un truc costaud, mais quoi ? Malgré sa carrure impressionnante, le sujet étendu devait être incapable du plus petit geste, sans quoi il aurait résisté à l'agression du technicien. Il gisait près d'elle, sans force, mais ses yeux trahissaient une intense activité, et un nouveau grondement franchit ses lèvres entrouvertes. Elle s'efforça de ne pas trembler à la vue des canines.

— Il t'a fait autre chose ? A-t-il parlé de ce qu'il t'a injecté ?

416 cessa de grogner, mais sans dire un mot pour autant. Pouvait-il parler ? La drogue qu'il avait reçue l'empêchait peut-être d'émettre autre chose qu'un bruit de gorge… Un examen rapide s'imposait, et il lui fallait surtout s'extraire du merdier qu'elle avait provoqué en se

ruant dans la cellule de 416 : les caméras du couloir avaient dû enregistrer son entrée.

Elle défit l'attache qui maintenait le prisonnier plaqué au sol et grogna à son tour quand il fallut faire rouler ce mastodonte sur le dos. Très grand, il devait peser cent vingt kilos au bas mot. Elle fit l'effort de ne pas trop lorgner les pectoraux massifs – ou sur le reste de son anatomie, puisqu'il était nu comme un ver.

En remarquant son teint cuivré, la jeune femme se fit la réflexion qu'il devait s'agir de sa pigmentation naturelle puisqu'il était captif sous terre. Sa peau n'avait pas pu foncer à la lueur des lampes. Si l'on ajoutait à cela des cheveux brun foncé et des yeux chocolat, il avait probablement des origines amérindiennes. Seul hic : 416 dépassait d'une bonne tête l'Amérindien lambda. Le surcroît de taille était peut-être dû au choix de la race de chien employée, berger allemand ou husky…

Il n'était pas beau au sens académique du terme, ses pommettes trop saillantes lui faisaient un visage dur. Laid aux yeux de certains ? Peut-être, bien qu'il exerce un attrait… exotique. Sa structure osseuse devait résulter des manipulations génétiques, il ne paraissait pas entièrement humain. Le regard empli de haine et la mâchoire crispée lui donnaient un air féroce qui s'accentua dès qu'Ellie fit mine d'approcher. Le grondement sourd la fit s'immobiliser, le cœur battant, prise d'une peur soudaine. Elle avait sous les yeux le mâle absolu, à l'état brut, laissant deviner à quel point il pourrait être dangereux. La jeune femme fut troublée de le trouver infiniment attirant. Aucun doute, cependant : ce corps tout en muscles exerçait un charme puissant.

Si jamais il parvenait à bouger, elle était morte. Son envie de tuer était palpable. Elle reporta son attention sur la cellule et sur le trait de peinture blanche écaillée qui courait sur toute la largeur de la pièce. Le personnel appelait ça la « ligne de mort ». Tous les cobayes étaient enchaînés par les chevilles et les poignets. Ils étaient si forts qu'il arrivait qu'une entrave rompe, mais aucun n'avait jamais brisé ses quatre chaînes. Un seul membre libéré leur suffisait cependant pour tuer. Elle était assise en zone à risque à côté d'un spécimen mâle immense, dont les bras étaient certes entravés, mais libres de toute attache au sol ou au mur. En en prenant conscience, elle dut lutter contre l'envie pressante de prendre le large.

Il mérite d'être sauvé. Elle hocha la tête. *Il a besoin d'aide. Ausculte-le, fais ton possible... et prie pour que personne n'entre. Voilà.* Si jamais l'effet de la drogue se dissipait avant qu'elle ait fini de l'examiner, il aurait tôt fait de lui briser la nuque. Il avait toutes les raisons de vouer une haine indistincte aux employés de Mercile. Ellie posa les yeux sur le corps sans vie de Jacob, les dents serrées, puis s'obligea à contempler 416. *Il faut que je sache s'il est gravement blessé.*

Des marbrures lui zébraient l'estomac. Du bout des doigts, Ellie comprit que c'était l'œuvre de Jacob. Elle tâta la cage thoracique où d'autres marques se devinaient. Aucun os brisé. Un ventre ferme, des abdos durs même non contractés, rien qui suggère une hémorragie interne. Elle eut beau s'efforcer d'agir en professionnelle de santé, ses doigts s'attardèrent plus que de raison sur le tracé complexe des fibres musculaires. Aucun doute, l'effleurer faisait de l'effet à la jeune femme. Il était tabou, dangereux… et sexy en diable.

Quand son regard descendit malgré elle jusqu'à la zone pelvienne de ce mâle si attirant, Ellie hoqueta. Elle s'empara machinalement du sexe légèrement gonflé et s'escrima sur le gros élastique plat. Difficile d'y aller en douceur : ce salaud de Jacob avait tendu l'élastique au maximum et fait plusieurs tours autour de la verge. Enfin parvenue à ôter l'instrument de torture, elle s'empressa de le jeter au loin. Puis elle commença à masser la peau endolorie… avant de se rendre compte de ce qu'elle faisait. Les yeux toujours rivés sur le sexe de 416, elle constata que, même au repos, l'engin était impressionnant. Pourtant l'afflux sanguin avait été – douloureusement – coupé.

— Le fils de pute, marmonna-t-elle, maudissant Jacob d'avoir commis une horreur pareille.

Le feu aux joues lui vint lorsqu'elle prit la pleine conscience de son geste… et son embarras s'accentua quand elle sentit la façon dont son propre corps réagissait, alors même qu'elle n'avait fait que le soulager d'un instrument de torture. Elle venait de lui manipuler la queue.

416 grogna. Ellie le regarda en face et vit, rivés sur elle, deux yeux sombres où couvait la rage. Elle lâcha aussitôt le sexe qui reposait toujours dans sa paume.

— Désolée ! Il fallait que j'enlève ce truc…

En jetant un nouveau coup d'œil au membre viril, elle vit la méchante zébrure rouge à l'endroit où l'élastique avait appuyé.

—Ça ne sera rien.

Elle l'espéra, en tout cas. Jacob avait de toute évidence agi dans le but de meurtrir 416. Un tel garrot sur le sexe pouvait, à terme, provoquer des lésions sérieuses. Aucun « risque », cependant, puisque ce salaud comptait le tuer. *Quel crime odieux ce serait d'amoindrir un type aussi sexy!* Cette simple pensée faillit lui faire pousser un râle. Plus le moindre doute, l'homme nu étendu devant elle lui faisait un effet bœuf. Elle s'efforça de penser à autre chose au plus vite. En commençant par arrêter de le mater.

Elle se mordit la lèvre inférieure et chercha le moyen de les sortir du merdier où elle les avait fourrés. Priorité numéro un : être libre de sortir à la fin de sa journée et livrer les informations piratées à son chef. Son regard se porta de nouveau sur le cadavre. Jacob gisait là, en sang, sur le béton où elle l'avait abandonné. Victime évidente des coups répétés qu'elle lui avait assenés avec le kit de prélèvement. Il fallait qu'elle ait été prise d'une fureur noire pour le massacrer ainsi. On pouvait croire à des coups de poing... Son estomac se serra.

—Merde. Je ne vois qu'un moyen... (Elle affronta le regard de braise de 416.) Désolée, je n'ai pas le choix.

Elle hésita à lui dire qui elle était vraiment, pourquoi elle s'apprêtait à lui faire quelque chose d'horrible, mais n'osa pas. *Qu'arrivera-t-il s'il le leur répète ? Il en est capable. Il n'a aucune raison de faire confiance à quelqu'un qui travaille ici. Qu'il s'imagine le pire... c'est plus sûr.*

416 était convaincu qu'Ellie ne lui ferait aucun mal. Il paniqua en l'entendant s'excuser par avance. Voulut

remuer. Son corps s'y refusa. Il pouvait orienter les yeux, ciller et déglutir. Grogner un peu… mais pas parler. *Qu'est-ce qu'elle compte faire ? Me tuer ? Dans ce cas, pourquoi avoir éliminé le type qui s'en prenait à moi ?*

N'importe qui mais pas elle, songea-t-il, aux abois, malade à l'idée de mourir privé de force, étendu dans cette cellule. Il huma les effluves limpides de celle qui ne manquait jamais d'éveiller ses sens. Ellie arrivait toujours pleine de douceur, procédait à gestes délicats, son regard était bienveillant quand elle venait faire un prélèvement. C'était le seul être humain qu'il ait vu sourire avec bonté. Il en était venu à espérer ses visites. Celle-là, non, pas question qu'elle lui fasse du mal. Elle seule pénétrait dans son antre sans qu'il se crispe, sans qu'il redoute la douleur et l'humiliation.

Alors qu'elle le regardait, il avait vu la peur s'insinuer dans ses beaux yeux bleus. 416 en conçut un léger pincement au cœur. Il s'était appliqué à ne jamais la menacer ni gronder, contrairement à ce qu'il faisait à l'approche des autres techniciens. Jusqu'à aujourd'hui. Il regrettait de devoir la terrifier, c'était dire adieu aux sourires qu'il avait appris à chérir depuis que la jeune femme travaillait ici. Cela faisait peu de temps. S'il ignorait combien au juste, une chose était certaine : elle était apparue dans sa vie récemment.

Il se rendit compte que son corps recommençait à répondre en sentant sa queue s'animer. Une expérience douloureuse en raison de ce que Jacob lui avait fait subir, mais gage d'espoir : l'énergie allait peut-être revenir rapidement dans ses membres. Ellie lui fit des choses qui lui donnèrent envie d'effleurer ses cheveux blonds, de presser le nez contre sa gorge pour mieux s'imprégner de son odeur enivrante. Il rêvait parfois d'elle nue, collée à lui qui était libéré de ses chaînes. Quel bonheur ce serait de la toucher, de la goûter des pieds à la tête, d'entendre sa voix, de tout savoir sur cette humaine qui le fascinait corps et âme.

Le son de sa voix était une douce musique à ses oreilles. Il désirait la voir sourire, apprendre à rire avec elle, obtenir les réponses aux cent questions qui se bousculaient dans sa tête. Qui était cette femme ensorcelante ? Sa peau paraissait infiniment soyeuse, et elle sentait bon, si bon ! Mais voilà qu'elle venait d'annoncer qu'elle allait lui faire du tort…

Comment pouvait-elle se montrer aussi cruelle ? Cette trahison lui fit mal. Sans parler de la honte après ce qu'elle avait vu. Certes, elle l'avait sauvé d'un viol en tuant le technicien, mais elle savait aussi ce qu'il avait enduré, l'humiliation infligée par cet humain abject. La mort dans l'âme, il sut qu'elle ne pourrait plus jamais le regarder sans raviver l'image de sa déchéance. 416 se sentit à la fois mortifié et furieux : ils étaient parvenus à briser son rêve, jamais plus Ellie ne verrait en lui un mâle désirable.

Il gronda de nouveau pour l'effrayer, pour l'empêcher de passer à l'acte. Son corps restait inerte, ses membres engourdis, mais il savait qu'il ne la tuerait pas même s'il parvenait à se libérer. Non, il se contenterait de la repousser derrière la ligne, afin de couper court à ce que son instinct lui dictait de faire. Il la voulait d'une façon qu'il savait impossible entre un prisonnier et sa geôlière.

Ellie se leva et sortit de son champ de vision. En le faisant rouler sur le dos, elle l'avait privé du spectacle de l'homme mort. Incapable de tourner la tête, il dut se contenter de l'entendre et de la humer. Il perçut des bruits étranges. *Qu'est-ce qu'elle fabrique ?*

Aucune idée. Angoisse. Tous les humains étaient cruels. Sans merci. Elle l'avait abasourdi en tuant son agresseur… pour deux raisons. Primo, parce qu'elle l'avait fait pour empêcher l'humain de le violer, secundo, parce qu'elle était menue. Elle avait triomphé d'un mâle. L'aurait-il sous-estimée ? Il l'avait crue douce, délicate, et voilà qu'elle s'était déchaînée sur un type adulte avec sauvagerie. Son pouls s'accéléra. Il tenta une nouvelle fois de remuer. Toujours rien.

— Misérable salaud, je te déteste ! Je veux que tu le saches, cracha Ellie.

En entendant ces paroles, 416 fut peiné mais pas très étonné. Il savait depuis longtemps que tous ceux qui travaillaient dans ce centre considéraient les cobayes comme de la viande sur pieds sans valeur. Quelle erreur d'avoir cru qu'Ellie puisse penser autre chose de lui !

Une erreur stupide et impardonnable. Pris d'un nouvel accès de fureur, il sentit un doigt tressaillir. Il remua la bouche, un grondement silencieux coincé dans la gorge, et fit le serment de se venger de cette sale manipulatrice.

— Misérable salaud, je te déteste ! Je veux que tu le saches.

Ellie espéra qu'où qu'il puisse être, désormais, Jacob avait entendu. La jeune femme tenait à ce qu'il sache ce qu'elle pensait de lui. Elle ne regrettait pas d'avoir tué ce misérable. C'était dérangeant, certes, mais elle saurait s'en remettre. Jacob ne méritait pas qu'elle nourrisse des remords.

Ellie nettoya l'arme du crime et l'inspecta : plus aucune trace de sang. La valisette était un peu bosselée, mais il était peu probable que quelqu'un s'en aperçoive tout de suite. Elle bourra à l'intérieur la gaze ensanglantée dont elle venait de se servir. Contrainte de toucher au cadavre, elle grimaça en lui baissant le pantalon afin d'exposer un peu plus son sexe gainé d'un préservatif et, ainsi, ne laisser aucun doute quant à ses intentions.

Puis elle s'efforça d'endiguer la panique qui enflait en elle. Son regard erra jusqu'à 416, toujours allongé. Constatant qu'il n'avait pas bougé d'un millimètre, elle respira plus aisément. Il ne restait plus qu'à prier pour que son plan fonctionne et que ce qu'on lui avait affirmé se vérifie… à savoir que les cobayes étaient trop précieux pour être éliminés. Les médecins et le personnel abusaient certes d'eux, mais c'était contre les ordres du docteur Trent que Jacob avait prévu de tuer le sujet 416.

Il ne lui arrivera rien. Il faut que je me raccroche à ça.

Armée d'un nouveau carré de gaze, Ellie épongea un peu de sang frais par terre. Elle se tourna vers 416. *Va-t-il me haïr pour ce que je m'apprête à faire ? Probablement.* Pas le choix, hélas. Jamais on ne la laisserait sortir du complexe si elle était soupçonnée du meurtre de Jacob. Elle n'osait même pas révéler son plan à 416 : s'il venait à parler, elle serait arrêtée, interrogée… et ne reverrait jamais la surface.

Pour faire libérer 416 et tous les autres cobayes, il lui fallait être lavée de tout soupçon.

Elle retrouva la seringue utilisée par Jacob. Par chance, il avait remis le capuchon après avoir procédé à l'injection. C'était odieux de faire courir un risque d'infection à 416 mais, là encore, elle n'avait pas le choix. Il fallait réutiliser l'aiguille. Pourvu que Jacob n'ait rien touché avec avant de remettre le capuchon ! Ellie hésita ; son geste accompli, il n'y aurait pas de retour en arrière possible.

Elle décida de couper court aux atermoiements en agissant au plus vite. Accroupie près de 416, elle lui badigeonna les mains et les jointures avec la gaze imprégnée du sang de Jacob. Croiser son regard pendant qu'elle lui mettait le meurtre sur le dos ? Non, c'était au-dessus de ses forces.

Ils n'allaient pas l'éliminer. Il arrivait qu'un cobaye tue un technicien, elle l'avait souvent entendu dire, et tous étaient encore de ce monde. *Ils sont trop précieux pour qu'on les tue. Il ne risque rien.* Elle se le répéta en boucle.

Sitôt relevée, elle rangea le dernier carré de gaz incriminant dans le kit, prit la seringue et se détourna. Elle haïssait l'idée de lui faire mal. Les larmes affluèrent. Il gisait là, inerte et sans défense. Elle n'avait qu'une envie, le prendre dans ses bras, quand bien même il souhaitait sa mort. 416 méritait qu'on lui témoigne de la compassion, mais hélas, le moment était malvenu. Il fallait un bouc émissaire pour la mort de Jacob, faute de quoi elle risquait de ne pas pouvoir livrer les fichiers à son agent de liaison. Ellie disposait d'assez de preuves pour qu'un juge délivre un mandat de perquisition. Le complexe passé au peigne fin, les cobayes découverts, le scandale Mercile Industries pourrait éclater au grand jour.

Elle se pencha sur 416. Ses beaux yeux sombres étaient rivés sur elle. La fureur brûlait dans ses pupilles. Elle ravala avec peine la bile qui remontait à l'idée de ce qu'elle allait faire.

— Désolée, vraiment. Mais je suis obligée.

— Je te tuerai, cracha-t-il d'une voix rauque en abattant une main au sol tout près d'elle. J'en fais le serment ! (Son larynx fonctionnait.) Je te tuerai de mes mains.

La jeune femme eut peur qu'il mette sa menace à exécution : ses muscles recommençaient à lui obéir. Elle baissa les yeux en quête de la zone où Jacob avait procédé à l'injection. Elle planta l'aiguille au même endroit, le piston était déjà enfoncé à fond, puis se releva d'un bond sans un regard pour 416 qui grognait sous l'effet de la douleur ravivée.

La valisette ramassée, elle se rua vers la section de mur voisine de la porte et détourna la tête juste avant l'impact. La douleur éclata dans sa joue. Ses genoux menacèrent de céder ; le goût du sang lui inonda la bouche. Regrettant de ne pas avoir de miroir à sa disposition, elle se remémora l'existence de la salle d'observation. Et si quelqu'un y était entré ? Avait tout vu ? Non, décréta-t-elle : s'il y avait eu un témoin, la sécurité serait déjà venue l'arrêter.

Pourvu que son visage ait l'air aussi amoché qu'il l'élançait… D'une main tremblante, elle composa le code de déverrouillage. Un bip, le chuintement des barres d'acier, et la porte s'ouvrit alors qu'elle tirait dessus comme une possédée. Elle déboula dans le couloir ; le panneau se referma de lui-même ; un bourdonnement confirma le verrouillage. La jeune femme tomba à genoux, se tordit le cou en quête d'une caméra et hurla.

— Au secours ! À l'aide !

Les secondes passèrent. Une minute, peut-être davantage, s'écoula avant qu'elle entende un bruit de bottes. Quatre vigiles débouchèrent à vive allure au détour d'une coursive. Le souffle court, ils ralentirent et la dévisagèrent, interdits.

— Je suis entrée faire une prise de sang, haleta Ellie. Jacob était en train d'abuser du cobaye. Il m'a attaquée. (Elle porta la main à l'endroit douloureux de son visage.) J'ai dû perdre connaissance… En revenant à moi, j'ai vu 416 briser la chaîne qui lui retenait les bras, et Jacob qui s'acharnait sur lui avec une seringue. J'ignore ce qu'il lui a injecté, mais ça n'a pas fait effet assez vite. Je crois qu'il est mort ! Cette chose l'a tué avant de s'effondrer.

Puisse Dieu me pardonner, pria-t-elle sitôt sa bouche close. Les vigiles dégainèrent leur Taser, l'un d'eux dut s'y reprendre à plusieurs fois pour composer le code, puis tout le groupe se rua dans la cellule. La porte se referma. Une autre équipe de sécurité arriva, accompagnée d'une partie du personnel médical. Le docteur Brennor la prit en charge dans une salle réservée aux employés. Le visage grave, il s'occupa de sa plaie à la bouche.

— Ce ne sera rien.

Ellie hocha la tête.

— Qu'est-ce qui attend 416 ? Je n'arrive pas à croire que Jacob ait pu faire un truc pareil… C'est vraiment moche.

Le médecin aux cheveux roux pinça les lèvres sous l'effet de la colère.

— À qui le dites-vous. Nous avons créé ces… choses… afin de trouver des remèdes aux maladies contre lesquelles les animaux sont immunisés. Et pour éviter qu'un nouveau virus se transmette des animaux aux humains. Avez-vous une idée du fric que cela coûte, pour concevoir un seul de ces monstres ? Si un technicien a des pulsions, il n'a qu'à les assouvir avec une pute au lieu de risquer d'endommager un cobaye hors de prix.

Ellie serra les dents et baissa les yeux pour masquer le dégoût, la colère et l'horreur que lui inspiraient de tels propos au sujet d'êtres vivants.

— C'est qu'ils nous rapportent gros, vous savez, en testant les produits que nous mettons au point pour l'armée et les fans de la gonflette. (Il se détourna pour ôter ses gants.) Vous avez vu les bestiaux ? Le gabarit, la force physique ? On les forme à se battre dans l'unique but de démontrer ce que l'on peut faire d'un être humain, et ce qu'il est possible d'encaisser grâce aux nouvelles molécules qui permettent une régénération ultrarapide. Les futurs contrats se chiffrent en milliards de dollars, vous imaginez ? Sans parler de ce qu'on a déjà engrangé. Ces bestiaux-là sont nos prototypes. Des exemplaires de démonstration qui prouvent ce que Mercile sait faire : des sujets rapides, forts, redoutables. La concurrence peut aller se rhabiller ! Tous les mecs vont vouloir nos produits. Ce connard de Jacob a failli nous priver d'une poule aux œufs d'or. Ce 416 est un sujet trop précieux pour qu'on prenne le risque de le perdre.

La jeune femme ferma les yeux pour masquer son soulagement. Ils n'allaient pas tuer 416, elle avait pris la bonne décision. Certes, il risquait de la haïr pour le meurtre qu'elle lui avait collé sur le dos, mais il vivrait. Il ne restait plus qu'à filer à la fin de son service, à transmettre les preuves qu'elle avait collectées, puis à le sauver par la seule voie possible. En traduisant Mercile Industries en justice.

— Tss, soupira Brennor. Désolé. Voilà que je parle gros sous alors que vous sortez tout juste d'une expérience affreuse. Rentrez chez vous, d'accord ? Faites-vous porter pâle pour le reste de la journée. Et demain aussi.

Ellie rouvrit les yeux et croisa son regard en prenant soin de cacher la haine qu'elle lui vouait.

— Merci, dit-elle d'une voix tremblante. J'ai eu si peur.

Brennor lui pressa le bras et sourit.

— Je pourrais passer chez vous plus tard. (Il loucha sur sa poitrine.) Il ne faut pas rester seule, après un choc pareil…

— J'ai un petit ami, mentit-elle de nouveau.

Brennor la lâcha.

— Entendu. Allez, filez. Je préviens la sécurité que vous partez plus tôt.

Ellie le regarda tourner les talons et se diriger vers son téléphone fixe. *Pourvu qu'il prenne perpète*, pensa-t-elle. *Ça lui fera les pieds.*

CHAPITRE PREMIER

Californie du Sud, onze mois plus tard.

Ellie poussa un soupir et rajusta ses écouteurs. Le *heavy metal* jaillit du lecteur MP3 qu'elle avait glissé dans la poche avant de son pantalon corsaire en coton. En dépit de la très légère brise sur sa peau, il faisait si chaud qu'elle transpirait encore à 23 heures. Coup d'œil à la fenêtre ouverte : la clim du dortoir était une nouvelle fois HS. Les équipes d'entretien n'avaient pas fini de régler les petits tracas propres à tout bâtiment flambant neuf.

La jeune femme sortit en plein vent par la porte-fenêtre du balcon, qu'elle laissait souvent ouverte, afin de refroidir son organisme surchauffé. Puis elle but un peu d'eau dans la petite bouteille en plastique qu'elle avait prise dans le frigo minuscule en rentrant chez elle ; accoudée à la rambarde, elle contempla Homeland, la « nation », depuis son point de vue du deuxième étage. Elle venait d'en terminer avec ses exercices physiques du soir. L'air frais lui fit un bien fou. Son attention dériva jusqu'aux murs du périmètre de sécurité, à quelque cinquante mètres de là.

L'enceinte faisait neuf mètres de haut ; des vigiles patrouillaient sur un chemin de ronde. Entre son bâtiment-dortoir et le mur, du gazon épars et quelques arbres formaient un semblant de parc. Le projet Homeland s'étendait sur deux mille hectares et venait tout juste d'être achevé, Ellie n'y vivait que depuis deux jours. Personne n'arpentait le trottoir qui serpentait entre les arbres.

Le calme extrême qui régnait dans le bâtiment avait quelque chose de dérangeant, même si Ellie avait été prévenue. La plupart des filles n'avaient pas encore emménagé. Pourvu que tout se passe bien, espéra-t-elle, sincèrement désireuse que le projet Homeland se déroule comme prévu. Conçu pour héberger les survivants de Mercile Industries, il avait pour vocation de les aider à appréhender leur liberté toute neuve au sein d'une communauté protégée. Les rescapés avaient besoin d'un havre de paix où trouver leurs marques.

Infiltrée dans ce qu'elle pensait alors être l'unique laboratoire clandestin de Mercile Industries, Ellie avait découvert après l'opération de police qu'il en existait en fait trois autres. Elle ferma les yeux, écœurée par le nombre de victimes des essais illégaux qui avaient fait les gros titres ces derniers mois. Toutes les installations souterraines avaient été investies par les pouvoirs publics et les cobayes libérés... mais certains n'avaient pas vécu assez longtemps pour en profiter. Les morts se comptaient par centaines. Ellie en avait eu le cœur brisé.

Elle s'obligea à rouvrir les yeux. Deux ans auparavant, alors qu'elle travaillait au siège administratif de Mercile, l'agent Victor Helio était entré en contact avec elle. Il l'avait informée des rumeurs de laboratoire clandestin où des êtres humains, réduits en esclavage, servaient de cobayes pour tester des molécules illégales. La police avait vainement tenté d'infiltrer des éléments à elle : Mercile refusait toute embauche. En tant qu'employée déjà en poste dans la société, Ellie pouvait demander à être mutée dans un labo de R&D sans éveiller les soupçons. Horrifiée par l'idée que des individus puissent souffrir ainsi, la jeune femme avait accepté d'espionner pour le compte des autorités. Six mois s'étaient écoulés avant que la DRH accède à sa requête, puis plusieurs autres encore avant qu'elle ait accès aux niveaux souterrains. C'était là qu'elle avait découvert l'enfer que vivaient 416 et ses semblables. Sa grande fierté : avoir contribué à la fermeture du labo clandestin. Elle avait risqué sa vie en exfiltrant les fameux fichiers qui avaient convaincu un juge de délivrer un mandat de perquisition. La police avait donné l'assaut.

Ellie soupira. Les mentions « classé confidentiel » et « programme de protection des victimes » étaient revenues à ses oreilles chaque fois qu'elle avait souhaité savoir ce qu'*il* était devenu. Certains sujets n'avaient pas survécu à l'opération de sauvetage : ils avaient été liquidés avant que les forces de l'ordre atteignent les niveaux les plus sécurisés, ceux-là même où étaient détenus les cobayes. Pour tout ce qu'elle savait, 416 était mort dans sa cellule souterraine, sans savoir que la cavalerie arrivait à la rescousse. C'était à pleurer.

L'ex-infirmière ôta ses écouteurs, éteignit le lecteur MP3 et lâcha l'ensemble sur son bureau, en proie à l'angoisse qui la saisissait chaque fois qu'elle pensait à 416. Elle avait demandé à participer à l'opération de sauvetage, quitte à monter la garde à l'entrée de sa cellule. C'était bien le moins qu'elle lui doive. Sourd à ses supplications, Helio n'avait rien voulu savoir. Elle n'était pas membre des forces de l'ordre. En outre, il n'était pas question de risquer la peau d'une informatrice dont le témoignage serait précieux pour enfoncer Mercile.

— Et merde.

Comment oublier ses yeux sombres ? Le visage de 416 quand elle l'avait abandonné dans sa cellule, son grognement de bête trahie ? Elle avait agi dans l'unique but de lui sauver la vie… mais, n'ayant aucun moyen de comprendre pourquoi Ellie lui faisait endosser le meurtre du technicien, il avait dû la prendre pour un être abject. Aveuglée par l'afflux de larmes, elle s'efforça d'endiguer le flot. Des pleurs, elle en avait versé de pleins seaux depuis ce jour atroce où elle l'avait laissé étendu.

La sonnerie du téléphone fourni par Homeland la fit tressaillir. Son portable personnel, unique lien avec le monde extérieur, ne sonnait jamais. Elle avait pris ses distances avec amis et famille. Sa vie entière avait été chamboulée lors des mois passés à travailler au labo souterrain ; elle ne supportait plus ses parents divorcés qui l'utilisaient comme arme pour régler leurs comptes et qui, de surcroît, la blâmaient pour avoir elle-même divorcé. Il existait de vrais problèmes à régler : des problèmes qu'Ellie était bien décidée à attaquer de front. Résolue à aider les Hybrides, elle était heureuse de contribuer à corriger un tort. Cela donnait un sens à sa vie. Là était l'essentiel. Elle décrocha à la deuxième sonnerie.

— Ellie Brower, j'écoute.

— Mademoiselle Brower, ici Cody Parks, de la sécurité. Je vous informe que quatre femmes viennent tout juste d'arriver. Leur situation était compromise à l'hôtel, on nous a prévenus au dernier moment.

— J'arrive tout de suite.

Elle raccrocha. *Merde. Les médias ont dû apprendre que quatre rescapées sont dans les parages.* Le protocole était le suivant : en cas d'atterrissage tardif, les victimes étaient placées sous bonne garde dans un hôtel puis transférées à Homeland le lendemain. La sécurité avait estimé qu'il était plus facile de protéger le convoi de jour mais, manifestement, planquer des survivantes dans un hôtel comportait des risques. Ellie s'inquiéta : venaient-elles de vivre un épisode traumatisant ? Le monde extérieur était déjà assez flippant en soi pour d'anciens cobayes sans le feu roulant des questions et les flashs des paparazzis.

Quelques secondes suffirent à Ellie pour enfiler ses chaussures et prendre son badge. Elle quitta son appartement, évita à dessein l'ascenseur, trop lent à son goût, et préféra dévaler les marches deux par deux. Les portes vitrées du hall étaient faites dans un matériau assez solide pour résister au pire. Elle aperçut quatre femmes et, derrière elle, deux vigiles qui portaient les valises. Elle pressa le pas.

Cody Parks, le chef de poste, l'accueillit avec un sourire.

— Bonsoir, mademoiselle Brower. Désolé pour l'arrivée tardive de vos nouvelles pensionnaires.

Ellie sourit et reporta son attention sur les amazones. La moins imposante des quatre devait faire un bon mètre quatre-vingts. Les dix femmes qui résidaient déjà dans le bâtiment étaient invariablement grandes et musclées ; Ellie se sentait minuscule en comparaison. Elle adressa un large sourire aux nouvelles… qui restèrent de marbre. Elles paraissaient fatiguées, en rogne et un peu perdues. Ellie eut un élan de compassion.

— Soyez les bienvenues chez vous, déclara-t-elle d'une voix chaleureuse. Je sais que vous avez dû en baver, mais ici, vous ne risquez rien. Je suis Ellie, votre chef d'équipe.

Deux des femmes froncèrent les sourcils. La plus grande et la plus impressionnante du groupe lui jeta un regard noir. La quatrième s'exprima.

— Notre quoi ?

— Chef d'équipe. Un simple titre, s'empressa d'ajouter Ellie, je ne vais pas jouer les chefs avec vous. Mon rôle consiste à trouver une solution aux problèmes, répondre aux questions et aux besoins éventuels. Vous fournir toute l'aide possible, quoi. Aucun sujet n'est interdit, à toute heure du jour et de la nuit.

— Une psy, résuma sèchement la moins grande du lot, une jeune femme aux cheveux noirs, en montrant les dents.

— Non, corrigea Ellie. J'ai des notions de médecine mais je ne suis pas docteur. Je sais que vous avez toutes dû consulter un psy. Je suis passée par là, moi aussi… et je ne les aime pas plus que vous.

Elle offrit son expression la plus avenante.

— Je propose de commencer par vous montrer vos chambres, on en profitera pour faire le tour du bâtiment, puis je vous laisserai vous installer. Ensuite…

— Mademoiselle Brower, intervint Cody Parks.

Ellie se tourna vers lui tandis que les quatre femmes entraient dans le hall. Elles étudièrent les lieux puis se dirigèrent vers le salon. Quelques minutes de répit leur seraient profitables pour prendre leurs marques.

— Oui ?

— Une réunion est prévue dans vingt minutes. Vous êtes tenue d'y assister en tant que responsable du dortoir des femmes ; le chef de leur nouveau conseil veut tout savoir sur Homeland. Il veut avoir la certitude que les siens ne subissent aucun mauvais traitement. Fraîchement nommé, il a besoin d'être rassuré.

— Mais… il est super tard, plaida Ellie, consternée. Il faut que je les installe, et ça va prendre plus de vingt minutes !

— Je comprends, mais le chef en question est arrivé avec elles et dit que c'est important. (L'homme soutint le regard d'Ellie.) Il est crucial qu'ils sachent que nous sommes dans leur camp, et déterminés à nous plier en quatre pour leur permettre de s'acclimater à la vie normale. C'est un inquiet.

La jeune femme hésita. Les Hybrides avaient été séparés et logés dans divers lieux sécurisés après leur libération, le temps que Homeland soit prêt à tous les héberger. Le complexe était appelé à être leur résidence permanente pendant une durée indéfinie. Leur chef avait, de ce fait, des raisons valables de s'inquiéter de la sécurité et du bien-être de son peuple.

— Entendu. Je les installe au plus vite et je me rends à la réunion. Elle a bien lieu dans la salle de conférences du bâtiment principal ?

Parks hocha la tête. Ellie referma la porte du dortoir ; le signal sonore qui retentit aussitôt témoigna du verrouillage automatique de l'entrée. Les mesures de sécurité, pour rigides qu'elles soient, étaient mises à l'épreuve par l'attrait irrésistible qu'exerçaient les victimes sur les médias à sensation. Les tentatives d'intrusion se multipliaient depuis que les chasseurs d'images savaient où logeaient les ex-cobayes des laboratoires clandestins.

Le gouvernement planchait sur une loi vouée à interdire aux journaux de publier un cliché d'Hybride. Les victimes de l'affaire Mercile n'avaient pas à subir le feu roulant des médias. Plus inquiétant encore : les groupes hostiles aux Hybrides, opposés au fait qu'on les traite comme des êtres humains à part entière, qu'on leur attribue une enclave protégée, et qui beuglaient des slogans haineux aux abords du complexe.

Elle s'élança, embraya le pilote automatique et fit visiter le rez-de-chaussée du dortoir au pas de course : salle de réunion, deux grands salons, cuisine spacieuse, réfectoire apte à accueillir cinquante convives, salle d'eau avec quatre W.-C. séparés et bibliothèque. Les deux étages supérieurs étaient divisés en petits appartements comprenant chambrette, salon, salle de bains et coin-cuisine.

Ellie installa les nouvelles au premier étage, dans des chambres mitoyennes et en vis-à-vis. C'était devenu la norme, en deux jours d'aménagement : les arrivantes étaient passablement effrayées même si elles s'efforçaient de ne rien laisser paraître, il était plus rassurant d'être logées à proximité les unes des autres. Elles avaient traversé des épreuves abominables et l'arrivée à Homeland – un saut dans l'inconnu – n'était pas davantage une partie de plaisir. La liberté devait être une expérience terrifiante après toute une vie passée à servir de cobaye.

— Si vous avez faim ou soif, il y a tout ce qu'il faut dans le meuble en métal argenté, à côté de l'évier.

Elle avait découvert assez tôt que le mot « réfrigérateur » était inconnu des Hybrides.

— Dix autres femmes sont logées à cet étage ; si vous entendez du bruit, ne vous inquiétez pas. Elles viennent d'ailleurs. (*D'autres labos clandestins*, songea-t-elle sans le préciser.) Mais elles sont comme vous. Le bâtiment est entièrement sécurisé, aucun intrus ne peut y pénétrer. Vous ne craignez rien.

Les quatre amazones la dévisageaient comme si elle était un insecte. Ellie poussa un soupir ; c'était la norme, hélas. Elles se méfiaient des étrangers, à savoir de quiconque n'avait pas servi de cobaye.

— Vous me trouverez à l'étage au-dessus dès que j'en aurai terminé avec la réunion. Mon numéro de chambre est affiché au mur, près de l'ascenseur. Venez me voir si vous avez une question à poser ou besoin de quoi que ce soit. Je suis ici pour vous aider. Une question avant que je descende ?

Aucune ne s'exprima. La plus grande des quatre tourna les talons et s'engouffra dans l'une des chambres qu'Ellie venait de leur attribuer ; les trois autres suivirent, puis la porte claqua. Les nouvelles la battaient froid. Ellie espéra que cela ne durerait pas.

Ellie jeta un coup d'œil à sa tenue : chaussures de jogging, pantalon corsaire noir et débardeur bleu ciel. Cheveux noués en queue-de-cheval. Pas très présentable, mais un regard à sa montre lui indiqua que le temps manquait pour se changer. Une seule option : courir jusqu'à la salle de réunion. Ellie fila vers l'escalier.

Le bâtiment principal était situé à l'avant du terrain dévolu à Homeland. Chaque dortoir étant pourvu d'une voiturette de golf, la jeune femme conduisit jusqu'au parking de l'administration et coupa le moteur. Elle poussa un juron en consultant sa montre. Cody ne lui avait pas donné l'heure exacte pour la réunion, mais plus de vingt minutes s'étaient écoulées. Elle courut jusqu'à l'entrée, ralentit le pas en remarquant le factionnaire armé qui ne la connaissait pas encore et se présenta à lui.

— Bonsoir. Ellie Brower, responsable du dortoir des femmes. Cody Parks m'a dit que j'étais censée assister à une réunion.

Le vigile, visiblement nerveux, lui lança un regard hostile et porta la main à son arme. Ellie mit lentement la main à sa poche de devant et exhiba son badge. Une carte magnétique qui, en plus de déverrouiller les portes, comportait son nom, sa fonction et sa photo. Elle fit un pas en avant pour la lui présenter.

Le garde s'en empara, l'étudia avec soin puis lui rendit son badge.

— Salle de conférences de gauche. Vous connaissez les lieux, mademoiselle Brower ?

— Oui, merci.

La jeune femme dépassa le vigile et traversa le grand hall au petit trot, en direction de la double porte où personne ne montait la garde. La main sur la poignée, elle poussa le lourd battant et fit son entrée.

La pénombre ambiante la surprit. Les plafonniers étaient coupés, seules les appliques murales donnaient un peu de clarté. Elle n'était pas seule, pourtant : des voix résonnaient.

Deux vigiles se retournèrent illico et empoignèrent leur arme. Elle désamorça la situation en affichant un sourire posé et en levant les mains pour montrer qu'elle ne tenait rien de plus dangereux qu'un badge. Derrière les cerbères, le silence se fit. Ellie n'osa quitter des yeux les deux hommes qui étreignaient toujours leur flingue.

— Ellie Brower, chef d'équipe du dortoir des femmes. Je viens en paix.

Sa blague ne fit pas rire les vigiles. L'un d'eux garda la main sur la crosse de son arme pendant que l'autre venait s'emparer du badge ; elle ne fit plus un geste avant qu'il l'ait inspecté et ait hoché la tête.

— Installez-vous. Vous êtes en retard.

Ellie rempocha son bien. Il lui fallut contourner le garde qui lui barrait la route ; quelques enjambées plus tard, elle distingua les participants.

Il y avait là Darren Artino, chef de la sécurité, et le directeur Boris. Ce dernier fronça les sourcils en allant à sa rencontre ; Ellie, mal à l'aise, comprit qu'il désapprouvait son accoutrement.

— Je n'ai pas eu le temps de me changer, expliqua-t-elle. J'avais quatre nouvelles pensionnaires à installer, et moins de vingt minutes pour le faire. On ne m'a pas informée de cette réunion avant leur arrivée.

Boris cessa de faire la grimace.

— Pas de problème, Ellie. Tâchez juste d'être plus présentable la prochaine fois ; on jurerait que vous sortez de la salle de sport.

— C'est à peu près ça, admit-elle. Vous ne voulez pas que j'allume ? C'est sinistre, là-dedans…

— Non, je regrette, soupira le directeur. Certains membres du conseil préfèrent la pénombre.

Ellie comprit. Pour avoir passé des années dans une cellule obscure, certains survivants avaient développé une hypersensibilité à la lumière vive. Elle avait équipé plusieurs appartements du bâtiment des femmes en tenant compte de ce paramètre, allant jusqu'à aller leur acheter des lunettes noires à l'extérieur afin qu'elles puissent circuler sans encombre dans les salles communes du dortoir, et fait installer des variateurs dans certaines pièces. La jeune femme passait beaucoup de temps à réfléchir au ressenti et aux besoins des Hybrides. Bien faire son travail confinait à l'obsession.

Elle reconnut d'autres visages dans l'assemblée et répondit par un sourire au clin d'œil de Mike Torres, le responsable du bâtiment des hommes. Gentil garçon d'une petite trentaine d'années, Mike avait un peu flirté avec elle lors de son premier jour à Homeland. Dominic Zort, le cadre qui avait expliqué à Ellie en quoi consistait son boulot de chef d'équipe, se tenait à côté de Mike et lui adressa un bref signe de tête. Zort avait pour mission de faire en sorte que les différents services coopèrent au mieux et se chargeait de l'essentiel du recrutement.

Un mouvement en périphérie de son champ de vision attira l'attention d'Ellie. Elle se tourna. Quelqu'un traversait la salle dans sa direction, mais comme elle était plus petite que les personnes qui l'entouraient, il était malaisé d'identifier l'inconnu.

— Ellie ? lança le directeur Boris. Il est temps d'aller nous asseoir.

— Entendu, répondit-elle en lui emboîtant le pas.

— *Toi*, gronda une voix masculine dans son dos.

Ellie se retournait pour tenter d'identifier l'origine du grondement à glacer le sang quand des mains l'agrippèrent. La jeune femme poussa un glapissement étranglé alors que ses pieds quittaient le sol. Deux bras puissants la secouaient comme un fétu de paille. Ballottée, le dos malmené, elle eut le souffle coupé. Puis elle écarquilla les yeux en découvrant l'enragé qui la tourmentait… 416.

CHAPITRE 2

416 grondait à l'intention d'Ellie, les lèvres retroussées sur ses longues canines, et lui faisait mal en l'étreignant juste au-dessus des coudes. Il venait de la plaquer sur une table de conférence. Penché sur elle, son visage déformé par la haine à quelques centimètres du sien, il irradiait la colère. Ellie était terrifiée.

Elle ouvrit la bouche, mais aucun son n'en sortit. Rien qu'un hoquet étouffé. Il gronda plus fort, l'aplatit encore un peu plus.

— C'est quoi, ce cirque ? s'exclama le directeur. Lâchez-la !

Ellie perçut du mouvement en périphérie de son champ de vision mais n'osa pas se détourner du regard noir de 416. Il paraissait à deux doigts de l'égorger avec ses crocs affilés qui luisaient dangereusement près d'elle. Le cœur de la jeune femme battait si fort qu'elle craignit qu'il explose dans sa poitrine. Il avait survécu… et allait la tuer comme il avait promis de le faire.

— Lâchez-la, insista une voix masculine sur un ton sans appel.

— Qu'est-ce qui se passe, bon sang ? glapit un autre homme au bord de la panique.

— Rage, lâche-la immédiatement, fit une nouvelle voix anormalement caverneuse.

Le regard furibond de 416 se détourna de sa victime terrifiée. Il gronda contre quelqu'un derrière lui.

— Pas question. C'est entre elle et moi. Recule.

Ellie passa la langue sur ses lèvres sèches, soulagée de pouvoir souffler un peu. Son bourreau l'agrippait si fort qu'elle en avait les larmes aux yeux. L'Hybride, quant à lui, se concentrait toujours sur quelqu'un d'autre. La salle avait beau être pleine de monde, Ellie comprit qu'elle allait mourir devant un public impuissant dès qu'il reporterait son attention sur elle.

— Lâche-la, Rage, réitéra la voix caverneuse d'un ton menaçant. Maintenant.

— Elle est des leurs, grinça 416. Elle bossait comme technicienne au labo. Pas un pas de plus. C'est ma vengeance, j'y ai droit.

Un bruit mécanique retentit dans la salle ; Ellie écarquilla les yeux. Elle avait reconnu le son que produit un fusil à pompe quand on chambre une cartouche. Une boule dans la gorge, elle craignit qu'un vigile zélé abatte 416 pour lui sauver la vie. Pas question ! Sa terreur envolée, elle n'eut plus qu'une idée en tête : empêcher qu'il ne meure. Elle lui avait déjà sauvé la mise une fois, l'heure était venue de recommencer.

— Tout va bien, lança-t-elle le plus fort possible. (Sa voix chevrotait ; elle poursuivit néanmoins.) Ne lui faites pas de mal. Ne tirez pas ! S'il vous plaît.

— Ellie ? dit Boris en s'approchant. De quoi diable parle-t-il ?

Ellie craignit le pire en voyant son bourreau se retourner vers elle. Un frisson la parcourut : la colère froide qui couvait dans ses yeux noirs annonçait qu'il comptait mettre sa menace à exécution. Plus aucun doute, il allait la tuer devant tout le monde.

— Rage, gronda une autre voix masculine. Relâche-la. Réglons ça entre gens raisonnables.

— Elle est à moi ! glapit 416, si crispé qu'il n'arrivait plus à s'exprimer normalement, tout en accentuant encore la pression sur sa proie.

Les larmes roulèrent sur les joues d'Ellie sans qu'elle émette le moindre son : le plus petit cri risquait de faire monter la pression d'un cran… et l'un des mâles alentour venait d'armer un fusil à pompe.

— Ellie ? lança Dominic Zort, tout proche. Vous étiez infiltrée, c'est bien ça ?

Ellie ravala un sanglot. 416 grondait toujours sourdement et sa poigne d'acier lui faisait très mal.

— Oui, haleta-t-elle. On se connaît, lui et moi.

Le grognement de son tourmenteur s'amplifia.

— Rage ! tempêta une voix mâle. Lâche immédiatement cette humaine !

Rage cessa de lui broyer les bras sans la lâcher pour autant. Il s'écarta un peu d'elle, pesa moins lourdement au-dessus de la tête de sa victime et ferma la bouche pour masquer ses crocs. Respirant à fond par le nez, il continua à dévisager Ellie.

Rage. Un nom au diapason de ce qui se lisait dans ses prunelles.

Zort s'empressa d'intervenir.

— Ellie faisait déjà partie du personnel médical de Mercile. Infirmière au siège administratif, sauf erreur de ma part. Quand les rumeurs de labo clandestin ont commencé à circuler, elle a été chargée d'espionner la boîte. Les autorités ont bien tenté d'infiltrer des agents, mais Mercile se refusait à toute embauche extérieure. Ellie a dû faire de gros efforts pour se faire muter dans leur enfer souterrain afin de découvrir si les rumeurs étaient fondées. C'est elle qui a récolté les preuves qui nous ont permis de lancer l'enquête officielle et de perquisitionner le premier site. J'ignorais qu'elle avait croisé de gens de votre peuple, Justice. Ce n'était pas moi son superviseur et rien, dans les rapports de Victor Helio, n'indique qu'Ellie ait interagi avec un quelconque Hybride. Encore moins qu'elle ait fait du tort à l'un d'eux. Je ne l'aurais pas choisie pour travailler auprès des vôtres si j'avais eu connaissance d'un lien personnel. (Zort poursuivit d'une voix calme et placide.) Son nom complet est Ellie Brower, responsable du bâtiment des femmes. Elle a mis sa vie en danger jour après jour en espionnant Mercile pour notre compte, Justice. Elle savait qu'elle risquait d'y passer s'ils apprenaient qu'elle avait pris ce job dans l'unique but de glaner des preuves.

— Lâche-la, ordonna le dénommé Justice, toujours aussi insistant mais moins sévère. Détends-toi, Rage. Je te comprends. Tu as entendu l'humain ? Ellie travaillait là pour les aider à prouver notre existence. Elle a sauvé notre peuple.

Rage ne lâcha pas Ellie qu'il continua à couver d'un regard de haine. Elle soutint ce regard, certaine qu'il n'avait cure des raisons qui l'avaient poussée à travailler là-bas.

Il la haïssait parce qu'elle lui avait fait endosser le meurtre de Jacob… et c'était justifié. Qu'elle ait agi pour son bien n'enlevait rien à la bassesse du procédé.

— Ellie ? questionna le directeur Boris. Quelle était votre fonction exacte là-bas, et qu'avez-vous fait à cet homme ?

Et merde. Ellie déglutit. Les pupilles de 416 passèrent du brun chocolat au presque noir.

— Je me rendais utile, expliqua-t-elle à voix basse. En compilant toute une foule de données obtenues avec les tests salivaires et sanguins qu'on m'ordonnait de faire.

— Pourquoi vous hait-il à ce point ? Lui auriez-vous fait du tort ? s'emporta le directeur. Vous les faisiez souffrir ?

Ellie observa les traits tendus de 416. Si c'était elle qui s'était fait agresser sexuellement, elle n'aimerait pas que cela s'ébruite. En outre, avec sa fierté de mâle, il devait détester l'idée que toutes les personnes présentes aient vent de sa mésaventure… Mais comment expliquer l'origine du courroux de Rage sans détailler les raisons qui l'avaient poussée à tuer Jacob ? Elle hésita. Rage plissa les yeux ; un grondement puissant enfla dans sa poitrine.

— Non, ordonna-t-il.

— Rage ? lança Justice de sa voix anormalement caverneuse. Qu'a-t-elle fait pour que tu lui en veuilles à ce point ? Elle t'a forcé à prendre leurs saletés ?

— Ellie, grinça Boris, crachez le morceau, qu'on en finisse.

— J'ai dû procéder à des tests, mentit-elle. Je lui ai fait mal.

Cette dernière assertion était vraie : en agissant comme elle l'avait fait, Ellie avait dû lui causer un choc émotionnel supplémentaire, comme s'il n'avait pas eu assez de ce que Jacob lui avait fait subir pendant qu'il gisait à sa merci.

— Et il n'aimait pas que je lui fasse des prélèvements, ajouta-t-elle.

416 gronda pour toute réponse mais elle continua à soutenir son regard.

— Je suis désolée, je n'ai pas eu le choix. Je savais que l'aide allait venir si je parvenais à sortir avec les preuves. J'ai agi de manière à tous vous sauver. Le dénouement était si proche… (Nouveau torrent de larmes.) Vraiment navrée… J'ai fait ce que j'ai pu pour vous sauver.

Rage avait l'humaine qui l'avait trahi à sa merci. Incroyable ! Il avait retrouvé Ellie, elle travaillait à Homeland… et il la tenait. Il était libre, désormais, en pleine possession de ses moyens – et en proie à un intense débat interne. Que faire d'elle ? Une petite voix lui susurrait de lui briser la nuque mais une autre, plus insistante, affirmait qu'il n'avait qu'une envie : se blottir contre elle. Ce qui, dans un cas comme dans l'autre, revenait à ne pas la lâcher. Ce conflit intérieur l'écœura. Comment hésiter après ce qu'elle lui avait fait dans sa cellule ? Ce jour funeste, et le suivant, resteraient à jamais gravés dans sa mémoire.

Justice eut beau insister pour qu'il la libère, ses mains refusèrent de lâcher prise. Le simple fait qu'elle ose se trouver à l'endroit où les Hybrides étaient censés être à l'abri de leurs bourreaux le rendait furieux. C'était la pire du lot ! Avec son joli minois, elle lui avait fait croire que jamais, au grand jamais, elle ne lui ferait de mal. Il éprouva la douceur de sa peau du bout des doigts, huma cette odeur qui l'avait ensorcelé des nuits entières.

Ses yeux bleu pâle étaient encore plus beaux que dans son souvenir. Il s'en voulut de la voir verser des larmes, d'être à l'origine de son désarroi. Quel parti prendre ? Exercer une vengeance qu'il savait juste… alors qu'il détestait l'idée de lui faire du mal ? Quand elle avait demandé à l'assistance de ne pas lui faire de mal, à *lui*, il n'en avait pas cru ses oreilles. Depuis quand les ennemis déclarés remuent-ils ciel et terre pour vous sauver la mise ?

— Rage, murmura Justice. C'est une femme.

Précision inutile : l'odeur délicieuse que dégageait Ellie, fraise et vanille, lui donnait envie de grogner, de fourrer son nez contre sa peau, de remonter la piste olfactive jusqu'à son point d'origine. À quoi devait-elle ces effluves enivrants, un shampoing, son gel douche ? Le simple fait de se poser la question raviva sa colère.

Il n'en revenait pas qu'elle ait pu œuvrer contre l'ennemi. Voilà qui expliquait sa présence au labo souterrain… mais cela n'excusait nullement sa trahison, quand elle lui avait fait endosser la paternité d'un meurtre qu'elle-même avait commis.

Elle n'avait donc pas eu conscience de son geste, du mal qu'elle lui faisait ? Cela étant, il ne voulait pas qu'elle raconte dans quelles circonstances elle l'avait mis en rogne : trop de questions seraient posées, il avait eu sa dose de honte. Pas question de s'épancher auprès de quiconque sur toutes ces années d'humiliations, d'impuissance totale, de mauvais traitements.

Être hybride, il contrôlait son corps et son esprit malgré toutes ces années de captivité. Il n'avait rien pu faire pour empêcher ce maudit technicien de l'agresser mais, tandis qu'il gisait sans force, encore traumatisé par ce qu'il venait de subir, il avait senti son corps réagir à la proximité d'Ellie. Elle l'avait excité malgré l'horreur de la situation. Il n'avait pas souhaité réagir ainsi : cela n'avait fait que rendre sa trahison plus impardonnable. Sentant qu'il baissait sa garde, elle en avait profité pour lui faire mal. Et voilà qu'il continuait à perdre les pédales, d'abord en se jetant sur elle, puis en refusant de la lâcher.

La douleur qui se lisait sur les traits de la jeune femme lui fit comprendre avec quelle force il l'étreignait. Il prit conscience, horrifié, qu'il lui meurtrissait les chairs. Au lieu de vouloir la tuer, il ne souhaitait plus qu'une chose : masser ses bras endoloris, présenter ses excuses… Il se dégoûtait lui-même. Lui qui avait conquis l'honneur insigne d'être chef adjoint de son peuple, de servir d'exemple aux autres Hybrides, de démontrer qu'il était possible de vivre en paix avec les humains, il était en train de malmener une minuscule humaine terrifiée, celle-là même qui hantait ses pensées depuis sa libération !

Qu'était devenue Ellie ? Cette question l'avait taraudé tout ce temps. Il avait même usé de son autorité toute neuve pour consulter la liste des employés de Mercile mis sous les verrous. Rêvé qu'il entrait dans sa cellule et… l'observait, tout au bonheur de la revoir. Un grognement monta de sa poitrine. L'urgence commandait de s'éloigner d'Ellie avant de reperdre les pédales.

Il avait besoin de réfléchir, de comprendre les raisons de ce dérapage chaque fois qu'il était confronté à Ellie. C'était absurde. Il était raisonnable, placide en toute circonstance. Ses semblables voyaient en lui un modèle de stabilité ; ils comptaient sur lui pour qu'il continue à donner l'exemple. Ce nom, Rage, il l'avait choisi à dessein. Pour illustrer qu'il savait canaliser les élans de son cœur. Enfin… presque toujours.

Rage posa les yeux sur Ellie puis ordonna à ses mains de s'ouvrir, sourd à son instinct qui lui hurlait de ne pas la lâcher. Il rompit le contact comme si la peau de la jeune femme lui brûlait les paumes, fit volte-face et fendit la foule.

Ellie resta allongée, immobile, jusqu'à ce que quelqu'un lui touche la jambe. Elle était abasourdie que Rage l'ait laissée vivre. Darren Artino l'aida à s'asseoir avec mille précautions. La jeune femme croisa les regards médusés de la foule alentour. Elle s'empressa d'essuyer ses larmes, étonnée d'être en vie. Chercha vainement Rage : il avait disparu.

— Mademoiselle Brower ?

Celui qui venait de parler était presque aussi grand que 416. Large d'épaules, il avait les cheveux longs ramenés en queue-de-cheval. Ses yeux bleu nuit étaient dotés de pupilles étranges, semblables à celles d'un chat. Son costume élégant ne dissimulait en rien l'aura de danger qui émanait de lui.

— Toutes mes excuses pour… l'attaque de Rage sur votre personne. Je suis Justice North, soyez assurée qu'il sera puni pour ce qu'il vient de faire. Vous êtes blessée ?

De ses yeux étranges, un brin dérangeants, il épia Ellie des pieds à la tête.

— Je n'ai rien, mentit-elle à voix basse.

En vérité, elle avait le cœur brisé par le départ précipité de celui qui obsédait ses pensées. Elle lutta contre l'envie de courir après Rage, de le supplier de l'écouter, de renouveler ses excuses. Son désir de faire amende honorable était presque douloureux. C'était impossible en raison du colosse qui lui barrait la route. Justice constituait une menace pour Rage ; il fallait désamorcer la crise avant qu'elle s'envenime.

Ellie s'efforça de ne pas loucher sur le mâle superbe au regard fascinant.

— Ne le punissez pas…

Elle était prête à supplier si nécessaire. C'était le moins qu'elle puisse faire pour éviter des ennuis à Rage.

— Sa colère est justifiée, croyez-moi. Il a d'excellentes raisons de vouloir ma mort.

Justice pâlit en entendant ces propos et cilla à plusieurs reprises. Ses épaules massives s'affaissèrent.

— Je suggère que vous preniez un peu de repos. Vous venez de subir un choc, un collègue vous tiendra informée demain, à l'heure de votre convenance, de ce qui se dit ce soir. Prenez tout le temps nécessaire pour récupérer.

Le directeur Boris approcha à son tour.

— Nous allons immédiatement nous passer de ses services à Homeland, monsieur North. Veuillez accepter nos excuses.

L'annonce fit l'effet d'une douche froide à Ellie. Elle venait tout juste de déménager en Californie, heureuse de participer au projet d'acclimatation des Hybrides, et voilà qu'on la remerciait. La jeune femme n'en voulut pas à Boris : les circonstances plaidaient contre elle. Le projet Homeland avait pour objectif premier de faire oublier aux Hybrides les torts qu'ils avaient endurés. Dans cette optique, la présence d'Ellie était une aberration.

Justice fronça les sourcils et contempla Boris.

— Je ne vois aucune raison de licencier Ellie Brower. Elle a permis d'arracher notre peuple aux laboratoires clandestins, nous serions bien ingrats de la remercier en l'éjectant du projet qu'elle a contribué à rendre possible. Et puis, c'est à nous d'en décider. Homeland est notre foyer, non ?

Le directeur resta bouche bée.

— Mais… mais Rage la déteste, et c'est votre adjoint !

— Rage va maîtriser sa colère.

Justice se tourna vers Ellie. Son visage dur s'adoucit.

— Allez vous reposer, mademoiselle Brower. Votre emploi ne craint rien. C'est vous qui continuerez à vous occuper du bâtiment des femmes. Vous faites preuve d'une candeur qui fait chaud au cœur, et je vous remercie de vous montrer aussi compréhensive envers Rage.

Ellie ne se fit pas prier. Elle quitta la table ; elle découvrit que ses genoux tremblaient, mais qu'elle tenait debout. La tête basse et le regard rivé au sol, elle se hâta de gagner le hall désert. Sitôt sortie de la salle de réunion, elle s'adossa à la paroi et se couvrit le visage. Tout son corps était secoué de spasmes. Il lui fallut une bonne minute pour se ressaisir un tant soit peu.

Puis elle se remit en marche, les bras le long du corps, et quitta le bâtiment. 416 avait survécu et pris le nom de Rage. Pire encore, il était le bras droit de Justice North. L'air du dehors la fit frissonner. Le vigile posté à l'extérieur fronça les sourcils et la regarda se diriger vers sa voiture de golf sans dire un mot.

Justice était à la tête de l'Organisation du peuple hybride. Les siens avaient voté pour qu'il soit le porte-parole des Hybrides dans leur ensemble, mais ils avaient aussi élu un conseil de représentants des survivants afin de l'épauler. Un rescapé pour chacun des quatre labos clandestins. L'OPH, comme ils l'avaient nommé, avait décidé de son propre mode de gestion quand les États-Unis avaient garanti aux Hybrides qu'ils appuyaient leur volonté d'indépendance.

Le fait que les pouvoirs publics aient, par mégarde, financé la recherche illicite en octroyant de généreuses subventions à Mercile Industries avait pesé lourd dans la balance. Pris en défaut, l'Oncle Sam avait dit amen à tout. Il faisait tache que l'argent du contribuable ait servi à créer les Hybrides et à mener des expériences innommables, pendant des décennies, sous couvert de recherche appliquée. Des sommes colossales avaient transité sur le dos des souffrances endurées par les Hybrides. La base militaire flambant neuve qui venait de leur être offerte ne s'appelait pas Homeland – la nation, le foyer – sans raison. Cette largesse des USA avait deux motifs politiques évidents : sauver la face et mobiliser l'opinion publique en faveur des Hybrides.

Ellie gara la voiturette devant le bâtiment des femmes et sortit du véhicule. Elle massa ses bras endoloris puis se hâta vers la grande entrée. Elle y était presque… quand elle sentit ses cheveux se dresser sur sa nuque. Immobile, son badge à la main, elle tourna la tête avec lenteur.

Un homme était tapi dans l'ombre d'un arbre, de l'autre côté de l'allée. Rien qu'une vague silhouette dans la pénombre, mais Ellie sut qui l'épiait. Rage. Forcément. Elle resta à l'observer. Aucun des deux ne bougea.

Ellie se mordit la lèvre. Que faire ? Aller à sa rencontre ? Ce serait l'occasion de renouveler ses excuses, et peut-être de s'expliquer plus en détail jusqu'à ce qu'il comprenne les vraies motivations de son acte, ce jour funeste, dans la cellule du sujet 416. Saisie par l'indécision, la jeune femme hésitait entre l'envie d'aller lui parler et la crainte qu'il ne se soit pas calmé.

Rage ne fit pas un geste et les jambes d'Ellie refusaient de lui répondre. Au souvenir de sa fureur, de la force avec laquelle il l'avait empoignée, elle eut brusquement moins envie d'aller lui parler. Mue par la peur, elle se tourna vers la porte, présenta son badge et se rua à l'intérieur. Puis attendit que la serrure s'enclenche avant de courir vers l'ascenseur.

Un silence de crypte régnait sur le dortoir à cette heure tardive. Elle entra dans la cabine avec la sensation d'être observée. La paroi vitrée permettait en effet qu'il la voie depuis l'extérieur. La porte de l'ascenseur, heureusement, n'était pas vitrée. Quand elle se referma, Ellie prit appui contre la paroi. Allait-il renoncer ? Difficile à dire… Seule certitude : il savait où elle dormait. Et comme il travaillait à Homeland, il devait loger dans l'un des bâtiments réservés aux cadres de l'OPH, à un jet de pierre du centre administratif.

Malédiction.

La cabine tinta en s'immobilisant au deuxième étage, dont elle était pour l'heure l'unique occupante. À mesure que d'autres femmes arriveraient, le bâtiment se remplirait jusqu'à grouiller de vie. Son isolement lui apparut soudain comme une très, très mauvaise idée.

Pas de panique : l'immeuble était sûr. Les seules personnes en mesure d'y pénétrer étaient les occupantes et les vigiles affectés à sa surveillance. Même les membres du conseil n'y avaient pas accès. Aucun risque de voir Rage débouler. Ellie ouvrit la porte de chez elle.

Elle avait laissé les lumières allumées dans son petit appartement… et la porte-fenêtre du balcon grande ouverte. Elle s'empressa d'aller fermer et verrouilla pour la première fois. Le balcon, hors d'atteinte ? Au diable la logique. Elle se déshabilla, jeta un coup d'œil à ses bras – les deux étaient rougis à l'endroit où Rage avait serré – puis gagna la salle de bains dans l'intention de prendre une douche.

Rage est vivant ! Ces trois mots tournaient en boucle dans sa tête. Ellie pleura à chaudes larmes. Si les choses s'étaient passées autrement, ils auraient pu se rencontrer. Et puis, qui sait… La douleur lui fit fermer les yeux. *Et puis quoi ? Il aurait craqué pour moi, comme j'ai craqué pour lui ?* Absurde. Inutile d'y songer, au demeurant. Ils étaient de parfaits inconnus l'un pour l'autre. *Seule certitude : il me hait*. Elle s'en était rendu compte quand il l'avait plaquée contre la table et fait éclater son courroux.

Ellie essuya ses larmes et se redressa. La façon dont elle avait agi était la seule issue possible. Il ne lui restait plus qu'une chose à espérer : qu'il lui pardonne un jour de l'avoir abandonné dans sa cellule après lui avoir mis le meurtre de Jacob sur le dos. Alors, peut-être…

— Arrête de rêver, pauvre idiote, murmura-t-elle en secouant la tête.

Chapitre 3

Ellie posa un regard dépité sur ses protégées. Préparée à une certaine réserve initiale de la part des femmes hybrides, l'ex-infirmière était tombée des nues en découvrant l'ostracisme dont elle était victime. Pas une rescapée ne lui avait témoigné la plus petite marque de sympathie. Elles formaient un groupe soudé… auquel Ellie n'appartenait pas. Elle avait de plus en plus de mal à masquer sa frustration ; leur venir en aide, c'était toute sa vie, désormais, et elles le lui interdisaient.

— Ça vous dirait d'apprendre à faire la cuisine ? Je peux vous montrer, et j'ai aussi en stock une tonne de DVD pédagogiques. (Ellie les étudia tour à tour.) Je suis sûre que vous en avez marre de ce qu'on sert à la cafétéria de l'OPH. Moi j'adore préparer à manger. C'est un talent très pratique en société : tout le monde aime faire un bon repas.

Personne ne pipa mot. Les trente ou trente-cinq paires d'yeux restèrent rivées sur elle. Ellie poussa un soupir.

— Je ne suis pas votre ennemie, vous savez. Mon boulot consiste à vous aider à vous débrouiller dans la vie de tous les jours, à vous intégrer. J'ai très envie de vous apprendre un tas de trucs… mais vous ne m'y autorisez pas.

Le silence qui suivit s'étira jusqu'à devenir gênant. Ellie, vaincue, sentit ses épaules s'affaisser.

— Très bien. Vous avez peut-être besoin d'un peu plus de temps pour apprendre à me connaître. Si l'une d'entre vous a besoin de quoi que ce soit, vous savez où me trouver. C'est mon job. Ah, sinon, j'ai préparé des gâteaux, ils sont au frigo. N'hésitez pas à taper dedans.

Ellie s'empressa de quitter les lieux pour qu'elles ne voient pas son abattement. Une fois dans le couloir, elle entendit ses élèves sortir de leur mutisme, ce qui redoubla son envie de fondre en larmes. Le silence se faisait dès qu'elle pénétrait dans une pièce et les conversations reprenaient dès sa sortie. Il devenait de plus en plus évident que les Hybrides la détestaient. Elles ne lui adressaient la parole qu'en cas d'absolue nécessité et ne voulaient pas de son aide. Quelques cours obligatoires avaient eu lieu. Leur objectif : apprendre aux résidentes à se servir des appareils à leur disposition. Pas une ou presque n'avait posé de question. Mais cela ne signifiait pas forcément un refus de coopérer, car à plusieurs reprises, Ellie s'était étonnée de leur mémoire phénoménale. Les plus douées retenaient tout du premier coup et, ensuite, aidaient celles qui avaient plus de difficultés.

Jeter l'éponge, démissionner ? L'un des membres du conseil s'était montré formel : leur froideur n'avait rien de personnel, quiconque à sa place devrait en faire les frais. Ellie n'était pas des leurs, c'était aussi simple que ça ! Les Hybrides se méfiaient des humains. Il fallait faire preuve de patience. La cohabitation ne durait que depuis deux semaines, après tout.

Deux semaines en enfer, maugréa-t-elle intérieurement en rentrant chez elle. Mais quel autre choix avait-elle ? Ellie n'avait nulle part où aller, elle avait tourné le dos au passé. La perspective de demander asile à l'un de ses parents, ne serait-ce que le temps de rebondir, suffisait à lui flanquer la migraine.

Ses parents se déchiraient à tout propos. Ils n'étaient d'accord que sur l'impérieuse nécessité de vivre chacun de son côté, et exigeaient d'Ellie qu'elle serve d'arbitre à leurs querelles ineptes. L'un et l'autre l'avaient durement critiquée quand elle avait décidé de divorcer ; ils étaient même restés en bons termes avec son ex, puis ils avaient tout fait pour recoller les morceaux. Vains efforts, en vérité : entre se jeter dans une fosse remplie de serpents et retrouver sa vie d'avant, le choix était vite fait. Ellie n'appelait jamais ses parents et s'en portait bien mieux. Très remontés contre elle, ils lui fichaient de ce fait une paix royale, ce que la jeune femme n'avait plus connu depuis l'époque de leur propre divorce, quand elle avait dix ans.

Sa nouvelle vie consistait à aller de l'avant en aidant des gens qui avaient de vrais problèmes : les Hybrides. Les rescapés comptaient à ses yeux… et les citoyens lambda bienveillants envers eux n'étaient pas légion. De la bienveillance, elle en avait des tonnes en réserve.

Ellie se changea rapidement. Débardeur, pantalon et chaussures de jogging. Elle éprouvait le besoin de changer d'air et de sortir d'un bâtiment où elle ne manquerait à personne. Gare à ne pas verser dans l'auto-apitoiement ! Le travail s'avérait moins prenant et moins gratifiant qu'escompté ; elle souffrait de cette solitude et sentait la déprime pointer son nez. Son lecteur MP3 glissé dans son soutien-gorge, elle y cala aussi son badge pour pallier l'absence de poche, sortit sur le palier et commença à courir sur place en attendant l'ascenseur.

Elle jeta un coup d'œil à sa montre en sortant du bâtiment et remarqua à quel point le ciel était sombre, seulement piqué de quelques étoiles. Puis elle contempla le salon par la fenêtre : dix ou douze de ses protégées, assises dans les canapés, riaient aux éclats. Que se racontaient-elles ? Mystère, mais elles avaient l'air heureuses.

Heureuses que je ne sois pas avec elles, rumina Ellie. Elle marmonna un juron en tournant le dos à la scène. Le jogging était entré dans sa vie depuis son installation à Homeland ; l'activité physique l'aidait à lutter contre l'ennui. Elle s'élança à allure modérée sur le trottoir. Le semblant de parc couvrait une vaste étendue le long du mur d'enceinte.

Ellie poussa le volume du lecteur MP3 calé dans son soutien-gorge ; la musique hurla dans les oreillettes. Éclectique en matière de goûts musicaux, elle écoutait ces derniers temps du *heavy metal* qui convenait à son humeur. Ses foulées régulières la conduisirent vers le grand plan d'eau, s'éloignant du périmètre de sécurité, au cœur du parc arboré. Elle aimait courir au bord de l'eau.

La jeune femme enchaîna sur quelques dizaines de mètres de marche rapide pour reprendre son souffle à l'approche de l'étang. Elle fit quelques étirements, se pencha jusqu'à atteindre la pointe de ses chaussures puis se redressa. Quelque chose remua en périphérie de son champ de vision. Ellie tourna la tête, s'attendant à voir débouler un autre joggeur. Personne… Elle fronça les sourcils. Aurait-elle rêvé ?

Ellie s'ébroua, ce devait être le vent jouant dans la ramure d'un arbre. Elle tendit les bras au-dessus de la tête puis fit d'autres mouvements d'assouplissement. Son corps lui faisait mal quand elle courait, mais elle tenait à retrouver la forme. Sage résolution à vingt-neuf ans.

Elle sourit en coin : son ex-mari ferait une attaque s'il la voyait ! En assez net surpoids quelques années auparavant, Ellie Brower avait changé du tout au tout après son divorce. Une histoire sordide à souhait. Son salaud de mari la trompait, ne se privait pas de l'injurier et la jugeait pitoyable au point de gober toutes ses salades. Lourde erreur. Ellie n'était pas l'une de ces chiffes molles qui restent avec un type incapable de les aimer. Les jérémiades de Jeff n'y avaient rien changé, elle avait mis un terme à leur union.

Puis sa vie entière avait basculé quand elle avait été témoin des souffrances infligées aux cobayes de chez Mercile. Libérée de quinze kilos en trop et de son ex, elle n'était plus la même femme. Elle gloussa. Ce n'était pas quinze kilos indésirables qu'elle avait perdus, mais bien cent cinq si l'on comptait les quatre-vingt-dix de ce crétin de Jeff. Le dernier lien avec le passé, elle l'avait coupé en fuyant ses parents, quand ceux-ci avaient tout tenté pour qu'elle se remette avec Jeff. *Qu'ils aillent tous au diable*, songea-t-elle, amère mais satisfaite.

Elle eut soudain la chair de poule. Tétanisée, elle multiplia les coups d'œil alentour. Les paysagistes avaient planté beaucoup d'arbres ; c'était presque une forêt qui entourait le plan d'eau. Elle distingua quelques bancs publics stratégiquement disposés mais les édifices du complexe étaient situés en périphérie, tout au plus apercevait-elle deux ou trois toits. Ellie scruta de nouveau les ténèbres environnantes. Aucun doute, on l'observait.

Elle porta la main à son lecteur MP3, l'éteignit puis ôta les écouteurs et tendit l'oreille : rien de suspect. Alors qu'elle s'apprêtait à rallumer son baladeur, un grognement sourd la fit sursauter. Un chien ? Nouveau coup d'œil derrière elle… toujours rien en vue.

Les quelques vigiles qui sillonnaient Homeland avec un chien de garde tenaient toujours leur animal en laisse. Si l'un d'eux était dans les parages, son maître serait déjà visible… Ellie n'eut soudain qu'une envie, retourner au plus vite à son bâtiment.

Elle n'avait pas fait trois pas qu'un nouveau grondement, plus proche, retentit. Tout son corps se raidit. La jeune femme scruta une nouvelle fois le périmètre immédiat, les écouteurs autour du cou, le baladeur serré dans son poing. Et si c'était un chien de garde qui s'était échappé ? Ces molosses-là étaient énormes, féroces et dressés à protéger leur territoire. Elle risquait fort d'être prise pour une intruse.

— Holà ? lança-t-elle en priant pour qu'un vigile l'entende. Il y a quelqu'un ?

Rage avait épié le dortoir des femmes où vivait Ellie et l'avait aperçue à plusieurs reprises à travers les vitres du rez-de-chaussée. L'humaine travaillait avec celles de son peuple ; il avait été fier d'elles en constatant qu'elles la battaient froid… jusqu'à ce qu'il s'aperçoive que cela la chagrinait. Quel déchirement c'était de la voir ainsi souffrir ! Il aurait dû s'en moquer mais s'en découvrait incapable.

Le plus ahurissant avait été de la voir quitter seule le bâtiment pour s'en aller faire son footing. Se pouvait-il qu'elle ignore à quel point Rage était dangereux ? Qu'il l'épiait ? Et son instinct de survie, il était en panne ?

Apparemment oui : il l'avait suivie sans encombre tandis qu'elle trottait dans le parc, une zone isolée à souhait, comme pour l'inviter à s'approcher. Puis elle s'arrêta. L'attendait-elle ? La brise lui apporta l'odeur d'Ellie, ce qui eut pour effet de le faire grogner. Rage se sentit mû par un désir impérieux de l'approcher, ce qui le mit en rogne. C'était l'ennemie, merde !

Le conflit intérieur avec la bête qui était en lui fit pousser un nouveau grondement à l'Hybride. Sa moitié humaine avait conscience qu'il fallait garder ses distances avec Ellie : elle s'était infiltrée pour sauver les siens, c'était l'unique raison de sa présence au labo souterrain. Sa moitié animale, en revanche, ne désirait qu'une chose – aller à sa rencontre, la toucher, la posséder. Ce constat l'alarma.

Rage rechignait à obéir à son instinct. L'humaine avait trahi sa confiance alors qu'il était convaincu qu'elle ne lui ferait jamais de tort. Au diable les raisons qui l'avaient poussée à travailler pour Mercile ! Elles n'excusaient en rien ce qu'Ellie lui avait fait, sa colère était intacte, il avait payé très cher les petites manigances de la « gentille » infirmière.

Sous sa houlette, ses frères apprenaient à contrôler leur instinct animal. Le moins qu'il puisse faire, c'était de museler le sien, donner l'exemple, garder la tête froide. Sa responsabilité envers les Hybrides consistait à leur montrer qu'une vie normale était possible pour eux hors des laboratoires. Qu'ils n'étaient pas des animaux créés par Mercile, tout juste bons à se faire insulter. Seul hic : Ellie était la preuve vivante qu'il avait une faiblesse. Elle.

La jeune humaine cherchait à percer les ténèbres. L'animal qui était en lui hurlait de fondre sur elle, de la toucher. Il eut beau lutter, son corps se mit en mouvement malgré lui. Ça recommençait, elle lui faisait perdre tout contrôle de ses actes ! Il était incapable de résister à son odeur, au désir impérieux de plonger son regard dans celui d'Ellie, d'entendre le son de sa voix.

Sa moitié humaine enragea de sentir l'animal en plein rut lorsqu'elle lança son appel envoûtant. Rage lutta de plus belle en humant l'odeur de la peur. Comment la protéger ? En la terrifiant, peut-être, afin qu'elle prenne ses jambes à son cou ?

Son attention attirée par un nouveau mouvement, Ellie resta bouche bée en voyant Rage émerger de derrière un tronc à six ou sept mètres d'elle. Tout son corps réagit à la vue de ce mâle immense et sexy en diable, dont émanait une aura de danger. Elle ravala sa salive, sentit sa respiration s'accélérer... puis au choc succéda une peur insidieuse. Ce n'était pas un chien qu'elle avait entendu grogner, mais 416. C'était Rage qui venait de produire ce son effrayant.

Ses cheveux longs et soyeux lui tombaient en cascade sur les épaules et la poitrine, aussi libres et dénués d'entrave qu'il l'était lui-même à cet instant. Sa tenue sombre mettait en valeur sa carrure massive, ses bras énormes et sa taille fine. L'impression de danger s'accentua lorsqu'elle sentit se poser sur elle son regard chocolat noir. Il la détailla de bas en haut puis fit entendre un bruit de gorge étouffé. La crispation de sa mâchoire et de tous ses muscles se devinait malgré la pénombre.

Il fit un pas en avant qui s'apparentait davantage à la manœuvre d'un prédateur qu'à celle d'un humain. Ellie loucha sur ses cuisses – deux paquets de muscles qui saillaient dans un pantalon noir moulant – puis sur ses chaussures noires. Rage irradiait la force, la sexualité. Ellie déglutit bruyamment. Son cœur battait la chamade, elle avait le souffle court, tout son être était tendu vers cette incarnation parfaite de la masculinité.

Personne ne lui avait jamais fait cet effet-là. En le voyant faire un autre pas tout en fluidité, la jeune femme prit conscience que sa tenue était conçue pour l'aider à se fondre dans les ténèbres, qu'il avait peut-être prévu de rester caché… et qu'il venait de lui apparaître à dessein.

Rage la contempla sans mot dire. Ellie fit de même et crut discerner un air affamé sur son beau visage. Il s'humecta la lèvre inférieure d'un coup de langue, une pointe rose synonyme d'interdit et de tentation, puis plissa les yeux comme s'il essayait de lire dans ses pensées. Ellie eut envie de l'embrasser, de savoir quel effet cela ferait s'il la touchait sans la brusquer, sans fureur. Ce qui ne risquait pas d'arriver : il la haïssait.

— Tant pis, marmonna-t-elle.

Puis, plus fort :

— Euh… Bonsoir, Rage. Belle soirée pour une balade, hein ?

Toujours muet, il fit un nouveau pas vers elle puis s'immobilisa. La terreur d'Ellie monta d'un cran. Ils étaient seuls et il avait fait vœu de la tuer. Inutile d'espérer de l'aide ou l'arrivée d'une patrouille.

Un grognement sourd franchit ses lèvres entrouvertes ; il fit un pas de plus. Ellie ressentit le besoin impérieux de fuir mais n'en fit rien. Selon plusieurs rapports, les Hybrides étaient ultrarapides. Leur ADN modifié y était bien sûr pour quelque chose et le gain dépendait du type d'animal. Produit manifeste d'une hybridation avec un canidé, Rage n'aurait aucun mal à la rattraper. Que faire ? S'époumoner, tenter de désamorcer la situation par le dialogue... ou prier pour qu'il soit calmé ? Il s'approcha encore.

— Sais-tu ce qu'ils nous entraînaient à faire pour impressionner les investisseurs ?

Il s'exprimait d'une voix rauque, sans chaleur. Flippante. Celle d'Ellie dérapa dans les aigus sous l'effet de la peur.

— Non, pas vraiment. La plupart des archives ont cramé quand les labos souterrains de Mercile ont été investis. Je n'avais pas accès à ce type d'information quand j'y bossais.

— À chasser, gronda-t-il. J'étais très fort à ce petit jeu. Leur prototype le plus abouti. Ils nous formaient à faire des trucs pour doper les ventes, nous étions les exemples vivants de ce qu'un humain pouvait devenir à condition d'acheter leurs saloperies.

La jeune femme comprit que son avenir était compromis. Rage était furieux après elle et la hargne avec laquelle il évoquait son passé laissait présager le pire. Comment trouver les mots justes ? Désamorcer la situation ?

Il fit un nouveau pas vers elle. *Merde et super merde*, songea-t-elle, aux abois. Plus que deux courtes enjambées et elle était à sa merci. Elle se lança.

— Je n'ai pas eu le choix, ce jour-là. J'ai tué Jacob pour te protéger, mais s'ils se doutaient que c'était moi la coupable, jamais je ne serais sortie vivante de cet enfer. J'ai agi dans l'idée de te secourir. Je n'avais pas prévu de le tuer.

— Tu as raconté à quelqu'un ce que Jacob m'a fait ? Et comment tu m'as condamné à souffrir à ta place ?

— Non, répondit-elle en secouant la tête.

C'était vrai. Elle n'avait rien dit de l'incident à son officier de liaison, de peur de se faire engueuler pour avoir outrepassé l'ordre formel de ne rien faire qui pouvait éveiller les soupçons chez Mercile. Tuer un technicien pour sauver la vie à un Hybride ? Hors de question. Puis elle repensa à ce qu'il venait de dire. Souffrir ?

— Tu avais trop honte de tes actes, c'est ça ?

Ellie hésita.

— Tu n'as pas idée à quel point. Je…

— Tu m'as balancé aux vigiles, gronda-t-il. Après m'avoir étalé son sang sur les mains. Ne te fatigue pas à le nier.

Au bord des larmes sous le poids du remords, Ellie s'empressa de ravaler ses pleurs.

— Je… (Elle déglutit.) Je n'avais pas le choix. J'étais convaincue qu'ils ne te tueraient pas, sans quoi je ne t'aurais jamais collé le meurtre de Jacob sur le dos. Il faut me…

— Te croire ?

Ses yeux sombres réduits à deux fentes, il laissa échapper un grognement de fort mauvais augure.

— Ça t'excitait de me voir souffrir, oui ! De savoir toutes les cruautés qu'ils allaient m'infliger par ta faute !

Comment peut-il savoir que j'étais excitée ? Elle n'osa pas formuler cette question mais rechigna à mentir sur ce sujet ; elle se sentait trop redevable pour cela. Les lèvres closes, elle ne sut comment lui expliquer qu'en effet, elle avait réagi au quart de tour... parce que c'était inqualifiable. S'émoustiller en pareille circonstance ? Pas de quoi être fière.

— Ça n'avait rien à voir avec ta souffrance ou le fait que j'ai dû te planter cette aiguille dans le corps. Je l'ai fait par souci de vraisemblance : il fallait que tu aies pu le tuer avant que la drogue qu'il t'injectait ait fait effet. J'en suis vraiment désolée.

— Tu n'essaies pas de me mentir... ça m'étonne.

Ellie releva la tête pour affronter son regard mauvais.

— Parce que tu as vu juste. Ça m'a excitée de me trouver aussi près de toi. Je n'ai aucune excuse, tout ce que je peux faire, c'est te répéter que je suis désolée. C'était mal, j'en ai conscience, ça me pèse énormément, crois-moi. Tu es... (Elle se retint *in extremis* d'avouer à quel point elle le trouvait craquant.) Tu étais nu, circonstances effroyables ou pas, il aurait fallu être aveugle pour ne pas s'en rendre compte. Voilà. Désolée.

La mâchoire de Rage se crispa. Ellie voyait chaque détail de son visage, à présent qu'il était à moins d'un mètre d'elle.

— Tu travaillais pour Mercile Industrics. Aurais-tu traîné les pieds pour trouver les preuves ? Ça t'a plu de voir ce que le technicien me faisait ? (Il grogna de nouveau, montra les crocs et s'approcha encore.) Ça t'a excitée, de le voir me maltraiter, et à deux doigts de me la mettre ? Il y a d'autres Hybrides mâles dont tu as gagné la confiance en entrant dans leur cellule, au point qu'ils ne grondaient plus ? Tu en as cajolé beaucoup, en jouant les innocentes ? Combien sont-ils, à avoir été punis à ta place ?

Les narines palpitantes, il émit un nouveau grognement sourd.

— Qui d'autre as-tu trahi ?

Ellie se recroquevilla sous le coup de ces accusations perfides comme s'il l'avait frappée.

— Aucun ! Il n'y a que toi… Personne d'autre n'a souffert par ma faute. Et j'en ai bavé, pour trouver assez de preuves pour qu'un juge signe un mandat de perquisition… Comment oses-tu ! Je collectais des échantillons, j'écrivais des rapports, mais je n'avais accès à aucun des dossiers où votre existence était mentionnée. Le personnel était fouillé quotidiennement. Il m'était impossible d'introduire une caméra et de filmer l'horreur que vous viviez, histoire de donner corps à la rumeur. Tu n'as pas idée de mon état de terreur, chaque fois que je franchissais les portes de l'ascenseur pour l'enfer… Il ne s'est pas passé un jour sans que je me demande si j'allais revoir la surface. Tu imagines un peu, s'ils avaient su que j'étais une taupe de la police ? Ils m'auraient liquidée ! Les autres employés m'ont souvent mise en garde : au moindre doute, Mercile me ferait disparaître… et jamais mon corps ne serait retrouvé.

— Comment as-tu fait sortir les preuves, puisqu'ils te fouillaient à corps ?

Ellie sentit ses joues s'empourprer.

— Tu tiens vraiment à le savoir ?

— Et comment, grinça-t-il.

— En les avalant.

Rage blêmit puis fronça les sourcils.

— Je ne comprends pas…

— Il a fallu que je sympathise avec une collègue médecin, et ça a pris du temps. Je n'avais accès à rien d'intéressant… mais elle si. J'ai patiemment gagné la confiance de cette nana à qui je ressemblais vaguement, puis j'ai profité d'une pause-déjeuner pour échanger nos blouses. Munie de son badge, je me suis coiffée comme elle et j'ai baissé la tête en passant dans le champ des caméras jusqu'à son bureau. L'ayant vue taper son code d'accès assez souvent pour le mémoriser, j'ai pu accéder à son ordinateur. Mon agent de liaison m'avait confié une clé USB miniature qu'il m'a suffi d'avaler. Tout ça aurait pu très, très mal tourner…

Il la dévisagea, interdit.

— J'étais sûre de me faire pincer, de voir débouler des vigiles décidés à me tuer. Jamais je n'ai eu aussi peur qu'en ressortant du bureau. Et si j'arrivais trop tard pour échanger nos blouses sans qu'elle s'en rende compte ? Tout ça s'est passé le même jour, tu sais… (Elle s'accorda une pause.) La dernière chose à faire avec ce que j'avais dans le ventre, c'était d'attirer l'attention. Il fallait à tout prix que je transmette les preuves à mon agent de liaison, mais ça ne m'a pas empêchée d'essayer de te sauver malgré les risques. Tu veux savoir à quel point c'est douloureux, de vomir une mini clé USB ? L'avaler, à côté, ce n'était rien. J'avais donné mon accord pour qu'on m'opère si jamais je n'arrivais pas à gerber cette saleté ; mes sucs gastriques risquaient d'endommager la clé assez rapidement.

Plusieurs secondes s'écoulèrent. Rage gardait les sourcils froncés.

— Moi aussi, tu m'as berné. C'est ton truc. (Il pinça les lèvres.) Tu mens aux gens puis tu les trahis. Tu ne vaux pas mieux que les monstres qui ont créé mon peuple et l'ont réduit en esclavage.

Ces mots durs firent mal à Ellie, mais la colère prit rapidement le relais. Elle avait tué pour le secourir et risqué sa vie pour libérer les siens, merde !

— Je n'ai jamais eu l'intention de te faire du mal. (Court silence.) Et laisse-moi te dire une chose, Rage. J'ai sauvé ton cul. C'est grâce à moi si tu as survécu. Tu serais mort si je n'étais pas entrée dans ta cellule et si je n'avais pas coupé ce fumier dans son élan. Tu serais mort enchaîné au sol après que ce salaud t'a violé, une poignée de jours avant la libération générale. Si c'est ça que tu trouves impardonnable, tu m'en vois navrée. Quelle idiote j'ai été de faire passer ta survie avant tout le reste !

— Je t'ai entendue dire que tu me haïssais. Que j'étais un salopard, que tu tenais à ce que je le sache. Je n'ai pas oublié ces mots-là.

— Jamais de la vie ! glapit Ellie, bouche bée.

— J'étais allongé par terre, incapable de bouger un muscle, et tu t'es éloignée de moi pour aller recueillir le sang du technicien pour m'en badigeonner les jointures. Je t'ai entendu cracher ces paroles.

La jeune femme comprit brusquement et devint livide.

— Ce n'était pas à toi que ça s'adressait, mais à Jacob ! Je le haïssais de tout mon être pour ce qu'il t'avait fait subir.

— L'humain était mort, n'essaie pas de me baratiner. Ces mots de haine étaient dirigés contre moi.

— Non, dit-elle en secouant la tête avec véhémence sans le quitter des yeux. C'est à lui que je parlais, je te le jure. J'espérais qu'il pouvait m'entendre depuis l'enfer… c'est là qu'il a dû aller après toutes ces horreurs… et savoir ainsi ce que je pensais de lui.

Les sourcils toujours froncés, Rage la dévisagea sans mot dire.

— C'est la stricte vérité.

— Tu veux savoir le pire, quand je t'ai vue entrer dans ma cellule ?

Son timbre était glacial, tout son corps tendu comme un arc.

Elle secoua la tête et sentit la peur revenir. Une colère froide émanait des yeux de l'Hybride, plus sombres que dans son souvenir, mais enfin l'obscurité du parc était plus intense que celle de la salle de réunion quelques semaines auparavant.

— Je me rappelle fort bien ton contact. Tu as commencé par m'apaiser. Tu venais de me sauver, j'ai cru que tu ne me ferais jamais de tort. Tes mains sur mon corps étaient les bienvenues. Il me suffit de fermer les yeux pour que le souvenir resurgisse. (Il fit un pas en avant.) Quand je t'ai vue fuir après m'avoir souillé et meurtri, je me suis senti perdu. La seringue que tu m'avais plantée dans le corps me faisait moins mal que le coup au cœur.

— Si tu savais combien je regrette… Ce souvenir me hante tous les jours. (Nouvelle pause.) Je l'ai fait pour te sauver la vie. Tu sais très bien ce que Jacob comptait faire ; je l'en ai empêché. Il fallait que je fasse sortir les preuves. Je suis désolée. La dernière chose que je voulais, c'était te faire souffrir. Ça m'a fendu le cœur de devoir te faire porter le meurtre de Jacob, de te planter cette aiguille, mais il fallait que ce soit suffisamment convaincant pour qu'ils m'autorisent à sortir.

Il fit un pas de plus.

— Rien de tout cela ne compte, gronda-t-il. Je me souviens uniquement de ce que tu m'as fait. Point final. J'ai juré de te tuer de mes mains à la première occasion.

Rage tendit la main vers elle… et arrêta son geste quelques centimètres avant de la toucher.

— Enfuis-toi s'il te reste un brin de jugeote. Je me contrôle difficilement ; j'ignore quelle moitié de moi va l'emporter. N'oublie jamais qu'il y a un animal en moi.

Il pria pour qu'elle suive son conseil. La peur d'Ellie se lisait sur son beau visage expressif. Il s'en voulut de remarquer les petites rides, près des lèvres, qui témoignaient du fait qu'elle souriait souvent. Et se demanda quel effet cela faisait de l'entendre rire. Rage, pour sa part, n'avait jamais eu de raison de sourire avant sa libération. La lèvre inférieure d'Ellie, plus charnue que celle du dessus, tremblait légèrement sous l'effet de l'angoisse. Il eut très envie de la mordre.

Puis il reporta son attention sur ses cheveux. Très différents des siens, ils étaient d'un blond très clair. Cette tignasse bouclée tous azimuts semblait douce au toucher, embaumait la fraise et renforçait l'aspect fragile du visage qu'elle encadrait.

Les femmes hybrides sont infiniment plus solides que ma minuscule humaine. Rage, abasourdi, prit conscience qu'il venait de considérer Ellie comme sienne. N'importe quoi ! Lui, accorder sa confiance à une humaine ? Ces monstres n'aimaient qu'une chose : faire souffrir à la première occasion. Surtout elle. Ne venait-elle pas d'admettre qu'elle excellait dans l'art du mensonge ? Comment démêler le vrai du faux ? Ces diables-là étaient capables de tout dans l'unique but de se donner le beau rôle.

Malheur à lui s'il donnait à Ellie une nouvelle occasion de le trahir ! Et pourtant… la perspective de la posséder le troublait au plus haut point. L'estomac noué, il mourait d'envie de la toucher, d'apaiser ses peurs par une parole réconfortante. *Et merde*, pensa-t-il, dépité. *J'aimerais la faire rire dans l'unique but de la voir sourire.* C'était absurde. Et surtout dangereux. Le conflit intense qui se jouait dans sa tête à propos d'Ellie ne faisait qu'ajouter à sa fureur. Cette jeune femme était experte dans l'art de tirer les ficelles ; Rage en eut plus qu'assez d'être sa marionnette.

L'Hybride se concentra sur l'instant présent. L'ennemie était à sa merci, il avait l'occasion de faire payer l'un de ses tourmenteurs. Une occasion qui ne s'était pas encore présentée : les pires responsables n'avaient pas été inquiétés par la justice, d'autres étaient parvenus à prendre la fuite. Ce qui ne laissait que cette humaine pour payer la note.

Le cœur battant à tout rompre, il se repassa le film de sa fuite, juste après qu'elle l'eut trahi. Les images étaient si vivaces que Rage vacilla en revivant la scène. Ellie, dans sa hâte de décamper, avait loupé la porte et s'était fracassé la tête contre le mur. Qu'elle devait être pressée de le voir châtié à sa place !

L'animal qui était en lui hurla à Rage de se jeter sur elle. Il n'était ni enchaîné ni rendu amorphe par les drogues. Il se crispa des pieds à la tête et vit Ellie faire un pas en arrière. S'emplissant les poumons de l'odeur de sa peur, Rage sentit que son instinct lui dictait de la protéger… et fulmina qu'Ellie lui fasse cet effet-là. Il gronda, en proie à des émotions contraires.

C'était son ennemie, et pourtant, il mourait d'envie de la toucher. Quand il la vit tourner les talons et s'enfuir, Rage s'élança aux trousses de cette humaine qu'il désirait plus que tout au monde. Rien, à cet instant, n'aurait pu lui permettre de reprendre l'ascendant sur sa part animale.

Il venait une fois encore de perdre les pédales.

Ellie se sentit blêmir à mesure qu'elle voyait les émotions défiler sur les traits de Rage. Les bonnes intentions qui l'incitaient à ne pas bouger se volatilisèrent quand il prit un air sauvage et poussa un grondement de bête blessée. Elle fit volte-face et prit ses jambes à son cou, en proie à la panique. Peine perdue, l'Hybride était déjà sur ses talons, la terreur commandait à la jeune femme de forcer l'allure. Son lecteur MP3 lui échappa et s'écrasa au sol une seconde avant qu'il la ceinture.

Ellie ouvrit la bouche mais s'écrasa dans l'herbe avant d'avoir pu crier. Le poids du colosse chassa tout l'air de ses poumons. Il lui arracha ses écouteurs, puis la sensation d'écrasement cessa un instant. La jeune femme eut tout juste le temps de reprendre son souffle, puis Rage pesa de nouveau sur elle après l'avoir retournée sur le dos.

Son corps massif la maintenait aplatie sur le gazon détrempé. Elle tenta sans succès de se dégager. Tout en s'acharnant vainement sur son torse d'acier, Ellie laissa échapper un gémissement d'effroi en découvrant le regard noir de son tourmenteur… et l'éclat de ses canines dans la pénombre.

Le colosse l'empoigna sans violence excessive par les poignets, ramena les bras de sa proie au-dessus de sa tête et les cloua au sol d'une seule main. Puis il serra les dents, ses crocs toujours découverts, et émit un grondement sourd. Ellie ressentit la vibration de ce cri de gorge primal, proprement terrifiant, jusque dans ses entrailles.

— Ne me fais pas de mal, haleta-t-elle.

Il se souleva juste assez pour la laisser respirer plus librement ; Ellie inspira à fond. *Que cherche-t-il à voir ?* s'interrogea la jeune femme en découvrant les yeux noirs de la brute rivés aux siens. Ce qu'il lut lui arracha un juron étouffé. Il lui lâcha les poignets, roula de côté et se releva d'un bond. Ellie, toujours affalée dans l'herbe, n'en revenait pas qu'il l'ait libérée. Endolorie par les mauvais traitements, elle sentit que son cœur battait à tout rompre.

— Lève-toi, ordonna-t-il sèchement.

Ellie se redressa comme elle put et se remit debout sans grâce aucune. L'envie de fuir était toujours aussi pressante, mais elle n'en avait pas la force.

— Je suis désolée, je te l'ai dit. Que veux-tu de plus ?

Elle se risqua un peu plus près pour croiser son regard.

— Dis-moi ce que je peux faire. Je suis prête à tout pour me faire pardonner. À tout.

Rage la regarda s'approcher sans mot dire. Puis il tendit la main, vif comme l'éclair, et lui enserra la gorge. D'abord médusée, Ellie paniqua quand elle prit conscience que l'étreinte n'était pas douloureuse… mais lui faisait un effet bizarre. Elle s'escrima alors sur le poignet offert ; l'Hybride utilisa sa main libre pour l'empêcher de le griffer.

Quand Ellie sentit ses genoux fléchir, Rage retint sa chute à bout de bras. Elle voulut hurler : rien ne sortit. Les yeux dans ceux de son bourreau, elle l'implora silencieusement d'arrêter. Le regard de l'Hybride vacilla. Sans crier gare, il cessa de se défendre, enserra la jeune femme par la taille, la plaqua contre son torse massif et approcha sa bouche de son oreille.

— Ne lutte pas, lui murmura-t-il.

Ne lutte pas ? se répéta-t-elle, terrifiée, vaguement consciente de devenir violacée. Des taches apparurent dans son champ de vision rétréci, la voix de Rage se fit distante. Ellie eut un soubresaut inutile ; les yeux noirs de l'Hybride gigantesque étaient toujours rivés aux siens. Les ténèbres menaçaient de l'engloutir mais Ellie résista de tout son être.

Il a juré de me tuer, et c'est ce qu'il fait. Dire que je ne l'en croyais pas capable…

Rage relâcha la gorge d'Ellie à la seconde où elle devint toute molle et la maintint plaquée contre lui. Comme il avait cessé d'interrompre l'afflux sanguin au cerveau, il la sentit se détendre et respirer normalement. Inconsciente mais hors de danger. Il avait opté pour la méthode rapide et sans risque : elle aurait lutté plus longtemps, au risque de se blesser, s'il avait procédé autrement pour la neutraliser. Sentant qu'elle dormait paisiblement contre lui, il prit une profonde inspiration, colla le nez contre son cou et grogna. L'odeur était si exquise qu'il eut très envie de les dévêtir l'un et l'autre pour se frotter contre elle et s'imprégner de ce parfum.

Un aboiement lointain lui fit dresser la tête. Rage regarda alentour, son instinct en alerte maximale. La patrouille serait bientôt là ; il connaissait son parcours par cœur, gardant un œil sur ces malheureux humains qui croyaient régner sans partage sur Homeland. Ces idiots-là ignoraient que Rage et Justice œuvraient en secret à accélérer la passation de pouvoir en formant les leurs aux missions dévolues aux humains. Ces derniers estimaient qu'il faudrait longtemps aux Hybrides pour devenir autonomes. Ils avaient tort.

Le regard posé sur le crâne d'Ellie, toujours inconsciente contre sa poitrine, Rage la prit délicatement dans ses bras puis retourna se couler dans les ténèbres. Porter l'humaine en catimini jusque dans sa tanière était un défi qu'il se sentait apte à relever.

Quoi de plus normal, pour un assassin en puissance ? Mercile Industries les avait formés au combat… mais n'avait jamais réussi à les dominer. Les Hybrides s'étaient opposés aux ordres leur enjoignant de blesser l'un des leurs. Le labo tenait pourtant à apporter la preuve de l'efficacité de ses molécules. Chaque fois qu'un cobaye avait l'occasion de s'en prendre à un gardien, ce dernier y passait. Les techniciens étaient des êtres brutaux et méchants ; Rage lui-même en avait tué quelques-uns à la première occasion.

Mercile avait inséré de l'ADN animal dans le génome des « sujets » puis leur avait injecté d'innombrables produits qui avaient fait davantage que modifier leur apparence. Son sens de l'odorat s'était aiguisé avec l'âge, il était devenu plus fort et plus rapide qu'un homme normal, et son instinct prenait parfois le dessus.

Sujet à des accès de colère noire, 416 avait patiemment appris à se maîtriser, et cela fonctionnait... presque tout le temps. L'Hybride contempla Ellie et fit la moue : il n'avait pas perdu une miette des échanges entre médecins et techniciens pendant qu'ils conduisaient des expériences sur lui. Tout ce que Rage savait des différences entre l'espèce humaine et la sienne, il le tenait de première main.

Il manquait aux humains lambda certaines facultés que possédaient les Hybrides. Ils voyaient mal dans le noir et étaient infichus de sentir quelqu'un approcher rien qu'en levant le nez. Même chose pour l'ouïe, sensiblement moins fine. Quant à la force et la vélocité, ils péchaient là aussi, à moins d'être sous l'effet d'une drogue puissante. Les altérations subies par les Hybrides étaient permanentes, mais les produits Mercile n'avaient pas d'effet durable sur les humains qui, en outre, mouraient parfois en les essayant. Mercile avait accidentellement créé des êtres supérieurs... et les avait traités comme de vulgaires animaux.

Rage installa Ellie le plus confortablement possible puis progressa d'ombre en ombre. S'il n'avait pas la moindre idée de ce qu'il allait lui faire une fois chez lui, sa part animale paraissait satisfaite de sa prise. Sa partie humaine, elle, ne songeait qu'à prendre sa revanche. Elle s'était dite prête à tout pour se racheter ; il fit défiler les options qui s'offraient à lui. Pas question d'en finir avec elle, il s'en savait incapable… Quel biais lui restait-il pour faire toucher du doigt à Ellie ce que son crime avait signifié pour lui ? Dans un recoin de sa tête, il se prit à espérer que leur tête-à-tête allait lui permettre de guérir de son obsession…

Ellie s'éveilla, confuse, puis les souvenirs affluèrent en masse. Sa gorge lui faisait un peu mal. Quand elle voulut y porter la main, quelque chose l'en empêcha. Elle ouvrit les yeux, découvrit le plafond blanc d'un lieu inconnu, chichement éclairé, et redressa la tête.

La chambre assez vaste était dotée d'un mobilier sombre ; le feu qui brûlait dans l'âtre, à un angle de la pièce, était l'unique source de lumière. Un bruit de chasse d'eau la mit en émoi. Quelques vains efforts plus tard, Ellie comprit qu'elle avait les bras en croix : des liens faits d'une matière noire et souple la retenaient à une tête de lit.

Au terme du bref écoulement d'eau, une porte s'ouvrit et Rage fit son entrée. Torse nu, il n'était vêtu que d'un pantalon de jogging noir. La peur d'Ellie monta d'un cran en le découvrant à demi dénudé. Elle eut droit à un coup d'œil inquiet à l'imposante musculature avant qu'il éteigne dans la pièce attenante, ce qui replongea la chambre dans la semi-obscurité, et ne permit plus à Ellie de le détailler.

— Tu es réveillée.

Son ton s'était radouci. La situation donnait une dimension inquiétante à son calme apparent. Il fit quelques pas vers le lit.

— C'est bien.

Il avait posé sur elle une couverture épaisse et douce. En y regardant de plus près, la jeune femme vit qu'elle ne portait rien sur la poitrine. Un mouvement de jambe lui apprit qu'elle ne portait rien non plus en bas… Sous le choc, elle dévisagea Rage.

Le colosse s'immobilisa au bord du lit.

— Je t'ai retiré tes vêtements. (Court silence.) Tous tes vêtements.

— Pourquoi ? demanda-t-elle d'une voix rauque.

Son effroi s'accentua. Pourquoi l'emmener chez lui, la foutre à poil et l'attacher aux montants du lit ? En proie à un très mauvais pressentiment, elle refusa d'explorer les possibilités, certaine que la réponse ne ferait qu'ajouter à sa terreur.

— Tu sais très bien pourquoi. (Rage se tourna vers la table de nuit.) Tu as soif ?

Elle hocha la tête. Le matelas s'enfonça quand il prit place au bord, empoigna la bouteille qu'il avait d'évidence posée là à l'intention d'Ellie puis se retourna vers la captive. Il lui souleva la tête d'un geste délicat et porta le goulot à sa bouche. Elle but aussi vite qu'il était possible sans s'étouffer. Puis il retira sa main et reposa la bouteille sur le meuble de chevet.

— J'ai longuement réfléchi à ce que j'allais te faire, annonça-t-il à voix basse. Longtemps, j'étais résolu à te tuer à la première occasion, mais c'était avant d'apprendre quel rôle tu as joué. Je ne savais pas que tu étais venue dans cet enfer afin de sauver les miens.

Il ménagea une pause le temps de prendre position en face d'Ellie.

— J'ai décidé de te laisser vivre.

Ellie sentit son rythme cardiaque ralentir et une partie de sa peur refluer.

— Pourquoi suis-je ici ? Pourquoi m'avoir kidnappée dans le parc ?

Rage plissa les yeux.

— Tu as dit que tu étais prête à tout pour faire amende honorable. J'ai jugé que tu méritais une punition. (Nouveau silence.) Mais j'ignore si je dois te croire. Tu es une espionne, habituée à mentir, à débiter aux gens ce qu'ils ont envie d'entendre pour échapper au danger. Tu as fait insulte à ma fierté et trahi ma confiance : tu vas le payer. As-tu seulement idée de ce qu'ils m'ont fait endurer pour le meurtre du technicien ?

— Quoi ? glapit Ellie, bouche bée.

Elle n'en croyait pas ses oreilles. *Oh non*. Le chagrin lui serra le cœur.

— Ils m'en ont salement voulu, d'avoir tué cet humain. Alors ils m'ont puni à ta place.

Chapitre 4

À son visage fermé, Ellie sut qu'il disait vrai. Elle avait espéré qu'on ne punirait pas 416 pour le meurtre de Jacob : le technicien l'avait agressé, comptait le violer, et l'aurait tué par la suite. Les larmes aux yeux, elle dut ciller pour ne pas être aveuglée.

— Je n'en savais rien… (La question lui faisait mal, mais il fallait qu'elle sache.) Qu'est-ce qu'ils t'ont fait ?

Un grondement sourd franchit sa bouche entrouverte.

— Tu veux connaître les détails pour jouir des souffrances que j'ai subies par ta faute ?

— Non ! se défendit Ellie, épouvantée qu'il puisse penser cela d'elle. J'étais convaincue qu'ils allaient te laisser tranquille. Je te le jure, Rage. Vu l'investissement énorme que tu représentais, ils te jugeaient trop précieux pour être éliminé… Et puis, comment imaginer qu'ils pourraient t'en vouloir d'avoir tué ce salaud après ce qu'il comptait te faire ?

— Et pourtant.

Rage se pencha vers elle et lui jeta un regard noir.

— Ils m'ont torturé pour me faire payer sa mort. J'ai souffert comme un damné, je tenais à ce que tu le saches. En bonne espionne, tu as su échapper à la sanction.

— J'ai fait tout ça pour te sauver ! Mon supérieur m'avait assuré que ce serait une affaire de quelques jours entre le moment où je sortirais avec les fichiers et votre libération à tous. J'ai couru le risque de tout faire capoter quand j'ai vu que Jacob allait te tuer. J'ai menti à tout le monde au labo, c'est vrai, mais je ne te mens pas. Et je ne suis pas une vraie espionne. Rien qu'une infirmière. (Elle ménagea une pause.) Je travaillais chez Mercile, au siège de la boîte, à distribuer des aspirines, quand quelqu'un m'a demandé de jouer les taupes. Le type qui m'a contactée m'a raconté ce qui circulait : une rumeur de labo clandestin où l'on menait des expériences interdites sur des sujets humains. Ça m'a rendu malade qu'ils puissent faire un truc pareil.

— Pourquoi ? grogna Rage.

— C'est une chose de se porter volontaire auprès d'un labo pharmaceutique pour essayer leurs nouvelles molécules. On sait à quoi s'attendre en s'inscrivant, j'imagine que certaines personnes, surtout si elles n'ont plus rien à perdre, sont prêtes à tenter leur chance. Mais ça n'a rien à voir avec le fait d'obliger des gens à jouer les cobayes ! Mon contact m'a bien dit qu'il s'agissait de prisonniers. D'esclaves. Comme j'étais déjà au service de cette boîte, ça faisait de moi une sorte de complice indirecte de leurs horreurs. J'ai juste voulu que ça s'arrête…

— Pourquoi t'intéresser à mon sort ou à celui de mon peuple ? Pourquoi risquer ta vie pour me sauver ?

Ellie prit grand soin de choisir ses mots avant de répondre.

— Je t'ai aperçu depuis une salle d'observation découverte par hasard, quelques jours après mon entrée en fonction. Toutes les portes se ressemblaient, j'ai confondu celle-ci avec celle des stocks. Le miroir de ta cellule était en fait une vitre sans tain. Je m'y glissais parfois pour voir comment tu allais.

Elle se garda de préciser que ce petit rituel s'était répété quotidiennement : Rage n'avait pas besoin d'apprendre que son intérêt pour lui avait viré à la quasi-obsession.

— J'avais du respect pour ton courage, reprit-elle, il n'était pas question de les laisser te briser moralement. Ce qu'ils faisaient était un crime. Je prenais ma pause dans cette salle au moment où Jacob est entré, et quand je l'ai entendu dire qu'il allait te tuer, je ne pouvais quand même pas rester les bras croisés.

Rage parut réfléchir à ses explications.

— Tu n'avais jamais tenté d'empêcher quoi que ce soit auparavant. T'arrivait-il de regarder quand on faisait venir une femme dans ma cellule, et qu'on la battait sous mes yeux pour nous obliger à avoir un rapport sexuel ? Ça te plaisait, comme spectacle ?

Ellie, médusée, ne sut que répondre. Les médecins les contraignaient à faire *ça* ? Recrue récente, elle avait peut-être été sciemment tenue à l'écart de ces horreurs. Jacob n'avait donc pas été le premier à abuser de lui... L'idée la rendit malade. Puis elle s'interrogea : si elle n'avait pas fait fermer cette succursale de l'enfer, aurait-on essayé de la convaincre d'avoir des rapports sexuels avec un Hybride ?

— On t'obligeait à coucher avec des filles ? Je n'en savais rien. Je n'ai jamais vu de femme dans ta cellule. Qui s'en occupait, une autre infirmière, un technicien ? Je n'étais pas au courant, Rage, je te le jure.

— Il s'agissait de femmes hybrides. Pendant des années, ils ont essayé de nous faire nous reproduire. Ils auraient bien voulu avoir d'autres sujets à leur disposition, mais ils n'arrivaient pas à rééditer le processus utilisé lors de notre création. J'en ai assez entendu pour comprendre que le médecin à l'origine de notre hybridation est parti quand nous étions encore dans l'enfance. En emportant ses recherches et en détruisant tout sur place. Quel drame c'était pour eux ! On vieillissait, ils craignaient de nous voir mourir. (La colère le fit s'exprimer d'une voix grondante.) « Bébé ou chiot ? » a plaisanté un jour un toubib. « Qu'est-ce que ça fait, une de leurs femelles, ça accouche ou ça met bas ? » Et pour elles, tu n'as rien fait ? hurla-t-il. Tu les as laissées se faire violer ?

Rage avait mille raisons de haïr… d'autant plus quand sa hargne était dirigée contre elle.

— Je ne savais rien de tout ça. J'ignorais même qu'il existait des femmes hybrides. En tant que technicienne du dernier échelon, j'étais très limitée dans mes déplacements au sein du labo. Ça m'a fait un choc, quand j'ai appris qu'il y avait des femmes parmi les rescapés. Je n'avais vu que des hommes, Rage.

— Tu n'avais qu'à demander. Nos femmes étaient parfois violées par les techniciens. Ça me met hors de moi, que tu sois intervenue pour moi mais pas pour elles.

— Des questions, j'en ai posé plein, mais chaque fois, on m'a répondu de m'occuper de mes affaires. J'avais pour consigne de ne pas trop insister, histoire de ne pas attirer les soupçons. Mon agent de liaison était convaincu que Mercile me ferait liquider au moindre doute… et il avait raison.

Ellie retint ses larmes à grand-peine. Consciente des horreurs commises au nom de la science, elle n'en était pas moins atterrée par ce que l'on avait fait subir à Rage et aux siens. Ils avaient été traités comme des rats de laboratoire, des outils commodes, rien de plus. Des choses auxquelles on prélevait du sang, on injectait des produits, qu'on gardait en cage. Comble de l'horreur, on les avait forcés à copuler dans l'espoir d'obtenir une deuxième génération !

— Dire que je te croyais inoffensive… Tu en étais consciente ? Quand je ne grognais pas en te voyant entrer, ça t'amusait ? Je ne voulais pas t'effrayer : tu étais gentille, souriante, et jamais brusque avec les aiguilles. En te voyant tuer ce technicien, j'ai d'abord cru que tu l'avais fait pour m'éviter de souffrir.

Les traits tendus, Rage se mit à détacher chaque syllabe de sa voix la plus grave.

— Et pourtant, tu m'as abandonné, et les vigiles m'ont torturé à ta place. Ils m'ont fouetté à tour de rôle. Certains étaient amis de ce Jacob. Ils n'ont pas eu le droit de me tuer, mais ils m'en ont fait baver, tu peux me croire.

Ellie sentit les larmes rouler.

— Je suis désolée. Je…

Rien de ce qu'elle dirait ne viendrait effacer la haine de Rage à son encontre, mais elle se devait d'essayer.

— Je suis vraiment désolée. Je ne savais pas. Je croyais qu'il n'y avait que Jacob qui en avait après toi, à cause de cette histoire de nez cassé. Et je te savais trop précieux pour qu'ils te tuent. Quant à cette affaire de reproduction forcée, je n'en savais rien… Dans mon esprit, il ne pouvait rien t'arriver entre le moment où je faisais sortir les preuves et l'arrivée des secours. Je ne leur aurais jamais dit que c'était toi qui avais tué Jacob si j'avais su qu'ils allaient te punir à ma place.

Rage montra les crocs.

— Merci. C'est ça que tu espères entendre ? Tu l'as empêché de me violer et de me tuer. Dois-je te remercier pour les heures que ses amis ont passées à me torturer ?

— Non.

Peut-être. Ellie prit le temps de réfléchir.

— Tu vis et il ne t'a pas violé, ça compte pour du beurre ? Je ne suis pas restée les bras croisés ! J'ai risqué ma vie, en pénétrant dans ta cellule… Puis il a fallu que je leur fasse croire que c'était toi qui l'avais tué en te défendant, et pas un instant je n'ai songé qu'ils allaient s'en prendre à toi. Je n'avais pas le choix, Rage. Mets-toi à ma place. Les preuves que j'ai réussi à faire sortir sont l'élément déclencheur du mandat de perquisition qui a permis de sauver les tiens. Avouer le meurtre de Jacob aux gardes, c'était signer mon arrêt de mort. Ils m'auraient liquidée et toi, tu serais toujours en cage, ainsi que tout ton peuple. Ça compte, non ?

L'Hybride prit une profonde inspiration. Puis il reprit la parole d'une voix plus calme et sans gronder.

— Tes regrets ne changent rien à ce qui m'est arrivé. Ni à ce que tu m'as fait, ni au fait que je me sois senti trahi par toi. Je te faisais confiance et j'ai payé à ta place. Il n'est plus question de te tuer… mais j'ai la ferme intention de te faire comprendre ce que l'on ressent quand on est humilié et sans défense.

Rage fulminait. Quelle bêtise de croire Ellie différente ! Les vigiles l'avaient d'ailleurs raillé à ce sujet après avoir remarqué qu'il ne grognait pas quand c'était elle qui entrait dans sa cellule.

Il avait dû supporter les mots crus et les accusations selon lesquelles il rêvait de copuler avec l'humaine, leur cruauté quand ils lui affirmaient qu'elle ne voudrait jamais se taper un animal. Ellie était son point faible. Après ce jour funeste, il avait beaucoup souffert de ce sentiment de trahison. Rage avait passé des mois à la haïr, à revivre les tortures endurées par sa faute. Elle était partie en l'abandonnant étendu au sol. Dénoncé aux gardes, il avait été roué de coups puis enchaîné au mur où les sévices avaient continué.

Tous les humains étaient fourbes et sadiques. Rage s'était trompé sur le compte d'Ellie, qui lui avait ensuite fendu le cœur. Jamais plus il ne se laisserait abuser par elle.

Chaque fois qu'il avait fait confiance à un humain, il s'en était mordu les doigts. Les souvenirs de son enfance lui revinrent en mémoire : à cette époque, le docteur Vela était presque une mère pour lui. Elle lui offrait des cookies, un bonheur rare qui le faisait saliver des jours à l'avance. Le jeune 416 était prêt à tout pour lui faire plaisir. Elle lui avait promis qu'il serait libéré s'il devenait un combattant accompli ; il s'était même laissé filmer quand ses geôliers avaient voulu documenter l'efficacité des traitements sur son anatomie.

Que de manipulations dans l'unique but de le rendre docile… Quand ils étaient venus le chercher pour le conduire à un autre complexe souterrain, sa « seconde mère » s'était moquée ouvertement de sa naïveté et de sa bêtise.

Le véritable enfer avait débuté quand on lui avait appris à tolérer la souffrance physique. Les tourments avaient continué pendant l'âge adulte : raclées subies quand il s'agissait de tester des drogues permettant de récupérer plus vite, malaises graves – qui avaient parfois failli le tuer – dus aux effets secondaires… Toutes ces misères refaisaient surface.

Puis il y avait eu cette gardienne qui avait promis de l'aider à s'évader. Jeune et plein de sève, il avait encore honte, à cet âge-là, d'avoir très envie d'elle. Mary. Un nom qui lui laissait un goût amer. Elle avait défait ses chaînes ; il l'avait suivie dans un long couloir. Droit dans le piège qui lui avait été tendu pour éprouver ses prouesses martiales… face à dix ou douze vigiles lourdement armés.

Ils l'avaient encerclé, roué de coups de matraque, neutralisé au Taser. Sous les encouragements de Mary. Qui s'était accroupie à côté d'un 416 à demi mort avant de secouer la tête. Les mots qu'elle avait prononcés alors avaient tué quelque chose en lui.

« Alors comme ça, tu as cru que j'avais envie de toi ? Tu n'es rien d'autre qu'un animal, 416. » Elle avait souri aux gardes alentour tout en se relevant. « Dommage qu'on n'ait pas le droit de le tuer. Remettez-le dans sa cage. Mike, tu as bien tout filmé ? Le docteur Trent ne va pas en revenir de ce qu'il a encaissé avant de plier. Et ça tombe pile, un autre toubib a demandé qu'on l'utilise comme cobaye pour une nouvelle merde censée accélérer la guérison. Beau boulot, les gars. »

Rage avait perdu connaissance à cet instant. Faute de quoi il aurait tenté de la tuer. Pas de quartier pour les traîtres, les tortionnaires et les menteurs.

Ellie levait vers lui ses beaux yeux remplis d'effroi. En d'autres circonstances, riait-elle de s'être aussi aisément moquée de lui ? Avait-il été l'objet de ricanements entre employés de Mercile, ce grand nigaud de 416 qui cessait de gronder et de tirer sur ses chaînes quand c'était la « gentille infirmière » qui approchait ? Avait-elle ri sous cape de l'avoir dompté ?

— Je garderai mes distances si tu me libères. C'est ce que tu veux, non ? Je suis prête à démissionner et à quitter Homeland, déclara Ellie, une lueur d'espoir dans les yeux. Tu ne me reverras plus.

L'Hybride sentit une colère noire enfler en lui. Si l'humaine était vraiment résolue à payer pour ses torts, pourquoi essayait-elle de se soustraire au châtiment ? Se défiler ainsi était contraire à tous les principes ! Après avoir affirmé qu'elle était prête à tout pour se faire pardonner, voilà qu'elle implorait grâce… Rage émit un grondement sourd.

Ellie vit Rage faire la grimace : sa fureur se lisait dans ses pupilles, il avait très mal pris qu'elle lui demande de la libérer. Elle se prépara au pire.

Il tendit le bras, empoigna la couverture et tira un coup sec, exposant en un clin d'œil le corps dénudé d'Ellie. Puis il se leva et posa sur elle un regard dur.

— C'est ton tour. Te voilà nue, entravée, incapable de m'empêcher d'agir. Les rôles sont inversés : ce jour-là, c'était toi qui pouvais me reluquer sous toutes les coutures. Alors, Ellie, ça te plaît d'être à ma merci ?

Le feu aux joues, Ellie voulut se déhancher, rouler sur le flanc, mais il l'avait ligotée trop serré. Elle en fut réduite à lever les jambes pour les rabattre sur sa poitrine. C'était inutile, elle n'avait pas attendu d'être ainsi exposée pour savoir ce qu'il en coûte d'être humilié, mais elle s'abstint de tout commentaire.

— Et comme tu m'as touché, c'est ce que je vais faire à présent. Logique, non ? Tu sais ce que l'on ressent, quand une main étrangère t'effleure ? Te touche le sexe ? Je comprends que tu te sois sentie obligée d'ôter l'élastique qui me faisait si mal, mais ta main s'est attardée. N'essaie pas de le nier.

Ellie se cambra sous l'effet du choc et de la terreur. Elle inspira à fond. Perdre les pédales ne la menait à rien, il fallait essayer de le comprendre, il éprouvait le besoin de se venger. Et comme elle avait tué Jacob, il ne restait qu'elle en première ligne. Il disait vrai, elle l'avait touché. Et maté sans retenue aucune. C'était donc mérité, en quelque sorte. En outre, il venait de dire qu'il ne la tuerait pas. S'il fallait en passer par l'humiliation… soit. Elle n'en mourrait pas. Il avait été battu, torturé. Ce qu'il s'apprêtait à faire n'était rien à côté.

— Vas-y, reluque-moi. Je comprends.

Elle posa les jambes à plat sur le matelas et cessa de gesticuler.

— Mais je t'en prie, ne me fais pas mal.

Les sourcils froncés, Rage, perplexe, grimpa sur le lit et s'installa à califourchon au-dessus d'elle.

— Hein ? dit-il, visiblement aussi choqué qu'Ellie.

— Je comprends, murmura-t-elle. Fais-le.

Les dents serrées, il se baissa peu à peu jusqu'à occulter tout son champ de vision. Si l'objectif était de la terrifier, c'était très réussi. Le silence s'installa. Dura. Ellie sentit son rythme cardiaque s'apaiser.

— La psychologie inversée est sans effet sur moi, murmura-t-il en retour. Sache cependant que je ne te ferai aucun mal. Je n'ai nullement l'intention de te faire subir ce qu'ils m'ont fait. Te frapper, te faire saigner, est au-dessus de mes forces. Je crois en revanche avoir trouvé ma revanche : je vais te toucher. Sais-tu ce qui est pire encore que la douleur ?

Ellie refusa d'aller sur ce terrain-là. Les allusions égrenées par Rage, jusqu'ici, n'annonçaient rien de bon. Mais comme il attendait visiblement une réponse et qu'elle ne tenait pas à voir sa colère revenir, il fallait bien dire quelque chose.

— Non. La douleur est ce qu'il y a de pire, d'après moi.

— Le pire, c'est quand ton corps te trahit. Quand tu sens qu'il en redemande contre ton gré. On apprend à se méfier des autres… pas de soi-même. Cette leçon-là, crois-moi, elle apprend l'humilité. Et ça va nous permettre d'obtenir la réponse à une question qui me taraude.

Qu'est-ce qu'il me chante, là ? Elle fronça les sourcils ; Rage se fendit d'un rictus carnassier. La jeune femme sentit son cœur s'accélérer en le voyant lorgner sa poitrine. Puis quand il lui effleura le ventre. La main baladeuse remonta, la paume se referma sur un sein. Une paume brûlante, immense. Ellie paniqua quand il commença à serrer.

— Quelle douceur… Et quelle volupté, pour une femme si menue…

Il baissa la tête après lui avoir lâché le sein. Ellie hoqueta en sentant le souffle tiède de Rage contre sa poitrine… puis de nouveau quand sa bouche chaude, humide, se referma sur un téton. Un croc effleura l'épiderme ultrasensible ; une langue râpeuse glissa sur la pointe du sein. Ellie eut un soubresaut et ferma les yeux.

Une onde de plaisir irradia du téton jusqu'au ventre, secoué d'un premier spasme. Elle se mordit la lèvre inférieure pour réprimer un gémissement, abasourdie par sa propre réaction. Quand il se mit à suçoter avec vigueur, les mouvements de sa bouche envoyèrent des décharges dans tout le corps d'Ellie. Il se gardait de lui faire mal ; elle se savait pourtant à sa merci. Consciente que son intimité était déjà trempée, elle referma les cuisses sur cette preuve flagrante de son état d'excitation.

Il a raison, c'est pire, trancha-t-elle, abasourdie par la façon dont son corps réagissait aux sollicitations de Rage. Brûlante de désir, elle sentait son estomac se serrer à chaque succion. La sensation était si intense qu'elle irradiait jusqu'au clitoris ! Le jeu de langue continuait inlassablement. Le plaisir devenait presque douloureux ; elle était littéralement en feu. Ce type, avec sa langue, lui faisait vivre une expérience inédite. Elle eut beau se mordre la lèvre, cette fois, rien n'y fit : un gémissement lui échappa.

Il s'écarta en tirant sur le téton puis lâcha prise. Ellie déglutit avec peine sous le faisceau intense de ses yeux couleur chocolat ; un grognement sourd monta de sa gorge. Puis il s'intéressa de nouveau à la silhouette de sa victime.

— Tu vois, Ellie ? dit-il d'une voix caverneuse et sexy. C'est moi qui contrôle ton corps. Cette fois, tu ne peux pas m'empêcher de te faire réagir. (Rage la regarda dans les yeux.) Malgré ce que Jacob m'avait fait, je t'ai désirée ce jour-là, et je tiens ma revanche. Quand tu m'as touché la queue et que ton excitation embaumait la cellule, je me suis senti bander. Ça m'a fait encore plus mal que de te voir partir en m'abandonnant. Aujourd'hui tu fais l'expérience du désir inassouvi provoqué par quelqu'un à qui tu as tenté de résister.

Les yeux rivés sur ceux de l'Hybride, Ellie encaissa ses propos. La mortification la laissa sans voix. Rage avait réussi à l'exciter à mort ; sa dignité venait d'en prendre un sérieux coup. Elle avait bel et bien été trahie par ses sens parce qu'un homme qui la haïssait l'avait échauffée. *Pourvu qu'on en reste là,* songea-t-elle, *et qu'il me laisse filer*. Elle se détendit un peu. *Oui,* conclut la jeune femme, *il la tient, sa vengeance*. Les larmes aux yeux, Ellie attendit de se calmer avant de reprendre la parole.

— On est quittes, à présent ? demanda-t-elle d'une petite voix, en se détestant pour sa faiblesse.

Un regard noir rencontra le sien.

— Quittes ? Pas encore. Ma revanche se doit d'être totale.

— Mais tu viens de…

Il gronda doucement.

— Ils m'ont tourmenté pendant des heures. Je pourrais faire de même avec ma bouche et mes mains ; ce ne sont pas les moyens qui manquent…

Les yeux écarquillés, Ellie sentit qu'il lui écartait les cuisses. Puis il lui souleva les jambes et les planta fermement sur ses épaules.

La jeune femme voulut serrer les genoux après le choc initial mais la tête du colosse l'en empêchait. Il reporta son attention sur le sexe offert, l'étudia un instant… puis pencha la tête. Abasourdie, au désespoir, Ellie sentit son souffle chaud sur ses replis intimes et son clitoris.

— Attends ! supplia-t-elle en se débattant comme une diablesse tandis qu'il tournait la tête pour entreprendre de lui lécher l'intérieur d'une cuisse.

Elle eut beau se tordre, jouer des épaules, il refusa de lâcher prise. Et fit étalage de sa force physique en la plaquant jusqu'à ce qu'elle ne puisse plus bouger du tout. Elle sentit la mâchoire de Rage frotter contre le haut de sa cuisse, monter, descendre, dans un mouvement caressant.

— Veux-tu garder les jambes écartées, que je puisse utiliser mes mains ? Dis oui et je te détache les poignets.

— Je ne fais jamais ça dès le premier rencard, et même pas au cinquième. C'est pas mon truc, désolée.

Elle tira comme une possédée sur ses liens et se déhancha en pure perte : pas moyen d'échapper à sa poigne de fer.

— Punis-moi autant que tu veux, mais pas comme ça. Je t'ai mis en colère, c'est vrai, mais je ne l'ai pas fait exprès, d'accord ? Ce n'est pas juste, jamais je n'ai approché ma bouche de ton sexe !

— Je me doutais un peu que tu allais dire non. Tant pis, je continue à utiliser mes mains pour te faire tenir tranquille…

— Pas ça, supplia-t-elle.

— « Ça ? » répéta Rage, la tête inclinée de côté.

— Ne me touche pas rien que pour avoir ta revanche.

— Oh, Ellie, mais c'est que j'en meurs d'envie ! Tu ne t'en rends pas compte ? Ça va beaucoup plus loin qu'une bête histoire de vengeance. Dis-moi oui et je nous exauce.

Ellie vit la passion qui couvait dans ses prunelles sombres. Il était sexy en diable, tout son être désirait le voir enfouir la tête entre ses cuisses, tout près de l'endroit le plus sensible, et elle abdiqua. En hochant la tête, elle se dit qu'elle devait avoir perdu la boule, mais le soulagement qu'elle lut sur les traits de l'Hybride la conforta dans sa décision.

Ellie hoqueta au moment où sa langue lui effleura la partie la plus réceptive de son anatomie. Sa bouche se referma sur la minuscule boule de terminaisons nerveuses qu'il se mit à stimuler à petits coups de langue. La jeune femme s'immobilisa, tendue comme un arc, toute à l'extase que lui procurait cette bouche gourmande.

Il est vraiment en train de le faire… Il… dieux du ciel, qu'est-ce que c'est bon.

La texture de sa langue était quelque peu inhabituelle. La sensation était presque douloureuse… mais surtout incroyablement jouissive. Il maintenait une pression constante tandis que sa langue s'acharnait obstinément, sans relâche, sur son petit bouton. Ellie poussa des gémissements de plus en plus forts, de plus en plus aigus ; ses mains se refermèrent sur les liens qui la retenaient pour répondre au besoin de s'agripper à quelque chose.

Il va me tuer, en fin de compte. Pas en l'étranglant ou en lui brisant les cervicales – en la léchant jusqu'à ce que mort s'ensuive. En l'amenant au bord de l'orgasme sans jamais le lui accorder. Elle tenta de se raisonner, de se rappeler à quel point elle détestait qu'un homme la possède ainsi, ça ne l'avait jamais amenée à jouir, mais à cet instant, Rage poussa un nouveau grondement qui fit vibrer son clitoris gonflé. Elle perdit le fil de ses pensées. Rien n'existait plus que le plaisir, Rage et cette bouche qui lui envoyait des frissons dans tout le corps.

L'orgasme la submergea brutalement. Le spasme fut si violent qu'elle se surprit à crier. Tous ses muscles se mirent à trembler ; seule sa tête abdiqua. Noyée dans la brume éthérée du plaisir, elle perdit toute faculté à penser, à articuler, jusqu'à ce qu'il retire sa bouche.

Ellie reprit son souffle. Elle tremblait toujours comme une feuille quand il lui lâcha les jambes avec douceur. Elle sentit alors sa peau chaude contre son mont de Vénus, son estomac, ses seins, jusqu'à ce qu'ils se retrouvent en vis-à-vis.

Qu'il me tue si ça lui chante, songea-t-elle, *ça m'est égal.* Son corps avait acquis la consistance de la guimauve. *Jamais je ne me suis sentie aussi bien.* Elle rouvrit les yeux et contempla son beau regard sombre.

— Je devrais sortir d'ici et te laisser seule, sans un regard en arrière. C'est ce que tu m'as fait subir.

Qu'elle mente ou pas, ça m'est égal, désormais, songea Rage en se passant la langue sur les lèvres. L'arrière-goût de miel que lui avait laissé le plaisir d'Ellie exacerbait le besoin lancinant de la posséder. Elle était si douce, si réactive ! Au diable la rancœur, il était perdu dans ses beaux yeux bleus. Il n'eut qu'une envie : boire ses paroles tant que durerait cet instant.

Lamentable, réagit-il aussitôt. Lui, perdre la tête pour une petite humaine fragile ? Il s'était juré de garder ses distances avec ces créatures de malheur… et voilà qu'il se retrouvait au lit avec l'une d'elles – avec *son* Ellie.

Non contente de lui faire perdre ses nerfs, la jeune femme l'empêchait de dominer l'animal qui sommeillait en lui. Même son cœur était à elle. Au lieu de se méfier d'elle, il la désirait. *Quand suis-je devenu maso ?*

Chapitre 5

Ellie ouvrit la bouche mais comprit que rien de ce qu'elle pourrait avancer n'effacerait l'amertume qui se lisait sur son beau visage. Cette rancœur était son œuvre ; les excuses n'avaient pas le pouvoir de réparer les torts. Elle l'observa sans mot dire. Les yeux de Rage redescendirent jusqu'à sa poitrine. Au terme d'une brève hésitation, il lui empoigna de nouveau un sein. Ellie se cambra pour accentuer la pression contre sa paume. Leurs regards se croisèrent.

— Je te veux. J'ai beau lutter, je brûle de me retrouver en toi, de ressentir ton étreinte, d'éprouver le plaisir que je t'imagine capable de me donner. C'est la première fois que je désire autant une femme. Dis-moi que tu acceptes… ou aide-moi à me rappeler que je n'ai pas le droit de te pardonner. Dis quelque chose, secoue-moi, explique-moi que je n'ai aucune raison d'être obsédé par l'idée de te posséder au point d'avoir du mal à respirer.

Ellie crut mourir en découvrant l'intensité de son regard. Les émotions s'y bousculaient : désir, envie, effroi, passion dévorante. Elle eut besoin de s'humecter les lèvres. Rage réagit par un grognement plus plaintif qu'agacé. Elle comprit. Il la désirait.

Elle hocha la tête avec lenteur. Pourquoi se mentir ? Elle avait autant envie de lui que le contraire, et ce, depuis le premier regard qu'elle avait posé sur 416 dans sa cellule. Un être fier en dépit des circonstances, un concentré de virilité dans un corps d'athlète accompli, un magnétisme auquel elle avait immédiatement succombé.

— Dis-le, la pressa-t-il.

— Oui, murmura-t-elle.

Rage ferma les yeux un long moment avant de les rouvrir.

— Serre-moi entre tes cuisses.

Ellie n'hésita qu'un court instant avant de s'enrouler autour de lui et d'appuyer les talons contre ses cuisses musclées, à la naissance des fesses. Il se redressa un peu jusqu'à ce que son gland charnu entre en contact avec son intimité. Elle était déjà moite de désir quand il donna un petit coup de reins pour la pénétrer. Il glissa sans peine entre ses lèvres soyeuses… mais manqua l'entrée.

La frustration durcit les traits du beau ténébreux. En appui sur un avant-bras, il déporta son poids de ce côté, glissa l'autre main entre leurs deux épidermes, empoigna sa queue et l'aligna au millimètre. Puis il s'immobilisa.

— Tu es sensiblement plus petite que nos femmes. Je vais faire de mon mieux pour ne pas te blesser.

Me blesser ? Consciente de leur différence de gabarit, Ellie ne se considérait pas pour autant comme un bibelot… et prit à cet instant la mesure de son erreur d'appréciation. Elle voulut lui demander des précisions. Trop tard : cessant de peser de tout son poids sur le côté, Rage laissa la gravité faire le travail. Ellie écarquilla les yeux en sentant le gland épais exercer une pression sur les parois de son sexe, s'y inviter… et contraindre son vagin à se dilater au maximum. Puis la panique s'installa à mesure qu'il s'enfonçait en elle.

— C'est trop gros, haleta-t-elle.

Il se figea. Leurs regards se croisèrent. L'écart entre les paupières réduit à deux fentes, le souffle court, il rétorqua :

— Mais non. J'ai trop envie de toi. Je vais y aller en douceur.

Aussitôt dit… il accentua la pression et la pénétra. Encore. Ellie sentit se détendre les muscles de son sexe, contraint d'accepter le membre massif qui s'enfonçait inexorablement. Rage ne s'arrêta pas avant d'être entièrement en elle. Il ménagea une pause pour donner à sa partenaire le temps de prendre ses marques. Ellie s'entendit respirer fort et dut se rendre à l'évidence : cette sensation de femme *comblée* – au sens propre – était divine. Il se retira à mi-course, lentement, puis poussa à fond.

Ellie s'entendit gémir. Le sexe de Rage, long et vigoureux, titillait ses moindres terminaisons nerveuses. Elle n'avait rien à craindre de lui. Son corps se délectait de leur emboîtement parfait. Il se cabra, un grondement étouffé franchit ses lèvres mi-closes, leurs regards étaient toujours rivés l'un à l'autre.

— J'étais sûr que ça serait le pied total, énonça-t-il d'une voix rauque. Trop bon.

La colère lui déforma les traits un court instant.

— Maudite sois-tu de me faire un effet pareil, Ellie.

Il grogna derechef et se remit en mouvement, retrait en douceur, pénétration profonde. Ellie poussa un nouveau cri, sa queue incroyablement rigide lui procurait une extase absolue. Jamais elle n'avait pris un plaisir pareil. Nouveau va-et-vient au ralenti, un peu plus profond encore, nouveau râle extatique d'Ellie. Quel bonheur de sentir glisser son sexe contre son clitoris gonflé, ses hanches positionnées de manière à ne pas l'écraser ! Surexcitée et trempée comme elle l'était, Ellie comprit que l'orgasme était imminent. Pas croyable… elle partait vraiment au quart de tour. C'était irréel qu'un homme parvienne à la faire jouir si vite, sans longs préliminaires, mais enfin, Rage n'était résolument pas comme les autres.

Quand il se mit à aller et venir plus frénétiquement, le plaisir qu'éprouva Ellie fut si vif qu'elle sut qu'elle allait jouir là, tout de suite. Les parois de son vagin comprimaient la queue en mouvement, c'était fou, comment faisait-il pour qu'elle durcisse encore ? Elle hurla, secouée de spasmes, en proie à un orgasme violent, total. Sa chatte se contracta sur cette queue qui remuait toujours.

Il se retira sans crier gare et pivota sur une hanche. Puis il rugit bruyamment en jouissant à son tour ; sa tête s'abattit sur la poitrine d'Ellie. Ses crocs acérés effleurèrent un sein tandis que, tremblant, il lui éjaculait à longs traits sur la cuisse. Il avait pris soin de ne pas jouir en elle.

Sitôt redescendue de son petit nuage, Ellie s'avoua un peu amère que Rage n'ait pas éjaculé en elle, comme s'il souhaitait ainsi préserver une certaine distance. Elle rouvrit les yeux et contempla sa tignasse noire. Il avait toujours le visage enfoui entre ses seins, son souffle chaud et saccadé lui titillait l'épiderme. Elle regretta de ne pas pouvoir le serrer dans ses bras.

Rage s'était retiré avant de courir le risque de lui faire mal, ou de l'horrifier, à cause des changements qu'il avait subis en tant que cobaye. Elle ignorait certainement le fossé anatomique qui s'était creusé entre humains et Hybrides. Il se félicitait d'avoir réussi à se maîtriser suffisamment pour se rappeler qu'il n'avait pas le droit de jouir en elle : dès la première seconde de leur intimité, il avait connu la félicité pour la première fois de sa vie. S'extraire de son sexe avait été difficile, presque impossible. Il désirait tant emplir Ellie de sa semence, l'imprégner de son odeur !

La toucher, la sentir, lui faire l'amour avait dépassé ses rêves les plus fous. À ce train-là, il risquait fort de devenir accro. *C'est peut-être déjà le cas*, l'avertit une petite voix dans sa tête.

Ellie était humaine, la barrière existait, qu'il prenne garde de ne jamais l'oublier. La garder ligotée à son lit, lui faire l'amour jusqu'à ce qu'elle soit trop épuisée pour partir ? Rage aurait adoré... mais il n'en était pas question. Quelqu'un allait finir par remarquer sa disparition.

En outre, plaisir ou pas, elle lui en voudrait d'être retenue captive. Lui-même était bien placé pour savoir ce que l'on ressentait dans pareil cas. S'emparer d'elle une fois pour l'amener dans son lit était une chose, la forcer à rester deviendrait très vite impardonnable. Ellie en viendrait à le haïr. Cette perspective le révulsait.

La frustration enfla en lui avant même qu'il ait fini de jouir. Merde alors... À peine venait-il de lui lâcher un peu de sperme sur la cuisse qu'il pensait déjà à elle comme sa chose ! Ellie lui appartenait depuis l'instant où elle l'avait touché après avoir tué Jacob pour le protéger. Impossible de la garder, hélas. C'était à devenir dingue, *enragé*, lui qui venait à peine d'accepter l'idée qu'Ellie ne lui avait pas collé ce meurtre sur le dos par pure cruauté !

Rage dissimula l'afflux d'émotions en gardant le visage enfoui contre sa poitrine. L'accès de colère était en train de passer… quand il capta l'odeur de son sang. Rouvrant les yeux, il se passa la langue sur les lèvres : aucun doute, c'était bien du sang. Celui d'Ellie. Il prit conscience avec effroi de ce qu'il avait fait.

— Merde, grinça-t-il.

Il est du même avis que moi sur ce qui vient de nous arriver, songea Ellie. *Sauf qu'en ce qui me concerne, ce n'est pas qu'une histoire de cul*. Rage leva la tête, ce qui permit à la jeune femme de respirer plus aisément. Sa queue, encore raide, buta contre le sexe d'Ellie qui prit conscience de l'extrême sensibilité de son intimité. Cela faisait longtemps qu'elle ne s'était plus envoyée en l'air.

Rage la souleva par les hanches puis se pencha sur elle. Il la garda à bout de bras et s'attarda sur son anatomie.

— Merde, soupira-t-il. Vraiment désolé. Je n'ai pas fait exprès, Ellie.

Fait exprès de quoi ? s'inquiéta-t-elle, perplexe. Ce qu'ils venaient de vivre était… magique. Hallucinant. L'orgasme le plus intense qu'elle ait jamais ressenti. Ellie suivit son regard et vit qu'il avait les yeux rivés sur son sein droit. Elle dut lever la tête et s'alarma de découvrir un filet de sang qui s'écoulait dans le sillon. En croisant le regard de Rage, elle y vit du remords. Puis elle s'interrogea : qu'est-ce qui avait pu provoquer ce petit saignement ?

Il ouvrit la bouche sans parvenir à articuler le moindre mot. Les lèvres pincées, l'air furibard, il sauta du lit et s'engouffra dans la salle de bains. Ellie, un instant éblouie par l'afflux de lumière quand il actionna l'interrupteur, le vit disparaître dans la pièce attenante.

Elle serra les cuisses avec précaution. *Houlà, j'en ai pour un petit moment avant de me remettre.* Son sexe était sensible au moindre mouvement ; Rage était mieux membré que la moyenne et Ellie, dégoûtée des hommes après le cauchemar qu'elle avait vécu avec son ex, était restée chaste depuis son divorce.

Passablement gênée de s'être si facilement laissée exciter par Rage, la jeune femme se remémora qu'il lui avait tapé dans l'œil dès qu'elle l'avait aperçu. De là, en revanche, à se retrouver nue, attachée sur un lit, avec cet Apollon sorti de l'horrible labo souterrain… *Il commence par me faire grimper aux rideaux et voilà comment ça se termine. Quel désastre !* Un bruit d'écoulement dans la salle d'eau l'arracha à ses pensées.

En voyant Rage réapparaître quelques secondes plus tard, Ellie éprouva la satisfaction d'avoir su rester zen malgré tout ce qu'elle venait d'endurer. Il évita son regard et resta rivé sur sa poitrine. Muni d'une serviette humide, il s'installa au bord du matelas.

— Laisse-moi nettoyer cette plaie… Je n'ai vraiment pas voulu te faire mal.

— Je ne souffre pas. (Bien qu'elle ait parlé d'une voix très faible, elle sut qu'il avait entendu.) Mais délivre-moi, je t'en prie.

— Laisse-moi d'abord essuyer ça, soupira-t-il. Tu saignes. Ce sont mes crocs qui t'ont écorchée, je n'avais pas du tout l'intention de te mordre. C'est juste une égratignure un peu profonde.

Formidable. Je saigne. Enfin, au moins, c'est indolore.

— Tu n'as qu'à défaire mes liens, je vais m'en occuper.

— Non.

Il s'appliqua à lui nettoyer l'épiderme juste au-dessous du sein droit. Puis, visiblement soucieux de faire disparaître toute trace de leur rapport, il épongea le sperme qu'il avait répandu sur sa cuisse.

Quelle douche froide après la passion torride… Ellie fut gagnée par l'amertume. Rage n'avait eu ni geste tendre ni mots doux envers elle après l'amour, sauf à considérer comme tels ses excuses pour l'avoir égratignée. Et voilà qu'il effaçait la preuve de sa passion, déjà aussi froide que le linge humide utilisé à cette fin. Elle n'eut soudain qu'une envie : partir sans demander son reste, oublier à jamais ce qui venait de leur arriver.

Comme Rage devait toujours la détester, Ellie tenta de ne rien laisser paraître de son malaise. Il avait agi dans l'unique but de se venger, c'était flagrant malgré ses belles paroles, et elle avait eu la sottise de le croire parce qu'elle tenait à lui. Il devenait urgent de déguerpir avant de fondre en larmes. Ellie pria pour qu'il ait assouvi sa soif de revanche et consente à la laisser filer.

— Nous voilà quittes ? parvint-elle à articuler.

Ne craque pas, merde, se répéta-t-elle, les nerfs à vif, au bord des larmes. S'il la voyait pleurer, il risquait de croire qu'elle avait mal à cause du coup de croc. Le remords qu'elle discerna sur son visage dur donna raison à Ellie : il s'en voulait de l'avoir mordue. *Comme s'il n'y avait pas assez de malentendus entre nous*, songea-t-elle amèrement.

Son regard noir remonta jusqu'à croiser celui de la jeune femme. Au terme d'un long moment passé à la dévisager, il tomba sous le coup d'une émotion indéchiffrable. Puis il ouvrit la bouche, comme pour dire quelque chose, mais rien ne vint… rien, sauf des coups frappés à la porte.

— Et merde, gronda Rage.

Relevé d'un bond, il fila vers la salle de bains avec une vivacité effrayante, balança la serviette par l'embrasure, tourna les talons, revint près du lit et ramassa la couverture qu'il avait arrachée plus tôt. Il s'en servit pour la couvrir des pieds au ras du cou. Rhabillé un battement de cœur plus tard, il quitta la chambre en trombe et en claqua la porte.

Que faire ? s'interrogea Ellie. Crier à l'aide ? Attirer l'attention sur sa situation, c'était courir le risque d'être trouvée nue, attachée… et mordue. Sale affaire en perspective, les apparences plaidaient pour une agression sexuelle. Pas question qu'il se fasse arrêter pour un crime qu'il n'avait pas commis.

Il avait déjà payé très cher la mort de Jacob dont Ellie, elle, était sortie indemne. Elle garda le silence afin de ne pas alerter la personne venue frapper à la porte : mieux valait subir le sort que Rage lui réservait que lui attirer des ennuis supplémentaires. *Nous voilà quittes*, raisonna-t-elle. *Il va me libérer sitôt le visiteur congédié.*

La porte de la chambre s'ouvrit à la volée. Ellie blêmit d'effroi en voyant débouler Justice. Vêtu d'un jean et d'un tee-shirt jaune, il avait formé une queue-de-cheval avec ses cheveux longs afin d'avoir les traits dégagés, ce qui permit à la jeune femme de ne rien rater de sa réaction. Elle tressaillit : aucun doute, il était en train de tirer des conclusions erronées. Un instant pétrifié, il se ressaisit, gronda, fit trois pas et s'arrêta au bord du lit. Livide et mutique, Rage se tenait dans l'encadrement de la porte, tête baissée, les yeux rivés sur le tapis.

Justice empoigna la couverture et tira. Ellie hurla, mortifiée d'être ainsi offerte au regard d'un inconnu. Justice poussa un grondement sourd. Puis il recouvrit la nudité de la jeune femme et prit place au bord du matelas. Il tendit le bras tout en fusillant son second du regard et s'escrima sur le lien qui retenait un poignet d'Ellie. Un barreau céda ; sa main était libre.

— Comment as-tu osé ? rugit le chef des Hybrides.

Il se leva, fit le tour du lit et libéra l'autre bras d'Ellie, puis rejoignit Rage en faisant écran. Ellie se redressa, se massa les poignets et prit soin de rester couverte. La carrure de son protecteur l'empêchait d'apercevoir Rage.

— Tu te rends compte ? C'est notre sauveuse, l'humaine qui a risqué sa peau pour nous aider ! Quoi qu'elle ait pu te faire, tu lui dois le fait d'être en vie. De respirer ! On s'échine à prouver aux humains que nous ne sommes pas des animaux, et toi, tu la prends de force ? Tu l'attaches à ton lit et tu la violes, comme un chien enragé ? Ils vont t'envoyer au trou, bordel de merde ! Je ne pense pas être en mesure de te couvrir, et ça tombe bien, parce que j'en ai modérément envie. Toi, nous faire un coup pareil ? Tu sais pourtant ce qui est en jeu ! Les nôtres ont besoin qu'on leur montre l'exemple, qu'on veille sur eux. Tu es mon adjoint, merde ! Si jamais j'échoue, c'est toi qui es censé reprendre le flambeau.

Justice poursuivit d'une voix plus calme.

— Tu me fends le cœur, d'avoir agressé cette humaine. Elle saigne, je le sens, ça va nous causer des torts pas croyables… Qu'est-ce qui t'a pris, bon sang ? Tu as perdu la tête ? Ton crime va donner raison à ceux qui nous considèrent comme des fauves sans cervelle, trop dangereux pour être laissés en liberté.

Couvert de honte, Rage soutint le regard médusé de Justice. Il avait pleinement conscience d'avoir causé du tort à son peuple en kidnappant Ellie. Haut responsable de l'OPH, il avait pourtant cédé à son penchant pour la jeune femme et commis l'irréparable. En préférant l'humaine à son peuple, il avait brisé la promesse faite à Justice quand il avait accepté de le seconder.

— Désolé, murmura-t-il.

Justice gronda doucement.

— Qu'est-ce qui t'arrive, mec ? Tu as pété les plombs ? C'est quoi, le déclic qui t'a fait craquer ? Je ne passerai pas l'éponge. Tu me connais assez pour le savoir. Au contraire. Je compte faire un exemple.

— C'est normal et j'assume.

Rage prit une profonde inspiration. Sachant à quoi s'attendre en levant la main sur Ellie, il était prêt à assumer les conséquences de son acte. Il avait désiré Ellie plus que ce qui, jusqu'ici, gouvernait son existence : le peuple Hybride.

Quand les siens avaient été libérés, beaucoup avaient plaidé pour la guerre ouverte… mais Justice avait su raisonner les anciens captifs. Pour survivre, il était nécessaire de coopérer avec les libérateurs. Quand on leur avait annoncé qu'ils héritaient d'une terre rien qu'à eux, Homeland, un lieu où vivre en paix, où panser les plaies de tout un peuple meurtri, Justice était venu voir Rage et lui avait demandé de l'aider à bâtir cette vie nouvelle. Rage avait accepté sans hésiter. Aucun défi ne lui faisait peur, il était résolu à tout donner pour se rendre utile.

Chargé de l'entraînement des équipes de sécurité, il avait montré aux gars comment dompter la bête qui sommeillait en chacun d'eux. Quelle ironie ! Le maître admiré, donnant le mauvais exemple… Tout ça pour courir après une chimère… Ellie, une humaine. Il l'avait ramenée chez lui. Puis séduite. Quel que soit le prix à payer.

Regrettait-il ? Non ! Ce court instant passé avec elle valait amplement tous les tourments à venir. Il l'avait touchée, sentie, goûtée, avait connu la joie indicible d'être en elle. S'il finissait au cachot, ce souvenir-là lui tiendrait compagnie. Jamais il n'oublierait l'écho de sa voix, l'éclat de ses yeux. Il lui suffirait de fermer les yeux pour être de nouveau avec elle.

— Ça va ? lança Justice à Ellie.

— Oui, coassa-t-elle.

Justice reporta son regard sévère sur Rage, qui répondit en affichant une détermination totale. Sa décision était prise : c'était à lui seul d'endosser la responsabilité de ses actes, il ne restait plus qu'à prendre ses distances avec le peuple Hybride en priant pour que les humains ne les mettent pas tous dans le même sac. Quant au châtiment à venir, il l'accepterait sans récrimination ni faux-fuyant.

La déception qui se lisait dans les yeux de Justice lui fit beaucoup de peine. Rage avait pleinement conscience d'avoir trahi son ami, ses semblables… et de s'être trahi lui-même.

— Je n'y arriverai pas sans toi, lui annonça Justice, l'air abattu. J'ai besoin de ton aide pour tenir la baraque. Chaque fois que j'avance un pion vers l'autonomie de Homeland, le directeur Boris me met des bâtons dans les roues. Il raconte au président que nous sommes incapables de nous gouverner nous-mêmes. Je le crois sincère quand il nous estime plus animaux qu'humains, tout au plus aptes à imiter leur voix et à singer leurs manières. Il a beau s'en défendre, son mépris est flagrant, ce qu'il pense de nous transpire dans chacun de ses propos.

— Je suis désolé.

— Ton geste va lui donner raison. On va en baver deux fois plus, pour leur prouver que nous sommes un peuple responsable. Tu ne pouvais pas perdre les pédales à un plus mauvais moment.

— Je sais très bien le tort que je fais à l'OPH. J'en prends l'entière responsabilité. Fais-leur savoir que je suis le seul sujet affligé d'une tare, et insiste bien pour qu'ils me condamnent durement.

Justice dévisagea son ami.

— Tu n'es pas toi-même… Pourquoi ?

Rage tenta vainement d'apercevoir Ellie, que le corps massif du chef des Hybrides lui dissimulait totalement. Il croisa le regard perplexe de son homologue léonin.

— Je crois que tu sais pourquoi. Elle me fascine sans que je me l'explique. Cela va bien au-delà de la colère.

Il était arrivé à certains Hybrides mâles de vivre une pulsion très forte pour une congénère, un besoin de proximité, d'appropriation, mais tous avaient su y résister. C'était préférable, au demeurant, puisqu'ils étaient alors tous prisonniers. Les cobayes étaient à l'isolement, chacun dans sa cellule… sauf quand les humains formaient un couple éphémère le temps qu'ils copulent.

Ils avaient cependant conscience du problème. Si celui-ci ne s'était présenté que très rarement pendant les années de captivité, les instances de l'OPH en avaient discuté : que faire si l'un des leurs ressentait le besoin de s'accoupler ? *C'est ce qui m'arrive*, songea Rage. Probablement à vie, s'il fallait en croire l'effet que lui faisait Ellie. Renoncer à elle ? Totalement exclu.

Justice jeta un coup d'œil par-dessus son épaule et parut comprendre.

— C'est à ce point ?

— Aucun doute là-dessus. J'ai beau lutter, rien n'y fait. (Ses épaules s'affaissèrent.) Vraiment désolé pour le merdier que je provoque, mais…

Rage n'en dit pas plus.

En dépit de la gravité de la situation, il ne regrettait toujours pas son geste. Il échoua de nouveau à poser les yeux sur Ellie : Justice la masquait totalement. Enfin… Il l'avait eue une fois. Maigre consolation ? Voire. Ce souvenir-là, il le chérirait toute une vie.

Ellie vit que ses fringues étaient par terre, à côté du lit ; Rage avait dû les jeter là après l'avoir déshabillée. Son badge et ses chaussures avaient subi le même sort. Elle se déplaça avec prudence, les ébats récents lui laissaient vraiment l'entrecuisse ultrasensible, et glissa sur les fesses jusqu'au bord du matelas en prenant soin de rester couverte. Elle ramassa ses affaires et les enfila à toute vitesse. Les garçons en étaient toujours à se défier du regard.

— Les vigiles humains la cherchent partout, dit Justice avant de ménager un court silence. Ils ont trouvé son bidule électronique près du plan d'eau et craignent le pire. Dès l'instant où j'ai su qui manquait à l'appel, j'ai rappliqué en priant pour que tu n'aies pas fait de bêtise. Il faut qu'on les prévienne qu'elle est ici. Elle a besoin de subir un examen, et toi, d'affronter la punition qui t'attend. Elle n'est pas des nôtres ; ils voudront sûrement appliquer leurs lois, dans cette affaire. Je suis loin d'être expert dans ce domaine. Ma seule certitude : si tu te défiles, tu nous fous dans la merde. Ne résiste pas s'ils viennent t'arrêter. Je sais ce que tu ressentiras s'ils te menottent, mais évite d'aggraver ton cas.

— Je ne leur résisterai pas, promit Rage à mi-voix. Je les appelle tout de suite.

Ellie, déjà rhabillée, enfila ses chaussures et se leva. Elle ressentit une gêne au niveau du sein quand l'étoffe frotta contre l'écorchure. S'étant promis d'y remédier dès son retour du dortoir, elle n'avait pas pris le temps de vérifier la gravité du coup de croc. Elle fit deux ou trois pas hésitants vers la porte.

— Excusez-moi, dit-elle en se raclant la gorge.

Justice, une grimace sévère aux lèvres, se tourna et la regarda dans les yeux. Ellie n'eut pas un regard pour Rage.

— Je retourne au dortoir, là… inutile d'alerter qui que ce soit. J'expliquerai que j'étais chez quelqu'un, la sécurité de Homeland n'a rien à voir là-dedans. Rage et moi sommes quittes, désormais. Il n'y aura plus de grabuge entre nous. (Elle s'obligea à braquer les yeux sur le beau brun et vit qu'il était stupéfait.) Nous sommes quittes ?

Les sourcils froncés, il secoua la tête.

Le choc fit vaciller Ellie. Ses genoux flanchèrent, mais Justice la rattrapa avant qu'elle s'écroule. Il la tint fermement par la taille jusqu'à ce que l'humaine ait retrouvé l'équilibre, et la lâcha dès qu'elle esquissa le geste de le repousser. Elle resta bouchée bée devant Rage.

— Comment ça, non ? Ça ne t'a pas suffi ?

Elle sentit les larmes affluer mais, cette fois, fut incapable de les retenir.

— Je suis désolée ! J'étais sûre qu'il ne t'arriverait rien, merde, il faut me croire ! Je n'avais pas le choix. J'ai fait tout ce que j'ai pu pour toi. Et comment t'expliquer mon geste ? Tu te méfiais de moi, c'était logique, je ne pouvais pas courir le risque que tu ailles tout répéter à l'un d'eux…

Rage, visiblement peiné, sourcilla.

— C'est toi qui as une raison de m'en vouloir, à présent. Je n'ai pas fait exprès de te blesser avec mes crocs.

Ellie, le poing serré autour de son badge, sécha ses larmes avec le dos de sa main. Rage ne cessait de l'étonner.

— Je te crois. C'est une simple égratignure, rien de méchant. Nous voilà donc quittes. Tu ne me dois rien. Il faut que j'y aille… (Ellie se mordit la lèvre.) Merci de me laisser passer.

Rage s'écarta ; Ellie s'engouffra aussitôt dans la brèche. Elle arpenta le couloir d'un pas mal assuré, déboucha dans un salon spacieux, repéra la porte d'entrée et l'ouvrit à la volée en se redressant. La fraîcheur nocturne vint caresser ses joues humides.

Combien de temps avait pu s'écouler depuis l'incident au bord du lac ? La jeune femme voulut consulter sa montre et grimaça en découvrant qu'elle ne l'avait pas au poignet. Retourner dans la chambre de Rage pour la récupérer ? *Plutôt crever.* Elle franchit le seuil et regarda alentour afin de se situer. Ses semelles glissèrent un peu sur l'herbe détrempée, puis elle s'engagea dans l'allée qui menait aux dortoirs.

Agrippée soudainement par l'épaule, Ellie fit volte-face et leva un regard inquiet sur l'imposante silhouette de Justice North. Le chef des Hybrides l'avait suivie dehors.

— Pourquoi refusez-vous qu'il soit arrêté ? Qu'est-ce qui se passe, entre vous ?

Justice cessa de lui broyer l'épaule. La confusion se lisait sur ses traits.

Ellie détailla ses beaux yeux de chat. La structure osseuse de son visage n'était pas entièrement humaine, les pommettes étaient trop saillantes, le nez excessivement large et aplati. Il était… différent, un peu comme Rage, mais dans le registre félin. Elle se dégagea d'une ruade. Justice laissa son bras retomber.

— Il faut que je retourne à mon bâtiment et que j'informe la sécurité que je n'ai rien, pour qu'ils mettent un terme aux recherches. Ce qui s'est passé chez Rage n'est pas ce que vous croyez. Il ne m'a ni violée ni violentée.

— Et au laboratoire ? voulut savoir Justice. Il s'est passé quoi, au juste ?

Ellie jeta un coup d'œil alentour : pas de lumière à la vitre de Rage et sa porte était fermée. Il n'était pas en vue. Elle reporta son attention sur Justice.

— Pourquoi diable, gronda-t-il, plaider pour son impunité après le tort qu'il vous a fait ? Ne m'obligez pas à retourner le cogner jusqu'à ce qu'il crache le morceau. Il se refuse à m'en parler. C'est la première fois qu'il me cache quoi que ce soit.

Ellie refoula un nouvel accès de larmes. Elle haïssait l'idée que Rage puisse souffrir si elle ne se confessait pas.

— C'est à lui d'en parler, pas à moi.

— Il n'en démord pas. Je suis son meilleur ami, pourtant… Ça n'a pas de sens. Aidez-moi à comprendre ou je le fais mettre au trou et passer à la question. Il va très mal le prendre, d'être remis en cage. Si son sort vous importe, dites-moi ce qu'il refuse de me dire.

Ellie hésita. C'était détestable, d'être ainsi prise en porte-à-faux, mais c'était encore plus insupportable d'imaginer que Rage pourrait pâtir une nouvelle fois de ce qui s'était passé dans sa cellule. Elle posa les yeux sur le tee-shirt de Justice.

— Vous ne vous en servirez pas contre lui ? Promettez-le-moi, dit-elle en croisant son regard.

— Je l'aime comme un frère, et pour moi, la famille passe avant tout. Plutôt me couper une main que lui faire du tort sans raison.

La jeune femme sut qu'il était sincère en contemplant ses yeux de chat.

— C'était ce type horrible, un technicien nommé Jacob, qui prenait plaisir à faire du mal aux Hybrides.

Rage lui avait pété le nez d'un coup de coude. Jacob s'en est pris à lui lors de mon dernier jour chez Mercile. Je venais tout juste de télécharger les données dans le bureau d'un médecin et de gober la clé USB pour déjouer la sécurité. Alors que j'étais allée voir comment allait 416, enfin Rage, depuis… hmm… une salle d'observation, j'ai entendu Jacob dire qu'il s'apprêtait à le tuer. Il avait fait couper les caméras de la cellule. J'y suis allée aussi vite que possible.

Elle hésita à poursuivre.

— Continuez.

Incapable d'obtempérer en continuant à le regarder dans les yeux, Ellie fixa de nouveau son tee-shirt avant de reprendre.

— Jacob avait drogué Rage, l'avait enchaîné ventre à terre, et commençait à lui faire des trucs… vraiment moches. Je l'ai attaqué. Et tué, conclut-elle, la voix éteinte.

— Rage devrait vous en savoir gré…

Justice releva le menton d'Ellie pour l'obliger à le regarder dans les yeux.

— Qu'est-ce que vous omettez de me dire ? Pourquoi s'estime-t-il trahi alors que vous lui avez sauvé la vie ?

Elle se racla la gorge.

— La clé que j'avais dans le ventre contenait assez de preuves pour décider un juge à lancer des perquisitions chez Mercile Industries. Si jamais quelqu'un se doutait que c'était moi qui venais de tuer Jacob, jamais on ne m'aurait permis de quitter les lieux à la fin de ma journée. J'ai donc décidé de faire porter le chapeau à Rage. Profitant de ce qu'il était toujours drogué, je lui ai étalé le sang de ce fumier sur les mains, puis replanté la seringue dans le corps pour donner à croire qu'il avait eu le temps de tuer Jacob avant que le produit agisse… et j'ai eu trop peur de ce qui risquait d'arriver pour lui expliquer les raisons de cette mise en scène.

Sous le feu d'un regard insistant, Ellie s'attendit à voir Justice entrer en rogne.

— Vous ne m'avez pas tout dit. Ce type d'incident était fréquent… Pourquoi Rage l'a-t-il si mal pris ?

La jeune femme serra les dents.

— En entrant dans la cellule, j'ai découvert que ce salaud de Jacob l'avait dérouillé et s'apprêtait à le violer. (Les larmes aux yeux, elle baissa de nouveau la tête.) Il avait déjà commencé à lui… enfoncer… une matraque, c'était très moche, d'accord ? Rage était convaincu que je ne lui voulais aucun mal, et voilà que je lui colle un meurtre sur le dos. Un meurtre qui lui a valu d'être torturé : il me l'a dit. C'est ma faute, s'ils se sont acharnés sur lui. Voilà pourquoi Rage était furieux après moi. Il voulait qu'on règle nos comptes ; c'est fait.

Justice garda le silence. Un coup de vent fit bruisser les frondaisons. Ellie n'osa lever les yeux vers ceux du chef des Hybrides, trop effrayée à l'idée d'y lire du dégoût ou pire, de la colère. Elle venait d'avouer un acte horrible commis contre son meilleur ami.

— Il m'a cueillie dans le parc pour me faire comprendre ce qu'il avait subi suite à la mort du technicien : être entravé, sans défense, le corps livré à la merci d'autrui. (Ellie ménagea une pause.) Il ne m'a pas forcée à coucher avec lui. Ni frappée, ni rien. Mais il a décidé qu'en me séduisant, la sanction serait plus efficace. J'étais consentante. Rage et moi sommes quittes, désormais, il tient sa revanche ; quant à moi, j'ai envie de rentrer.

— Et le sang que j'ai flairé ? C'était consenti, ça aussi ?

— Un coup de croc accidentel. Rien de méchant.

Justice soupira bruyamment.

— Je vois, dit-il en lui lâchant le menton.

Ellie tourna les talons et s'élança sans un regard en arrière, de peur de découvrir que Justice lui courait après. Elle ne s'arrêta qu'au bout de plusieurs pâtés de maisons… en manquant de percuter un vigile. Elle prétexta une visite à un ami et jura qu'il ne lui était rien arrivé de fâcheux. Quand le garde voulut savoir de quel ami il s'agissait, elle refusa de répondre et fit comprendre à demi-mot qu'il s'agissait d'un rendez-vous galant, ce qui avait le mérite de coller avec sa tenue débraillée et ses cheveux en bataille.

Le sourire en coin du vigile ne lui échappa pas, pas plus que la façon dont il avait louché sur son décolleté quand il avait signalé par talkie-walkie qu'il avait retrouvé la disparue saine et sauve. En arrivant enfin au bâtiment des filles, Ellie avait les jambes coupées par le chaos émotionnel.

Quatre Hybrides regardaient la télévision dans le salon quand Ellie passa dans l'embrasure en se dirigeant vers l'ascenseur. Elle les regarda à la dérobée en attendant l'arrivée de la cabine… et vit qu'elles la dévisageaient. La plus proche se leva d'un bond, les narines frémissantes.

— Ça va ?

Ellie fut surprise de voir s'inquiéter l'une de ses protégées.

— Ça va, oui. Merci et bonne nuit.

Elle se tourna vers les portes de l'ascenseur pour rompre le contact visuel. La cabine, hélas, mettait un temps fou à arriver. La jeune femme ferma les yeux et croisa les bras. Elle s'efforça de rester sourde aux signaux de son corps : l'irritation de son entrecuisse, la brûlure sous un sein. Il lui tardait de prendre un bain, de se servir un truc fort… et pourquoi pas de pleurer tout son soûl.

La sonnerie de l'ascenseur résonna, les portes coulissèrent. Ellie rouvrit les yeux, s'engouffra dans la cabine, pivota de manière à appuyer sur le bouton… et resta bouche bée en voyant les quatre Hybrides entrer à leur tour dans l'espace exigu sans la quitter des yeux. Elles la humèrent bruyamment, la détaillèrent des pieds à la tête, s'approchèrent encore. Ellie recula dans un coin de la cabine.

Leur intérêt soudain pour son bien-être avait quelque chose de flippant. Toutes étaient grandes, musclées, plus fortes qu'une humaine lambda. Elle était acculée dans un coin. L'une d'elles tourna la tête et appuya sur le bouton du dernier étage. Comment s'appelaient-elles, déjà ? Celle aux cheveux roux avait des yeux de félin, lui semblait-il. Ses pupilles presque noires étaient braquées sur Ellie.

— On sent toutes la même chose : un mélange de sang, de peur et de sexe. Aucun doute possible.

— Et l'odeur d'un des nôtres est sur toi, aussi, énonça celle qui se tenait tout à fait à gauche.

Elle avait une allure étrange, avec ses traits félins et ses cheveux multicolores de chatte écaille et blanc. Elle renifla à nouveau puis reprit.

— Hybride de chien, je parie. Notre odorat est moins affuté que celui des mâles, cela dit. Eux pourraient immédiatement identifier celui qui t'a fait du mal. Nous autres, on a plus de difficulté à savoir qui est qui rien qu'à l'odeur.

— Ne nous appelle pas comme ça, glapit la rouquine, une lueur jaune de courroux dans le regard. Je ne suis pas une chienne ! J'ai des gènes canins, c'est tout.

La féline haussa les épaules et reporta son attention sur Ellie.

— Tu as subi une attaque, dit-elle en reniflant derechef.

— Tout va bien, assura Ellie en déglutissant avec peine. Merci de vous inquiéter pour moi.

Les quatre femmes la dévisagèrent sans mot dire. L'ascenseur émit un « ding » en arrivant au second. Ellie essaya vainement de se faufiler, les amazones ne bougeaient pas d'un pouce. Elle se mordit la lèvre et les regarda tour à tour.

— J'aimerais accéder à ma chambre…

Elles s'écartèrent pour la laisser passer. Ellie se faufila en prenant soin de ne bousculer personne puis fila dans le couloir. Elles lui avaient flanqué la trouille. Quelle surprise de découvrir qu'elles possédaient un odorat apte à détecter les émotions ! Arrivée sur son palier, elle exhiba son badge. Sitôt le témoin lumineux passé au vert, elle tourna la poignée, franchit le seuil et voulut refermer la porte… mais s'en trouva empêchée. Les quatre Hybrides entrèrent à leur tour ; Ellie prit peur en découvrant leurs visages durs. Elle recula pas à pas, inquiète de la tournure des événements. L'une d'elles referma la porte.

— Kit, va faire couler un bain.

La plus grande des quatre, une fille aux cheveux noirs, prenait les choses en main.

Kit se dirigea sans un mot vers la salle de bains.

— Je suis Brise, annonça la grande brune à mi-voix. Nous sommes nombreuses, je ne sais pas si tu nous connais toutes par notre nom. Celle qui est à la salle de bains, c'est Kit. (Coup de menton vers la rouquine.) Voici Rouille, et celle qui ne dit jamais rien, c'est Soleil. Soleil, trouve-lui des vêtements confortables à enfiler après son bain.

Soleil fila vers l'armoire d'Ellie. Cette dernière, abasourdie, ne pouvait détacher ses yeux de Brise, qui l'observait en fronçant les sourcils.

— Tu sens le sang et le sexe, et tes poignets portent des marques de liens. Nous avons toutes été prises de force à maintes reprises pendant nos années de captivité. (Son regard s'obscurcit.) Les humains nous maltraitaient à la moindre occasion. Nos mâles, eux, faisaient toujours attention à ne pas nous blesser quand nous étions obligées de copuler. (Court silence.) Nous étions punies, ou obligées de regarder quelqu'un d'autre être puni à notre place, si nous refusions de coucher sur commande. Nos mâles sont incapables de faire du mal à l'une des nôtres… pourtant, l'un d'eux t'a attachée et violentée. Pourquoi ?

Rendue muette par le caractère odieux de ce qu'elle venait d'entendre, Ellie regarda Brise en priant pour que les coupables rôtissent en enfer.

— Je n'ai rien, promit-elle. Personne ne m'a forcée.

Brise gronda, faisant ressortir ses traits canins.

— Tu mens. Qui t'a fait ça ? Nous veillerons à ce qu'il souffre un maximum. Un mâle n'a pas le droit de forcer une femelle. Nous sommes libres, désormais. Le coupable doit payer. Il t'a fait du mal ; c'est inadmissible.

Soleil posa des vêtements sur le lit et se plaça derrière Ellie. En tournant la tête, la jeune femme la vit se pencher pour lui renifler le cou. Sans crier gare, l'Hybride souleva son débardeur. Ellie, médusée, sentit le nez de Soleil frotter contre son dos et l'entendit inhaler à fond. L'étoffe retomba quand l'amazone se redressa pour culminer à plus d'un mètre quatre-vingts.

— Pas moyen de savoir qui c'est. La trace olfactive est trop légère pour qu'il l'ait montée de dos, il a dû la prendre à la manière humaine.

Ellie, mal à l'aise entre les deux amazones, tentait de s'extraire de la prise en sandwich quand Brise se saisit du bas de son débardeur. L'Hybride s'agenouilla devant elle, releva l'étoffe jusqu'à la naissance des seins et se mit à lui renifler le ventre avant qu'elle ait le temps de protester. Soleil lui souleva le menton en arborant un visage fermé.

— Il lui a transpiré dessus pendant l'agression, comme font les humains. Je n'arrive pas non plus à savoir de qui il s'agit. (Brise fronça les sourcils en se redressant.) Pourquoi tu le couvres ? Tu sais comment il s'appelle ? Sinon décris-le-nous, on le retrouvera… et je te promets qu'il va en baver. Tu es avec nous ; il savait à quoi s'attendre, en s'en prenant à toi.

Ellie resta bouche bée et s'obligea à cogiter. Elle était tombée des nues de seconde en seconde, entre ce que les Hybrides avaient dit et ce qu'elles avaient fait. Alors comme ça, elles étaient capables de renifler la sueur de Rage sur son ventre ? Elle ferma la bouche et serra les cuisses, inquiète de leur réaction si l'une d'elles détectait l'odeur de sperme. Puis elle repensa à la dernière phrase de Brise.

— Je suis… avec vous ? Je croyais que vous me haïssiez…

Kit émergea de la salle de bains.

— On ne te hait pas. Tu es notre toutou.

— Kit ! la reprit Rouille en secouant la tête. Tu n'as pas le droit de dire ça, c'est blessant.

Kit haussa les épaules.

— C'est la vérité, pourtant. Elle est si petite, si mignonne. Et elle jappe sans arrêt comme si elle cherchait à nous faire plaisir, comme… comment ça s'appelle, déjà ? Un yorkshire ?

Rouille soupira.

— On était d'accord sur le fait qu'elle fait plus penser à un gentil caniche, avec ses longs cheveux blonds. (Grand sourire à l'attention d'Ellie.) Ne le prends pas mal, surtout. On t'adore et tu nous fais beaucoup rire. On sait toutes à quel point tu tiens à nous.

— J'ai besoin de m'asseoir, marmonna Ellie, qui flageolait sur ses jambes, ayant du mal à avaler le fait d'être considérée comme un « gentil toutou ».

La jeune femme alla se vautrer au bord de son lit… et regretta son manque de précautions quand son entrecuisse se rappela à son bon souvenir.

— Merde, lâcha-t-elle.

Ellie ferma les yeux. *Je suis leur toutou.* Le fait d'être vue comme un caniche la fit grimacer.

— Tu l'as rendue triste, gronda Brise. Excuse-toi tout de suite.

— Désolée, enchaîna aussitôt Kit. C'est positif, ça veut dire qu'on t'aime bien. Je l'ai précisé, pas vrai ? C'est si terrible, d'être un toutou ? Les gens les adorent. On t'apprécie beaucoup.

Ellie rouvrit les yeux et se força à sourire.

— Il va me falloir un peu de temps pour m'y faire, mais merci quand même. Je suis heureuse d'être appréciée. C'est l'essentiel, au fond.

— On t'aime bien, abonda Rouille. Maintenant, dis-nous qui est celui qui t'a agressée, qu'on aille lui flanquer sa raclée. Notre odorat nous permet de distinguer le sexe d'un des nôtres, de déterminer s'il s'agit d'un Hybride canin, félin ou simien, mais savoir qui au juste, c'est une autre affaire. Dis-nous tout ce que tu as retenu de lui, qu'on puisse se faire une idée précise.

Brise fit craquer ses jointures.

— Tu auras le droit d'assister à la correction. Ça te fera du bien de le voir saigner un peu. (Elle se tourna vers ses consœurs.) Mais attention, pas question de le tuer. On lui caresse juste assez les côtes pour qu'il dérouille une bonne semaine.

Ellie détailla les quatre amazones. Devait-elle se réjouir de les savoir décidées à la venger… ou se sentir affreusement mal à l'aise ?

— J'apprécie votre soutien, vraiment, vous n'avez pas idée à quel point. J'en pleurerais presque de joie. Mais ce n'est pas ce que vous croyez, il ne m'a forcée à rien.

— Ah bon ? Comment se fait-il que la sécurité soit venue fouiller les chambres après nous avoir informées de ta disparition ? Ils ont parlé de traces de lutte, dans le parc… (Brise braqua un regard inquisiteur sur Ellie.) Nous sommes intelligentes, tu sais. Ne nous prends pas pour des débiles. Tu débarques en sentant le sexe, la peur et le sang. Tu as été attachée, ça se voit à tes poignets. J'ai lu quelque part que les humains le font parfois pour pimenter les choses, mais c'est avec un Hybride que tu as copulé. Or on ne donne pas là-dedans, nous autres. Ça nous rappellerait trop les sévices du laboratoire. Et pourtant, l'un de nos mâles t'a ligotée. Dis-nous son nom ou décris-le-nous si tu l'ignores. Après la raclée qu'on va lui infliger, il ne recommencera pas. Tu es notre toutou. Personne n'a le droit de te faire du mal.

C'était – de très loin – l'échange le plus loufoque auquel Ellie ait jamais participé : les filles la considéraient comme un toutou, un caniche, pas comme leur responsable. Elle faillit faire une grimace. Elle détestait depuis toujours ses boucles désordonnées, mais merde, elle n'était quand même pas bouclée comme un caniche ! *Penser à acheter du shampoing lissant.*

Elles se montraient soucieuses de la protéger. Là était l'essentiel. Dire qu'elle s'était persuadée que toutes les pensionnaires la haïssaient ! C'était plus qu'encourageant, la glace était rompue, peut-être allait-elle parvenir à leur transmettre ce qu'elle était censée leur enseigner. Aucun doute, jugea Ellie, le bilan était positif.

— Je n'ai rien, lâchez l'affaire. C'est une histoire d'ordre privé. Je n'ai pas été blessée, le saignement que vous détectez provient d'une égratignure accidentelle.

Kit s'approcha pour la dévisager.

— Elle a trop peur pour le dénoncer.

Penchée sur Ellie, l'Hybride lui souleva le débardeur et posa le nez sur son ventre. Elle renifla… et s'écarta brusquement. Le visage déformé par l'effroi, elle émit un petit gémissement.

— Rage, hoqueta-t-elle, interloquée. Pas possible. Il est…

Silence.

Rouille proféra un juron. Puis elle fondit sur Ellie, l'empoigna et l'allongea de force. La jeune femme prit peur quand Rouille, beaucoup plus grande qu'elle, releva son débardeur d'un geste brusque et plaqua son nez contre son ventre. Elle l'entendit renifler puis grogner. L'Hybride aux cheveux multicolores se redressa d'un bond et fit volte-face. Elle se dirigea vers un angle de la pièce et abattit ses mains contre la paroi avec une violence qui fit sursauter Ellie.

— C'est bien Rage, bredouilla Rouille. Aucun doute.

Brise fut la seule à garder son calme. Elle posa un regard dur sur Kit et Rouille.

— Vous m'avez affirmé qu'il s'agissait d'un protecteur, non ? Que de tous les mâles du labo, c'était celui qui encaissait le plus de châtiments à la place des femelles ? C'est bien son odeur, vous en êtes sûres ?

Rouille opina tout en sanglotant. Quand elle se tourna vers Ellie, celle-ci vit qu'elle pleurait à chaudes larmes et paraissait perdue.

— Pourquoi il t'a fait ça ? Pourquoi ?

— On ne t'accuse de rien, s'empressa d'ajouter Kit, elle aussi au bord des larmes. On a juste du mal à comprendre. Rage s'est toujours montré très soucieux de ne pas nous faire souffrir, chaque fois que l'une d'entre nous était désignée pour coucher avec lui. Si la partenaire disait non, il refusait de la toucher et prenait sa raclée sans broncher. Il souffrait à notre place, quoi. On savait toutes qu'il était prêt à mourir pour nous éviter une sanction douloureuse… C'est pour ça qu'on ne pige pas.

Ellie s'agrippa aux draps pour s'aider à se redresser.

— Arrêtez de vous faire des idées fausses, de grâce. Je sais qu'il n'a pas fait exprès de m'égratigner. C'est un truc entre nous. On a, hum… et merde. Comment m'expliquer ? Il ne veut surtout pas que ça se sache, et je viens déjà de tout raconter à Justice North quand il m'a découverte chez Rage. Ils vous ont vraiment fait subir ça, au labo ? Quelle horreur…

Ellie se laissa retomber sur le matelas, oubliant une fois de plus sa gêne à l'entrecuisse, et grimaça.

— Ça ne sortira pas de cette pièce, promit Brise d'une voix égale. Tu as notre parole. Jamais nous ne répéterons ce que tu vas nous dire. Ces deux-là n'en reviennent pas que Rage, un vrai héros à leurs yeux, ait pu s'en prendre à toi. Il faut tout nous raconter. Nous te protégerons.

Ellie grogna faiblement. Elle épia tour à tour les quatre amazones : Brise la regardait fixement, les bras croisés, et attendait qu'elle vide son sac. Kit et Rouille étaient pâles, secouées, prêtes à pleurer de plus belle. *Chagrinées*. C'était le mot juste. Soleil, quant à elle, était curieuse.

Il n'était pas question de les laisser penser pis que pendre de Rage. Kit et Rouille, visiblement, le connaissaient bien. *Très* bien. Ellie s'en voulut à mort de se sentir jalouse parce qu'elles avaient, de toute évidence, couché avec lui. Mais enfin, ni Rage ni elles n'avaient eu le choix. La jeune femme prit une profonde inspiration et commença par le commencement. Elle n'omit rien et conclut son récit par leur intrusion dans son appartement. Les larmes aux yeux, elle se sécha les joues avant de détailler les quatre Hybrides. Allaient-elles la détester, maintenant qu'elle avait confessé ses crimes ?

Kit et Rouille avaient pris le parti de s'asseoir par terre pendant le récit d'Ellie. Brise était restée debout près de la porte ; Soleil était toujours assise à côté de l'humaine. Ellie croisa le regard de Brise.

— J'ai envie de prendre un bain, de me coucher et de ne plus jamais parler de tout ça, d'accord ? Il ne m'a ni violée ni mordue exprès.

Brise hocha la tête, un sourire sans joie aux lèvres.

— Tu es une femme généreuse, Ellie Brower. Beaucoup, à ta place, auraient refusé de comprendre son besoin de vengeance et ce qui a suivi. Plus d'une aurait… (Elle soupira.) Menti, affirmé qu'il l'avait prise sans son consentement. Quant à Rage, il n'avait pas le droit de t'en vouloir. Tu en es consciente, j'espère : il te doit la vie. C'est le mâle en lui qui a voulu régler ce compte. Et c'est injuste. J'ai très nettement perçu la honte que tu as ressentie quand il a fallu que tu fasses croire à ceux de Mercile que c'était Rage qui avait tué ce technicien. Tu as bien agi, j'aurais fait pareil à ta place. (Nouveau soupir.) Il ne t'approchera plus. On va veiller sur toi à tour de rôle.

— Ce n'est pas nécessaire, nous sommes quittes, il n'a plus de raison de revenir à la charge.

Ellie se leva.

— Merci de veiller sur moi et de me comprendre, j'avais très peur que vous me haïssiez pour ce que j'ai dû faire. Il fallait que je le tire des griffes de Jacob et que j'apporte les preuves à mon chef. Je ne m'attendais pas du tout à ce qu'ils s'en prennent violemment à lui… Ça ira, vraiment, et je me sentirai dix fois mieux demain. Je n'ai qu'une envie : tourner la page.

— Va dans la salle de bains et passe-nous tes fringues, proposa Soleil à mi-voix. On les nettoiera pour chasser son odeur. Tu as fait ce qu'il fallait. Et ce n'était rien à côté des atrocités qu'ils nous ont fait subir. En plus, tu as risqué d'y passer, contre ce technicien.

— Ça vaut ce que ça vaut, ajouta Kit avec un pauvre sourire, mais Rage est un type bien. Je te crois quand tu dis qu'il ne te voulait aucun mal, il s'est toujours très bien comporté avec nous.

Ellie hocha la tête en s'efforçant de ne rien montrer de sa jalousie : Kit venait de lui confirmer que Rage avait couché avec elle et avec Rouille. Elle passa dans la salle de bains en laissant la porte entrouverte. Une baignoire pleine d'eau chaude l'attendait. Elle se dévêtit, passa les fringues par l'embrasure et s'immergea. Le contact du liquide sur la base des seins lui arracha une grimace. Elle souleva celui qui lui faisait mal, pencha la tête et découvrit deux traces de croc. *Merde.*

Ellie ferma les yeux et tenta de faire le point. Elle n'aurait plus à craindre un nouveau coup monté de Rage, c'était toujours ça. Quant à effacer les images de la passion sexuelle qui les avait unis… c'était une autre affaire.

Son ex-mari lui en avait tellement fait baver qu'Ellie s'était juré de ne plus jamais tomber amoureuse. Penser jour et nuit à un type ? Non merci ! Elle avait tenu bon – jusqu'à ce que ses yeux se posent sur le sujet 416. Rage avait ressuscité une émotion qu'elle croyait morte. C'était vite devenu une obsession. D'abord lui sauver la vie, puis faire amende honorable après ce qu'elle lui avait fait subir. À savoir, vouer son existence au bien-être du peuple hybride quand, malgré toutes les démarches entreprises, Ellie était restée sans nouvelles de Rage.

Jamais son ex-mari n'avait autant compté que ce beau ténébreux. Naguère très amoureuse d'un salaud qui l'avait trompée, Ellie s'était forgé une certitude : plus aucun homme ne la ferait vibrer. Grossière erreur… ce qu'elle avait ressenti envers Jeff – amour ou haine – n'était rien par rapport aux émotions fortes que lui faisait vivre Rage.

Rien du tout. L'épisode torride avec Rage promettait de la hanter jusqu'à la fin de ses jours. Elle se prit à rêver à un avenir commun. Ellie se sentait prête à courir le risque d'avoir une nouvelle fois le cœur brisé, mais…

— Et merde, ronchonna-t-elle. Comme si me bercer d'illusions pouvait changer la donne…

— Rage ?

Un brin alarmé d'entendre prononcer son nom à voix basse et dépité de s'être fait surprendre, l'intéressé estima que son manque de vigilance devait être dû à sa quasi-obsession : épier Ellie depuis les abords du bâtiment des filles. Il tourna la tête juste ce qu'il fallait pour apercevoir Slade du coin de l'œil.

— Quoi ?

— Ta fixette pour l'humaine commence à me flanquer les jetons. Faut-il que je le signale à Justice ?

— Pas la peine.

Le regard de Rage se reporta sur le dortoir. Ellie était assise dans un canapé du rez-de-chaussée en compagnie d'une poignée de pensionnaires. Un propos la fit sourire ; il regretta de ne pas savoir quoi.

— Je m'assure qu'elle va bien, rien de plus.

— Lâche l'affaire, mec. On nous a expliqué pour quelle raison elle travaillait pour Mercile. Je comprends que tu aies ressenti le besoin de te venger, mais Ellie n'est pas notre ennemie.

Rage tint sa langue. Tant mieux si son ami s'imaginait qu'il gardait rancune envers celle qu'il surveillait depuis le couvert d'un arbre, car la vérité, c'est qu'il n'arrivait pas à la chasser de sa tête. Incapable de penser à autre chose, il revivait en boucle l'écho de ses gémissements, le goût de sa moiteur intime, le souvenir de ce sexe où il s'était senti merveilleusement à l'étroit.

Sa queue durcit jusqu'au seuil de la douleur à l'évocation de leur étreinte. Trois fois hélas, il avait tout foutu en l'air en l'écorchant avec ses crocs. Comment diable se racheter ? Surtout qu'il avait reçu un ordre formel : garder ses distances, ne pas interagir avec elle… ce qui n'interdisait pas de l'observer de loin. Ellie, qui n'avait pas conscience d'être épiée, ne risquait pas de se sentir menacée.

— Tu as entendu ce que je viens de dire ? dit Slade en s'approchant.

— Oui.

Rage gardait les yeux rivés sur Ellie. En la voyant écarter de sa joue une mèche de cheveux blonds, il eut terriblement envie que ce soit son visage à lui qui soit effleuré.

— J'ai entendu.

— Es-tu un danger pour elle ? Je veux une réponse franche. On est amis.

La tirade arracha Rage à l'objet de sa fascination.

— Je ne lui ferai aucun mal.

Ils se regardèrent en silence un long moment, puis Slade poussa un soupir et se tourna vers le bâtiment des filles.

— Nos femmes ont l'air de l'apprécier.

Et moi donc, se retint d'avouer Rage. *Elle m'obsède, je ne pense qu'à elle. Elle peuple tous mes rêves... quand j'arrive à fermer l'œil.*

— Tu la laisses tranquille, on est d'accord ? demanda Slade en quêtant son approbation du regard.

— Oui, répondit Rage en priant pour avoir la force de tenir parole.

— Entendu comme ça, je te laisse.

Slade tourna les talons et se fondit dans les ténèbres.

Rage retourna à son spectacle favori. Cesser d'épier Ellie soir après soir, au terme de sa journée de travail ? Bonne idée, sa santé mentale avait tout à y gagner... sauf qu'il était incapable de s'y résoudre. Il s'était même risqué plus près, en quête d'une faille dans le système de sécurité qui lui permettrait d'accéder à l'étage où elle dormait, juste pour avoir un aperçu de son cadre de vie. En savoir un peu plus.

Ses yeux se fermèrent ; il respira à pleins poumons. Que ne donnerait-il pas pour la tenir dans ses bras, pour sentir son odeur, pour la toucher ! Un grondement étouffé franchit ses lèvres entrouvertes, sa queue enflée lui fit mal, il sut qu'il allait passer une nouvelle nuit à s'agiter sans trouver le sommeil. Pas question d'oublier Ellie.

Chapitre 6

— Allez, Reine, je sais que tu peux le faire, encouragea Ellie, souriante.

L'intéressée – cheveux blonds, un mètre quatre-vingts – ne cachait pas sa méfiance envers l'aspirateur.

— Ce truc fait trop de boucan, et j'ai peur de me faire aspirer les orteils.

Ellie dut se couvrir la bouche pour masquer son hilarité.

— Tout le monde pense comme toi, mais je te promets que si tu pointes le tuyau assez loin de te pieds, ça n'arrivera pas. Tu as appris à te servir d'une machine à laver, et tu te débrouilles comme un chef avec le micro-ondes. Ce monstre-là, à côté, c'est un jeu d'enfant.

Reine soupira.

— Entendu. N'empêche que ça casse les oreilles.

Destinée, une Hybride aux cheveux noirs, l'encouragea bruyamment. Reine mit l'aspirateur en route et le passa sur le tapis du salon sans provoquer de catastrophe. Ellie sourit ; quelle qu'en soit la raison, depuis trois semaines, les pensionnaires l'avaient adoptée. Elle pouvait leur parler, rire avec elles, leur enseigner les tâches domestiques.

— Ellie ?

La jeune femme, tout sourires, se tourna vers Brise. L'immense amazone avait beaucoup fait pour l'aider à rompre la glace avec les autres filles, qui l'avaient plébiscitée « déléguée de classe ». Brise et quelques autres allaient chaque jour suivre des cours afin d'apprendre les bases qu'elles n'avaient pas eu l'occasion d'assimiler pendant leur captivité. Le petit groupe était tout juste de retour au dortoir.

— Quoi de neuf?

— Il faut qu'on parle, répondit Brise, la mine sévère.

— Oh, fit Ellie, un instant désarçonnée. Bien sûr.

Quelque chose clochait, cela sautait aux yeux. L'inquiétude d'Ellie s'accrut quand elle vit que Brise se dirigeait vers les toilettes, à la porte desquels attendaient Kit et Rouille. Brise ouvrit et s'y engouffra. Ellie la suivit. À l'intérieur, Soleil faisait le tour pour s'assurer qu'il n'y avait personne.

— RAS, annonça Soleil. Nous sommes seules.

Ellie jeta un coup d'œil par-dessus son épaule : Rouille et Kit faisaient barrage. La jeune femme reporta son attention sur Brise.

— Qu'est-ce qui se passe ?

L'amazone soupira.

— Défense de quitter le bâtiment sans escorte. Je veux que tu dormes dans ma chambre, ou que l'une d'entre nous campe dans la tienne. Pas question qu'on te quitte d'une semelle.

— Mais… pourquoi ? fit Ellie en arquant un sourcil et en les dévisageant tour à tour.

La mine renfrognée de Brise attira son regard.

— Rage refait des siennes. On n'a pas voulu t'effrayer, mais ça fait plusieurs fois qu'on le repère en train d'épier le bâtiment. Il s'est risqué plus près hier soir, comme s'il cherchait un moyen d'entrer.

— Pourquoi fait-il ça ? glapit Ellie, sous le choc.

Une alarme sonore se mit subitement à retentir, ce qui fit sursauter les cinq jeunes femmes. L'alerte incendie ? Non, le timbre était trop aigu… C'était le signal du confinement. Ellie sortit sans attendre de la salle d'eau. Kit et Rouille coururent devant elle jusqu'à l'entrée principale, où le petit groupe constata que personne n'essayait d'entrer de force. L'alarme hurlait toujours ; en se retournant, Ellie vit débouler dix ou douze Hybrides.

— Confinement ! beugla Ellie. Tout le monde dans sa chambre !

La jeune femme décrocha le combiné mural réservé aux urgences. Une tonalité plus tard, un vigile du PC de sécurité répondit.

— Ici Ellie Brower, responsable du dortoir des filles. Que se passe-t-il ? lança-t-elle en poussant sur la porte pour vérifier qu'elle était bien verrouillée.

— Intrusion, vociféra le vigile, aux abois. Un groupe d'activistes a forcé le point d'accès principal. Des gars à nous font mouvement vers vous, mais dans le doute, faites monter toutes vos pensionnaires à l'étage et vérifiez que le bâtiment est bouclé.

— Les salopards, grinça Ellie.

Elle raccrocha d'un geste rageur puis se retourna : plusieurs Hybrides étaient encore là.

— C'est un coup des fous furieux qui campent devant l'entrée de Homeland pour protester contre…

Les lèvres pincées, Ellie ne trouva pas de façon polie de finir sa phrase et préféra enchaîner.

— Merci d'aller vous enfermer dans vos chambres. L'entrée principale a été forcée, mais la sécurité est en route. Le bâtiment est sûr à cent pour cent.

Brise gronda un juron.

— Ce sont des humains qui veulent notre mort, c'est ça ?

Ellie jugea inutile d'essayer de nier.

— Des crétins finis, voilà ce qu'ils sont. Qui feraient mieux de rentrer chez eux et d'attendre qu'un vaisseau extraterrestre passe les chercher, parce qu'à mes yeux, ils n'ont rien d'humain. Qu'ils retournent sur leur sale planète ! On n'a pas besoin d'eux.

Soleil fit volte-face en grognant.

— OK, je retourne dans ma chambre.

Brise montra sa colère en grimaçant.

— On attend ici avec toi.

— Tu connais le protocole, rétorqua Ellie en secouant la tête. Toutes dans vos chambres. Je ne crains rien, il faut juste que je reste près de la porte au cas où une pensionnaire viendrait se mettre à l'abri. Certaines ne sont pas toutes revenues des cours. Les connards qui sont entrés de force sont peut-être armés. La sécurité avant tout. Mon boulot, c'est d'attendre ici. Le tien, c'est de monter.

Brise hésita.

— Allez quoi, je ne risque rien, promit Ellie.

Brise fit signe aux quelques Hybrides qui étaient restées de se diriger vers l'escalier. Ellie, soulagée, cessa de retenir sa respiration en voyant s'éloigner le petit groupe. Les filles n'essayèrent même pas d'emprunter l'ascenseur, neutralisé en cas d'alerte. La jeune femme reporta son attention sur l'extérieur. Rien à signaler.

Elle haïssait les opposants à l'Organisation du peuple hybride. Dès que les médias avaient fait état de survivants des « labos de la mort », des groupuscules haineux s'étaient constitués. Ils affirmaient que les ex-cobayes étaient des animaux qui, de ce fait, n'avaient aucun droit et devaient être liquidés. Ellie serra les dents. S'il fallait abattre des animaux, c'était au contraire ces chiens enragés qui menaçaient les Hybrides.

Ellie se raidit en entendant rugir un moteur. Une voiture de sécurité sortit du virage à tombeau ouvert avec, sur ses talons, un gros pickup… converti en véhicule blindé. Sur le flanc du char de fortune, on pouvait lire le mot « Chasseurs » en lettres rouges tracées à la diable. Ellie, horrifiée, vit le pickup percuter la voiture des vigiles qui partit en tête-à-queue. Les pneus heurtèrent le trottoir ; la voiture s'immobilisa devant le bâtiment ; le pickup freina à son tour. Ellie resta bouche bée en voyant deux types armés, vêtus de jean, sauter de la plate-forme. Son angoisse monta d'un cran : les portières arrière du véhicule de sécurité s'ouvrirent… et deux de ses pensionnaires se mirent à courir vers l'entrée du dortoir.

Deux vigiles, sortis à leur tour, dégainèrent leur arme de service et ouvrirent le feu. Les types du pickup plongèrent à couvert avant de riposter ; les Hybrides en profitèrent pour gagner le seuil du bâtiment. Ellie vit les sœurs Ciel et Bleu arriver, actionna le mécanisme d'une main tremblante, poussa de tout son poids puis se colla à la paroi vitrée pour laisser passer les imposantes amazones.

— Filez dans vos chambres, leur ordonna Ellie.

Elle referma et s'assura que le mécanisme de verrouillage avait bien fonctionné. Le panneau ne bougeant plus, elle fondit sur le combiné mural.

Plus de tonalité. *Merde.* Nouvel échange de coups de feu dehors. Ellie, terrifiée, vit l'un des vigiles encaisser un pruneau. Projeté en arrière, il s'étala sur le capot du véhicule de sécurité puis glissa sur le bitume. Un corps inerte. Le second vigile, désormais seul contre tous, continua à tirer. Un cri d'angoisse monta dans la gorge d'Ellie quand elle vit son corps criblé de balles. Agité de soubresauts, le torse et le visage en sang, il s'écroula derrière la voiture.

Ellie vacilla, transie d'effroi. Les assaillants rirent ; deux d'entre eux se tapèrent dans les mains. Elle en dénombra quatre. Ils se tournèrent vers le bâtiment… et avancèrent droit vers elle. *Merde.* Ellie abaissa la barre anti-intrusion, ajoutée pour parer à un éventuel vol de badge ou au cas où un vigile, torturé, livrerait le code d'accès. Deux précautions valaient mieux qu'une pour leur interdire l'entrée au dortoir.

— Elle n'a pas l'air d'un animal, fit remarquer l'un des types d'une voix forte en la fusillant du regard.

Un autre type, le plus massif des quatre, pointa son arme sur Ellie et brailla :

— Ouvre.

Ellie se savait à l'abri derrière du verre trempé : le bâtiment était conçu pour résister aux assauts. Leur adressant un doigt d'honneur, elle actionna l'interphone de l'autre main afin qu'ils l'entendent distinctement.

— Allez vous faire foutre. C'est du verre pare-balles.

— Foutue femelle, beugla l'un des assaillants.

Il sortit un pistolet, visa la tête d'Ellie et ouvrit le feu.

Elle tressaillit ; le verre résista. L'impact avait laissé une trace, mais pas la plus petite fissure.

— C'est un bâtiment de réunion, ici, mentit-elle. Pas la peine de vous frapper le poitrail, bande de macaques débiles, vous n'entrerez pas.

Ellie était consciente de les pousser à bout, mais tant qu'ils campaient devant sa porte et proféraient des menaces, ils ne tuaient personne. Elle pria pour que les renforts arrivent avant qu'ils comprennent qu'elle jouait les appâts pour gagner du temps.

— Au fait, je ne suis pas un animal. Vous voulez en voir un ? Un miroir fera l'affaire. (Ellie jeta un regard noir aux quatre agresseurs.) Un vrai zoo ambulant, voilà ce que vous êtes.

L'un des abrutis perdit ses nerfs et mitrailla au fusil à pompe. Ellie grimaça ; les détonations étaient assourdissantes. Elle eut beau couper l'interphone, les coups de feu continuèrent à claquer presque aussi fort. De nouvelles traces apparurent sur la vitre qui tenait toujours bon. La jeune femme commençait vraiment à haïr son nouveau rôle, testeuse de verre blindé, quand le vacarme cessa faute de munitions.

Ellie se rappela l'existence des caméras de surveillance et recula de quelques pas. L'appareil, fixé près du plafond de l'entrée, pointait vers elle. L'œil rivé à l'objectif, elle fit des signes frénétiques afin d'attirer l'attention d'un éventuel observateur. Puis elle forma le chiffre 4 d'une main et, de l'autre, mima des coups de feu avec le pouce et l'index. Enfin, elle désigna sa montre pour indiquer que c'était en train de se passer. *Pourvu que celui qui est posté devant les écrans de contrôle ait déjà joué au mime*, songea-t-elle : le son ne passait pas, seulement l'image. Elle se toucha le bras à l'endroit où les vigiles portaient leur insigne et se passa un doigt en travers de la gorge à deux reprises pour indiquer que deux gardes étaient morts. Se faisait-elle comprendre ? Mystère.

Les types tirèrent sur les vitres, tous ensemble cette fois, espérant peut-être qu'un tir groupé allait faire la différence. Ellie se couvrit les oreilles pour atténuer le déluge sonore. Après s'être éloignée un peu plus, elle s'efforça de mimer ce que faisaient les agresseurs.

Le tir de barrage cessa brusquement. Ellie tourna la tête : les types s'étaient regroupés pour discuter. L'un d'eux courut vers les véhicules. La jeune femme se demanda pourquoi il s'installait au volant de la voiture de patrouille : s'il comptait ouvrir à l'aide d'un badge de vigile, il en serait pour ses frais.

Le sourire mauvais des trois autres lui apparut de très mauvais augure. Ils étaient franchement hilares quand ils s'effacèrent. Le type au volant de la voiture de patrouille démarra… et positionna le véhicule en face de l'entrée du dortoir. L'estomac noué, Ellie comprit quel était leur plan. Le pilote mit pleins gaz. La voiture s'élança, bondit sur le trottoir et fonça droit sur la double porte vitrée.

— Et merde ! hurla Ellie en reculant.

Le choc titanesque lui vrilla les tympans ; le souffle la projeta à terre. Elle vit une fumée noire s'élever du bloc-moteur qui rendit l'âme. Le verre blindé avait tenu bon mais, en levant les yeux et à son plus grand désarroi, Ellie constata que la voiture-bélier avait créé une brèche de quinze bons centimètres dans la maçonnerie.

— Dieu du ciel, marmonna Ellie, abasourdie.

Les vitres ne s'étaient pas brisées ; c'était le bâtiment autour qui avait cédé. Toujours à terre, Ellie vit les trois types accourir et extraire leur pote de l'épave. Un peu sonné, il était cependant indemne grâce à l'airbag. Les quatre affreux examinèrent les dégâts au sommet du chambranle, sourirent puis firent reculer l'épave qu'ils poussèrent jusque sur le gazon… pour laisser le champ libre à une autre voiture-bélier.

Ellie se releva en toute hâte et courut jusqu'à l'interphone. Les types allaient se servir de leur pickup pour finir le boulot et entrer ! Ivre de terreur, elle actionna l'interphone du bâtiment et s'efforça de parler d'une voix calme.

— Fermeture des volets de sécurité, déclara-t-elle en prenant soin d'articuler. Je répète, fermeture des volets de sécurité. Toutes à l'abri immédiatement, ordonna-t-elle aux pensionnaires. Au dernier étage. Au trot, bordel ! Intrusion imminente. J'attends le dernier moment pour fermer les volets, mais grouillez-vous !

Elle coupa la communication puis ouvrit le panneau d'urgence situé sous l'interphone. Des volets en acier permettaient de sceller la cage d'escalier, l'ascenseur et les fenêtres des deux étages du bâtiment : un dispositif de dernier recours, au cas où des intrus accéderaient au rez-de-chaussée malgré le confinement initial. Les portes blindées qui coupaient tout accès aux étages faisaient vingt-cinq centimètres d'épaisseur et pesaient des tonnes. Quant aux volets donnant sur l'extérieur, ils étaient aptes à résister à un tir d'obus. Même la cage de l'ascenseur allait être condamnée.

Ellie se tortilla de manière à pouvoir atteindre le bouton d'urgence tout en gardant l'entrée défoncée dans son champ de vision. L'un des affreux grimpait à bord de l'énorme pickup ; ses pires craintes se confirmaient. Les trois autres se marraient. De toute évidence, ça les faisait bien rigoler d'avoir trouvé le moyen de la tuer. Ellie grimaça. *Continuez à déconner, les mecs, les filles auront le temps de se réfugier au dernier étage.* Plus une seconde à perdre, hélas : la portière se referma, le moteur vrombit, le béhémoth roula sur le cadavre d'un vigile. Le pilote manœuvrait pour positionner le pickup dans l'axe de la double porte. *Et merde…*

— Ellie ? grésilla la voix de Brise dans l'interphone. On est toutes au deuxième, rapplique en vitesse.

La jeune femme ressentit un profond soulagement.

— Tout le monde, tu en es sûre ? Certaine ? Y compris Ciel et Bleu ?

— Elles sont avec moi, assura Brise. Rejoins-nous illico ou c'est moi qui descends te chercher.

— Veille sur les autres. Je ne crains rien, mentit Ellie.

Rejoindre ses protégées ? Belle idée… sauf qu'il fallait quelqu'un en bas pour activer les volets de sécurité. Les concepteurs du bâtiment avaient joliment merdé sur ce coup-là : en actionnant les volets, elle allait pour ainsi dire s'offrir en pâture aux intrus. Il aurait fallu installer un panneau de commande à chaque étage.

Plus question de tergiverser. Ellie composa le code à trois chiffres et tourna la clé. Une sirène retentit aussitôt dans tout le bâtiment, les volets étaient en train de sceller les issues. Les filles auraient été à l'abri au premier mais Ellie avait tenu à mettre toutes les chances de leur côté, au cas où les affreux parviendraient à franchir un premier sas. Quelle erreur d'avoir cru le dortoir impénétrable… Plus question de courir le moindre risque.

Ellie referma le panneau du dispositif d'urgence. Le PC de sécurité devait avoir eu vent de son geste : le signal correspondant voyageait sans fil, comme le flux vidéo des caméras de surveillance, afin de parer à une éventuelle coupure des lignes téléphoniques ou de l'alimentation électrique. C'était toujours ça : la sécurité était avertie qu'elle venait d'enclencher le système de dernier recours, synonyme d'invasion du dortoir. Les secours n'allaient pas tarder.

Je l'espère, en tout cas… Envoyez-nous de l'aide au plus vite.

Justice bouillait intérieurement. Retranché dans le PC de sécurité, il observait les écrans de contrôle qui proposaient une multitude de points de vue sur Homeland. Quinze véhicules s'étaient engouffrés à la suite de la voiture piégée qui avait fait voler en éclats l'entrée principale ; des coups de feu étaient échangés, des gens se faisaient tuer, et il était coincé dans une boîte en fer sans autre possibilité que celle d'assister au massacre. Son peuple était en danger. Il mourait d'envie d'aller les aider.

— Du calme, l'exhorta Darren Artino. Le SWAT et les forces de l'ordre du comté sont en route. Les issues des bâtiments sont condamnées, tout le monde est averti, les membres de votre conseil sont à l'abri dans un bunker. Vous avez le plein accès aux infos qui nous parviennent. Ce sont mes gars qui se font descendre, dehors. Les vôtres ne craignent rien.

— Chef ! hurla une voix féminine. On a… un gros souci, là.

— Quoi encore ? grinça Artino. Les problèmes, on a que ça, en ce moment.

— C'est la nana qui supervise le dortoir des filles. Elle vient d'arrêter de nous faire des signes et d'enclencher le protocole de dernier recours. Les volets Jésus Marie sont baissés.

— Les quoi ? gronda Justice.

Le chef des Hybrides était tellement sous pression qu'il s'étonnait de ne pas fumer par les oreilles. Le pire était en train de se produire : il revivait ce sentiment d'impuissance propre aux années de captivité. Et ça le rendait dingue.

— Montrez-moi le bâtiment en question, beugla Artino. Cette nana est une novice, elle aura flippé pour un rien. Je m'occupe personnellement de la faire virer dès que ce cirque est fini.

— J'ai East Street en visuel, annonça un surveillant. Écran 14.

Darren désigna le moniteur de droite et sentit Justice lui souffler dans le cou. L'un et l'autre se concentrèrent sur l'écran. Ils virent un gros pickup foncer vers l'entrée principale du dortoir des filles.

— Les fumiers ! lâcha le chef de la sécurité.

— C'est quoi, un volet Jésus Marie ? dit Justice en saisissant Artino par le poignet et en l'obligeant à se retourner.

Darren prit une profonde inspiration quand il croisa deux yeux de chat qui lançaient des éclairs.

— « Jésus Marie » fait référence à une prière. Plus clairement, ça signifie « On patauge dans la merde ». Des volets renforcés ont été déployés dans tout le dortoir, des sections entières du bâtiment sont coupées du reste. (Il s'arracha d'un geste brusque à la poigne de fer de l'Hybride.) Basculez sur les caméras qui filment l'intérieur du dortoir, je veux qu'on suive les signatures thermiques à chaque étage. Priorité absolue. Et que ça saute !

Justice passa un appel sur son portable.

— Le dortoir des filles subit un assaut violent.

Il raccrocha.

— Trente-quatre signatures thermiques au deuxième étage. Les volets Jésus Marie sont déployés, beugla une surveillante. Une seule signature au rez-de-chaussée, qui bouge vite.

— Trente-cinq femmes sont répertoriées comme résidentes, renchérit un collègue masculin. Ça colle.

Les caméras ordinairement inactives dans le bâtiment s'éveillèrent à la vie. Sur un écran, on vit apparaître des jeunes femmes assises ou adossées au mur, dans le couloir du dernier étage.

— Les femmes de mon peuple, réagit Justice, tendu. Elles sont en sécurité, là-haut ?

Darren opina.

— On ne peut plus. Totalement à l'abri. Les volets sont en acier et font vingt-cinq centimètres d'épaisseur. Même une bombe ne suffirait pas à les tordre. Les vôtres ne craignent rien, je vous l'ai dit.

— Entrée principale sur l'écran 10, cria un type.

Justice et Artino contemplèrent le moniteur indiqué. Le chef de la sécurité poussa un juron : les portes en verre gisaient au sol. On voyait assez nettement que c'était la maçonnerie qui avait cédé.

— Ça alors ! Le verre trempé a tenu… mais pas le bâtiment autour, fit valoir quelqu'un qui aimait enfoncer les portes ouvertes.

— Quatre nouvelles signatures thermiques, annonça une surveillante. J'ai suivi la première à la trace, elle s'est réfugiée dans la cuisine. Toutes les caméras sont connectées.

Ellie courut jusqu'à la cuisine. Quand les portes s'abattirent avec fracas, elle sut qu'elle était prise au piège. Son choix était restreint : se cacher en priant pour que les secours arrivent à temps ou combattre. Ses chances face à quatre types armés étaient minces. Sa priorité avait été de mettre ses pensionnaires à l'abri ; elles l'étaient, c'était déjà ça. Consciente d'avoir accepté un métier à risque, elle n'avait toutefois jamais envisagé une situation aussi critique.

Elle ouvrit le tiroir qui contenait les couteaux et empoigna le plus grand tout en gardant un œil sur le hall d'entrée. Surtout ne pas céder à la panique, garder la tête froide et plus que tout, trouver une planque.

Son regard se fixa aussitôt sur l'îlot central. Elle se réfugia derrière et s'accroupit. Puis elle ouvrit une porte du rangement situé sous le plan de travail et y fit de la place en déplaçant les ustensiles le plus doucement possible.

— Minou, minou, fit une voix grave.

C'est une blague, ou quoi ? songea Ellie en secouant la tête. *Ils sont infichus de distinguer une humaine d'une Hybride… Ces idiots-là ne savent même pas sur quoi ils tirent. Chasseurs mon cul, oui*, maugréa-t-elle en se remémorant l'inscription sur le flanc du pickup.

— Allez minette, montre-toi.

La voix paraissait plus proche. Le cœur battant à tout rompre, Ellie se glissa dans le placard. Malgré le manque de place, la jeune femme parvint à se glisser sous le plan de travail et à refermer la porte en se ramassant sur elle-même. Les ténèbres régnaient dans cet espace clos. Elle s'efforça de contrôler sa respiration pour ne pas se faire repérer et tendit l'oreille. Tout ce qu'elle pouvait faire à ce stade, c'était prier pour que la cavalerie débarque à temps.

— J'ai pas l'intention de te tuer. Montre-toi, faut qu'on cause.

Ellie serra les dents. Ce gars-là devait la prendre pour une bille s'il s'imaginait tromper son monde avec un bobard pareil. Pas question de discuter avec ces dingues sans verre trempé en guise de séparation ! Se montrer, c'était mourir, et Ellie avait envie de vivre.

Justice restait les yeux rivés sur les écrans de contrôle pour suivre l'évolution de la situation dans le dortoir des filles. Il ressortit son portable et composa un numéro enregistré après avoir vu Ellie Brower se dissimuler dans un placard, sous le plan de travail central de la cuisine.

Il suivit des yeux les quatre intrus qui passaient le rez-de-chaussée au peigne fin après avoir compris qu'il était exclu d'accéder aux étages supérieurs, que ce soit par l'ascenseur ou l'escalier : un épais rideau de fer était en place en haut des marches. Les types s'étaient séparés et fouillaient le bâtiment pièce par pièce en quête d'Ellie.

— Nos femmes sont à l'abri au dernier étage, mais l'humaine se cache dans la cuisine. Elle ne va pas leur échapper éternellement. Elle est coincée. Quatre humains lourdement armés sont à l'intérieur ; ils ont forcé l'entrée à la voiture-bélier.

Il raccrocha.

— C'était qui ? voulut savoir Artino, les sourcils froncés.

— Mon équipe de sécurité est en route.

Darren ouvrit grand la bouche puis la referma.

— La sécurité, c'est *mon* domaine. Les communications sont toujours coupées ; il m'est impossible d'appeler mes gars pour les autoriser à laisser entrer qui que ce soit. Ils ont barricadé l'accès principal à Homeland à l'aide d'un cordon de véhicules privés pour empêcher de nouvelles intrusions.

— Mon équipe est déjà dans la place, gronda Justice. Elle est composée de gens de mon peuple.

La colère monta aux joues de Darren Artino.

— Je suis payé pour assurer la protection des Hybrides, pas pour apprendre qu'ils quittent leur abri et vont se jeter dans les bras d'une bande de cinglés ! On a quasiment la situation en main. Rappelez immédiatement vos gars.

— « Quasiment » ne sauvera pas la vie de l'humaine.

Justice désigna d'un coup de menton l'écran où s'affichait un plan large de la cuisine. Il poussa un juron : l'un des intrus venait d'apparaître sur le seuil.

Chapitre 7

— Petit, petit, petit, minauda l'affreux comme s'il appelait un animal domestique.

Puis il commença à ouvrir les placards à l'autre bout de la cuisine.

Ellie, qui tremblait des pieds à la tête, serra le manche du couteau si fort que le bois s'imprima en creux dans sa paume. Elle ferma les yeux et l'entendit remuer des trucs. Sans crier gare, quelque chose s'écrasa sur le plan de travail au-dessus de sa tête. La jeune femme réprima de justesse un cri terrifié. *Pourvu qu'il oublie de regarder dans les placards du milieu*, espéra-t-elle de tout son cœur.

Sa chance tourna : une porte s'ouvrit à la volée tout près d'Ellie, une main jaillit, l'empoigna et exerça une violente traction.

— Je te tiens, bestiole de merde.

— Je ne suis pas une bestiole, rétorqua-t-elle d'une voix mal assurée. Je suis une humaine, comme vous.

Après l'avoir extraite sans ménagement, il l'obligea à se relever et la fusilla du regard. Vingt-cinq ans environ, un mètre soixante-quinze, physique épais, tatouage dépassant du col de son tee-shirt.

— Ce que tu es au juste, morue, j'en ai rien à foutre. Je vais te crever. C'est chez nous, ici. À mort, les animaux à deux pattes !

Là-dessus, il se saisit d'un revolver glissé jusqu'ici sous sa ceinture, au niveau des reins.

Ellie vit l'arme et sut qu'il allait l'abattre sans autre forme de procès. En proie à une terreur abjecte, elle lui plongea le couteau dans la poitrine. Elle le dévisagea tandis que la lame s'enfonçait, perforant étoffe puis épiderme, et vit ses yeux verts s'écarquiller sous l'effet de la stupeur. Il fit deux ou trois pas en arrière, entraînant Ellie, qui lâcha le manche de l'arme plantée jusqu'à la garde. Le sang gicla jusque sur la jeune femme. En le voyant brandir son flingue et tenter de tirer avec ses dernières forces, elle lui agrippa le poignet à deux mains et lutta pour rester en dehors de la ligne de mire.

Il l'empoigna à son tour, serrant à lui faire mal, mais très vite, les forces lui manquèrent. Il tomba à genoux sur le carrelage. Un râle hideux s'échappa de sa bouche en même temps qu'un flot de sang vermeil. Ellie geignit, horrifiée : le mourant avait les yeux rivés sur elle, on y lisait sans peine un mélange de douleur, d'effroi et de rage. Il lâcha tout à fait le bras d'Ellie puis le revolver, qui tomba au sol une fraction de seconde avant l'assaillant.

Ellie le contempla, médusée. Il gisait sur le dos, les jambes bizarrement repliées sous les cuisses. Ses yeux étaient écarquillés ; une mare de sang se formait sur le carrelage blanc tandis qu'il continuait à hoqueter par à-coups. La jeune femme crut entendre un léger gargouillis. Ses mains furent prises de soubresauts. Il cilla et exhala son dernier souffle. Le manche du couteau dépassait de son torse, près du cœur, à l'endroit où Ellie avait frappé. Elle ravalait une remontée de bile quand, tout près, un bris de glace retentit. Dans la pièce voisine. Ellie s'arracha au spectacle du cadavre étendu à ses pieds.

L'instinct reprit le dessus. Elle se rua sur le flingue et l'empoigna à deux mains. L'arme était froide, pesante. Elle fila s'agenouiller derrière l'îlot central puis risqua un œil par-dessus le plan de travail sur les deux seuls accès à la cuisine : une ouverture donnant sur un salon, une autre sur la salle à manger. Abritée derrière l'îlot, elle pointa le gros revolver entre les deux ouvertures, décidée à tirer sur tout ce qui se présentait.

Elle n'eut pas longtemps à attendre avant qu'un bruit émane de la salle à manger, où quelqu'un buta contre une chaise. Le canon du flingue orienté dans cette direction, bien à couvert, elle prit appui sur le plan de travail tout en tenant le revolver à deux mains. Tremblante, paniquée, elle s'efforça de ne pas penser au type qu'elle venait de poignarder à mort, c'était un coup à perdre les pédales. Les conséquences de ce qu'elle était réduite à faire pour survivre attendraient.

Le type au fusil à pompe entra dans la cuisine comme si de rien n'était. Sa physionomie changea du tout au tout quand il se découvrit sous la menace d'une arme à feu : sa bouche s'ouvrit, ses yeux s'écarquillèrent… puis il passa à l'action. Comme au ralenti, Ellie le vit abaisser le canon du fusil dans sa direction. Les lèvres pincées, il paraissait résolu à faire feu, mais la jeune femme fut plus prompte. Elle pressa la détente ; le tonnerre se déchaîna.

L'homme avait eu le temps de se jeter à couvert dans la salle à manger. Le canon du fusil apparut à l'angle du mur. Il tira à l'aveugle. La salve laboura le plafond au-dessus d'Ellie, qui sentit du plâtre lui tomber dessus. Ellie réagit en hurlant et en tirant dans le mur, à l'endroit supposé où son adversaire était caché.

Avait-elle touché au but ? Impossible de le savoir… jusqu'au moment où elle vit réapparaître le canon du fusil. Nouvelle salve de tirs au petit bonheur. Cette fois, le placard situé à côté d'Ellie vola en éclats. La jeune femme se jeta par terre et faillit tomber sur le cadavre du premier type.

Ellie glissa dans la flaque de sang épais en tentant de se relever. Ses genoux dérapèrent sur le carrelage gluant ; elle hoqueta ; ses paumes refusèrent de la porter. Ellie tomba sur le ventre en grognant. Elle parvint à s'arracher à la flaque de sang au prix d'un roulé-boulé.

Du mouvement, dans l'angle de son champ de vision : le type au fusil se ruait vers l'îlot central. Toujours couchée sur le flanc, elle leva son arme et tira au jugé. Pris dans son élan, le type se baissa comme il put derrière le plan de travail qu'il percuta de plein fouet. Le meuble en bois craqua bruyamment.

— Lâche ton arme, connasse ! beugla l'homme. Sois sage et je te ferai sauter la cervelle sans te torturer.

Ellie, terrifiée, contempla les ravages que son précédent coup de fusil avait faits sur le placard. Un trou de la taille d'un poing, des échardes éparpillées sur plusieurs mètres carrés. Elle respira à fond et comprit qu'il était urgent de trouver un autre abri. Si seulement ce salopard pouvait retourner son fusil contre lui…

— Ellie ? On vient d'entendre des coups de feu dans l'interphone, tout va bien ?

Et merde. Elle avait oublié d'éteindre. Brise était sur les nerfs, c'était flagrant, mais le moment était mal choisi pour aller lui répondre. Ellie puisa un peu de réconfort dans l'idée que ses protégées étaient toutes à l'abri deux étages plus haut. Le chef de la sécurité et le directeur étaient les seuls à posséder les codes d'ouverture des volets en acier. Même Ellie n'était pas en mesure de désactiver le dispositif Jésus Marie : les intrus pouvaient toujours la torturer, ça ne servirait à rien.

— « Ellie » ? ricana le type derrière l'îlot central. Quel nom à la con, pour un animal…

La jeune femme ouvrit une porte du placard. Le fumier était pile de l'autre côté. Elle visa comme elle put.

— Je vais te tuer à petit feu, pour ce que tu as fait à mon pote Eddie…

Ellie tira au jugé dans la direction de la voix jusqu'à ce que le percuteur frappe à vide, s'écarta pour échapper à une éventuelle riposte et rampa vers la gauche de la pièce. Le revolver était désormais inutile… sauf si elle décidait de le lancer.

Pas un bruit. Arrivée à l'angle de l'îlot, elle hésita, le cœur battant à tout rompre. Un grognement retentit derrière le meuble.

L'aurait-elle touché ? C'était presque trop beau. Elle avança, en appui incertain sur ses paumes et ses genoux maculés du sang du premier type. Avancer ainsi la terrifiait… mais il restait deux affreux qui risquaient de débarquer à tout moment, les coups de feu avaient dû leur mettre la puce à l'oreille. Rester prostrée était synonyme de mort certaine.

L'homme au fusil jouait-il la comédie ? Elle l'imagina grognant comme un mourant, à l'affût, attendant qu'elle se montre pour lui faire sauter la cervelle. Son mauvais pressentiment disparut en voyant un filet de sang s'écouler dans la jointure du carrelage.

Ellie retint sa respiration et risqua un œil. Le type était affalé contre le meuble. Le fusil gisait à côté de ses jambes. Les yeux rivés sur la salle à manger, l'homme cilla. Du sang lui maculait le torse et lui coulait le long du bras gauche : il avait pris au moins une balle.

— Buck ? lança une voix masculine depuis le salon. Eddie ?

La jeune femme se releva d'un bond et fila en direction de la salle à manger. Si Buck était le type au fusil, elle pria pour qu'il n'ait pas le temps – ou la force, en raison de ses blessures – de ramasser son arme et de tirer. Elle émergea de la cuisine sans avoir le dos criblé de chevrotines.

Sa meilleure option était la bibliothèque. À condition d'y parvenir saine et sauve, elle pourrait s'y barricader grâce aux meubles pesants qui occupaient les lieux. Il suffirait d'en pousser un ou deux pour bloquer la double porte. Ce nouveau plan en tête, elle s'élança à vive allure. Un type jura quand il la vit filer dans l'embrasure d'une pièce attenante. Se sachant repérée, Ellie pressa le pas. De toutes les salles du rez-de-chaussée, seule la bibliothèque était facile à barricader.

Sitôt à l'intérieur, Ellie referma la porte et s'y adossa. Le type qui l'avait vue passer était sur ses talons… plus question de pousser les meubles. Hors d'haleine, le souffle court, la jeune femme contempla avec dépit le sang qui lui couvrait les mains, les bras et le débardeur.

— Par ici ! cria un type. Elle est là-dedans.

— Buck et Eddie sont morts, gronda un autre. Cette salope les a butés. Putain d'animal de merde.

L'un des types tenta d'ouvrir la porte. Ellie hurla et s'y opposa de toutes ses forces. Elle perçut un juron, puis le panneau fut frappé avec une vigueur telle que la jeune femme, pourtant arc-boutée, s'en écarta de plusieurs centimètres. Elle chercha vainement du regard un machin quelconque susceptible d'être rapproché du bout du pied pour l'aider à tenir.

Il me faut une arme. La salle spacieuse était meublée de plusieurs canapés, de tables et de sièges confortables ; une cheminée trônait à l'autre bout de la pièce ; les murs étaient couverts de rayonnages pleins. Aux abois, Ellie reporta son attention sur la cheminée, sur les ustensiles attenants. Ses yeux s'arrêtèrent sur le tisonnier.

Les deux hommes unirent leurs forces pour peser contre la porte. Le choc fut si violent qu'Ellie fut projetée au loin. Elle heurta l'un des canapés, bascula par-dessus, se retrouva à terre de l'autre côté et s'agrippa comme elle put à un tapis afin de retrouver ses appuis.

— On te tient, sale pute ! vociféra l'un des assaillants.

Ellie s'empara du tisonnier et fit face aux deux affreux. Elle frappa le plus proche en maniant son arme improvisée comme s'il s'agissait d'une batte de baseball. L'impact de la tige métallique contre le corps de son adversaire lui fit mal aux mains. Le type hurla de douleur, bondit en arrière et contempla l'endroit où le coup avait porté : du sang commençait déjà à maculer l'étoffe déchirée.

L'homme posa un regard assassin sur Ellie.

— Tu vas me le payer, gronda-t-il.

Son complice dégaina un poignard de chasse et les deux types s'écartèrent. Dos à la cheminée, Ellie agita le tisonnier de l'un à l'autre pour les tenir à distance. Ils s'écartèrent encore, obligeant la jeune femme à regarder dans deux directions à la fois. Puis ils s'élancèrent ensemble. Ellie frappa. Elle en toucha un, mais l'autre la ceintura. Plaquée au sol, les poumons en feu, Ellie n'eut même pas la force de crier.

— La salope ! hurla celui qu'elle venait de toucher. J'crois bien qu'elle m'a pété la main… Tu la tiens, Roy ?

Le type qui pesait sur elle lui empoigna les cheveux à la base du cou et lui plaqua la figure contre le tapis. Quand il la vit tenter de se dégager, il accentua la pression en lui appuyant un genou contre les reins.

— Je tiens la petite enragée, Chuck.

Roy autorisa Ellie à tourner la tête. La jeune femme en profita pour respirer et le regretta aussitôt : ce type avait une haleine de chacal. Il la garda plaquée au sol et serra le poing sur ses cheveux. Le poids du bonhomme interdisait à Ellie tout mouvement intempestif, il devait faire dans les cent trente kilos.

— Laisse-moi l'ouvrir comme un poisson, grinça Chuck. Je dois vraiment avoir un truc cassé, ça me fait un mal de chien.

Roy grogna. Ellie hurla de douleur en le sentant peser de plus en plus, jusqu'à ce que ses côtes menacent de rompre. Quelque chose lui appuya contre une fesse ; l'autre type lui arracha le tisonnier.

— Aide-moi à la relever, grogna Roy. Commençons par la remettre à sa place à ma manière, et après, promis, tu pourras lui trancher la gorge comme on fait aux lapins. Ce sera marrant de la regarder gigoter jusqu'à ce qu'elle crève.

Ellie eut beau se débattre et gémir, rien n'y fit. L'objet dur qui lui appuyait contre une fesse n'était plus un mystère : Roy avait la trique. Elle comprit avec effroi ce qu'il comptait lui faire pour la « remettre à sa place ». Brebis, lapins… tout ce qui respirait devait faire le même effet à ce taré.

Deux mains se refermèrent sur ses chevilles. Aussitôt après, le gros lard cessa de peser sur elle et la saisit par les poignets. Arrachée au tapis par les quatre membres, Ellie fut transportée comme un paquet, le dos à quelques centimètres au-dessus du sol. Elle cria, se contorsionna, voulut rouer de coups de pied celui des deux affreux qui lui tenait les chevilles, mais Chuck tenait bon. Il avait la main drôlement sûre, pour quelqu'un qui se plaignait d'avoir quelque chose de cassé…

— On la balance sur le canapé et toi, tu fais le tour pour la retenir par les cheveux, haleta Roy, rendu hors d'haleine par les soubresauts incessants de la jeune femme.

Ils entamèrent un mouvement de balancier… qui projeta Ellie contre une table basse. Une douleur vive lui explosa dans le flanc. *Côte cassée*, soupçonna-t-elle en souffrant chaque fois qu'elle gonflait ses poumons. Ses bourreaux répétèrent la manœuvre, sans heurt cette fois, puis la retournèrent sans ménagement. Roy lui tenait les bras ; Chuck lâcha ses jambes.

Ellie voulut flanquer un coup de pied au gros lard quand la coincèrent sur le dossier du canapé. Roy fut plus prompt et s'écrasa sur elle. La jeune femme poussa un hurlement étouffé quand des mains la saisirent par les cheveux et lui enfoncèrent la tête dans un coussin. Prise de panique, Ellie sentit qu'elle commençait à suffoquer. Ils allaient l'asphyxier !

— Passe-moi le couteau, haleta Roy, le souffle court.

L'une des mains cessa d'appuyer. Ellie tourna la tête, inhala à pleins poumons puis hurla en expirant. Roy passa son autre main sous son débardeur… et Ellie sentit le métal froid du couteau lui glisser le long de la colonne vertébrale. Ce contact la tétanisa : qu'était-il en train de taillader, son tee-shirt… ou sa peau ? Elle tenta une ruade mais, dans sa position, le coup de pied manquait de force.

Elle s'efforça ensuite de griffer Chuck au jugé. Une main s'abattit brutalement sur ses cheveux ; elle l'agrippa et planta ses ongles dans la chair de l'avant-bras qui lui enfonçait derechef la tête dans un coussin. L'homme poussa un juron, relâcha sa prise et Ellie en profita pour inspirer à fond.

Sentant qu'on baissait son pantalon, la jeune femme n'eut plus aucun doute : ils allaient la violer. Alors qu'elle mettait toute son énergie à se débattre et à hurler, la pression sur elle cessa subitement. Elle s'arracha au canapé à la seconde où le type se releva. Trébuchant, elle retomba sur les fesses et reprit son souffle tout en regardant autour d'elle. Puis remonta d'instinct son pantalon.

Roy gisait face contre terre, un canon de pistolet appuyé sur la tête. Chuck levait les mains au ciel et paraissait terrifié. Quatre nouveaux venus étaient penchés sur elle ; tout de noir vêtus, à la manière des troupes d'intervention, ils arboraient trois lettres blanches sur leur treillis : OPH. Leurs traits n'étaient pas totalement humains, Ellie reconnut en eux des Hybrides. Chacun brandissait une arme à feu et d'impressionnants poignards se devinaient dans un étui qu'ils portaient à la cuisse. La jeune femme entendit du mouvement dans son dos et se retourna : Rage était là. Dans ses yeux brûlait une colère plus noire encore que son uniforme.

Quelque chose de moche habitait Rage. À la seconde où Justice avait prévenu qu'Ellie courait un grave danger, il avait poussé ses gars à fond pour qu'ils rallient le dortoir des filles. La terreur de sa vie avait failli se vérifier : arriver trop tard. En déboulant dans la bibliothèque, quand il avait découvert ce que ces deux humains s'apprêtaient à faire subir à Ellie, l'instinct de meurtre avait été très fort. Il avait fallu un énorme effort de volonté pour ne pas les tailler en pièces, l'animal qui était en lui n'avait eu qu'une envie – les étriper.

Respirant fort, les yeux rivés sur Ellie, il la vit reprendre haleine et rajuster son pantalon. Des mèches blondes étaient collées sur son visage meurtri, son débardeur était coupé en deux dans le dos, sa peau pâle et délicate était constellée de bleus. Il percevait l'odeur de sa terreur, et cela lui rendait les choses plus difficiles encore ; il brûlait de les déchiqueter à mains nues.

L'Hybride leva les yeux vers l'objectif d'une caméra. Se savoir observé l'aida à garder son calme : sans témoins extérieurs, il n'aurait pas hésité une seconde à tuer ces deux salauds qui avaient osé s'en prendre à *son* Ellie. Même ainsi, il mourait d'envie de passer à l'acte. Ils lui avaient fait du mal, merde !

Rage avançait d'un pas menaçant vers eux quand un gémissement étouffé d'Ellie le coupa dans son élan. Il se ravisa aussitôt : d'abord s'occuper d'elle. Tuer ces fumiers pouvait attendre, il fallait d'abord s'assurer qu'elle n'avait rien de sérieux.

Il respira par la bouche pour atténuer l'odeur de peur et s'efforça de dompter sa part animale. Un coup d'œil à ses gars lui apprit qu'ils fulminaient, eux aussi, et qu'ils attendaient sa décision. Cette responsabilité-là l'aida à se calmer ; il desserra les poings. D'un signe de la main, il ordonna aux quatre autres de neutraliser les assaillants. Sa voix risquait de le trahir.

Tâchant d'apparaître serein alors qu'il bouillait intérieurement, Rage se pencha vers Ellie. Son plus cher désir : prendre place à côté d'elle, l'étreindre, la réconforter. Il était tout à sa joie d'être arrivé à temps... quand il sentit l'odeur des hommes mêlée à celle d'Ellie.

Quel affront insupportable ! Elle était à lui, que diable, et il avait fait un très gros effort pour garder ses distances après la mise en garde de Justice. Ses seules entorses : quelques incursions nocturnes pour l'observer de loin, à la dérobée... et voilà qu'elle avait failli y passer. *Aux chiottes les ordres*, songea-t-il, résolu à la toucher. Il approcha à gestes mesurés. L'urgence commandait de s'assurer qu'elle n'avait rien de grave… quitte à l'obliger à se dénuder pour l'examiner sous toutes les coutures. Pas question de passer outre.

Sa priorité : garder la tête froide. Ellie se méfiait forcément de lui après ce qui s'était passé chez lui. En outre, il ne voulait pas montrer à quel point il tenait à elle, un tel aveu de faiblesse risquait de se retourner contre lui.

Reste zen, s'exhorta-t-il. *Montre-lui que tu peux te contrôler en sa présence.* Il pria pour en avoir la force. Ellie avait besoin de se sentir en sécurité après ce qu'elle venait d'endurer, pas de redouter que Rage la transporte comme un paquet jusque chez lui et l'attache de nouveau à son lit ! Même si c'était ce qu'il avait très envie de faire. Non, Rage avait la ferme intention de veiller sur elle. Vingt-quatre heures sur vingt-quatre si nécessaire. C'était irréalisable, bien sûr, mais le simple fait d'y penser apaisait l'animal qui était en lui.

La marche à suivre était simple : rester auprès d'elle, lui parler, s'assurer qu'elle était sauve. C'était cela ou courir le risque de perdre la boule ; Ellie avait failli y rester, il avait bien cru la perdre à jamais.

Ellie vit la fièvre qui habitait les yeux noirs de Rage quand l'Hybride s'agenouilla devant elle. Il hésita une seconde avant de lui effleurer le menton. Il portait des gants noirs, en cuir probablement, et entreprit de l'examiner avec le plus grand soin. Il lui fit tourner la tête pour étudier son cou, les contours de son visage. Puis il retira sa main.

Sans un mot, il lui passa les avant-bras sous les aisselles et l'aida à se relever.

La jeune femme prit conscience qu'elle avait le dos dénudé, puis Rage la soutint plus fermement quand ses jambes refusèrent de la porter. L'Hybride émit un grondement sourd ; ses traits se crispèrent. Ellie prit peur, qu'avait-elle fait pour mériter pareil accès de colère ? Elle sentit qu'il la lâchait puis, toujours sans un mot, passait un bras sous ses genoux et un autre derrière ses épaules. Ellie se retrouva en un instant nichée contre son torse puissant. Rage n'eut pas un regard pour elle.

— Je m'occupe de la nettoyer et de vérifier qu'elle n'a rien. Vous autres, accompagnez ces messieurs dehors et ouvrez l'œil. Plus personne n'entre, conclut Rage, en contenant difficilement sa fureur.

Un individu d'aspect féroce, aux longs cheveux noirs, hocha la tête.

— Compris.

Rage s'élança. Ellie hésita une seconde avant de s'agripper à son cou. Épuisée, endolorie et en état de choc, elle se fichait de savoir où il la conduisait. Elle posa sa joue contre son épaule et ferma les yeux. Comme par miracle, lui et ses gars l'avaient sauvée de la mort horrible que lui promettaient ses deux assaillants. *Quelques minutes de plus, et…* La jeune femme frissonna en songeant à ce qu'ils s'apprêtaient à lui faire subir. Elle se pelotonna contre Rage et sentit se raidir son corps massif. Il continua cependant à marcher d'un pas vif.

Ellie rouvrit les yeux quand il s'arrêta et poussa quelque chose du pied. C'était la porte des toilettes. Rage fronça les sourcils, scruta la pièce puis se dirigea vers la rangée de lavabos. Il l'aida à s'asseoir sur le rebord, en face de lui. Ellie lâcha prise alors qu'il se reculait.

L'Hybride pivota sur lui-même et jeta un nouveau coup d'œil à la ronde. En suivant son regard, la jeune femme vit qu'il s'attardait sur les angles, près du plafond, et comprit aussitôt ce qu'il cherchait.

— Il n'y a pas de caméra ici, annonça-t-elle à voix basse. La sécurité voulait en installer. J'ai dû insister pour que les filles aient droit à un peu d'intimité.

Rage hocha la tête et posa les yeux sur le lavabo situé à côté d'Ellie. Il ôta ses gants qu'il jeta dans un coin, puis agita les mains sous le robinet afin de faire couler l'eau. Sitôt sous le jet, il se savonna, se rinça et se tourna ensuite vers le distributeur d'essuie-mains. Un sourcil arqué, Ellie le vit extraire plusieurs poignées de serviettes en papier brun qu'il empila à côté d'elle. Il avait vidé le premier distributeur et partait s'attaquer au second.

— Tu vas te servir de tout ça ?

Les sourcils toujours froncés, Rage la regarda. Il récupéra un nouveau lot de serviettes puis la rejoignit avec la grâce féline d'un chat prêt à bondir sur sa proie.

— Déshabille-toi.

D'abord bouche bée, Ellie eut la présence d'esprit de refermer la bouche. Quel culot !

— Pas question.

L'Hybride gronda doucement.

— Tu es tellement couverte de sang et de leur puanteur que je n'arrive pas à déterminer si ce sang est le tien ou le leur. Laisse-moi te nettoyer et voir si tu saignes ; si tu rechignes à te dévêtir, je le ferai à ta place.

Ellie se détendit : sa requête faisait sens, en fin de compte.

— Tu as l'intention de me nettoyer pour voir si je suis blessée ? Rien d'autre ?

Les yeux de Rage se réduisirent à deux fentes.

— Tu préfères que ce soit l'un de mes gars qui vienne te déshabiller ? Les vigiles humains en sont encore à essayer de colmater les brèches, précisa-t-il avec un reniflement de mépris. On risque de rester coincés ici un moment. L'un des nôtres doit t'ausculter pour savoir si tu n'as rien de méchant. À toi de voir si tu préfères que ce soit moi ou un de mes gars. On perd du temps, là.

Ellie serra les dents. Quel grossier personnage il pouvait être, parfois ! Elle venait de vivre le pire traumatisme de sa vie, il pourrait se montrer moins abrupt…

— Ça ira, je vais me débrouiller.

— Tu ne tiens pas debout. Je t'ai rattrapée de justesse.

— Je viens de tuer deux types et j'ai failli me faire violer par les deux autres avant qu'ils m'assassinent ! Vraiment désolée d'avoir les genoux qui flanchent…

Il s'approcha d'elle.

— Tu en as tué deux ? En déboulant au dortoir, on a entendu du raffut dans la bibliothèque, du coup, on a foncé sans prendre le temps de fouiller les lieux.

— Ils ne se sont pas massacrés entre eux, dit-elle, prise de tremblements à l'idée de ce qu'elle avait dû faire pour survivre. C'est moi qui les ai tués. Pour de vrai.

Rage lâcha un nouveau grondement sourd.

— C'était de l'autodéfense. N'y pense plus, beauté. Tu n'as pas eu le choix, et ils l'ont bien cherché. C'est un fier service que tu as rendu à la planète en nous en débarrassant. Ils t'auraient tuée sans hésiter.

Il avança encore jusqu'à ce qu'ils se touchent presque, empoigna le bas de son débardeur et décolla l'étoffe gluante de l'épiderme d'Ellie. La manœuvre était rendue plus aisée par la récente découpe dans le dos.

— C'est bien compris ? Ils ne méritent pas la lueur de remords que je vois dans tes yeux. Engueule-moi ou parle-moi, l'essentiel, c'est de penser à autre chose. Et tâche de tenir le coup… je ne supporterais pas de te voir pleurer. Mets-toi plutôt en rogne après moi.

Elle ravala ses larmes. C'était gentil de sa part de se montrer prévenant… même si cela lui faisait remonter les émotions à fleur de peau. Il avait les plus beaux yeux du monde. L'envie de se jeter dans ses bras était presque irrépressible. Rage eut la sagesse de rompre le contact visuel.

— Allez hop, à la toilette. Leur puanteur sur ta peau m'est vraiment insupportable. C'est un truc d'Hybride, ça me rend dingue. (Il la regarda par en dessous.) J'ai des instincts qui me viennent de ce qu'on m'a fait subir, et parfois, j'ai du mal à les réprimer. C'est encore plus difficile quand je suis en colère ou effrayé. Si cette odeur ne part pas rapidement, ce sera plus fort que moi, il faudra que j'aille leur arracher la tête.

— Entendu, acquiesça Ellie. Je n'ai rien contre le fait qu'on massacre ces deux salopards, mais évite de le faire toi-même, ça pourrait t'attirer des ennuis.

La jeune femme se rendit compte que son soutien-gorge avait été découpé en même temps que le tee-shirt et voulut se couvrir la poitrine. Rage l'en empêcha en l'obligeant à écarter les bras à l'horizontale, puis lui examina les paumes maculées de sang en prenant soin de ne pas loucher sur ses seins.

— Évite de te salir encore plus. Penche-toi sur le lavabo, que je te nettoie.

Apaisée par le timbre rauque de Rage, Ellie se garda de protester quand leurs regards se recroisèrent. Elle descendit du plan de travail avec précaution et jugea inopportun de s'emporter contre lui : il s'efforçait de lui faire oublier la gravité de la situation, c'était délicat de sa part. En outre, elle n'avait pas oublié le petit mot doux qu'il avait employé, « beauté ». Un vrai baume au cœur après ces épreuves.

Quand ses pieds touchèrent le carrelage, elle se sentit de nouveau flancher. Rage l'aida à se retourner, la relâcha, tendit les bras le long du flanc d'Ellie afin de réactiver le robinet, puis il l'empoigna avec douceur par les poignets et lui plaça les mains sous l'eau froide. Ellie vit l'écoulement se colorer à mesure que le sang qui lui poissait les mains et les poignets se dissolvait. Elle dut fermer les yeux pour lutter contre la nausée.

— Pourquoi diable il n'y a pas de douche au rez-de-chaussée ? grinça Rage.

— Tous les appartements sont munis d'une salle de bains avec douche. Il n'est venu à l'idée de personne que le dortoir puisse être envahi.

Il soupira.

— Là tout de suite, ce ne serait pas du luxe, mais tout ce qu'on a, ce sont ces lavabos.

Ellie garda les yeux clos et sut gré à Rage de lui tenir l'esprit occupé. L'Hybride était collé à sa peau nue ; l'étoffe la grattait un peu, les bras musculeux frottaient contre ses côtes tandis qu'il s'appliquait à lui rincer les mains. Elle obéit sans hésiter quand il lui demanda de se pencher encore. Il continua à la nettoyer en lui rinçant les bras, puis les épaules. Son pantalon commençait déjà à se gorger d'eau. Rien à faire pour l'en empêcher, et ça n'avait aucune importance puisque, de toute façon, ses fringues étaient imprégnées de sang.

— Enlève tes chaussures, lui glissa-t-il à l'oreille.

Ellie obtempéra. Elle se débarrassa des sandales qui, autrefois blanches, étaient désormais rougeâtres. Elle avait littéralement pataugé dans le sang dans la cuisine, glissé et rampé dedans. Ses chaussures étaient foutues. Vite, penser à autre chose ! Rage commença à baisser son pantalon en coton de quelques centimètres puis s'arrêta.

— C'est pour te nettoyer, rien de plus. Sois forte, Ellie, il n'y en a pas pour longtemps. Tu ne risques plus rien. Je ne laisserai personne s'en prendre à toi. Il faudrait qu'on me passe sur le corps pour t'atteindre, et ça ne risque pas d'arriver.

Elle le crut.

— D'accord.

La jeune femme garda les yeux fermés pour éviter de voir s'il en profitait pour la reluquer. Il procéda avec délicatesse : d'abord le pantalon, puis la culotte qu'il fit glisser en la prenant par les pouces. Elle leva une jambe pour l'aider, puis l'autre, en prenant conscience qu'il souhaitait la dénuder complètement. Rage refit couler l'eau et l'aspergea comme il put avec ses mains jointes. Quand il vit qu'elle ruisselait de la tête aux pieds, il se servit des serviettes en papier pour la frotter le plus doucement possible tandis qu'Ellie se tenait parfaitement immobile.

— C'est le mieux que je puisse faire, déclara-t-il d'une voix grave où perçait la tension. Tu as besoin d'une douche, mais au moins, je ne vois plus une trace de sang. Et mon odorat est formel : tu as réussi à ne pas t'en mettre dans les cheveux.

Ellie rouvrit les yeux quand elle sentit qu'il en avait terminé. Le miroir lui renvoya sa propre image… et ce qu'elle vit derrière elle la laissa une nouvelle fois bouche bée. Rage s'était détourné pour enlever sa veste puis déboutonner sa chemise ; il était en train de dénuder ses larges épaules.

— Qu'est-ce que tu fais ? glapit-elle.

— Il te faut des habits propres et secs. Je n'ai que ma chemise et mon caleçon à te proposer.

Il jeta un coup d'œil par-dessus son épaule et croisa son regard dans le miroir.

— Tu préfères sortir d'ici toute nue ? dit-il, les sourcils froncés. N'y pense même pas. Au passage, si tu m'avais demandé d'envoyer un de mes gars t'aider à te dévêtir, sache que j'aurais refusé aussi.

Ellie secoua la tête et croisa les bras.

— OK, passe-moi ta chemise et ton caleçon. Je t'en remercie.

Il détourna la tête.

— Tu n'es pas obligée de mater.

La jeune femme prit conscience qu'en effet, elle était fascinée par le spectacle de Rage ôtant sa chemise et révélant un dos musclé à la peau mate. Elle ferma les yeux : elle se tenait face au miroir et, si elle s'en détournait, elle se retrouverait devant Rage en chair et en os. Le froissement d'étoffe de l'opération lui parut durer une éternité.

— Tu peux rouvrir les yeux. Voilà.

Ellie s'exécuta. Rage était tout près, lui touchant presque le dos. Le regard tourné ailleurs, il tendait devant lui sa chemise et un caleçon de couleur bleue. La jeune femme dut tendre le bras pour les récupérer tant il était grand.

— Merci.

— Je te dois bien ça, gronda-t-il.

La colère de l'Hybride était palpable ; leurs rapports, tendus à l'extrême. Ellie, qui n'avait pas besoin de ce rappel à cet instant, dut se faire violence pour réprimer une repartie cinglante. Elle préféra s'habiller en vitesse. Le caleçon en coton était doux et encore tiède, il lui tombait sur les hanches. *Me voilà bien, avec une braguette*… Cette pensée la fit sourire tandis qu'elle enfilait la chemise. L'étoffe avait son odeur, sa chaleur. Elle apprécia d'être de nouveau couverte.

— Tu peux te retourner, dit-elle en finissant de boutonner sa chemise d'emprunt.

Le colosse tourna les talons avec lenteur, très sexy dans sa veste sans manches et son pantalon moulant, avec les muscles des bras saillants et des pectoraux massifs qui menaçaient de faire céder les boutons du battle-dress. Elle s'arracha difficilement à la vue des biceps et retroussa ses manches jusqu'à ce que ses mains soient dégagées. Comme

Rage s'approchait pour l'aider, Ellie vit que la veste était barrée du logo OPH.

— J'ignorais que vous possédiez votre propre équipe de sécurité…

Il prit une profonde inspiration.

— Ouais, eh bien, disons qu'on ne peut pas entièrement compter sur les humains pour assurer nos arrières. On s'entraîne en secret ; tu es la première de ton peuple à l'apprendre. Regarde le boulot de merde qu'ils ont fait, aujourd'hui. Mercile nous a rendus forts, rapides et résistants à la douleur. Ceux d'entre nous qui savent se battre enseignent aux autres. Nos gars apprennent vite.

— Pourquoi en secret ? Homeland, c'est chez vous. Vous y faites ce que vous voulez.

— Dis ça à ceux de ton peuple. (Il hésita.) On s'est vu refuser une salle d'entraînement. Même chose quand on a demandé à être formés par des instructeurs humains. Alors on s'entraîne entre nous, à l'abri des regards, dans le dortoir des mecs. Après y avoir coupé toutes les caméras. La sécurité ne voulait pas les enlever ; pas grave, on les a bousillées.

Ellie fronça les sourcils.

— Mike ne vous a pas dénoncés au directeur ?

— Le chef du dortoir ?

Rage secoua la tête.

— Il se soûle tous les soirs à l'alcool fort. À partir de 21 heures, une bombe pourrait péter dans sa chambre sans le réveiller. Il n'a pas idée de ce qu'on fait la nuit.

— Désolée d'apprendre que vous en êtes réduits à vous cacher, dit-elle, faute de mieux. Si les filles veulent s'entraîner ici, je ne le dirai à personne. Pas la peine qu'elles le fassent en cachette.

Rage haussa les épaules.

— On s'arrange avec les obstacles qu'ils imaginent pour nous barrer la route, mais merci quand même. Je ferai passer le message. D'une manière ou d'une autre, nous avons l'intention de devenir autosuffisants.

— Et vous y arriverez, j'en suis sûre.

Il tendit la main vers elle mais arrêta son geste à quelques centimètres de son visage.

Ellie, incapable de résister, combla d'elle-même l'espace jusqu'à ce que les doigts de Rage lui effleurent la joue. Sa main épousa la courbe de son visage, ses phalanges glissèrent entre ses mèches de cheveux, elle se lova dans sa paume. Son contact l'apaisait. Il lui aurait coûté de l'avouer, et pourtant, Ellie avait eu plaisir à voir arriver Rage en dépit des circonstances apocalyptiques.

Elle leva les yeux vers lui.

— Merci de m'avoir sauvé la vie.

Une émotion indéchiffrable s'imprima un court instant dans les beaux yeux chocolat de l'Hybride.

— Je ne souhaite plus ta mort, je te l'ai déjà dit, répondit-il en lui caressant la joue. J'ai eu peur pour toi.

— Plusieurs filles m'ont dit qu'elles t'avaient vu rôder aux abords du dortoir, avança Ellie après une hésitation. Je peux savoir pourquoi ?

Les joues de Rage s'empourprèrent et ses traits se durcirent. Il retira sa main.

— J'aime savoir où sont mes ennemis. Viens, gronda-t-il. Le sang n'était pas le tien. Tu souffres d'hématomes et de quelques égratignures ; rien de méchant. Le devoir m'attend, il faut que je sache comment évolue la situation.

Ces mots durs sortis de nulle part firent l'effet d'une gifle à Ellie : à l'entendre, ils n'étaient même pas amis.

— Laisse-moi remettre mes sandales, dit-elle après avoir détourné le regard.

— Surtout pas. Elles sont pleines de sang et je viens juste de te nettoyer. Je ne recommencerai pas. Je n'en ai pas la force, conclut-il dans sa barbe.

Qu'est-ce que ça signifie ? s'interrogea Ellie en se dirigeant vers la porte des toilettes. Rage resta à sa hauteur en se gardant de l'effleurer et remit ses gants tandis qu'ils traversaient la pièce. Il ouvrit la porte et sortit le premier. Ellie suivit le mouvement et contempla sa nuque : qu'est-ce qui pouvait bien lui trotter dans la tête ? Il s'était montré amical… jusqu'à cette brusque histoire d'inimitié.

Les quatre agents de l'OPH veillaient sur l'entrée défoncée. Darren Artino était sur le seuil avec une dizaine de ses gars ; il posa un regard noir sur Rage.

— Vos sbires m'interdisent d'entrer !

Rage se fendit d'un sourire sans joie qui fit saillir ses canines.

— Faites donc.

Artino maugréa un juron et fit signe à ses vigiles de pénétrer dans le bâtiment. Son regard noir engloba Ellie… et ce qu'il vit le fit se cabrer. Quand il remarqua le caleçon d'homme qu'elle portait, ou plus exactement les trois centimètres qui en dépassaient sous la chemise, sa mâchoire s'affaissa. Il braqua derechef son regard de braise sur Rage qui haussa les épaules.

— Ellie avait besoin de fringues, fit valoir l'Hybride. Ce serait bien d'équiper la salle d'eau d'une douche et de serviettes avec cette sécurité de merde. Quand les gens que vous n'arrivez pas à protéger ont besoin de nettoyer le sang qu'ils ont fait couler, ils méritent un minimum de confort après s'être sauvés eux-mêmes. Des serviettes en papier, c'était un peu mince pour couvrir sa nudité ; j'ai jugé préférable de lui passer mes sous-vêtements plutôt que de la laisser sortir à poil.

Ellie se couvrit la bouche pour masquer son hilarité : le visage d'Artino était devenu de plus en plus rouge à mesure que Rage en rajoutait. Le chef de la sécurité était un pète-sec de la plus belle eau ; assister à sa descente en flammes s'avérait jouissif. La jeune femme cessa de se cacher derrière sa main et vit Rage adresser un signe de tête à ses gars. La petite troupe quitta le dortoir sans un regard en arrière.

Artino vint la rejoindre.

— Vous avez entendu ce qu'il ose me sortir ? glapit-il, outragé.

Ellie choisit ses paroles avec soin. Ce n'était pas à elle d'insister sur la faillite complète de son dispositif de sécurité.

— Je suis favorable à l'idée d'installer une douche et des vraies serviettes dans la salle d'eau du rez-de-chaussée. Ça n'aurait pas été du luxe.

Ellie laissa en plan le responsable médusé, se dirigea vers un canapé et s'effondra dedans. L'épuisement et le besoin de pleurer un bon coup étaient en train de la rattraper. *Ou un verre bien tassé. Ou tout ça à la fois.*

Rage fit une halte sur le trottoir et repéra Ellie par-dessus l'épaule de ses gars. Vautrée dans un sofa, l'humaine était livide et paraissait épuisée. Rien d'étonnant après ce qu'elle avait vécu. L'Hybride avait dû mobiliser toute sa force de caractère pour l'abandonner ainsi alors qu'il n'avait eu qu'une envie : l'enlacer, la rassurer. Si jamais elle fondait en larmes, au diable les apparences, il était résolu à filer la rejoindre et à la cajoler jusqu'à ce qu'elle se sente mieux.

Son téléphone sonna ; il décrocha aussitôt.

— Oui, Justice ?

— Qu'est-ce qui s'est passé avec l'humaine, dans la salle d'eau ? Je t'ai suivi à l'écran jusque devant la porte, mais il n'y a pas de caméra dedans. Tout va bien ?

Rage répondit à voix basse.

— Ils l'ont violentée, mais j'ai gardé mon sang-froid.

— Bien. (Justice ménagea une pause.) Tu as fait un boulot remarquable, Rage. Je suis fier de toi. Les humains sont un rien agacés que ce soient les nôtres qui aient sauvé Ellie. Ils l'ont mal pris en découvrant qu'on avait notre propre sécurité.

— Homeland est à nous. Le président des États-Unis en personne nous a garanti que nous pouvions prendre les rênes dès que nous nous sentions prêts à le faire.

— Je sais, je sais… Ils culpabilisent un max d'avoir financé Mercile Industries sans vraiment savoir ce qui se passait. Les autorités tiennent à se racheter ; si on annonce publiquement qu'ils ont merdé, leur image en souffrira dans le monde entier. Nous avons intérêt à les ménager jusqu'à ce qu'on soit capables de tout gérer nous-mêmes.

J'ai cru comprendre que ça avait chauffé, avec Artino… Qu'est-ce qui s'est dit, au juste ?

— Il n'était pas content qu'on ait réussi à la place de ses gars, et ça l'a fâché tout rouge que j'aie ordonné aux nôtres de bloquer l'accès au dortoir le temps de m'assurer qu'Ellie n'avait rien de sérieux.

Justice hésita.

— Tu contrôles la situation, avec elle ? C'est indispensable. Les nôtres ont besoin qu'on fasse preuve d'autorité et qu'on serve d'exemple, faute de quoi, jamais nous n'arriverons à sortir de cette semi-captivité. Je t'ai choisi pour me seconder pour le respect que tu inspires, parce que tu sais discipliner tes émotions et parce que tu es prêt à tout pour le bien-être de notre peuple, au moins autant que je le suis.

— Tu n'as rien à craindre de ce côté-là, assura Rage, le regard toujours rivé sur Ellie. Je sais qu'elle n'est pas pour moi.

— Sache que ça me désole, rétorqua Justice en soupirant. Tu as droit au bonheur. Retourne au dortoir des mecs, j'y vais de ce pas pour féliciter nos gars.

Chapitre 8

Le directeur Boris fusilla Ellie du regard.

— Je vous somme d'expliquer la raison de votre refus, mademoiselle.

Ellie, furieuse, lui rendit son regard noir et fut à deux doigts de l'envoyer balader.

— Qu'y a-t-il à expliquer ? Ne m'obligez pas à répéter, ça fait cent fois que je dis la même chose, la cent unième ne changera pas d'un iota sous prétexte que vous digérez mal le fait qu'ils disposent de leur propre service de sécurité. L'agent Rage m'a aidée à faire ma toilette aux lavabos. J'étais tellement secouée que je n'arrivais plus à marcher. Je venais de tuer deux types, merde, je suis une simple civile, pas une ancienne d'un commando !

— J'en suis conscient, grinça-t-il.

— Abasourdie que ces barjos aient réussi à pénétrer à Homeland, je ne tenais plus debout. Si vous avez visionné les enregistrements vidéo, vous savez que l'agent Rage a dû me porter. Mes fringues étaient couvertes de sang ; il m'a refilé son caleçon et sa chemise, point barre. C'était la moindre des choses, non ? C'est quoi, votre problème ?

Dressée sur la pointe des pieds, la jeune femme résista à l'envie de gifler ce sale con.

— Il s'est livré à des contacts physiques inappropriés ; je veux votre plainte pour harcèlement sur mon bureau avant dix-huit heures. Nous devons leur signifier qu'ils ne peuvent pas se permettre tout et n'importe quoi ! Ils n'étaient pas autorisés à agir comme ils l'ont fait.

Pas croyable, songea Ellie, bouche bée.

— Je refuse ! Il n'a rien fait de mal. Si vous tenez tant que ça à montrer qui pisse le plus loin en matière de contrôle de la situation, oubliez-moi, je ne suis pas outillée pour ce type d'enfantillage.

Boris fit la sourde oreille au sarcasme plus que suggéré.

— Ce type vous a traîné dans une salle d'eau, vous vous êtes dévêtue devant lui et il a fait de même, ça coule de source, puisqu'il vous a donné son caleçon. C'est tout à fait inacceptable. Rédigez ce rapport sur-le-champ. C'est un ordre.

— Il n'y a pas de caméra, dans la salle de bains du rez-de-chaussée. Vous ignorez ce qui s'y est passé ! hurla Ellie, désormais plus que furieuse.

— Ce n'est pas difficile à imaginer… Que vous arrive-t-il, mademoiselle Brower ? C'est l'agent Rage qui vous fait cet effet ? Auriez-vous échangé autre chose que des sous-vêtements ? Il vous a baisée ?

Ellie recula d'un pas et serra les poings. L'envie de le cogner était presque irrépressible. Elle n'en croyait pas ses oreilles, il allait beaucoup, beaucoup trop loin.

— Vous êtes un sale vicelard, directeur Boris. Lui et ses gars m'ont sauvé la vie. Où diable étaient vos précieux vigiles, quand ces fous furieux ont défoncé les portes du dortoir à coups de voiture-bélier ? Où étaient-ils, quand ils m'ont donné la chasse au rez-de-chaussée, quand j'ai été contrainte d'en tuer deux ? Où étaient-ils quand ces salauds m'ont maltraitée sous l'objectif des caméras ? Des fumiers qui s'apprêtaient à me violer puis à me faire la peau ? J'ai la réponse à cette question. Ils étaient bien au chaud, dans une salle de contrôle blindée. Ce sont les agents de l'OPH qui sont venus me sauver la vie, puis c'est l'agent Rage qui, sachez-le, est entré dans une cabine pendant que je me déshabillais, puis qui m'a aidée à me nettoyer en gardant les yeux fermés tout du long. Il ne m'a pas vue nue, mentit-elle. Quant à moi, mentit-elle à nouveau, tout ce que j'ai vu de son anatomie, ce sont ses bras. Vous n'avez pas le droit de me demander de commettre un parjure dans un rapport bidon sous prétexte qu'ils ont assuré pendant que vos gars se faisaient dessus.

Le directeur Boris bondit de son siège.

— Vous êtes virée. Prenez vos affaires et quittez Homeland sur-le-champ. Je me charge personnellement de vous faire arrêter pour violation de propriété si vous êtes encore ici dans une heure. Mes gars se font dessus ? Soyez tranquille, ils sauront vous dégager à coups de pompe dans le cul par la grande porte. La police du comté sera prévenue, elle aussi. Ces messieurs vous hébergeront… aux frais du contribuable.

Elle hocha la tête.

— La couille molle a parlé, cracha-t-elle avant de tourner les talons et de sortir en trombe du bureau de Boris.

Ellie fondit en larmes dans les couloirs du bâtiment principal. Ce salaud ne lui laissait qu'une heure pour rassembler ses affaires et dire adieu à son unique foyer.

Il allait falloir appeler la sécurité pour qu'ils garent sa voiture devant le dortoir : par précaution, les véhicules personnels étaient rangés sur un parking surveillé, au fin fond de l'enclave. Elle avait quelques malheureux milliers de dollars sur son compte, aucun point de chute et pas de travail. Pire encore, les pensionnaires allaient lui manquer ; elle avait noué des liens étroits avec plusieurs d'entre elles. Alors qu'elle arrivait à la hauteur du poste de sécurité, près de la sortie, un vigile patibulaire lui barra la route.

— Le directeur Boris m'a ordonné de vous confisquer votre badge et de vous conduire illico à la sortie de Homeland. On s'occupe de ranger vos affaires dans votre voiture ; vous en prendrez possession dans moins d'une heure, à la porte principale.

Ellie prit conscience avec effroi qu'elle n'allait même pas pouvoir faire ses adieux aux filles et ranger elle-même ses affaires. *Le « couille molle » était en trop, il a conduit Boris à se surpasser dans le registre du sale con. Et merde.* Sa pensée suivante concerna Rage. *Je ne le reverrai jamais.* La douleur fusa en elle. Il avait beau la considérer comme son ennemie, la perspective de ne plus jamais croiser son regard lui faisait mal.

Elle adressa un signe de tête au vigile qui, déjà, avait la main sur son arme. Provoquer un esclandre ne ferait qu'aggraver une situation déjà catastrophique. Ellie dégrafa son badge et le tendit au cerbère, qui lâcha son flingue… et saisit la jeune femme par le bras.

— Je peux m'y rendre toute seule, merci.

Elle tenta vainement de se dégager : il refusa de lâcher prise.

— J'ai reçu des ordres. Au premier signe de résistance, je dois vous arrêter et vous confier à la police aux portes du complexe.

Constatant qu'il était inutile de lutter, Ellie cessa de se débattre et releva la tête. Au bord des larmes, elle se laissa guider sans ménagement jusqu'à l'extérieur où le soleil brillait de mille feux. Deux autres vigiles attendaient là ; l'un d'eux lui arracha son badge.

Le directeur Boris avait mis les petits plats dans les grands pour signifier sa colère : trois gorilles, rien de moins ! *Quel trou du cul.* Les deux nouveaux se placèrent devant et derrière celui qui la traînait toujours avec rudesse vers un véhicule de patrouille, et qui la balança presque sur la banquette arrière. Elle ferma les yeux quand la voiture se mit à rouler : ils la conduisaient vers l'entrée principale, elle s'apprêtait à quitter définitivement Homeland… et la vie de Rage.

Ellie fut poussée à l'extérieur, en lisière d'une foule de manifestants. La nervosité la gagna tandis qu'elle attendait sa voiture. Elle jeta un coup d'œil aux anti-Hybrides et s'empressa de détourner les yeux dès qu'elle croisa des regards haineux. Si les opposants ignoraient tout de ses liens avec les Hybrides, ils avaient vu la sécurité la conduire à l'extérieur du complexe. Ellie se rapprocha insensiblement des portes en voyant quelques individus avancer vers elle.

— Reculez, beugla l'un des gardes en brandissant son fusil.

Ellie s'immobilisa.

— J'attends ma voiture. Ces gens-là ne m'aiment pas, dit-elle en se retournant vers la foule amassée tout près. Patienter à l'abri, c'est vraiment trop demander ?

Le vigile afficha un rictus mauvais.

— Derrière la ligne, j'ai dit. Ne m'obligez pas à faire usage de mon arme.

Ellie vit qu'il ne plaisantait pas. Elle fit volte-face et avança de trois mètres jusqu'à se trouver au-delà de la ligne peinte au sol. Certains manifestants n'étaient plus qu'à un mètre. L'un d'eux la foudroya du regard et marcha vers elle : une brute épaisse, façon voyou tout juste sorti de prison, avec les bras striés de tatouages faits à l'arrache.

— Qui t'es ? On t'a vue sortir de là-dedans, tu serais pas une de ces débiles qu'en pincent pour les animaux ?

Elle ravala sa salive.

— Fichez-moi la paix.

Une autre protestataire la dévisagea avec un air mauvais puis s'adressa à un vigile.

— C'est qui, cette nana ?

Le garde répondit sans un regard pour Ellie.

— Elle travaillait ici, mais elle s'est fait virer.

Ellie, qui n'en revenait pas que le vigile l'ait dénoncée, sentit aussitôt l'hostilité de la foule monter d'un cran. La peur l'incita à se rapprocher de la porte : certains de ceux qui l'épiaient avec hargne devaient appartenir au groupe qui venait d'attaquer Homeland. Le garde au fusil lui fit un signe de menton.

— Derrière la ligne.

— Ouais, c'est ça, beugla quelqu'un. Pourquoi t'approches pas, salope ? On a deux mots à te dire…

Ellie étudia la foule. Ils avaient arrêté de faire les cent pas en brandissant leurs pancartes flanquées de messages de haine ; les anti-Hybrides formaient un mur compact et fondaient peu à peu sur elle, à la manière d'une troupe d'émeutiers, en agrippant leur panneau comme s'il s'agissait d'une batte de baseball. Désormais terrifiée, Ellie se tourna vers l'entrée de Homeland et s'agrippa aux barreaux.

— Je ferai un procès à tous ceux d'entre vous qui les laissent s'en prendre à moi ! Vous finirez tous en taule…

— Eh bien, pars, ricana l'un des vigiles. Ils ne te feront rien si tu n'es plus là.

— Pas question ! J'attends ma voiture et mes affaires, je n'ai même pas mes papiers sur moi !

Le garde haussa les épaules et se fendit d'un sourire mauvais.

— Ta sécurité n'est plus notre affaire. Tu n'es plus employée ici, ma jolie : démerde-toi et recule, nous oblige pas à employer la manière forte. Pas l'envie qui m'en manque, note bien, vu que tu milites pour que les Hybrides nous poussent au chômage…

— Qu'est-ce qui se passe, ici ? tonna une voix de basse depuis le chemin de ronde.

Ellie leva les yeux et aperçut un Hybride qu'elle ne connaissait ni de nom ni de visage. Un dur à cuire, apparemment, vêtu d'un battle-dress noir barré du logo OPH.

— Rien, répondit le vigile.

L'Hybride fronça les sourcils en croisant le regard d'Ellie.

— Je suis agent de l'OPH, c'est moi qui commande, ici. Pourquoi vous êtes dehors ?

— J'ai été virée. (Elle avisa la foule massée dans son dos.) J'attends qu'on m'apporte ma voiture, il n'est pas question que je parte à pied. La sécurité refuse que je patiente à l'intérieur… et ça craint pas mal. J'aimerais vraiment pouvoir attendre à l'abri.

Quelqu'un lança un projectile qui toucha Ellie au bras. Elle grimaça et baissa la tête vers l'objet du délit : une canette de soda d'où giclait un liquide noirâtre. Ellie recula autant que possible, dos à la grille, quand fusa un nouveau projectile. Elle esquiva de justesse une bouteille d'eau qui rebondit contre un barreau, à quelques centimètres de sa tête.

— Faites-la entrer, ordonna l'agent de l'OPH. Tout de suite !

— Elle a été licenciée, se défendit le vigile. C'est plus notre problème, merde.

— Je vous ordonne de la laisser entrer, gronda l'Hybride. Mettez-la à l'abri et ne m'obligez pas à me répéter.

Au plus vif soulagement d'Ellie, l'un des gardes, toujours en rogne, lui fit cependant signe d'avancer. Un nouveau projectile la toucha à l'épaule. Elle ne sut pas ce que c'était, mais ça lui fit un mal de chien. La grille s'ouvrit ; quelqu'un lança autre chose mais manqua sa cible ; Ellie courut presque se réfugier du bon côté des barreaux. Elle leva les yeux tout en se massant l'épaule, mais l'agent de l'OPH avait disparu.

— Restez près de la porte, beugla le vigile le plus proche.

La jeune femme acquiesça : l'essentiel était d'être à l'abri, elle pouvait très bien patienter ici le temps que sa voiture arrive. Les manifestants n'avaient pas repris leur va-et-vient, ils continuaient à la fusiller du regard. *Tas de cons*, songea-t-elle en leur tournant le dos. S'asseoir n'aurait pas été de refus, mais pas par terre. Elle ferma les yeux, rentra les épaules et pria pour que l'attente ne dure pas.

— Mademoiselle Brower ?

Ellie rouvrit les yeux et eut la surprise de voir arriver Rage en compagnie de l'agent de l'OPH qui avait ordonné aux vigiles de la laisser rentrer. Il portait un jean, une chemise à manches longues et des bottes. Ses longs cheveux étaient ramenés en queue-de-cheval… et il avait l'air furax. Ellie sentit son cœur s'emballer : sous ses dehors furibards, il était sexy en diable dans cette tenue qui mettait en valeur ses larges épaules et sa taille étroite. Il s'immobilisa à un peu plus d'un mètre d'elle, son collègue à main droite.

— Que se passe-t-il ? Slade, ici présent, vient de me faire un topo de la situation. (Il étudia Ellie des pieds à la tête.) As-tu été blessée par leurs projectiles ?

Ellie secoua la tête, ayant décidé de taire sa douleur à l'épaule. Elle s'obligea à quitter Rage des yeux et reporta son attention sur Slade. L'agent de l'OPH qui venait de lui sauver la mise l'observait avec curiosité.

— Merci de m'avoir permis d'attendre ma voiture à l'intérieur. Ça devenait moche, dehors.

Il hocha la tête ; Ellie se remit à dévorer Rage des yeux. Elle se mordit la lèvre, hésita un instant puis prit sa décision. Il devait être mis au courant de ce qui s'était passé dans le bureau du directeur… et elle ressentait aussi le besoin de lui faire ses adieux en privé.

— Je peux vous parler en privé ? dit-elle en louchant vers le vigile qui, d'évidence, buvait chacune de ses paroles.

Rage opina après avoir froncé les sourcils.

— C'est une affaire qui ne regarde que moi, ou Slade peut y assister ?

— Je ne vois aucun mal à ce qu'il assiste à la conversation, dit Ellie en souriant à l'intéressé.

— Éloignons-nous, trancha Rage en tournant les talons.

Le vigile debout près d'Ellie saisit celle-ci par le bras.

— Elle reste ici. Le directeur Boris m'a donné l'ordre de l'expulser, je viole déjà ses instructions en l'ayant autorisée à réintégrer le périmètre. Elle n'ira pas plus loin.

Rage se retourna d'un bloc.

— Bas les pattes, gronda-t-il sans chercher à masquer sa fureur. Les ordres que *je* donne outrepassent ceux du directeur. L'humaine nous accompagne et toi, tu restes ici. Bien compris ? Ne t'avise plus de la toucher.

Le vigile, abasourdi, lâcha le bras d'Ellie et recula. Rage fit signe à la jeune femme de passer la première. Ellie obtempéra et ne se retourna qu'au bout d'une vingtaine de foulées, puis jeta un coup d'œil derrière les deux Hybrides pour s'assurer qu'aucun garde n'était en mesure de les entendre.

Toute trace de colère disparue, Rage la regarda dans les yeux.

— Que tenais-tu à nous dire en privé ?

— Vous prévenir que le directeur Boris est remonté à bloc contre la création de votre équipe de sécurité. Il a tenté de me faire écrire un rapport à charge bidon, dans lequel je devais dire du mal de toi et de tes gars. S'il a tenté le coup avec moi, il réessaiera avec d'autres. Il ne supporte pas du tout que vous preniez les rênes de la base. Il fallait que je vous le dise. (Court silence.) Vous m'avez sauvé la vie. J'estime que vous valez mieux que la sécurité officielle. Vous avez mis dans le mille, Justice et toi : Boris est prêt à tout pour rester à la tête de Homeland. Je ne pouvais pas partir sans vous mettre au courant.

Rage resta un long moment à la dévisager puis hocha la tête. Slade, quant à lui, restait de marbre. Impénétrable. Comme si Ellie venait de parler de la pluie et du beau temps. Rage prit une profonde inspiration.

— Quel genre de rapport ?

Ellie contempla ses pieds, incapable de lever la tête.

— Boris voulait faire un scandale autour de la séance de nettoyage, dans la salle de bains du dortoir. Il m'a suggéré des trucs pas jolis-jolis. (Ellie leva les yeux un court instant puis se replongea dans l'examen de ses chaussures.) J'ai refusé. Il n'avait pas le droit de me demander de faire un faux témoignage. Il fallait que je te prévienne, ce salaud est capable de tout.

Ellie sentit le regard de Rage peser sur elle alors que le silence s'éternisait. Quand elle se résolut enfin à lever les yeux, elle vit qu'il avait la bouche pincée.

— C'est pour ça qu'il t'a virée ? On vient tout juste de m'en informer.

Les nouvelles vont vite.

— Ça, et peut-être aussi mon vocabulaire fleuri quand j'ai vu à quel point mon refus le mettait en pétard. (Elle esquissa un sourire sans joie.) Il m'aurait certainement autorisée à faire mes valises moi-même, mais c'était plus fort que moi, il a fallu que je l'insulte.

Les lèvres de Rage formèrent un rictus qui n'avait rien d'un sourire.

— Je vois... Donne-moi ton adresse et ton numéro de téléphone fixe, au cas où Justice voudrait te toucher un mot. Pas besoin de les écrire, je m'en souviendrai.

Ellie sentit ses épaules s'affaisser ; elle détestait d'avoir à lui avouer sa triste situation.

— Il faut que je me trouve une chambre d'hôtel et un travail. J'habitais dans un autre État quand je me suis décidée à venir bosser ici ; j'ai rendu mon ancien appart, je n'ai nulle part où retourner. Tout ce que je peux te donner, c'est mon numéro de portable... à condition qu'ils l'aient rangé dans mes affaires. Sinon je pourrai toujours téléphoner ici et communiquer le numéro du motel. Comme ça, Justice saura où me joindre s'il a vraiment l'intention de me parler, mais pour l'instant, j'ignore où je vais loger.

Rage cilla et garda la bouche close. Il dévisagea Ellie, en proie à une réflexion dont la nature échappait à la jeune femme. Elle rompit le contact visuel quand Slade prit la parole.

— Tout va s'arranger, j'en suis sûr, mademoiselle Brower. N'oubliez pas d'appeler pour laisser vos coordonnées.

Ellie hocha la tête.

— En tout cas, merci encore de m'avoir permis d'attendre à l'intérieur.

Elle se tourna vers Rage et prit conscience que c'était probablement la dernière fois qu'ils se voyaient, ce qui l'attrista profondément. Il lui rendit son regard sans piper mot. Ellie se rendit compte qu'elle avait beaucoup de choses à lui dire et trouva une formule qui résumait tout.

— Essaie de vivre heureux et merci d'avoir décidé que je méritais de vivre.

Elle lui adressa un sourire sans joie puis se dirigea vers le vigile qui patientait près du portail. Elle sentit le regard de l'Hybride peser sur sa nuque tout du long, mais elle tint bon et ne se déhancha pas une fois. La page était tournée, il était libre, désormais, et ils étaient quittes.

Sa voiture arriva une demi-heure plus tard. Elle prit possession des clés, remarqua son sac à main sur le siège passager et s'installa au volant. Son moral était au plus bas. Jamais elle ne reverrait Homeland ou Rage ; quant à savoir où dormir cette nuit ou ce qu'elle allait faire de sa vie…

Les vigiles lui ouvrirent le portail et firent reculer les manifestants afin qu'elle puisse accéder à la chaussée. Un projectile heurta le flanc du véhicule. Elle tressaillit mais s'éloigna sans prendre la peine de vérifier si l'impact avait fait des dégâts, c'était le cadet de ses soucis.

— Tu as bien agi, déclara Justice en flattant l'épaule de Rage, qui gardait les yeux rivés sur le portail depuis presque quarante minutes. Je sais à quel point il t'est pénible de la laisser partir ainsi.

Rage luttait contre ses émotions – un combat difficile – et croisa le regard inquiet du chef des Hybrides quand il se décida enfin à mettre un terme à sa surveillance du portail.

— J'ai fait ce que tu m'as demandé de faire quand tu m'as appris qu'Ellie venait d'être virée : je l'ai laissée partir. Elle sera plus en sécurité à l'extérieur, si d'autres abrutis décident de lancer un nouvel assaut sur Homeland.

— Nos ennemis ont failli la tuer, lui rappela Justice. C'est difficile pour toi, je le sais.

— J'ai du mal à admettre que je ne la reverrai probablement jamais, avoua Rage. Ça me fait mal.

Le remords durcit les traits de Justice, qui étreignit de nouveau l'épaule de son second.

— J'ignorais que c'était à ce point…

— Ça l'est.

— Vraiment désolé, l'ami.

— J'ai conscience qu'elle a davantage sa place dans son monde que dans le nôtre. Cela étant, elle m'a avoué qu'elle n'avait nulle part où aller. Qu'est-ce qu'elle va devenir ? J'aurais peut-être dû lui demander de rester… On aurait pu forcer la main du directeur pour qu'elle garde sa place.

— Le moment est mal choisi pour faire des vagues. Chaque chose en son temps. Tu as fait ce qui était le mieux pour notre peuple. Je regrette vraiment que cela te coûte autant, ça crève les yeux qu'elle compte beaucoup pour toi. Voilà ce que je te propose : dès qu'on a les coudées franches, on lui offre de rempiler.

Le poids écrasant qui pesait sur la poitrine de Rage s'allégea un peu.

— Je veux qu'elle revienne.

Il avait besoin d'elle. La perspective de ne jamais la revoir sourire, de ne jamais réentendre le son de sa voix, lui laissait un goût de cendre dans la bouche. À quoi bon continuer à vivre dans ces conditions…

— J'ai le sentiment qu'elle a été virée parce qu'elle a pris notre parti. Ça me paraît injuste de ne pas lui rendre la pareille.

— Dans ce cas, propose-lui de retrouver son job dans les plus brefs délais. Ça ne saurait tarder ; tout ce qui nous manque, c'est un peu de savoir-faire. Nous avons de nombreuses lacunes à combler, mais chaque jour qui passe nous rapproche du moment où nous aurons la main sur le destin de notre peuple.

— Et si jamais elle refuse de revenir à Homeland ? Ce ne sont pas les boulots qui manquent, à l'extérieur… (Le désespoir lui vrilla l'estomac.) Je pourrais ne jamais la revoir…

— Dans ce cas, l'ami, il faudra lâcher prise. Tourner la page.

Rage ne répondit rien ; la douleur irradiait dans tout son abdomen. Renoncer à Ellie ? Tourner la page, se remettre à vivre comme si de rien n'était ? Il s'en savait incapable. Il l'avait dans la peau, elle faisait partie de lui… mais elle était partie. Peut-être à jamais.

— Viens, lui glissa Justice à voix basse. Marchons un peu. Il n'est pas question que je te laisse ruminer dans ton coin.

Rage hésita, jeta un dernier coup d'œil au portail et sut qu'elle ne reviendrait pas. Il hocha la tête.

— Merci.

Ellie poussa un juron en découvrant qu'on avait tagué sa voiture : un manifestant avait dû lui filer le train jusqu'au motel. Elle avait pourtant pris soin de vérifier si elle n'était pas suivie quand elle avait quitté Homeland quatre heures auparavant. *Drôlement rusés, ces salopards… et tenaces avec ça !* Ils savaient dans quel hôtel elle s'était arrêtée et avaient vandalisé sa voiture à cause de son lien présumé avec l'OPH. De vrais fanatiques. Tout ce qu'elle haïssait.

La jeune femme marcha d'un pas lourd vers sa chambre, excédée à la perspective de devoir appeler les flics, répondre à des questions, puis contacter son assureur. Il était exclu de déambuler à bord d'une auto flanquée de cet horrible slogan, c'était un coup à refroidir les employeurs potentiels. Ellie grogna, resserra son emprise sur le sac du fast-food et sonda sa poche arrière de jean en quête de la clé de sa chambre.

Le sésame en main, elle tenta de l'insérer dans la serrure, celle-ci était bloquée. En se baissant pour inspecter le vantail, elle s'aperçut qu'on avait bouché le trou de serrure avec du chewing-gum vert : probablement l'œuvre d'un vaurien quelconque, songea-t-elle. La porte de la chambre voisine s'ouvrit subitement à la volée.

Elle vit débouler trois costauds d'aspect patibulaire sur la passerelle. La peur s'empara d'Ellie : les malabars n'avaient d'yeux que pour elle. Elle lâcha la poignée et recula. Trois mètres à peine séparaient les portes des deux chambres, c'était fort peu en pareille circonstance, et les pires craintes d'Ellie se confirmèrent quand l'un des gorilles s'élança.

— On te tient, gronda-t-il en saisissant Ellie qui s'apprêtait à détaler.

— Fais-la entrer, Bernie, s'empressa de marmonner l'un de ses acolytes.

— C'est quoi, votre problème ?

Ellie, prise de panique, s'agrippa des deux mains à la rambarde.

— Lâchez-moi !

— Mon problème, siffla le type dans son oreille tout en la ceinturant et en s'efforçant qu'elle lâche prise, c'est qu'il paraît que tu t'es fait tringler par un de ces bestiaux. On est là pour te sauver. T'es victime d'un lavage de cerveau.

Me sauver ? Il n'est pas question de me tuer, songea-t-elle, *c'est déjà ça*. Ces débiles étaient convaincus qu'elle était passée dans l'autre camp contre son gré ! Elle hurla, roua le costaud de coups de pied. Chercha de l'aide dans son champ de vision rétréci par la terreur. Repéra quelques badauds sur le parking en contrebas… qui levaient des yeux ronds sur la scène. Un quidam hurla à son ravisseur de la lâcher.

— Et merde, maugréa l'un des complices, visiblement paniqué. On est repérés ! Filons !

La pression exercée sur la taille d'Ellie cessa brutalement ; les trois types détalaient. Hors d'haleine, endolorie, la jeune femme s'effondra contre la balustrade. Le grand salopard qui l'avait ceinturée était bigrement costaud. Elle tourna la tête. Arrivés au bout de la galerie, les trois hommes dévalèrent les marches si vite qu'ils faillirent tomber, puis disparurent au détour du bâtiment. Ellie sentit qu'elle allait s'écrouler mais parvint à empêcher ses genoux de céder. Elle tremblait comme une feuille. Entendant une nouvelle porte s'ouvrir, elle tourna la tête vers l'origine du bruit, s'attendant à voir surgir une autre menace. Une femme apparut, un bébé dans les bras, le visage blême.

— Vol à la tire ? s'enquit la femme.

— Non, répondit Ellie, apaisée.

— Les flics arrivent, lança un homme depuis le parking. Vous n'avez rien ?

— Ça va, merci ! dit Ellie après s'être raclé la gorge.

Son sac de fast-food gisait par terre, à l'endroit où elle l'avait lâché pour s'accrocher à la rambarde. Elle se pencha pour le ramasser ; la douleur au ventre lui arracha une grimace. Elle étouffa un juron, pria pour que la prise de judo du gros lard ne lui laisse pas de bleus autour de la taille et tituba jusqu'à l'escalier. Assise en haut des marches, elle remarqua les gens en contrebas et vit qu'un attroupement de curieux s'était formé. Son cœur battait la chamade après ce violent coup de stress, mais elle était indemne – et affamée. Elle piocha dans le sac. Quitte à attendre l'arrivée de la police, autant en profiter pour manger un morceau.

Ellie attaqua son hamburger et ouvrit la bouteille d'eau aromatisée. Elle s'estima heureuse de ne pas avoir opté pour un gobelet de soda qui n'aurait pas résisté à la chute. Puis elle sortit son téléphone portable de sa poche arrière. Quand elle avait laissé son numéro à Homeland, une heure plus tôt, l'assistante de Justice avait insisté pour qu'elle communique aussi son adresse. Or ce motel-ci était grillé : les cinglés savaient qu'elle y avait loué une chambre. Elle rappela le bureau de Justice. Il fallait les prévenir et cela pressait, les heures de bureau se terminaient dans une poignée de minutes.

— Salut, dit Ellie quand elle eut enfin en ligne l'assistante de Justice North. On s'est déjà parlé tout à l'heure, je crois. Ellie Brower. J'avais laissé le nom du motel où je suis descendue à l'intention de M. North, mais j'ai bien peur de devoir en changer. Je vous rappellerai demain matin pour vous indiquer ma nouvelle adresse. Vous avez bien noté mon numéro de portable ?

À l'autre bout de la ligne, la femme se tut un long moment.

— Pour quelle raison changez-vous de motel ?

— Euh… (Une voiture de patrouille débouchait sur le parking.) J'ai eu des soucis. Je rappelle demain matin sans faute. Il faut que je raccroche, là. La police vient d'arriver, il faut que je rassemble mes affaires en vitesse pour qu'on m'escorte quand je partirai. À demain matin.

Ellie coupa la communication.

Rage faisait les cent pas dans son bureau. Ellie était partie pour de bon, jamais il ne la reverrait, il lui fallait à tout prix se faire à cette terrible réalité. On frappa à sa porte. Il prit une profonde inspiration, se composa un visage impassible et se racla la gorge.

— Entrez.

C'était Cuivre, un ami qu'il avait mis à la tête du programme de mise à niveau des Hybrides. Il entra, referma derrière lui et prit appui contre la cloison.

— On a un problème.

— Encore ? C'est quoi, cette fois ?

— Des gardes humains qui font les yeux doux à plusieurs de nos nanas. Nos gars sont très protecteurs envers elles.

Rage se fendit d'un rictus.

— Nos filles sont aptes à se défendre contre un humain. Je n'en ai pas croisé un seul qui soit de taille face à une Hybride en colère. (Il redevint sérieux.) Harcèlement ou simple flirt ?

— Simple flirt, mais ça peut suffire à nos gars pour déclencher une bagarre. Les filles n'ont pas porté plainte, aucune ne se sent en danger. Je préfère qu'on évite les conflits. Si nos mâles se mettent à frapper les humains au premier clin d'œil un peu appuyé, ça promet pas mal de tensions…

— J'irai leur parler. Organise une réunion. (Rage consulta sa montre.) Dans deux heures ?

— Ça me va, dit Cuivre, tout sourires. Tu es un père pour nous tous, tu sais. Toujours à prodiguer tes conseils, à gérer nos sautes d'humeur. Justice, lui, c'est un peu notre mère : il veille sur nous, il nous nourrit, c'est un nid douillet qu'il nous fabrique à Homeland.

Rage lui présenta son majeur dressé.

— Voilà la leçon du jour, fiston.

Les rires fusèrent.

— Si c'est une proposition, non merci, tu n'es pas mon type.

— Tu prends tes rêves pour des réalités, gloussa Rage. Nos nanas ont bon goût, aucune ne voudra jamais de toi.

Cuivre fit quelques pas vers son ami ; son sourire disparut.

— À propos de nana… j'ai su que la petite humaine à qui tu as sauvé la vie était partie.

Rage se rembrunit à son tour et hocha la tête.

— Le directeur l'a virée, et Justice m'a demandé de ne pas intervenir. Je n'avais qu'une envie, pourtant : dire merde à Boris, lui rendre son job et la garder avec nous. D'un autre côté, l'attaque m'a fait comprendre qu'elle court un vrai danger en restant ici. Justice a raison, elle s'en tirera mieux loin de moi.

— En court-circuitant cet abruti bouffi d'orgueil, abonda Cuivre, tu l'aurais aidé à comprendre que nous nous savons maîtres de notre destin.

— C'est pile-poil ce que Justice m'a dit. Quel merdier… Je n'avais pas envie de la voir partir, et en même temps, je suis conscient de mes responsabilités envers les nôtres. Je me sens coupé en deux. Pour qu'elle reste, il fallait que je provoque une crise avec Boris, ce qui promettait de saper tous les efforts entrepris pour la communauté.

— Tu tiens tant que ça à cette nana ? s'étonna Cuivre, les sourcils arqués. Je l'ai aperçue plusieurs fois… elle est très différente des nôtres. Toute petite.

— Notre différence de gabarit ne m'a pas échappé.

— En outre, c'est une humaine. (Cuivre se renfrogna.) Qui a travaillé pour Mercile. Je sais bien pour quelles raisons elle a agi, on a tous été mis au courant qu'elle était infiltrée afin de faire tomber Mercile, mais j'ai aussi cru comprendre qu'il y avait du passif, entre elle et toi. J'étais présent dans la salle de conférences, tu sais. Et j'ai bien cru que tu allais la tuer sous les yeux de tous ces humains.

Rage posa une fesse sur le bord de son bureau, croisa les bras et poussa un gros soupir.

— Il s'est passé un truc qui m'a donné à croire qu'elle m'avait trahi. J'ai complètement pété les plombs.

— Sans déconner ! Jamais je ne t'avais vu aussi féroce, mec. Qu'est-ce qu'elle t'a fait ?

Court silence. Puis :

— C'est la nana dont je t'ai parlé peu après notre libération, quand on était logés dans ce motel, avant d'emménager ici. L'humaine qui est entrée dans ma cellule et qui a tué Jacob.

— Merde alors, marmonna Cuivre.

— C'est la première fois que je réagis aussi violemment envers quelqu'un. Je suis… (Rage resta quelques secondes à chercher ses mots.) Obsédé par elle. Dès qu'elle sourit, je fonds. Je n'ai qu'une envie : entendre le son de sa voix, être auprès d'elle.

— Merde alors, répéta Cuivre.

— Je veux qu'elle revienne. Je sais bien qu'on ne peut pas être ensemble, mais rôder à la nuit tombée près du dortoir des filles et l'apercevoir de loin, ça m'allait bien. Maintenant, même ça, je n'y ai plus droit. Et… ça me fait mal.

Le silence s'éternisa. Cuivre finit par s'exprimer.

— Quand on dirigera Homeland, tu pourras l'inviter à revenir. C'est toi qui seras à la tête de la sécurité. On n'aura plus à s'en faire à propos de la façon dont les humains se comportent. Tu te sens capable de tenir jusque-là ?

— J'en sais trop rien, admit Rage. Je veux juste qu'elle revienne, la savoir près de moi… Même si ça ne va pas plus loin. Je n'arrive pas à arrêter de me demander ce qu'elle est en train de faire. Quels sont ses projets, où elle compte aller… (Sa voix se mua en grondement.) Et aussi, est-ce qu'un humain lui tourne autour et cherche à approcher celle qui m'appartient.

— T'appartient ? glapit Cuivre, les yeux ronds.

— Oui, m'appartient. C'est ce qui me vient à l'esprit quand je pense à elle.

— Tiens bon, mec. Nos gars apprennent vite, on sera bientôt aptes à gérer Homeland sans l'aide de personne et tu pourras l'inviter à revenir. J'espère sincèrement qu'elle acceptera.

— Et moi donc, dit Rage en se relevant. Passe les appels et organise la réunion. Je m'occupe d'aller voir les gars et de programmer des séances supplémentaires d'entraînement pour les tenir occupés. Les humains qui vivent ici ne sont pas nos ennemis – pour la plupart.

Chapitre 9

Ellie bouclait son sac ; un employé du motel avait débloqué sa serrure afin de lui permettre de récupérer ses affaires. Satisfaite de ne pas avoir pris la peine de tout déballer en arrivant, elle avisa le policier qui, resté sur le seuil, suivait chacun de ses gestes.

— Merci d'avoir attendu. J'ai fini mes bagages et suis prête à partir. C'est très aimable à vous de veiller sur moi.

Le flic haussa les épaules.

— Pas de quoi, c'est mon travail.

Ellie empoigna son sac à main et sa valise. L'agent s'écarta pour la laisser sortir et referma la porte. Elle descendit les marches en s'efforçant d'oublier les clients de l'hôtel qui louchaient sans vergogne sur l'attraction de la soirée. Un soupir lui échappa ; il lui répugnait de devoir jouer la bête curieuse pour une poignée d'inconnus.

Elle grimaça en revoyant les mots inscrits sur sa voiture. L'officier de police avait pris note du préjudice subi, photographié le tag et lui avait fourni une carte afin qu'elle prenne rendez-vous pour porter plainte. Il lui ouvrit le coffre alors qu'elle soulevait sa valise. Son bagage rangé, elle referma et se fendit d'un sourire forcé quand il lui rendit les clés.

— Je peux vous donner un conseil ?

— Bien sûr, dit-elle en opinant.

L'agent considéra la voiture puis la regarda dans les yeux.

— Allez louer une bagnole et laissez celle-ci sur le parking de l'agence. C'est une petite ville, ici ; si ces crétins sont décidés à vous pourrir la vie, il leur suffira de rouler de motel en motel jusqu'à tomber sur votre véhicule. Vous serez facile à suivre à la trace tant que votre assurance n'aura pas fait repeindre la carrosserie.

Génial, songea Ellie. Ses finances promettaient déjà d'être au plus bas tant qu'elle n'aurait pas retrouvé un job, et voilà qu'il lui proposait de balancer son maigre pécule par la portière. Cela étant… il avait raison sur toute la ligne.

— Merci à vous. C'est un très bon conseil, je vais le suivre.

— Il me tarde de voir ces débiles lever le camp. Depuis l'arrivée des manifestants, c'est toujours la même rengaine. Les gens d'ici sont très heureux d'accueillir Homeland, ne vous y trompez pas. Il y a de la place pour ces malheureux au sein de notre communauté. En outre, c'est préférable au projet initial : j'ai grandi aux abords d'une base militaire et les bidasses, ça fait du grabuge en ville à la première occasion. Pas les Hybrides. Ce sont les fanatiques de Race pure qui sèment le chaos depuis leur arrivée, à croire qu'ils n'ont rien de mieux à faire, ma parole.

Le sourire d'Ellie n'eut, cette fois, rien de forcé. Elle sentit la tension retomber, c'était agréable d'entendre quelqu'un abonder dans son sens après toutes ces avanies.

— Bien d'accord avec vous. Les Hybrides ont déjà assez souffert sans avoir à subir ces foutus racistes.

— Je vais rester un moment dans votre sillage pour m'assurer que personne ne vous suit.

— Merci encore.

Ellie allait ouvrir sa portière quand un gros 4x4 noir arriva sur le parking. Elle se figea, intriguée. Le véhicule ressemblait beaucoup à ceux de Homeland avec ses vitres teintées. Il s'immobilisa derrière la voiture d'Ellie qui se raidit en voyant l'agent empoigner son arme d'une main et sa radio de l'autre.

La portière s'ouvrit côté conducteur. Ellie observa d'un œil méfiant l'homme qui contournait le 4x4 : costume sombre et lunettes noires. L'inconnu s'arrêta devant le policier, puis parut regarder Ellie du coin de l'œil. Les mains écartées, paumes tendues, il montra au flic qu'il n'était pas armé.

— Mademoiselle Brower ? Dean Hoskins. C'est M. Rage qui m'envoie. Vous avez appelé le bureau de M. North, qui a cru comprendre que vous aviez un genre de… problème.

Rage ? Ellie se détendit.

— Tout va bien, assura-t-elle à l'agent de police.

Hoskins cessa d'agiter les mains devant lui dès que le flic lâcha la crosse de son pistolet. Puis il ôta ses lunettes noires : ses yeux verts pétillaient de sympathie.

— M. Rage m'envoie vous chercher, vous et vos affaires. Il m'a chargé de vous transmettre un message. J'ignore ce qu'il signifie, mais M. Rage m'a assuré que vous comprendriez. Voici donc : puisqu'il vous a sauvé la vie, c'est désormais vous qui lui êtes redevable. Il vous demande de me suivre jusqu'à Homeland pour vous parler de vive voix. Il serait volontiers venu lui-même, mais vu ce qui se passe aux abords de Homeland, nous avons jugé préférable que je joue les émissaires.

Sans blague, songea Ellie. Rage voulait lui parler ? À quel propos ? Peut-être regrettait-il de ne pas lui avoir fait de vrais adieux ; à moins qu'il souhaite lui dire qu'il lui avait tout pardonné… ou, bien sûr, qu'il veuille simplement savoir ce qui venait de lui arriver. Inutile d'espérer, en revanche, qu'il se languisse d'elle. L'unique façon d'en avoir le cœur net était bien sûr de retourner à Homeland. Ellie s'en voudrait à jamais de refuser l'invitation.

Elle adressa un signe de tête à Hoskins. Aucun coup fourré à craindre : le message qu'il venait de transmettre était du Rage tout craché.

— Entendu.

Hoskins rechaussa ses lunettes noires. Ellie se tourna vers le policier.

— Merci pour tout, monsieur l'agent. Je me rends dans une agence de location dès que j'en ai terminé avec M. Rage.

Ellie grimpa dans sa voiture et attendit qu'Hoskins fasse faire demi-tour à l'imposant 4x4 sur l'aire de stationnement, puis elle le suivit jusqu'à Homeland. Elle détesta les regards insistants des autres conducteurs et reprit peur quand la foule de manifestants aperçut ce qui était inscrit sur le flanc de son véhicule.

Le tag horrible l'humiliait et la couvrait de honte. En voyant le vigile qui la laissait entrer ouvrir des yeux ronds, Ellie étouffa un juron et réprima l'envie de lui adresser un doigt d'honneur. Contrainte de rouler à bord de sa bagnole vandalisée, la jeune femme suivit le 4x4 noir jusqu'au bâtiment principal et se gara sur le parking des visiteurs.

Ellie prit son sac à main et sortit de voiture : il n'était pas question de se séparer de ses papiers après la façon dont elle avait été virée de Homeland. Si la mésaventure se reproduisait, elle tenait à garder le strict minimum avec elle. Dean Hoskins contempla la carrosserie et fronça les sourcils.

— C'est ça, vos ennuis ?

— En partie seulement. Je suis tombée sur trois débiles persuadés qu'on m'avait fait subir un lavage de cerveau, et venus me « sauver ». Dieu seul sait ce qu'ils m'auraient fait subir si leur tentative d'enlèvement n'avait pas avorté. (Ellie secoua la tête.) Quel monde de cinglés…

Rage faisait les cent pas sous le regard appuyé de Justice ; la réprobation manifeste dont il faisait l'objet finit par l'agacer. Il s'immobilisa et affronta son ami du regard.

— C'est quoi, ton problème ? Ellie avait des ennuis. Ta secrétaire l'a entendue parler de police, d'escorte pour déménager… Ça te chiffonne tant que ça, que j'aie envoyé Dean la chercher ? Il travaille pour nous. Il faut bien que les humains qui se déclarent nos alliés servent à quelque chose, non ?

— Je ne remets pas en cause ton raisonnement. J'ai cru qu'elle serait plus en sécurité dans son monde ; de toute évidence, je me suis trompé, les ennuis l'ont rattrapée très vite. Ce qui m'inquiète, c'est la perspective de te voir péter les plombs à son arrivée. Tu as déjà l'air au bord de la rupture.

Rage gronda, lutta contre sa colère et recroisa le regard bienveillant de Justice.

— C'est mon instinct protecteur qui me joue des tours… En apprenant qu'Ellie avait des ennuis, ma première envie a été de sauter dans une Jeep et de voler à son secours. Ça va beaucoup mieux depuis que j'ai envoyé Dean.

— Heureux de l'apprendre, dit Justice en s'approchant de Rage. Si ça te tracasse à ce point, gardons-la ici. J'arrondirai les angles avec Boris, et si ça ne marche pas, je lui donnerai l'ordre formel d'autoriser Ellie à rester. Les circonstances plaident en faveur d'Ellie, ça ne devrait pas poser trop de problèmes. Boris est très inquiet concernant notre volonté de reprendre la main, il tient à garder le contrôle absolu sur Homeland. Ce mec a beau être une vraie plaie et nous considérer comme des enfants, en définitive, il est *notre* employé. Je suis sûr qu'il y a des chambres disponibles dans le bâtiment des visiteurs humains ; je vais passer quelques coups de fil pour m'en assurer.

Rage fronça les yeux.

— Pour que ce foutu directeur continue à manigancer dans notre dos ? Tu m'as placé à la tête de la sécurité. Je refuse de la quitter des yeux.

— Où envisages-tu de la loger ? rétorqua Justice, ébahi.

— Je dispose d'une chambre d'amis. Ellie y sera à l'abri. Personne n'est assez stupide pour aller lui chercher des poux chez moi, je pourrai la garder sous clé.

— La protéger, tu veux dire.

— C'est du pareil au même.

— Mauvaise idée. Mais c'est toi le responsable, déclara Justice en haussant les épaules. J'ai bien assez de problèmes avec la gestion de Homeland : comment tout payer, où trouver les fonds supplémentaires qui nous seront indispensables quand nous dirigerons tout… La générosité du président n'y suffit plus, la mise aux normes des défauts structurels révélés par l'attaque va nous coûter une blinde. N'oublie pas qu'une réunion est prévue dans la matinée avec l'architecte. Je veux que tu épluches les plans avec lui ; c'est à toi de décider si ce qu'il propose paraît suffisant pour faire échec à un nouvel assaut sur l'entrée principale.

— J'y veillerai.

Justice vint étreindre son ami par l'épaule et plongea son regard dans celui de Rage.

— Je n'ai aucun doute sur ton professionnalisme. Ce qui m'inquiète, c'est ta charge émotionnelle dès qu'il est question de cette humaine. Je découvre une faille dans ta carapace, qui n'existait pas avant. Méfie-toi : les émotions peuvent nous jouer de sales tours, à nous autres.

— Je sais faire la part entre mes responsabilités envers le peuple hybride et ma vie privée.

— J'en suis sûr, dit Justice en lui lâchant l'épaule. Bonne chance avec ton humaine, dit-il, un sourire aux lèvres. Je n'aimerais pas être à ta place. Même si une humaine doit évidemment être plus facile à appréhender qu'une Hybride.

Rage renifla bruyamment.

— Détrompe-toi. J'ai toutes les peines du monde à la comprendre, on vient de deux mondes si différents… (Il hésita.) Ça me rend dingue, de penser qu'il aurait pu lui arriver malheur.

— Essaie de te contrôler. Les humains pétochent dès qu'on grogne et qu'on montre les crocs.

Justice s'éloigna en gloussant. Rage, quant à lui, grogna doucement. Il allait s'efforcer d'en savoir plus sur ce qui était arrivé à Ellie sans faire étalage de sa colère. Dean l'avait prévenu par téléphone qu'Ellie arrivait à Homeland mais avait refusé d'en dire plus. Si la jeune femme pouvait conduire, c'est qu'elle était indemne, ce qui était l'essentiel. Rage se dirigea en toute hâte vers le parking des visiteurs. Il avait souhaité être sur place à l'arrivée d'Ellie, mais Justice l'avait retardé.

— Qu'est-ce qui s'est passé ?

La voix grave qui s'éleva dans le dos d'Ellie la fit sursauter ; elle lâcha son sac à main en se retournant. Rage s'était approché à pas de loup, il faisait si peu de bruit en marchant qu'elle ne l'avait pas entendu venir. Elle sentit sa poitrine se serrer en le découvrant si proche.

— Essaie de faire un peu de raffut quand tu approches, j'ai failli avoir une attaque.

L'Hybride fit trois pas de plus vers Ellie.

— Tu as subi une tentative d'enlèvement ?

Rage se baissa, ramassa le sac d'Ellie et le lui tendit dans sa main immense tout en se redressant de toute sa hauteur.

— Comment ça s'est passé ?

Ellie sentit son rythme cardiaque ralentir.

— Des manifestants ont dû me filer le train jusqu'au motel. Ils ont loué la chambre voisine de la mienne et m'ont tendu une embuscade au moment où je revenais du fast-food. Je me suis mise à hurler quand l'un des trois types m'a ceinturée, mais des témoins ont commencé à gueuler et mes agresseurs ont pris la fuite.

L'expression sur le visage de Rage collait au nom qu'il s'était choisi. *Il lui va comme un gant*, estima la jeune femme. Bouche cousue, il continuait à la dévisager et se mit à gronder sourdement. Puis il entrouvrit la bouche et montra les crocs. Ellie recula, sur ses gardes. *Quelle mouche le pique ? Je n'ai rien fait de mal…* Il paraissait de nouveau sur le point de lui sauter à la gorge.

— Tu n'es pas en sécurité à l'extérieur, décréta-t-il d'une voix rauque. À compter d'aujourd'hui, tu restes ici. Ne proteste pas.

Dean Hoskins se racla la gorge et exhiba son portable.

— J'appelle la structure d'accueil des visiteurs pour voir s'ils ont un appartement disponible.

— Pas la peine, rétorqua Rage. Ellie emménage chez moi.

L'intéressée, interdite, fit les yeux ronds.

— Chez toi ? hoqueta-t-elle.

Il fit un pas vers elle.

— Tu as le chic pour t'attirer des ennuis, beauté. À moins que ce soient les ennuis qui sachent tout le temps où te trouver. Je dispose d'une chambre inoccupée. Tu vas t'y installer, ça me permettra de garder un œil sur toi.

Oh, oh… Ellie vit l'Hybride cesser de la dévorer des yeux pour s'intéresser à sa voiture. Il en fit le tour, inspecta les dégâts avec soin puis s'arrêta devant la jeune femme. Il lui prit la main avec fermeté mais sans brusquerie.

— Allons-y à pied, mon logement n'est pas bien loin. Quelqu'un passera prendre tes affaires et s'occupera de retaper ce… tas de boue.

— Mais ma valise…, plaida Ellie en traînant des pieds.

— Pas maintenant, grinça-t-il en l'obligeant à suivre le mouvement.

Rage s'élança. Contrainte d'avancer, Ellie remarqua du coin de l'œil l'effarement de Dean Hoskins. Soucieuse de ne pas attirer d'ennuis à l'Hybride, elle se retint de faire une scène : Rage se comportait ainsi dans l'unique but de la protéger… et la perspective de quitter Homeland déplaisait beaucoup plus à la jeune femme que celle d'emménager chez lui.

— Merci d'être passé me chercher, lança-t-elle.

— Pas de quoi, maugréa Hoskins.

Ellie détailla le profil élégant et fermé à la fois de Rage tandis qu'elle trottinait pour suivre son allure. Il tenait toujours son sac dans l'autre main. En constatant qu'il avait les phalanges blanchies à force de serrer, la jeune femme s'inquiéta de l'état dans lequel elle allait retrouver ses affaires. Elle se garda toutefois de râler jusqu'à l'entrée du bungalow. Il lui lâcha la main sur le seuil, sortit son badge de sa poche arrière et déverrouilla. Ses yeux noirs étaient rivés sur elle.

— Allez zou, à l'intérieur.

Ellie hésita.

— Pourquoi es-tu fâché après moi ?

— Je ne le suis pas, gronda-t-il. Entre.

Ellie pénétra dans l'intérieur mal éclairé et jeta un coup d'œil à la ronde. La porte se referma à grand bruit.

Elle fit volte-face : il était là, adossé à la porte, et venait de lâcher son sac à main. Elle tressaillit en priant pour que son portable ait résisté au choc contre le carrelage. En relevant les yeux vers Rage, elle vit qu'il la dévisageait avec intensité et que ses crocs saillaient de nouveau.

— Pour quelqu'un qui n'est pas en rogne contre moi, risqua-t-elle à mi-voix, c'est rudement bien imité… Tu pourrais au moins, je ne sais pas, ajouta Ellie en désignant sa propre bouche, ranger tes canines ?

Rage gronda.

Ellie recula de quelques pas.

— OK, continue… Mais je te jure que quand tu montres les crocs en faisant les gros yeux, tu donnes la nette impression d'être en pétard. (Elle reprit son souffle.) Quant au grondement, dit-elle en haussant les épaules, s'il ne signifie pas que tu es furieux, il faut m'expliquer…

— Je *suis* furieux.

— Qu'est-ce que j'ai encore fait ? glapit-elle en continuant à reculer.

— Rien. Ce n'est pas dirigé contre toi. Tu as été virée parce que tu me protégeais, jetée dehors à cause de nous autres Hybrides, et prise pour cible comme si tu étais des nôtres.

— Ma foi…

Ellie se détendit, secrètement ravie de ne pas être directement responsable de sa mauvaise humeur.

— En postulant pour bosser à Homeland, je me doutais que je n'allais pas me faire beaucoup d'amis chez les débiles. Je n'y travaillerais pas si j'étais d'accord avec tous ces crétins racistes. Ils savent de ce fait dans quel camp je me place. Ainsi va la vie. Chaque cause a ses partisans et ses détracteurs, dont les plus cons sont nourris à la haine.

— Personne ne te hait en raison de tes origines.

Ellie sourit.

— Je suis californienne d'origine, mais ma famille est allée vivre en Ohio. Un Américain sur deux est persuadé que tous les barjos du pays sont originaires de Californie du Sud.

Rage cilla.

— Dans quel camp es-tu vraiment ?

La jeune femme s'interrogea. Craignait-il qu'elle soit secrètement hostile aux Hybrides ?

— Si ta question consiste à me demander si j'ai des préjugés, la réponse est non. Quand j'ai entendu les rumeurs à propos de Mercile Industries, ces histoires de cobayes humains génétiquement modifiés, j'ai tout de suite accepté de jouer la taupe pour coincer ces salauds. Ça m'horrifiait de me savoir au service d'une boîte de pareilles ordures... (Court silence.) À mes yeux, les Hybrides sont des gens comme les autres, point barre. Qui jouissent des mêmes droits que les humains lambda. C'était ça, ta question ? L'idée même de faire un distinguo me débecte.

Rage fit un pas vers Ellie et s'immobilisa.

— Tu as entendu leur dernière réaction ? Ils flippent à l'idée qu'on veuille fricoter avec les humaines... Ça t'inspire quoi ?

— J'ai été claire, non ? Vous êtes des gens comme les autres. Ce qui vous donne le droit de fréquenter qui vous voulez. Au même titre que moi, ni plus, ni moins.

Il hocha la tête.

— Et ça te plairait de sortir avec l'un des nôtres ? Slade, par exemple ? Tu lui as tapé dans l'œil.

Slade ? Ellie cilla ; c'était celui qui lui avait sauvé la mise, à la grille. Elle lui plaisait ? Première nouvelle.

— Je le connais à peine, se défendit-elle, faute d'autre chose à dire.

— Tu l'as vu ce matin même.

— Oui, je vois de qui il s'agit, mais sans le connaître personnellement. Il m'est difficile de savoir si j'ai ou non envie de passer du temps avec lui.

— Admettons qu'il te plaise. Tu pourrais sortir avec lui ? En sachant ce qu'il est vraiment ?

Ellie scruta attentivement Rage… et vit qu'il était toujours en colère. Pour quelle raison ? Mystère.

— Bien sûr, pourquoi pas, rien ne s'y oppose. Je ne me suis jamais posé la question, en fait.

— Nos deux espèces ne sont pas entièrement compatibles, dit Rage en avançant d'un pas supplémentaire.

Ellie recula d'autant. Leur petit manège se répéta. Encore et encore. Elle eut le sentiment diffus d'être… sa proie. Sa fureur était palpable, désormais, elle regretta amèrement d'être venue chez lui. *Il m'en veut toujours pour ce qui s'est passé au labo souterrain ? Au point de sentir le besoin de me punir encore ?* Elle lui avait pardonné ; pourtant, il avait fait pire qu'elle. Jamais Ellie ne l'avait terrifié, étranglé, kidnappé en pleine nuit puis ligoté sur un lit.

— Pourquoi tu m'accules contre le mur ?

Ellie regarda par-dessus son épaule : il ne lui restait plus qu'un mètre à reculer, et elle n'avait aucune autre voie de repli. Après un coup d'œil affolé autour d'elle, elle affronta Rage du regard.

— Arrête ! Tu commences à me faire flipper…

— Tu n'as pas nié, quand j'ai dit que nos deux espèces n'étaient pas compatibles, dit-il en continuant de fondre sur elle.

Ellie recula d'un pas supplémentaire et buta contre la paroi. Plus d'échappatoire possible.

— Que veux-tu que je réponde à ça ? Je ne sais pas quoi dire… Tu possèdes le code génétique d'un être humain à peu de chose près, d'après ce que j'ai cru comprendre, je ne vois pas où tu veux en venir. Nous sommes pareils.

— J'ai passé toute ma vie dans un labo.

Rage plaqua les mains de part et d'autre des épaules d'Ellie. La jeune femme se retrouva coincée entre le mur, le torse et les bras de l'Hybride sans qu'ils se touchent.

— Je suis au courant.

Il était trop près pour qu'elle puisse se détourner de ce beau visage, désormais tout proche du sien. Elle inhala sa merveilleuse fragrance de mâle et se garda du moindre geste pour éviter tout contact intempestif.

— Ils nous soumettaient à des expériences tous azimuts, gronda Rage. Nous n'avons pas encore fait le tour de nos modifications corporelles, mais celles-ci sont trop flagrantes pour qu'on continue à se mentir. Nous ne sommes plus des êtres humains. Les caractères animaux sont trop nombreux. Certains sont apparents ; d'autres sont enfouis au plus profond, dans nos gènes. Si tu savais à quel point je diffère d'un humain lambda, tu serais terrifiée… Tout ton peuple aurait la trouille, s'il apprenait ce qu'on lui cache dans l'unique but de se faire accepter. Nous voulons vivre en paix, sans faire de vagues, sans être la cible constante de groupes extrémistes.

Sa curiosité piquée, Ellie le dévisagea.

— Des caractères animaux cachés ? Lesquels ?

Pas le grognement, en tout cas : il gronde à tout bout de champ... À moins que ce soit uniquement en ma présence ?

Rage hésita.

— Je ne suis pas entièrement humain, inutile d'entrer dans les détails. Sache seulement que nous différons sensiblement. Ça va très loin, nous ignorons tout de nos parents, il n'y a aucune chance pour qu'on les identifie un jour. Aucune archive n'a été retrouvée... Mercile a dû détruire tout ce qui avait trait à notre passé. Même notre enfance n'a rien de comparable avec celle d'un humain.

— Quels souvenirs gardes-tu de ton enfance ?

Il serra les mâchoires.

— Je me rappelle la peur, l'enfermement. Les ténèbres qui me terrifiaient... puis la douleur. Les liens qui m'empêchaient de bouger, les saletés qu'on m'injectait avec ces foutues seringues. Mes seuls compagnons d'enfance, poursuivit-il d'une voix rauque, c'étaient la souffrance et la boule au ventre.

Ellie sentit les larmes affluer. Elle leva la main machinalement et la posa sur le bras de Rage.

— Désolée, souffla-t-elle, désireuse de le réconforter.

Il ferma les yeux, prit de profondes inspirations puis rouvrit les paupières.

— Ils m'ont... modifié. Je me rappelle le choc que ça m'a fait quand, après avoir perdu mes dents de lait, j'ai senti pousser des canines longues et effilées. Je n'avais pas de miroir, mais la différence était nette. J'ai pris conscience que je ressemblais de moins en moins aux techniciens et aux toubibs. Quand j'ai atteint la puberté, j'étais déjà hyper musclé à cause des traitements qu'on m'avait fait subir et j'ai compris que ce n'était pas normal, que mon corps changeait en raison des merdes que ces salauds-là continuaient à m'administrer.

— Je suis vraiment navrée, Rage, dit la jeune femme en lui caressant l'avant-bras. Ils n'avaient pas le droit de faire ça.

— Je sais. Et quand on me serine que toute une vie de souvenirs atroces a au moins le mérite d'avoir contribué à soigner des humains malades, ça me fait une belle jambe. D'autant plus quand je pense à tous ces gens, des milliers peut-être, qui souhaitent ma mort, tout ça parce qu'on m'a jeté en pâture aux ordures de chez Mercile et fait vivre une enfance de cauchemar… Nous avons souffert pour que les humains aillent mieux et pour remplir les poches d'une poignée d'actionnaires. (Il se racla la gorge.) J'en ai ma claque de me sentir exclu, d'être différent. L'époque où j'étais comme les autres, je n'en garde aucun souvenir. Je me suis mis à épier ceux qui venaient me voir, à me palper les crocs et le visage, à détailler les autres différences physiques de mon anatomie, puis à faire gaffe à ce qui se disait en ma présence. J'ai fini par piger ce qu'on m'avait fait subir… et pourquoi. J'étais terriblement seul, mes seuls visiteurs, c'étaient ces maudits médecins et techniciens, jusqu'à…

Il se mura dans le silence.

— Je ne t'en veux pas d'être en rogne après tous ceux qui travaillaient pour Mercile. Ça ne te fait aucun bien, de savoir qu'il est sorti un peu de positif de toute cette affaire ?

— Non, gronda-t-il doucement. Peut-être. J'en sais rien. Je les hais pour ce qu'ils nous ont fait.

— Moi aussi. Qu'allais-tu dire après « jusqu'à » ? Tu t'es interrompu.

Rage plissa les yeux, resta un instant à la dévisager, puis il s'éclaircit de nouveau la gorge.

— Jusqu'à ce qu'on fasse entrer une nana dans ma cellule. Une Hybride. C'était la première fois que je voyais quelqu'un me ressemblant. Ils voulaient voir si nous pouvions nous reproduire.

Le regard de l'Hybride se fixa sur le mur, à côté du visage de la jeune femme.

— Ils nous ont obligés à coucher ensemble à plusieurs reprises, mais ça n'a rien donné. Nous étions incapables de produire une descendance. (La mâchoire crispée, il croisa à nouveau le regard d'Ellie.) Et c'est tant mieux. Nous n'avions aucune envie qu'un enfant naisse dans cet enfer.

Ellie se mordit la lèvre. Sa main s'immobilisa.

— Les filles y ont fait allusion, avoua-t-elle. C'est mal, ce qu'on vous a forcés à faire. Cruel et stupide. Des gens capables de telles atrocités, j'appelle ça des débiles sans cœur ni cervelle.

Rage plongea son regard dans celui de la jeune femme.

— Je te fais peur, Ellie ?

Elle hésita.

— Oui, quand tu es en rogne, mais très franchement, ça n'a rien à voir avec ta part animale… C'est la différence de taille.

Rage sentit son immense carcasse s'affaisser sous l'effet du soulagement.

— Dans ma chambre… avec mes crocs… Je n'ai pas fait exprès de t'écorcher.

Elle hoqueta sous l'effet de la surprise. Le cœur battant à tout rompre, elle s'exhorta au calme tandis que Rage la dévisageait sans mot dire.

— Je te crois.

— Je pense que je ne t'aurais pas blessée s'ils ne m'avaient rien fait… J'aurais les dents moins longues.

La jeune femme ne sut quoi répondre et déglutit pour dissiper la boule qui s'était formée dans sa gorge. À quoi bon se mentir ? Rage lui avait fait un effet monstre dès le premier instant. Elle avait revécu nuit après nuit ce qu'il lui avait fait subir dans son lit au cours de rêves d'un érotisme torride. Ce qu'ils avaient partagé était génial… jusqu'à ce qu'il se retire sans raison apparente et que Justice fasse irruption.

— Remercie ton Dieu que je ne sois pas allé au bout de mes intentions.

Cette remarque, qui entrait en résonance avec l'émoi intime de la jeune femme, fit grimper sa température.

— Quoi ?… (Elle déglutit avec peine.) Tu peux t'expliquer ? murmura-t-elle, la voix devenue rauque.

Une lueur indéchiffrable s'alluma dans les yeux de l'Hybride.

— Ça t'aurait flanqué une frousse de tous les diables. Nous ne sommes pas entièrement compatibles, du point de vue sexuel.

Ellie le dévisagea et s'apprêtait à lui poser une nouvelle question quand Rage, sans préavis, s'écarta du mur et lui tourna le dos. Il s'éloigna de trois mètres en deux enjambées.

— Ta chambre, c'est la première à droite dans le couloir. Fais comme chez toi. Je passe à la sécurité pour qu'on t'établisse un badge temporaire ; dans l'intervalle, évite de sortir. Je m'occupe aussi de faire porter les affaires qui sont dans ta voiture. Si tu as faim, il y a plein de trucs à bouffer dans la cuisine.

Là-dessus, il quitta l'appartement à grands pas et claqua la porte.

Ellie resta un long moment dos à la paroi, les yeux rivés sur le seuil qu'il venait de franchir. *Qu'est-ce qu'il voulait me faire, ce fameux soir ?* Elle ferma les yeux, les bras serrés contre les flancs. *Et qu'est-ce qui me prend, d'avoir envie de le savoir comme si ma vie en dépendait ? Merde alors !*

Rage était sorti en toute hâte avant de se rendre ridicule. Le besoin d'attirer Ellie tout contre lui, de coller son nez dans le cou de la jeune humaine, de s'enivrer de son odeur, était si puissant que c'en devenait douloureux.

Il regretta de lui avoir avoué qu'ils n'étaient pas sexuellement compatibles : il l'avait fait dans l'unique but de la choquer. De la faire reculer. Ce tête-à-tête sans témoin avait fait naître mille désirs plus irréalisables les uns que les autres. C'était pour cela qu'il avait pris la poudre d'escampette.

Il choisit de se concentrer sur sa colère. Ellie avait failli se faire kidnapper à cause de son lien avec le peuple hybride… et cela le rendait furieux. Elle tenait tant aux semblables de Rage qu'elle avait risqué sa vie pour eux, d'abord en jouant les taupes au sein du labo clandestin, puis ici même, quand le dortoir des filles avait été pris d'assaut. Elle était restée seule au rez-de-chaussée, face à des extrémistes prêts à la tuer, dans l'unique but de pouvoir activer les volets de protection.

C'était la première chose que Rage avait donné l'ordre de modifier. Les humains avaient fait du sale boulot : il aurait fallu installer d'emblée la commande des volets aux étages supérieurs. Quelle connerie d'avoir placé le panneau principal dans la première pièce susceptible d'être envahie !

Les beaux yeux bleus d'Ellie le hantaient. Il se sentait capable de les admirer toute une journée sans jamais se lasser du spectacle. Il brûlait d'effleurer cette peau laiteuse, de se noyer dans ses boucles d'or. Sa voix était suave comme le miel : douce et rauque à la fois. Il serait volontiers resté lui poser cent questions s'il s'était su capable de résister à l'envie folle de la toucher. Rage voulait tout savoir à son sujet, mais hélas, rester de marbre si près d'Ellie était au-dessus de ses forces.

Elle était de retour, elle allait vivre sous son toit ! Pas question de la laisser repartir. Rage se sentait de taille à veiller sur Ellie *et* sur son peuple. Il comptait fermement respecter sa parole envers Justice, faire son travail…

et se retrouver avec Ellie sitôt sa journée terminée. Un demi-sourire naquit sur ses lèvres.

Elle était chez lui. Il força l'allure. Plus vite il en aurait terminé avec l'ordre du jour, plus vite il la reverrait. Attention cependant à ne pas la brusquer, Rage avait dû lui flanquer la trouille en s'enfuyant comme il venait de le faire. Il fallait qu'il soit patient. Ce n'était pas son fort, certes, mais pour Ellie, il était résolu à le devenir.

Chapitre 10

Ellie sourit à Brise.

— Heureuse de ta visite, vous m'avez vraiment manqué, toutes ! J'ai émis l'idée de me rendre au dortoir, mais Rage a décrété que ce n'était pas une super idée. Du coup, je suis coincée ici, dit-elle en embrassant le salon du regard. (Son attention se reporta sur Brise.) Tu tombes à pic, en fait, ça fait trois jours que je suis ici et qu'il m'interdit de mettre le nez dehors…

L'Hybride lui rendit son sourire.

— Tu n'imagines pas le mal que j'ai eu à lui faire accepter l'idée de venir te voir ! Je voulais qu'on vienne à plusieurs, mais Môsieu Rage a refusé tout net. (Elle pencha la tête de côté et dévisagea Ellie.) Il doit vraiment s'inquiéter pour toi.

— Je vois mal pourquoi, rétorqua Ellie en haussant les épaules. Tant que je suis à Homeland, les tarés qui brandissent des pancartes à l'extérieur ne peuvent rien me faire.

Le trouble qui se lut un court instant sur les traits de Brise n'échappa pas à Ellie.

— J'ai raté quelque chose ? lança-t-elle après s'être assise dans le canapé en croisant les bras.

Brise hésita.

— Une rumeur court…

— Quel genre ?

— Je sais qu'elle n'est pas fondée : l'odeur de Rage n'est pas sur toi, elle flotte dans l'air mais c'est normal, on est chez lui, après tout. Il n'empêche. Depuis que tu vis sous son toit, certains s'imaginent que vous copulez.

— Qu'on *copule* ? répéta Ellie, les yeux écarquillés. Tu veux dire que les gens insinuent… qu'on couche ensemble ?

Brise laissa échapper un gloussement.

— « Coucher ensemble », oui, c'est comme ça que vous dites, vous autres.

— Mais c'est faux ! On vit ici, on se parle, et il m'évite comme si j'étais pestiférée.

— Pesti quoi ? Qu'est-ce que c'est, un groupe de fanatiques religieux ?

Ellie éclata de rire.

— Une maladie mortelle. La peste.

— Oh, fit Brise, radieuse. On continue à enrichir notre vocabulaire, il était limité, au labo. Je n'avais jamais entendu ce mot. (Son sourire disparut.) C'est un simple… ragot… des gens racontent que toi et Rage, vous copu… couchez ensemble, se corrigea-t-elle. Et l'idée ne plaît pas à tout le monde. À certains humains qui bossent à Homeland, notamment. Rage doit s'imaginer le pire.

— Il est au courant des conneries qu'on raconte sur nous deux ?

Brise hocha la tête.

— Tout le monde est au courant.

Le regard de l'Hybride s'arrêta sur la télévision.

— Elle ne fonctionne pas ?

— La télé ? hoqueta Ellie. Ne me dis pas que c'est aux infos ?

— Si. Des employés ont dû entendre des trucs qu'ils sont allés répéter aux… comment dit-on, déjà ? Aux fouille-merde ? Vos noms ne sont pas cités, mais certains médias affirment qu'un Hybride et une humaine vivent ensemble.

Il ne manquait plus que ça ! Ellie sentit ses épaules s'affaisser.

— Pas étonnant qu'il ait dit non quand j'ai parlé d'aller chercher du boulot au-dehors… Mais quand même, combien de temps je vais rester ici, à jouer les sangsues ?

— Les sangsues ? Qu'est-ce que ça veut dire ?

Ellie sourit malgré elle.

— C'est une bestiole qui suce le sang. On emploie le terme quand on vit chez quelqu'un en pillant le frigo qu'il s'acharne à remplir. Comme un parasite, quoi. Pas facile à expliquer. Je suis un boulet pour lui, si tu préfères.

— Comment ça ? Il avait bien une chambre libre, non ?

La jeune femme se creusa les méninges ; certaines notions étaient plus obscures que d'autres.

— C'est vrai. Il m'héberge sans que ça lui pèse trop, mais en règle générale, ça ne se passe pas comme ça sauf quand on forme un couple. Dans le cas contraire, quand deux personnes sont colocataires, elles gagnent chacune leur vie et partagent les frais de façon équitable. Je ne suis ni sa petite amie ni une coloc. Il m'héberge et me nourrit sans que je lui donne quoi que ce soit en retour. Une vraie sangsue.

— Je crois que j'ai saisi, déclara Brise, souriante. Mais tu n'es pas une sangsue. Comme Rage ignore ce que c'est, tu ne peux pas en être une.

— Un point pour toi ! s'esclaffa Ellie.

— Tu n'as qu'à coucher avec lui, au fond. En lui donnant quelque chose en retour, tu seras sûre de ne pas jouer les… sangsues.

Ellie se félicita de ne pas avoir touché au soda qu'elle tenait à la main, faute de quoi elle se serait étranglée. Elle dévisagea Brise, bouche bée.

— Euh… Il faut éprouver des sentiments, pour coucher avec quelqu'un. Quand on le fait pour de la bouffe, un toit ou de l'argent, ça s'appelle de la prostitution. Et c'est mal.

— Trop compliqué, comme mot.

— Pas faux, convint Ellie en buvant une gorgée de son soda.

— Fais-le quand même. Tu lui plais et c'est réciproque, non ? Il faut dire qu'il est sacrément viril et sexy. On pense toutes la même chose : n'hésitez pas, si vous flashez l'un pour l'autre. Le sujet a été abordé en réunion.

Ellie posa sa canette.

— Vous parlez de sexe en réunion ?

— Bien sûr. Avant, on n'avait pas le choix. Il fallait le faire avec le partenaire qui nous était imposé. On parle de tout un tas de sujets, en réunion. Le sexe a été abordé. L'idée générale, c'est qu'on a le droit de le faire avec qui on veut du moment que le désir est réciproque.

— Ça me paraît acceptable, répondit Ellie en se passant la main devant la bouche pour masquer son sourire.

— C'est aussi ce qu'on s'est tous dit. Il a même été question de l'idée de le faire avec vous autres, quand la rumeur a commencé à circuler.

— Rage et moi... avons été le sujet d'une réunion ?

Ellie, sous le choc, sut qu'elle s'était emportée et sentit ses joues s'empourprer. *Les Hybrides ont débattu... en réunion... de mes supposées relations sexuelles avec Rage ? Miséricorde !*

— Pas toi et Rage nommément, non. Mais on a discuté de ce qui pouvait ou non se passer au lit entre nos deux peuples.

— Ah, fit la jeune femme, vivement soulagée.

Dieu merci.

— Et ça a donné quoi ?

Brise haussa les épaules.

— On ignore si ça peut coller... En vous regardant faire sur DVD, on s'est rendu compte que vous vous y preniez bizarrement.

Ellie réprima un fou rire et s'efforça – à grand-peine – de présenter un visage grave.

— Vous avez regardé des films porno, si je comprends bien ? Des vidéos qui présentent des humains en train de coucher ensemble ?

— C'est ça, dit Brise, tout sourires.

— Euh... (Ellie dévisagea Brise.) Ces vidéos sont un peu... Enfin, elles ne reflètent pas vraiment... (Soupir.) Je ne fais pas pareil.

— Ah bon ? En quoi c'est différent ?

Par où commencer ? Ça devient scabreux, mais merde, je suis censée aider ces filles...

Ellie se déchaussa et s'installa en tailleur sur le canapé.

— La façon de s'exprimer, déjà. Je ne parle pas comme ça, et si un type m'insultait comme ils le font dans les films, ça ne me plairait pas, mais alors, pas du tout.

— Tu parles des humains qui injurient les filles et qui exigent qu'elles couchent avec, même quand ils font plus pitié qu'envie ?

— Absolument.

— On a trouvé ça choquant. Et très mal élevé.

— Oui, eh bien tu peux me croire : si un type s'avise de sortir des horreurs pareilles à une nana dans la vraie vie, tout ce qu'il y gagnera, c'est une gifle. Voire pire.

— Compris. Qu'est-ce qui est différent, à part ça ?

Ellie haussa les épaules à son tour.

— Je ne sais pas ce que vous avez regardé... La plupart des gens ne couchent pas avec des tas de partenaires à la fois, déjà. La monogamie, c'est la norme.

— Donc, au cas où j'aurais envie d'un humain... je ne suis pas obligée d'inviter une copine ou d'accepter qu'ils soient plusieurs ? Je m'étais juré de ne jamais toucher un humain à cause de ça. Partager, ce n'est pas trop notre truc, et en outre, un vrai mâle ne devrait pas avoir besoin de renfort pour donner du plaisir à une femme.

— Non !

Ellie ferma la bouche, qui s'était ouverte sous l'effet de la surprise.

— Arrête avec ces films, intéresse-toi plutôt aux histoires d'amour. Les pornos, c'est... comment dire... (Elle jura doucement.) Dis aux filles d'arrêter de regarder ces trucs et d'oublier ce qu'elles ont vu. Je t'en prie. Les acteurs qui jouent là-dedans sont payés pour coucher. Ils respectent un scénario écrit par quelqu'un d'autre, tu comprends ? C'est un spectacle, pas du tout un guide d'éducation sexuelle ! Sauf, à la rigueur, pour les non-pratiquants qui veulent se faire une vague idée sur le sujet...

— Entendu.

— Ça se passe comment, entre vous ? Partons sur des bases simples. On fait pareil, si ça se trouve.

— Eh bien, on adore s'embrasser. C'est dingue, ce truc. Pour nous, c'est tout nouveau, on ne connaissait pas, avant la libération. Idem pour les caresses. On se dit des trucs gentils et excitants, puis on gronde pour montrer à quel point ça nous fait de l'effet. Tu en penses quoi ?

— C'est parfait, déclara Ellie.

Quant aux grondements... elle décida de laisser filer.

— Puis on se bagarre pour savoir qui domine l'autre, et c'est le vainqueur qui choisit la position. Le mâle est le plus fort, en général, sauf s'il est sur les rotules ou mal remis d'une blessure.

— Euh...

Ellie, choquée, ne sut plus que penser. Brise s'en rendit compte et s'interrompit.

— Ça ne se passe pas comme ça, entre vous ?

— Explique un peu la « bagarre pour savoir qui domine l'autre » ?

L'Hybride cilla.

— Il n'y a rien à expliquer...

— Vous combattez... comme deux lutteurs ?

— Tout juste, acquiesça Brise.

Ellie haussa les épaules.

— Il n'y a pas de mal à ça, sauf que pour nous, douleur et plaisir ne font pas toujours bon ménage. Tu saisis ?

— Pigé, je transmettrai. Pas de lutte, donc ?

— Mieux vaut zapper, en effet. Je suis sûre que ça plairait à certains, mais partons du principe qu'il est préférable d'éviter.

— Qui décide de la position, alors ?

Une fois encore, Ellie dut faire l'effort de refermer la bouche. *C'est vrai, ça, qui décide ?* Elle sourit.

— On en discute, et on essaie de se mettre d'accord. Ou on transige.

— Vous… transigez ? Explique.

Ellie hésita.

— Eh bien… admettons qu'au début, ce soit moi qui chevauche mon partenaire puis qu'au bout d'un moment, il me fasse basculer pour se retrouver dessus. Chacun son tour, quoi. C'est assez clair ?

Brise hocha la tête.

— Oui, merci. Mais on ne fait pas comme ça. On choisit une position et on s'y tient. (Court silence.) Il t'arrive vraiment de chevaucher tes partenaires… et les mecs acceptent ? Ils ne se sentent pas humiliés, d'être dominés de cette façon ?

Ellie se sentit écarquiller les yeux.

— C'est…

Bon sang, quelle chance j'ai de ne pas avoir eu d'enfant, s'il faut avoir ce type de conversation quand on est mère… À nouveau prise de court, elle vit que Brise attendait qu'elle réponde.

— Qui domine qui, on s'en fout. C'est le plaisir qui compte. Tu ne t'es jamais trouvée au-dessus pendant l'amour ?

— Jamais ! s'offusqua Brise, visiblement horrifiée. J'ai refusé de chevaucher un mâle attaché et sans défense. Les techniciens ont eu beau me menacer, j'ai tenu bon. Plutôt prendre une raclée que saper la fierté d'un des miens.

— Misère… Les humains ne pensent pas ça du tout. Ça les excite beaucoup, au contraire.

— Ah. Pour nos mâles, oublie. C'est un coup à les rendre furax. Rage se sentirait insulté si tu lui proposais de prendre le dessus sur lui. Ce sont des dominants.

Ne trouvant rien à répondre, Ellie acquiesça.

— J'en prends note, finit-elle par admettre.

— Tant mieux. Il le prendrait très mal. Nos hommes préfèrent la mort à la soumission. C'est pour ça qu'au labo, j'ai accepté de subir une raclée plutôt que d'obéir aux techniciens qui me demandaient de copuler avec un mâle qu'ils avaient attaché sur une table.

L'image de Rage, enchaîné au sol et violé par Jacob, revint à la mémoire d'Ellie. Jamais elle ne l'oublierait, pas plus que l'horreur qu'elle avait découverte en pénétrant dans cet enfer souterrain. *Dieu du ciel*, songea-t-elle en se recroquevillant sur elle-même.

— Ellie ? Tu as froid ?

— Ça va, merci. Alors… quelles sont vos positions préférées ?

— Les filles aiment faire l'amour de face, pour regarder leur partenaire dans les yeux, mais nos mâles préfèrent nous prendre par-derrière. C'est tout l'objet de nos luttes.

(Elle hésita avant de poursuivre.) Ça m'étonne vraiment, que Rage t'ait pénétrée de face… Il devait être rudement pressé, sans quoi il t'aurait détachée pour te prendre en levrette. C'est ce que font nos mâles.

Une nouvelle image s'imprima dans l'esprit d'Ellie : elle se vit nue sous le corps massif et sexy de Rage, peut-être l'enserrait-il par la taille tout en entrant en elle par-derrière… *En levrette. Bigre.* Elle se mordit la lèvre.

— Et qu'arrive-t-il si une femme ne veut pas ?

— Nos mâles ne nous prennent jamais de force.

— Non, je veux dire, qu'est-ce qui se passe si c'est d'accord, mais pas dans cette position ?

Brise se fendit d'un large sourire qui dénuda ses canines.

— C'est le pied total.

Ellie n'en demanda pas plus et hocha la tête.

— Bien ! On a pas mal défriché le sujet, tu ne crois pas ?

— Tout à fait, convint l'Hybride. Je ferai circuler l'information lors de la prochaine réunion. Merci infiniment, Ellie. J'en sais beaucoup plus grâce à toi.

— Tu pourrais éviter de citer mon nom ?

Brise s'esclaffa.

— D'accord. Je comprends. Tu es toute rouge ; parler de ta vie sexuelle te met mal à l'aise. (Elle se leva.) Il faut que je file. La nouvelle responsable du dortoir, cracha-t-elle comme s'il s'agissait d'une vilaine injure, fait l'appel quatre fois par jour. Une vraie plaie, celle-là…

— Désolée de l'apprendre.

— À moins qu'elle change rapidement, ce qui m'étonnerait fort, elle va dégager. Nous avons prévu de statuer sur son cas d'ici quelques jours. (Brise sourit.) C'est nous qui décidons si elle fait l'affaire.

Ellie reconduisit Brise jusqu'au seuil et étreignit l'amazone, qui lui sourit en prenant congé. La jeune femme poussa un gros soupir dès qu'elle fut seule. La rumeur faisait état d'un ménage humaine-Hybride. *Merde alors.* Si jamais les médias publiaient son nom, quitter Homeland serait chaque fois synonyme de peur bleue, tout ce que la région comptait d'abrutis s'empressait de l'insulter, ou pire, de l'agresser physiquement.

Elle obliqua vers la cuisine après un coup d'œil à sa montre. Rage était censé arriver vers 18 heures et quitter l'uniforme pour une tenue plus décontractée, puis il la questionnait sur sa journée avant de s'éclipser aussi vite que possible.

Où passait-il ses soirées ? Aucune idée. Seule certitude : il ne restait pas auprès d'elle. Elle sortit du frigo les blancs de poulet qu'elle avait mis à décongeler puis se mit aux fourneaux en fredonnant.

Le fumet fit gargouiller l'estomac de Rage quand il franchit le seuil de l'appartement : des réunions à la chaîne l'avaient contraint à faire l'impasse sur le déjeuner. Ellie savait cuisiner, c'était flagrant, il suivit la bonne odeur jusqu'au recoin qui faisait office de salle à manger et découvrit une table joliment dressée pour deux. Il tourna la tête et s'immobilisa en voyant arriver Ellie.

Le sourire qu'elle lui adressa lui donna envie de gronder. Elle paraissait heureuse de le voir ; son appétit se mua instantanément en envie de la toucher. L'odeur d'Ellie était plus enivrante encore que celle qui émanait de la cuisine, elle éveilla l'animal qui était en lui, le besoin de la prendre dans ses bras devint presque irrépressible. Tout son corps réagissait à l'appel du sexe.

Les sourires d'Ellie le faisaient fondre, ses moindres propos le fascinaient. La veille au soir, elle s'était assise à côté de lui dans le canapé, à moins d'un mètre, et il lui avait posé des questions sur sa famille. En la voyant s'attrister, Rage, pour la première fois de sa vie, s'était félicité de ne pas avoir de parents.

Elle lui avait parlé de ce divorce affreux, du rôle d'arbitre qu'elle avait dû tenir à l'âge tendre de dix ans. Rage détesta d'emblée ses parents et pria pour ne jamais les rencontrer. Quant à Ellie, mieux valait qu'elle garde ses distances : à l'entendre, ils faisaient tout leur possible pour qu'elle se réconcilie avec son ex-mari.

Cet abruti de Jeff. S'il lui arrivait de croiser Rage, il le sentirait passer. Ellie avait pris soin d'éviter de croiser son regard quand il l'avait questionnée à propos de son mariage. L'idée qu'un autre homme ait pu la toucher avait failli lui faire péter les plombs. Cette conversation résonnait encore dans sa tête…

— Combien de temps es-tu restée avec lui ?

— Peu importe. Ce mariage était une erreur. Il allait voir ailleurs et je n'en savais rien.

— Ailleurs ? avait répété Rage, les sourcils froncés, sans comprendre. Et voir quoi, au juste ?

Un sourire avait éclos sur sa bouche aguicheuse alors qu'elle se tournait vers lui.

— D'autres femmes.

Le sourire, en s'effaçant, avait laissé la place à une colère froide qui avait eu pour effet de rendre ses yeux d'un bleu plus soutenu.

— Quand je l'ai découvert, il a eu le toupet de me dire que c'était ma faute s'il allait voir ailleurs. (Le menton relevé, elle afficha cette détermination qu'il admirait tant.) Quel fumier… J'étais peut-être en surpoids, mais lui n'était pas maigre non plus.

Rage l'avait détaillée avec lenteur sans lui trouver le plus petit défaut.

— Tu n'es pas en surpoids, tes courbes sont parfaites.

Elle s'était penchée pour poser une main sur la sienne et l'avait gratifié d'un nouveau sourire.

— Merci. J'ai pas mal maigri.

— Même si tu en reprenais, je continuerais à te trouver parfaite.

En constatant qu'elle le fixait longuement, il s'était inquiété : aurait-il gaffé ? Mais c'était Ellie, qu'elle gagne une taille ne changerait rien à l'affaire, il la désirait. La perspective qu'elle forcisse un peu n'était, au demeurant, pas pour déplaire à Rage. Si j'accrois les stocks de nourriture à la maison, reprendra-t-elle les kilos perdus ? Elle était si frêle… Si, par extraordinaire, elle l'autorisait à la toucher, il redoutait de la blesser d'une manière ou d'une autre.

— Je me doute que tu n'en penses rien, mais ça fait quand même plaisir à entendre.

— Je le pense.

Là-dessus, il avait grondé doucement, vaguement blessé de l'entendre mettre sa parole en doute. Ellie avait fait les yeux ronds ; il s'était raclé la gorge.

— Je ne mens jamais.

— On ment parfois par politesse.

Il s'en était amusé.

— Tu n'as pas encore compris que les paroles apaisantes ne sont pas mon fort ?

Sa belle humaine avait ri de concert.

— Très juste ! Tu es direct. Tous les Hybrides le sont.

— Et c'est une mauvaise chose ?

Ellie avait secoué la tête.

— Non. C'est merveilleux, au contraire.

— Tant mieux. Alors comme ça, il passait du temps avec d'autres femmes ?

— Il couchait avec, tu veux dire.

Rage en avait été outré.

— Hein ? C'est quoi, son problème ? Il t'avait, toi, ça ne lui suffisait pas ?

Les doigts délicats d'Ellie s'étaient lovés sur la paume de sa main.

— Je te sais sincère et je t'en remercie, Rage.

— Je n'aime pas ton ex, gronda l'Hybride. Je te promets qu'il va très vite changer d'avis s'il vient ici dans l'idée de te récupérer. Ça ne me gênerait pas d'utiliser mes poings, si c'est ce qu'il faut pour qu'il t'oublie une bonne fois.

Il avait aussitôt regretté d'avoir menacé l'ex-mari d'Ellie : comment allait-elle réagir ? Mais c'était plus fort que lui, il n'avait pas pu s'en empêcher. Elle l'avait surpris en éclatant de rire.

— Tu m'appelles, si jamais il se pointe ? J'adorerais assister à sa punition !

Sur ces entrefaites, Ellie avait rompu le contact physique et lui avait adressé un sourire chaleureux.

— Bonne nuit, Rage. Fais de beaux rêves.

Elle balançait les hanches en quittant le salon. Rage avait attendu que sa porte se referme avant de pousser le grognement de frustration qu'il retenait depuis plusieurs minutes. L'envie de la conduire dans son lit se faisait de plus en plus pressante ; il n'en pouvait plus de la savoir étendue si près, dans la chambre d'amis. Mais la brusquer, c'était courir le risque de lui faire peur. Seul le temps permettrait à Ellie de comprendre qu'elle était en totale sécurité avec lui… Quant à Rage, il était lui aussi contraint de patienter. Jusqu'à acquérir la certitude qu'il ne représentait effectivement aucun danger pour elle.

Le désir qu'éprouvait Ellie flottait dans l'air. Était-ce bon signe ? Gardait-elle, comme lui, un souvenir ému de leur première fois ? Lui, en tout cas, ne désirait qu'une chose. La reconduire dans sa chambre, l'étendre nue sur son lit et goûter à chaque centimètre carré de son épiderme. Il restait à l'affût d'un signe indiquant qu'elle était prête à franchir le pas…

Rage sortit de sa rêverie en voyant Ellie disposer des assiettes sur la table. L'envie de l'étreindre, déjà très forte, augmenta d'un cran quand elle s'approcha et qu'il inhala son odeur.

Fais-moi comprendre que tu es prête, pria-t-il muettement. Il s'en était ouvert auprès de deux ou trois vigiles humains de ses amis : selon eux, certaines femmes attendaient que ce soit l'homme qui fasse le premier pas. Celles-là aimaient que l'homme se montre fort, autoritaire ; si c'était le cas d'Ellie, Rage serait cet homme.

Il jeta un coup d'œil aux victuailles. Ellie avait-elle préparé ce dîner en tête à tête pour lui signifier qu'elle était prête à aller plus loin ? *Tout doux*, se reprit l'Hybride. Il avait autorisé Brise à lui rendre visite, la seconde assiette lui était peut-être destinée. *Ne nous emballons pas*. Ils dînaient ensemble, c'était bon signe, d'accord…

S'il parvenait à attirer Ellie dans son lit, il se faisait fort de la convaincre d'aller plus loin. Les femmes de son peuple avaient du tempérament ; elles préféraient garder leurs distances avec les mâles en dehors des ébats sexuels. Rage était résolu à tout tenter pour qu'Ellie veuille de lui au lit… et en dehors. Il saurait lui démontrer qu'il était le partenaire qu'il lui fallait, et pas seulement pour le sexe.

Chapitre 11

— C'est pour moi ? demanda Rage après avoir contemplé la table dressée.

Ellie sourit.

— Oui. Je suis bonne cuisinière, juré. Tu peux manger l'esprit tranquille.

Les yeux noirs de l'Hybride se posèrent sur elle.

— C'est très gentil à toi. Il y a quelque chose à fêter ?

— Rien de spécial. Je tenais juste à te faire plaisir et j'adore cuisiner. Les courses ont été livrées hier. J'ai préparé le repas hier soir, mais tu n'es pas rentré pour dîner. Ce soir, en revanche, tu tombes pile.

Il l'étudia plus attentivement.

— Tu tenais à me faire plaisir ?

— Oui.

— Pourquoi ?

— C'est normal, non ? Tu m'héberges chez toi, et moi…

Rage fondit si vite sur Ellie qu'elle n'eut pas le temps de réagir. Soulevée comme un fétu de paille, la jeune femme ne se ressaisit qu'au moment où le colosse débouchait dans le couloir.

— Rage ? glapit-elle en s'agrippant de toutes ses forces.

Il entra dans sa chambre et la déposa avec douceur sur le lit. Ellie, médusée, le vit empoigner sa chemise par le col et tirer dessus. Les boutons cédèrent. Elle baissa les yeux vers sa poitrine, médusée. Dans le peu de lumière que laissaient filtrer les stores, les pectoraux saillaient sous la peau mate.

— Qu'est-ce que tu fais ? demanda-t-elle d'une voix tremblante.

Il porta la main à sa ceinture tout en se déchaussant.

— Je ne te ferai pas mal, cette fois. C'est promis.

Rage déboutonna son pantalon, fit coulisser sa ceinture et jeta celle-ci derrière lui. Le son étouffé que produisit la boucle au contact de la moquette arracha Ellie au spectacle des tablettes de chocolat et du caleçon noir sexy qui se devinait dans le V formé par le bâillement du pantalon sur ses hanches étroites. Le pouls de la jeune femme s'accéléra quand il se pencha pour ôter son jean. Puis il se redressa, seulement vêtu de son caleçon. Ellie n'eut pas le temps de profiter de la vue : il lui sauta dessus avant.

De plus en plus stupéfaite, Ellie le vit empoigner son débardeur qui subit le même sort que sa chemise quelques secondes auparavant. Sa peau était à l'air libre. Elle le regarda dans les yeux, interdite. Il grondait doucement, le regard rivé sur ce qu'il venait de dénuder… son ventre et son soutien-gorge.

— Rage ?

Après avoir fini d'écarter les lambeaux d'étoffe, l'Hybride empoigna sa jupe. Il ne prit pas la peine de la faire glisser le long de ses jambes : la taille du vêtement serrée dans son poing, il contracta son biceps. L'étoffe craqua. Puis il déchira la jupe de haut en bas. Incapable de bouger, le souffle coupé, Ellie hoqueta en sentant les doigts du colosse lui glisser dans la culotte. Le dos de sa main était chaud contre son bas-ventre ; un mouvement sec plus tard, il jeta la culotte en lambeaux par-dessus son épaule.

— Rage ! s'emporta-t-elle en essayant de rouler sur le flanc.

Elle était presque nue, seul son soutien-gorge n'avait pas été arraché.

— Qu'est-ce que…

L'Hybride glissa les mains sous ses hanches et la reposa à plat dos sur le matelas. Il s'agenouilla au pied du lit, s'insinua entre ses jambes et l'attira à lui.

— Je promets de faire attention à mes crocs, cette fois. Ne crains rien.

— Arrête, hoqueta Ellie.

Le cœur battant à tout rompre, elle n'était pas effrayée, seulement choquée et surprise. Et respirait comme au sortir d'un huit cents mètres. L'Hybride la regarda dans les yeux.

— Ça t'avait plu, l'autre fois.

Il lui caressa l'intérieur des cuisses puis commença à la lécher.

— Je t'avais fait jouir avec ma bouche.

Ellie déglutit avec peine, les yeux rivés sur ces mains puissantes qui lui maintenaient les jambes écartées. Elle se souvint… et frémit. *Oui*, elle avait apprécié ce premier round, une fois passé le choc initial. Pour tentée qu'elle soit de le laisser récidiver, elle préféra écouter la voix de la raison.

— Laisse-moi. C'est une très mauvaise idée, tu le sais aussi bien que moi.

Il cessa son manège et la dévisagea, les yeux mi-clos.

— Pourquoi pas ? J'adore le goût de ton sexe, les petits cris que tu pousses quand je cajole ton bouton qui se gonfle sous l'effet du plaisir.

Elle le regarda dans les yeux. *Il n'a pas tort… pourquoi pas ?* Tout son ventre frémissait. Inutile de gamberger sur la façon dont son corps réagissait à ce qu'il s'apprêtait à faire : il n'aurait pas besoin d'insister longtemps avec sa langue pour la liquéfier, il suffisait à Ellie de le mater pour se sentir toute chose. Elle ouvrit la bouche.

— Hmm…, gémit-elle, la tête vide.

— Je ne te ferai pas mal, tu as ma parole. Tu crieras uniquement de plaisir.

Ellie se mordit la lèvre inférieure. Rage l'excitait à mort, inutile d'essayer de le nier. À la simple idée de le savoir si près de répéter ce qu'il lui avait fait la fois précédente, la jeune femme sentait son estomac se nouer, et son corps s'enflammer juste au-dessus de la zone où étaient posées ses mains, soit l'intérieur de ses cuisses. Ses tétons se raidirent.

— Je sais que tu me désires, beauté.

Ellie adorait l'entendre utiliser ce mot doux avec sa voix rauque.

— Tu espères que je te désire, corrigea-t-elle.

Il montra les crocs.

— Tu oublies mon odorat. J'en suis sûr et certain : tu dégages un fumet délicieux quand tu es excitée. J'ai très envie de te lécher, de me repaître de ton désir. Ça me démange depuis des jours.

Ellie se sentit blêmir. C'était vrai, il lui suffisait de le dévorer des yeux ou d'être près de lui pour être excitée, mais elle avait cru qu'il ne s'en rendait pas compte.

— C'est vrai ?

— Oh que oui, gronda-t-il. Tes effluves intimes me hantent depuis ton emménagement. J'ai vécu dans l'attente. Quand allais-tu cesser de te voiler la face, me faire comprendre que tu étais prête à vivre avec moi ?

— Mais…

— Jamais je ne te tromperai. Je ne suis pas comme cet imbécile d'humain que tu avais si mal choisi.

Ellie sourit malgré la gravité de l'instant.

— Doux euphémisme, « mal choisi ».

L'Hybride haussa les épaules.

— Tu es la seule dont je veuille, Ellie. Jamais je ne toucherai une autre femme, tu as ma parole. Tu es tout pour moi. Je suis sérieux.

La sincérité se lisait dans ses yeux noirs. Ellie hésita un court instant puis hocha la tête.

— Je craque pour toi, Rage. Depuis le premier jour, et ça n'a pas changé depuis. Le seul hic, c'est que ce soit si compliqué pour nous d'être ensemble…

— C'est simple si nous le décidons, plaida Rage, une lueur de détermination dans le regard. Laisse parler ton corps.

Il lui lâcha les cuisses et la saisit par les hanches. Puis il se remit à gronder doucement tout en la faisant glisser jusqu'au bord du matelas. Ellie eut le souffle coupé quand il posa les mains en haut de ses cuisses. Il lui écarta les jambes et baissa la tête. Un battement de cœur plus tard, il se remit à la lécher. Sa langue chaude et humide joua aussitôt avec son clitoris. Ellie, cambrée, froissa le drap dans ses poings et griffa l'étoffe.

Il gronda de plus belle en pressant sa bouche contre son sexe. Il léchait son petit bouton encore plus intensément, presque avec frénésie. Inondée de plaisir, Ellie écarta les cuisses au maximum pour lui faciliter la tâche.

— Miséricorde, gémit-elle. Quand tu fais ça, on dirait un vibro avec une langue.

Rage gloussa et gronda de plus en plus fort, toujours fourré entre ses jambes. Les vibrations de ses cordes vocales accentuaient le plaisir suscité par les mouvements de sa langue. Stimulée sans relâche, Ellie geignait, remuait la tête en tous sens. L'Hybride lui cala les jambes autour de ses épaules puis se replaça au-dessus de son sexe.

Ses cuisses étaient maintenues largement écartée et elle commença à s'inquiéter : allait-il la faire mourir de plaisir ? Les sensations qu'il faisait naître en elle étaient d'une intensité inouïe. Presque insupportable. L'incendie que venait d'allumer Rage était si fort que rien ne pourrait l'éteindre. Ellie était consciente d'être en train de déchirer les draps avec ses ongles. L'envie d'étreindre son bel étalon était très forte ; elle se retint *in extremis* de crainte de l'écorcher vif.

— Rage ! hurla-t-elle.

La montée du plaisir, vague après vague, la fit tressaillir des pieds à la tête. L'orgasme fut d'une telle violence qu'elle poussa un nouveau cri.

La bouche de l'Hybride cessa d'appuyer contre son sexe. Il lui caressa la cuisse avec la joue en quittant son entrejambe, lui souleva les jambes et l'allongea.

Pantelante, hors d'haleine, Ellie s'efforça vainement d'émettre une pensée cohérente. C'était comme si Rage venait de lui griller jusqu'au dernier neurone. Le matelas s'enfonça. En rouvrant les yeux, elle vit qu'il était à quatre pattes au bord du lit et qu'il venait vers elle. Il s'immobilisa une fois au-dessus d'elle. Leurs regards se trouvèrent.

— Je ne perdrai pas le contrôle, cette fois ; mes baisers ne te feront pas saigner. Remonte un peu, veux-tu ?

Ellie lorgna son torse magnifiquement sculpté tout en venant se positionner au milieu du lit *king size*. Le caleçon qu'il portait encore ne parvenait pas à masquer son excitation. Ellie tendit la main vers l'érection qui distendait l'étoffe. Le coton était doux au toucher quand elle fit courir sa paume le long du sexe prisonnier. Elle étreignit avec précaution la verge épaisse.

Une image lui revint immédiatement en mémoire : la dernière fois qu'elle l'avait vu nu. Son sexe était tout ce qu'il y a de gigantesque sans être monstrueux ; un gabarit XL qui lui avait donné beaucoup de plaisir. Les yeux d'Ellie remontèrent jusqu'à ceux de Rage. Après avoir dégluti, elle lui ôta son caleçon. Il accompagna son geste jusqu'à en être débarrassé.

— Tu es plus membré que…

Elle s'abstint de poursuivre en le voyant se rembrunir.

— Je ne veux rien savoir de ceux qui t'ont touchée auparavant, gronda-t-il.

Ellie hocha la tête. C'était réciproque : l'entendre discourir sur celles qui avaient partagé sa couche ? Très peu pour elle. Elle avait voulu lui adresser un compliment en oubliant qu'il n'était pas humain à cent pour cent. Gare à ne jamais l'oublier ! Ellie s'humecta les lèvres. Il gronda doucement.

— Retourne-toi et mets-toi à quatre pattes. Comme moi.

Après une courte hésitation, Ellie obtempéra et se retrouva sur le ventre. Rage l'aida à écarter sa jupe déchirée puis dégrafa son soutien-gorge. C'était mieux ainsi, il n'y aurait rien entre leurs deux épidermes. Il se pencha sur elle ; passa un bras sous ses hanches et lui releva le bassin. Elle prit appui sur les paumes. Aucun doute, il souhaitait la « monter ». Le terme était adéquat. Elle se remémora tout ce que Brise lui avait confié sur les préférences sexuelles des hommes hybrides. Quand elle se cala sur les mains et les genoux, elle entra en contact avec le corps de Rage, remarqua qu'il était brûlant et huma sa délicieuse odeur de mâle.

— Tu as peur ?

En sentant la bouche de l'Hybride lui effleurer l'oreille, Ellie frissonna, trop excitée pour en rire. Rage poursuivit d'une voix devenue rauque et terriblement sexy.

— Ne te bile pas pour ça. J'en crève à force de me montrer prévenant… mais il y a pire, comme façon de mourir.

Elle tourna la tête pour se plonger dans ses yeux de braise hallucinants. Il approcha sa bouche à un cheveu de la sienne ; elle eut soudain très, très envie de l'embrasser. Poussa son dos contre sa poitrine. Il hésita… puis passa à l'action. Après l'avoir laissée se coller à lui, il bascula tout doucement jusqu'à se retrouver assis sur les talons. Ellie, toujours adossée à son torse, reposait sur ses cuisses.

— Embrasse-moi, lui glissa-t-elle.

Une main de l'Hybride se plaqua sur son ventre. Elle la sentit glisser toujours plus bas, entre ses cuisses légèrement écartées. Et gémit quand il commença à jouer avec son clitoris. Sa bouche s'ouvrit ; celle de Rage s'y colla. De l'autre main, il lui empoigna un sein. Leurs langues se rencontrèrent puis se mêlèrent.

Ellie poussa un gémissement étouffé quand, du bout des doigts, il traça le sillon de son sexe, puis une nouvelle fois en sentant l'index tout près de la pénétrer. Elle poussa avec le bassin pour l'y inciter. Rage réagit en poussant un grondement étouffé. Une canine effleura la langue d'Ellie ; il recula immédiatement la tête. Il avait le souffle court quand leurs regards se croisèrent.

— Je vais bientôt perdre le contrôle…

L'Hybride cala ses hanches contre celles d'Ellie. Son érection était telle que son sexe vint frotter contre les grandes lèvres de la jeune femme, à l'endroit où ses doigts suivaient le sillon. Il poussa un grondement plus caverneux… un cri de prédateur.

— Je m'y prends comme il faut, ça te plaît ?

Elle opina.

— Tu es superbe…

— Toi aussi, haleta-t-elle.

La perfection faite homme.

Il grogna. Un son effrayant. En levant les yeux, Ellie le vit grimacer.

— Qu'y a-t-il ?

— Je ne suis pas beau.

Ellie sourit.

— Je trouve que si, figure-toi.

— Seules les femmes sont belles.

— Les hommes aussi, quand ils te ressemblent.

La grimace de Rage s'accentua.

Nouveau sourire d'Ellie.

— Problème de communication ?

— On dirait, soupira-t-il.

Ellie partit d'un petit rire.

— Tu ris pendant l'amour ?

— Réjouis-toi, ça veut dire que je passe un super moment.

— Pas moi. J'ai tellement envie d'être en toi que c'en est douloureux.

Elle se mordit la lèvre pour réprimer un nouvel accès d'hilarité.

— On a discuté, Brise et moi. Elle m'a parlé de cette histoire de levrette.

Ellie se remit à quatre pattes devant Rage et tourna la tête pour lui lancer un regard aguicheur. Les jambes écartées, le dos cambré, elle dressa la croupe au maximum.

— Comme ça ?

Il fut sur elle en un quart de seconde et l'entoura de ses bras puissants. Son torse entra en contact avec le dos d'Ellie.

— Oui.

— Vas-y, dit-elle, les yeux dans les yeux de l'Hybride. Monte-moi. J'en ai très envie.

— En douceur, alors.

— Il y a intérêt. Ta queue est énorme. Donne-moi le temps de m'y adapter.

Il s'insinua entre ses cuisses. Ellie ferma les yeux pour s'ouvrir tout entière à cette sensation merveilleuse : le gland de Rage venant lui caresser les lèvres. Elle gémit quand il effleura son clitoris gonflé, puis il appuya à l'orée de son vagin. Le sexe d'Ellie était ruisselant de désir et prêt à l'accueillir. Il poussa un grognement sourd ; les vibrations se communiquèrent dans le dos de la jeune femme alors qu'il accentuait la pression avec son gland.

— Détends-toi.

— Je le suis, dit-elle, la gorge serrée.

Sa verge lui était apparue d'une épaisseur respectable, ce qui collait avec le souvenir de leur première fois. Quand le gland voulut glisser entre ses lèvres, Ellie résista par pur réflexe, l'intrus était jugé trop gros par son cortex. Un nouveau grondement émana de la gorge de Rage. Il poussa de plus belle, obligeant le sexe d'Ellie à se distendre pour le laisser entrer. La jeune femme poussa un cri étouffé tant cette sensation de plénitude était totale. Elle s'alarma : Rage avait-il pris cela pour un cri de douleur ? Il cessa en effet d'insister et se rétracta un peu. Puis il repartit à l'assaut, s'enfonça un peu plus en elle, et grogna.

— Parle-moi, implora-t-il tout à trac.

Ellie rouvrit les yeux et découvrit un visage peiné en tournant la tête.

— Que veux-tu que je te dise ? Je n'arrive pas à penser, là. N'arrête pas. C'est si bon. Je suis une grande fille, tu sais.

Il se mordit la lèvre inférieure.

— Dis-moi de ne pas te faire mal. De garder la tête froide, de ne pas te pénétrer si fort et profond que cela te ferait hurler. Ton sexe est trop étroit, j'ai peur de te déchirer en brusquant les choses. Je veux te baiser à fond.

L'aveu sidéra Ellie.

— C'est de ça que tu as envie ?

Rage grogna.

— Rassieds-toi.

— Pourquoi ? rétorqua l'Hybride, tendu comme un arc.

— S'il te plaît ?

Rage se retira totalement après avoir poussé un juron. Ellie se redressa dès qu'il se retrouva assis sur les talons. Il l'agrippa par les hanches à s'en faire blanchir les phalanges ; ses yeux, devenus presque noirs, témoignaient d'une passion mâtinée de frustration.

Ellie se déhancha et lui empoigna la queue. L'Hybride ferma les yeux et grogna. Sa grande carcasse fut prise d'un soubresaut dont l'intensité étonna la jeune femme : un simple contact suffisait à l'électriser ! Elle recula entre les genoux de Rage et positionna ses hanches de manière que, jambes fléchies, elle n'ait plus qu'à se laisser choir pour s'enfoncer sur sa verge. Leurs regards se croisèrent quand il rouvrit les yeux.

— Tu penses être capable de ne pas bouger du tout ?

— Quitte à en crever, promit-il.

— Inutile d'aller si loin.

Ellie recula jusqu'à ce que le gland de Rage lui appuie de nouveau à l'orée du vagin puis se trémoussa. Son sexe avala la queue de l'Hybride avec moins de difficulté, bien que demeure la sensation très nette d'avoir accepté quelque chose de trop gros. Elle était trop serrée. C'était presque douloureux… mais surtout infiniment jouissif. Elle se releva. Retomba. Répéta le mouvement de va-et-vient, chaque fois un peu plus loin le long de sa verge. Il se mit à émettre des sons étouffés et son immense carcasse, qu'il luttait pour garder sous son contrôle, se couvrit d'une fine pellicule de sueur.

Les mains de l'Hybride restaient collées à ses hanches. Ellie gémit et accéléra la cadence tout en faisant de son mieux pour l'accueillir jusqu'à ce que ses fesses appuient contre les cuisses de Rage. La sensation était prodigieuse : leurs deux sexes étaient comme soudés l'un à l'autre, la jeune femme était au septième ciel. Chaque millimètre carré de sa queue dure comme de l'acier faisait des étincelles dans son système nerveux.

— Ellie, râla-t-il.

La brusque poussée de Rage prit sa partenaire de court. Ellie se retrouva à quatre pattes avec l'Hybride au-dessus d'elle. Il prit les choses en main en accélérant à son tour ; Ellie gémit chaque fois que les hanches du colosse lui heurtaient les fesses. Sa puissance était phénoménale, le plaisir affluait au fil des coups de reins. Il déposa un baiser sur son épaule, lui passa une main autour de la taille pour la stabiliser… puis perdit le peu de contrôle qui lui restait.

Ellie gémissait de plus en plus fort à mesure qu'il continuait sans relâche. Il sembla à la jeune femme que sa queue devenait plus large. Elle se cambra et hurla le nom de l'Hybride. En proie à la fièvre de l'orgasme, Ellie eut de nouveau l'impression qu'il enflait en elle. La pression exercée devenait presque intolérable. Rage se cambra à son tour, menaçant d'écraser sa minuscule partenaire, et Ellie l'entendit pousser un cri inédit. Un son bestial, à mi-chemin entre un cri d'origine humaine et un hurlement de loup. Rage s'apaisa ; les deux amants étaient à bout de souffle. La pression diminua contre les parois vaginales d'Ellie mais la queue de Rage, agitée de soubresauts, continuait à la titiller.

— Je t'ai fait mal ? haleta-t-il. Je ne t'ai pas mordue, cette fois.

— Mal ? Tout le contraire, gloussa-t-elle. C'était fabuleux.

Il gloussa lui aussi tout en aplatissant Ellie sur le matelas. Elle sentit que sa queue était toujours en elle, que son torse et ses hanches lui appuyaient sur le dos et que ses bras tendus l'encadraient. L'Hybride y faisait peser le haut de son corps afin de ne pas l'écraser.

— Hmm… Rage ?

— Oui ? dit-il après lui avoir déposé un bisou sur la joue.

— Qu'est-ce qui vient de se passer ?

Il arqua les sourcils.

— Ben… on vient de s'envoyer en l'air.

Ellie acquiesça d'un hochement de tête.

— C'était le coup du siècle, d'accord, mais je voulais parler de la pression que j'ai ressentie, vers la fin… On aurait dit que…

Elle ne trouva pas les mots.

— Ah, ça… (Il se rembrunit.) Vos docteurs ont trouvé le phénomène très intéressant. Nous avons le sexe qui enfle au moment de l'éjaculation. Chez certains mammifères, cela permet de souder le mâle à la femelle en fin d'accouplement. Les médecins nous ont assuré que c'était sans danger pour la partenaire : nous n'enflons pas au-delà du volume disponible. La première fois, je m'étais retiré avant que cela n'arrive, mais aujourd'hui, j'avais très envie de jouir en toi.

Ellie prit le temps de digérer l'information et s'efforça de comprendre.

— Le… volume disponible ? Celui de mon sexe, en clair ?

— Oui. Tu es tellement étroite que c'est presque douloureux pour moi. J'aurais pu enfler davantage, mais ton corps me l'a interdit. C'est pour ça que je ne me suis pas retiré tout de suite après avoir joui. D'abord parce que j'adore être en toi, et aussi pour éviter de te blesser. Accorde-moi une minute ou deux avant que j'essaie de m'extraire.

Ellie écarquilla les yeux.

— Ta queue est plus grosse qu'au moment où tu m'as pénétrée ?

Le visage grave, il lui adressa un bref hochement de tête.

— Tu es comme un poing serré autour de mon sexe, c'est pour ça que je bouge le moins possible.

Ellie remua les hanches… et s'interrompit aussitôt : ils étaient soudés l'un à l'autre de la meilleure façon qui soit. Rage grogna quand elle récidiva.

— Arrête.

Elle le regarda dans les yeux.

— Bouge un peu, pour voir ?

— Je te fais mal ?

— Non. Simple curiosité.

Le regard rivé sur Ellie, l'Hybride prit appui sur les mains et recula lentement.

— Arrête !

Il se figea.

— Inutile d'insister. La pression…

— Est douloureuse quand j'essaie de me retirer ?

Elle hésita.

— Pas vraiment, non… mais ça fait drôle.

— Ça te refroidit ? soupira Rage.

Ellie sourit.

— Disons plutôt que ce petit détail technique va faire de toi mon gros nounours.

— Ton gros quoi ? glapit-il, son beau visage plissé par l'inquiétude.

La jeune femme s'esclaffa.

— Mon nounours, celui qui me cajole, quoi. Il va falloir que tu me parles après l'amour.

Un large sourire lui découvrit les crocs.

— Aucun souci, ma belle, fais de moi ton nounours. Je te promets qu'on le refera. Beaucoup et souvent.

— Quel programme ! se réjouit Ellie. J'en ai, de la chance…

Rage redevint sérieux.

— C'est moi qui ai de la chance, Ellie. Merci à toi de me faire confiance. Ce que j'éprouve est loin de se limiter au plaisir sexuel que nous venons de vivre.

Le regard plongé dans ses beaux yeux chocolat, Ellie se sentit au bord des larmes. Rage était sincère, c'était flagrant. Il était grand temps de changer de sujet avant de se mettre à sangloter ; juste après une telle partie de jambes en l'air, il aurait été très malvenu de pleurer comme une madeleine.

— Pourquoi tu ne m'as rien dit de cette histoire de… gonflement ?

— J'appréhendais ta réaction.

Un autre aspect de leur relation sexuelle resté sous silence vint subitement à l'esprit d'Ellie.

— On a fait l'amour sans préservatif. Je n'ai rien de grave, à ma connaissance, mais je ne prends pas non plus la moindre précaution… contraceptive, clarifia-t-elle. Si nous continuons à coucher ensemble, il faut que je consulte un médecin. C'est très risqué, ce que nous venons de faire…

— Je n'ai jamais utilisé de préservatif. Quant à savoir si je risque de te mettre enceinte, sois tranquille : il n'y a aucun danger.

Ellie le dévisagea. La tristesse qui venait de transparaître dans sa voix ne se lisait pas sur ses traits.

— Comment peux-tu en être sûr ?

Il se retira avec précaution, à l'affût d'un éventuel signe de gêne chez sa partenaire. Ellie n'eut pas mal. Puis il roula sur le côté afin de pouvoir s'étirer de tout son long sur le dos. Ellie tourna la tête et resta allongée sur le ventre. Leurs regards se recroisèrent.

— Ellie… Au labo, ils ont tout essayé pour faire en sorte qu'on se reproduise, et ce, pendant des années, mais ça n'a rien donné. Aucun des traitements destinés à nous rendre fertiles n'a jamais eu le moindre effet. Puis ils ont cru avoir trouvé le remède miracle, celui qui allait permettre de contourner les bouleversements qu'ils avaient fait subir à notre ADN, mais la libération a eu lieu avant qu'ils lancent un nouvel essai. L'effet des médocs s'est estompé. Notre espèce s'éteindra d'elle-même le jour où mourra le dernier Hybride créé par Mercile.

Taraudée par le souvenir de ce que tous ces malheureux avaient enduré, Ellie se trouva à court de paroles de réconfort.

Rage se redressa comme un ressort.

— À la douche ! Je meurs de faim, et ton dîner sent délicieusement bon. Heureusement que tu l'as sorti du four à mon arrivée : j'en ai l'eau à la bouche, quel gâchis si tout avait été carbonisé !

Sans un regard pour Ellie, l'Hybride s'engouffra dans la salle de bains en laissant la porte ouverte. Ellie s'en voulut à mort de lui avoir rappelé l'enfer du laboratoire clandestin. Qu'allait-il penser ? Qu'il devrait la haïr pour ce qu'elle lui avait fait subir… au point de regretter ce qu'ils venaient de vivre ensemble ? La jeune femme frissonna. L'eau se mit à couler dans la salle de bains.

— Ellie, tu viens ?

Elle sauta du lit et partit le rejoindre. En franchissant le seuil, elle le vit dans l'embrasure de la cabine de douche, qu'il gardait ouverte à son intention. Ses yeux noirs se posèrent sur elle ; il sourit.

— Permets-moi de te laver les cheveux.

Surprise et soulagée qu'il lui fasse bon accueil, Ellie lui rendit son sourire.

— Tu seras la première personne à le faire à ma place… Depuis l'enfance, en tout cas.

Le sourire de l'Hybride s'élargit.

— Marché conclu, alors.

Ellie finissait de charger le lave-vaisselle. L'appartement était silencieux. Rage l'avait informée qu'il avait des coups de fil à passer après le dîner, alors qu'elle venait de commencer à rincer les ustensiles. Elle avait eu envie de lui demander qui il devait appeler à une heure si tardive, mais mieux valait ne pas se montrer trop curieuse.

Elle éteignit dans la cuisine puis déambula jusqu'au salon. Rage, debout dans l'embrasure de la porte d'entrée, parlait à voix basse avec un autre homme. Ellie obliqua vers la chambre d'amis, il n'était pas question d'espionner ce qui se disait entre son hôte et le visiteur.

Elle alluma la télé, s'installa au bord du lit et trouva sans difficulté la chaîne d'infos locale, curieuse de savoir ce que les médias racontaient à propos du couple Hybride-humaine. Elle était concernée, après tout.

Quand Rage la rejoignit, quelques minutes plus tard, elle lui adressa un sourire timide auquel il ne répondit pas. Il avait l'air grave.

— Je dois m'absenter. Certains problèmes relatifs à mon peuple n'attendent pas.

Ellie hocha la tête, curieuse d'en savoir plus, mais ne posa pas de question quand elle vit qu'il n'avait visiblement pas l'intention d'en dire davantage.

Il hésita. Puis :

— Quand je rentre, je ne veux pas te trouver ici.

Ellie, estomaquée, lui fit les yeux ronds. Ils venaient de coucher ensemble, de prendre une douche ensemble, de rire pendant le dîner… et voilà qu'il la jetait dehors ? Les mots lui manquèrent. Elle était KO debout. Enfin, KO assise.

Rage se rua sur elle, la saisit par les épaules et l'obligea à se mettre debout.

— Quel visage expressif tu as ! Je me suis mal exprimé ; j'ai voulu dire qu'il n'était pas question que tu dormes dans la chambre d'amis. Ta place est dans ma chambre, c'est là que tu vivras, désormais. Tu as vraiment cru que j'allais te flanquer dehors ? C'est tout le contraire, je veux que tu dormes dans mon lit. C'est là qu'est ta place : dans ma chambre. Auprès de moi.

Ellie put de nouveau respirer. Elle se sentit presque pitoyable, d'être si intensément rassurée qu'il se soit agi d'un simple malentendu.

Rage gronda après elle.

— Déménage tes affaires. Si jamais tu quittes ma maison, je promets de te pourchasser et de t'attacher sur mon lit. Puis de te chevaucher jusqu'à ce que tu sois trop épuisée pour songer à récidiver. C'est clair, cette fois ?

Elle acquiesça sans mot dire. La perspective de se faire baiser jusqu'à épuisement total l'excitait. Il en faudrait, des rounds… Elle se mordit la lèvre et lui adressa un grand sourire.

— Les femmes, dit Rage en secouant la tête.

— Encore un souci de communication.

L'Hybride lui relâcha les épaules ; son visage s'adoucit.

— Tu me trouves beau.

— Affirmatif.

— Comprenons-nous bien : je suis sérieux, quand je parle de t'attacher sur mon lit. Ne me quitte pas. Je ne veux pas te perdre. Je m'y refuse.

— Je veux rester auprès de toi.

Chapitre 12

— Non ! tonna Rage.

L'éclat de voix parvint à Ellie peu après que quelqu'un a sonné à la porte. Ils avaient prévu de passer le samedi à regarder des films ; la jeune femme venait de sortir une pleine bassine du sèche-linge tandis que Rage s'occupait du popcorn. En l'entendant beugler, elle sortit en courant de la chambre où elle avait commencé à plier les vêtements.

Justice et deux agents de l'OPH faisaient face à Rage dans le salon. Ellie s'immobilisa en prenant conscience de la tension extrême qui régnait. Redoutant de voir éclater une bagarre, elle préféra rester près de l'entrée.

Vêtu d'un tee-shirt et d'un jean, Justice avait les bras croisés. Il adressa un regard noir à Ellie ; sa fureur manifeste surprit la jeune femme. Il avait les traits tendus et les lèvres pincées.

— J'ai dit non, gronda Rage de sa puissante voix de basse.

Il se dirigea vers elle sans tourner le dos à ses trois congénères.

— Approche, Ellie, et reste derrière moi.

Alertée par le timbre pressant de Rage, Ellie obtempéra sans réfléchir. Il la serra contre lui d'une main jusqu'à ce qu'elle soit quasiment collée à son dos. Il était tendu comme un arc. Ellie ignorait ce qui pouvait le mettre en rogne à ce point, et quand elle risqua un œil vers les trois autres, l'inquiétude se mua en peur panique : les deux agents de l'OPH avaient la main sur la crosse de leur Taser.

— Rage, gronda Justice. Les humains s'inquiètent pour elle. Tout ce que je te demande, c'est qu'ils puissent la voir, lui parler. On la ramène juste après. Personne ne lui fera de mal.

— Soit je l'accompagne, soit elle ne va nulle part, exigea Rage d'une voix caverneuse.

Justice répliqua sur le même ton.

— Les humains sont irrationnels, mais dès qu'ils l'auront vue et qu'ils auront compris que tu ne la maltraites pas, ils lâcheront l'affaire.

— Non !

Ellie se racla la gorge.

— Je peux savoir ce qui se passe ? demanda-t-elle à Justice.

— Tu n'iras pas avec eux, déclara Rage, catégorique, en la regardant par-dessus son épaule. Ils refusent que je vienne avec toi pour te protéger ; pas question de les laisser te conduire Dieu sait où.

Son regard noir se reporta sur les trois autres Hybrides. Puis il recula d'un pas, obligeant Ellie à suivre le mouvement vers un angle de la pièce.

Ellie sentit son cœur s'emballer sous l'afflux d'adrénaline : Rage faisait écran pour empêcher quiconque de se saisir d'elle, il faudrait lui passer sur le corps. Elle lui frotta le dos afin de l'apaiser. Contrainte de se déhancher pour avoir un aperçu de la situation, elle concentra son attention sur Justice.

— Qui veut me voir, et pourquoi ? Qu'est-ce qui se passe ?

La lèvre supérieure retroussée sous l'effet d'un dépit manifeste, le chef des Hybrides montra les crocs et bomba le torse. Il prit une profonde inspiration puis soutint le regard inquisiteur de la jeune femme.

— Certains humains s'imaginent que Rage vous séquestre ici pour… (Il haussa les épaules.) Pour eux, vous êtes la victime d'un genre de monstre qui vous tabasse et vous viole.

— C'est… c'est faux ! s'indigna Ellie, le souffle court. Qui a balancé ces conneries ?

Justice gronda.

— Votre patron, le directeur Boris. Il chauffe tout le monde à blanc avec cette affaire de prétendus sévices.

— Mon ex-patron, s'il vous plaît. Quel salopard fini…

Ellie cessa de frotter le dos de Rage mais resta collée à lui et lui passa un bras autour de la taille.

— Rage… du calme. Personne ne va s'en prendre à moi.

— Pas question de les laisser t'arracher à moi, gronda l'Hybride en acculant un peu plus Ellie dans l'angle de la pièce.

— Il faut qu'elle nous accompagne, rugit Justice. Regarde-toi ! Qu'est-ce qui te prend, de réagir ainsi ? Ellie n'est pas ton jouet. Ton comportement donne raison à ceux qui nous accusent d'être des animaux. Calme-toi.

— Personne ne touche à mon Ellie.

Justice, surpris, arqua les sourcils.

— Ton Ellie ? Tu copules avec elle, c'est ça ? (Sa voix s'adoucit.) Tu ne nous laisses pas approcher à portée d'odorat. C'est pour ça, j'imagine ?

— Elle est à moi, grinça Rage.

Ellie vit pâlir le chef des Hybrides, qui braqua ses yeux de fauve sur elle.

— Il a agi de force ? Vous n'avez rien ?

Ellie grimaça au souvenir de Justice la découvrant attachée sur le lit de Rage.

— Poussée dans un coin, mais sinon, ça va très bien, merci. Rage, tu m'écrases. Tu peux arrêter ? M'aplatir contre le mur n'est pas la solution…

La jeune femme se détendit quand il consentit à lui redonner un peu d'espace. Elle regarda Justice dans les yeux.

— Rage ne m'a jamais forcée à faire quoi que ce soit. Je me porte comme un charme, et lui aussi.

— Il n'a pas fait que copuler avec vous… Il vous a faite sienne, en conclut Justice sur le ton d'un constat amer.

Ellie hésita.

— On couche ensemble, vous voulez dire ? En effet. On s'entend à merveille, tout va bien, et je suis ici de mon plein gré. Jamais Rage ne me ferait de mal. C'est votre ami, vous devriez le savoir.

Justice plissa les yeux.

— Et l'autre fois, alors ? Son comportement n'était pas rationnel.

Le rouge monta aux joues d'Ellie.

— On avait des choses à régler. Il n'a pas fait exprès de m'écorcher, c'était un coup de croc accidentel.

Justice arqua un sourcil.

— Depuis quand attache-t-on « accidentellement » une femme sur son lit après l'avoir kidnappée dans un parc ?

— Cette partie-là de l'histoire n'avait rien de fortuit, je ne vous apprends rien. Je vous ai dit pourquoi il m'avait enlevée.

La jeune femme sentit Rage se cabrer ; il se tourna vers elle, éberlué. Aucun doute, une discussion inconfortable les attendait dans un futur très proche.

Ellie était contrainte de continuer à faire comme si les deux agents de l'OPH n'étaient pas là. Elle n'avait qu'une envie : que le sol s'ouvre sous ses pieds et l'engloutisse. Pourquoi diable fallait-il continuer sur ce sujet ? Parce que Justice s'inquiétait pour elle. Il était venu avec deux types qui paraissaient déterminés à s'en prendre à Rage si c'était le prix à payer pour la tirer d'affaire.

— Nous avions un compte à régler, vous le savez. Alors d'accord, il m'a traînée jusque dans son lit sans mon consentement, mais la suite s'est avérée… consensuelle. Quand j'ai affirmé qu'il ne m'avait pas violée, ce n'était ni un mensonge, ni pour lui éviter des ennuis, bon sang. J'étais consentante quand Rage m'a pénétrée.

Justice consacra un long moment à la dévisager puis finit par hocher la tête.

— Je vois. Il vous a séduite jusqu'à ce que vous ne puissiez plus rien lui refuser.

Ellie prit une profonde inspiration avant de répondre.

— Rage me plaît depuis le début : de ce fait, il n'a pas eu à insister beaucoup. On peut en rester là ? Si je suis avec lui, c'est uniquement parce que j'en ai envie.

— Sortez garder l'entrée, ordonna Justice à ses agents.

Sitôt les deux Hybrides sortis, Justice se passa la main dans les cheveux puis laissa pendre ses bras le long du corps. Il passa un pouce dans la poche avant de son jean et reporta son attention sur Rage.

Rage avait peur et détestait ça. Il était conscient d'inquiéter Justice avec son comportement d'ours mal léché et sa fixation sur Ellie mais c'était plus fort que lui, il paniquait à l'idée que des humains puissent l'exfiltrer de Homeland, hors de sa portée. Et puis, comment faire confiance à Boris ? Le directeur aux yeux globuleux n'arrivait pas à masquer son dégoût des Hybrides.

Plusieurs employés humains vivaient comme une trahison le fait qu'Ellie, une des leurs, dorme sous son toit. En devenant sa compagne, Ellie était devenue une Hybride ; les humains n'avaient donc plus aucun droit envers elle. C'était simple, non ? Pour rassurer Rage, il suffisait qu'on l'autorise à assister à l'entrevue avec le directeur… et on le lui interdisait. D'où sa réaction extrême.

Rage avait exigé qu'un garde hybride surveille en permanence l'appartement pendant ses heures de travail. Il était prêt à tout pour empêcher qu'on lui enlève sa bien-aimée. Il accrocha le regard de Justice. Son ami savait à quel point Ellie comptait pour lui.

Le chef des Hybrides l'étudia avec étonnement.

— Je m'inquiète de te voir agir si différemment dès qu'il est question de cette humaine.

— J'en suis conscient, mais jamais je ne lui ferai du mal. Sois tranquille.

Justice referma presque entièrement ses yeux de chat.

— Je le suis. Je suis désolé d'avoir douté de toi, mais tu dois avouer que tu n'es pas toi-même dès que ta partenaire est concernée.

— Ça ne m'a pas échappé non plus.

Les deux Hybrides restèrent un court instant à se dévisager. Justice fut le premier à reprendre la parole.

— Ils me tannent pour que je les autorise à la voir, afin de s'assurer qu'elle n'a rien. Je n'ai pas le choix ; tu sais aussi bien que moi qu'il faut les rassurer.

Pour difficile qu'il lui soit de se montrer objectif dès qu'il était question d'Ellie, Rage se rendit à l'évidence : Justice disait vrai. Les humains continuaient à se méfier des Hybrides, il était normal qu'ils s'inquiètent pour Ellie. Si d'aventure c'était un autre Hybride qui s'était mis en couple avec une humaine, Rage aurait été le premier à veiller au grain. Un gros soupir l'aida à se calmer. Inutile de s'en faire, jamais Ellie ne le quitterait de son plein gré. La sagesse commandait qu'il laisse ses congénères la voir.

— Ils souhaitent qu'un docteur l'examine. Ils s'inquiètent… et moi aussi, merde. On a parlé entre nous de cette éventualité mais, à ma connaissance, vous êtes les premiers à franchir le pas. (Justice ménagea un silence.) Alors comme ça… nous sommes compatibles, sexuellement ?

Rage hocha la tête.

— Un brin différents, comme on s'y attendait, mais vraiment rien d'insurmontable. Ellie n'a pas besoin de voir un toubib. Je ne lui fais aucun mal.

Justice fronça les sourcils.

— Et les morsures ? demanda-t-il tout en jetant un coup d'œil aux épaules et au cou d'Ellie. Les humaines sont plus fragiles que nos sœurs et cicatrisent moins vite, tu le sais.

— Je ne la mords pas.

— Vous vous mordez vraiment pendant l'amour ?

Ellie n'en revenait pas. Elle était gênée d'aborder ainsi les détails de sa vie sexuelle avec Rage, mais la curiosité était plus forte.

— Je l'ignorais…

Rage se tourna vers elle et montra les crocs.

— Je doute que tu apprécies.

— D'accord avec toi, répondit-elle après avoir contemplé ses canines.

L'œil pétillant de malice, Rage se fendit d'un petit rire puis se retourna vers Justice.

— OK pour qu'Ellie y aille… à condition que je l'accompagne. Les extrémistes l'ont déjà attaquée parce qu'elle travaillait ici ; le risque est plus important encore, maintenant que tout le monde sait qu'elle vit sous mon toit. Ça fait d'Ellie une cible de choix.

— Je te comprends, mais Boris s'y refuse. Son argument se tient : il craint qu'elle soit trop terrifiée pour parler librement en ta présence à cause des sévices qu'elle a subis.

— Qu'il aille se faire foutre, gronda Rage. Ellie est à moi, pas à lui. Il n'a plus à s'inquiéter pour elle.

Ellie quitta son recoin en se faufilant derrière Rage, qui la laissa faire jusqu'à ce qu'elle tente de s'éloigner. La jeune femme sentit un bras puissant s'enrouler autour de sa taille pour l'empêcher d'aller plus loin. Il l'attira tout contre lui. Ellie se détendit ; elle se sentait bien dans ses bras quelles que soient les circonstances, et elle lui étreignit l'avant-bras pour lui signifier qu'elle comptait rester sage.

Justice observa leur manège avec intérêt.

— Vous êtes ensemble depuis le premier jour de son emménagement ?

— Depuis la nuit dernière, corrigea Rage, désormais plus détendu. Je ne fais pas confiance à Boris. Et à personne en ce qui concerne la sécurité d'Ellie. Elle est à moi, Justice. Je ne permettrai à personne de lui faire du mal. Pas même à toi, en dépit de ton inquiétude.

— Jamais je ne lui ferai de tort, promit Justice, solennel. Tu as ma parole qu'il ne lui arrivera rien, et que je la défendrai au péril de ma vie. Il faut qu'elle vienne avec moi voir le directeur. Nous sommes tout près de reprendre les rênes, il n'en a plus pour longtemps à la tête de Homeland, mais pour l'heure, il faut composer avec lui. Je te promets de faire au plus vite. Ils insistent pour qu'un docteur l'examine, mais je resterai auprès d'elle. Les rassurer est capital, l'ami. Les humains s'inquiètent des conséquences d'un accouplement humaine-Hybride. Ils sont convaincus que vous avez couché ensemble et ne lâcheront pas l'affaire.

— Mais ce n'est qu'une supposition de leur part, je me trompe ? intervint Ellie.

Justice acquiesça.

— C'est exact, mais il suffirait de vous flairer deux secondes pour en avoir le cœur net. Vous êtes assez près de moi pour que je sente l'odeur de Rage sur vous. Des pieds à la tête.

Ellie fit part de ses doutes.

— La belle affaire ! Notre odorat est bien moins développé que celui des Hybrides. Les humains se fient à ce qu'ils voient, pas à ce qu'ils sentent.

Le sourire de Justice s'épanouit lentement.

— J'oublie tout le temps nos petites différences.

La jeune femme hocha la tête.

— Ils ne pourront que spéculer sur ce qui se passe entre Rage et moi.

Justice se rembrunit.

— Vous vivez sous le même toit, quand même…

— Elle est à moi, répéta Rage sur un ton de menace. Et elle continuera à vivre avec moi. Ce n'est pas négociable.

Justice le dévisagea avec insistance.

— Tu es sûr que tout va bien ? Tu te montres très possessif…

— Très bien. Je suis possessif, c'est vrai. Ellie est à moi, c'est simple.

Justice marqua un temps.

— Tu te l'es vraiment appropriée, ça va beaucoup plus loin qu'un simple accouplement. Je la conduis auprès de Boris et je la ramène aussitôt. Sans la quitter d'une semelle un seul instant.

— En veillant sur elle comme si elle était des nôtres, exigea Rage.

Justice acquiesça.

— Elle est des nôtres puisque c'est ta femme.

Rage cessa d'étreindre Ellie par la taille, la prit par les hanches et la fit pivoter jusqu'à ce que leurs regards se croisent.

— Je promets de te retrouver si quelqu'un t'oblige à quitter Homeland. Personne ne t'arrachera à moi.

Impressionnée par la gravité du ton employé, Ellie hocha la tête.

— Je serai de retour très vite. Je…

Elle faillit lui dire « Je t'aime » et se retint de justesse. Les sentiments qu'elle éprouvait n'avaient, au fond, rien de surprenant.

— Tu vas me manquer, se résolut-elle à déclarer.

Rage lui prit le visage à deux mains et se pencha jusqu'à ce que leurs nez se frôlent.

— Toi aussi, tu vas me manquer.

Les yeux brûlants de passion, il parvint à s'arracher à la contemplation de sa bien-aimée et braqua un regard dur sur son ami léonin.

— Ramène-la au plus vite et protège-la quoi qu'il en coûte.

— Compte sur moi. Au péril de ma vie si nécessaire. Allons-y, Ellie. Dès que vous aurez mis des chaussures.

Ellie leva un regard intimidé vers les malabars qui l'entouraient. Cette muraille de muscle l'obligea à lutter contre un accès de claustrophobie. Personne ne la touchait, mais si elle levait un bras, elle était sûre d'effleurer un agent de l'OPH. Justice agissait comme si sa protégée courait un péril mortel, ce qui terrifia l'intéressée jusqu'à ce que le cortège débouche dans la salle de conférences. La peur laissa la place au choc de découvrir une salle comble. Ellie serra les dents pour empêcher sa bouche de s'ouvrir et jeta des regards alentour : il y avait là soixante personnes au bas mot. Ce devait être un record pour une réunion à Homeland…

Le directeur Boris était assis à une table, tout au fond.

— Mademoiselle Brower.

La moutarde lui monta au nez en croisant le regard de son ex-patron. Elle découvrit Darren Artino assis à côté du boss, ainsi que d'autres visages familiers, mais aussi une grande majorité d'inconnus. Cible de tous les regards, Ellie eut l'impression d'être un insecte observé au microscope. D'un revers de la main, Justice fit signe à ses agents de se répartir dans la salle et resta à côté d'Ellie afin de s'adresser au directeur.

— Voici Ellie Brower. Qui va bien, comme vous pouvez tous le constater.

L'irritation était palpable dans la voix du chef des Hybrides.

Darren Artino, les yeux rivés sur Ellie, se racla la gorge avant de prendre la parole.

— Il a été porté à notre attention que vous souhaitiez peut-être quitter le domicile de M. Rage. Nous nous inquiétons pour vous.

Ellie, les bras croisés et le menton saillant, était mal à l'aise d'être observée par tout ce monde.

— Je vais très bien, merci. M. Rage a eu la gentillesse de me laisser occuper sa chambre d'amis. (Elle ménagea une pause et posa un regard courroucé sur Boris.) Juste après avoir quitté Homeland, j'ai failli me faire enlever par trois cinglés issus des rangs des extrémistes qui campent aux portes de la base. M. Rage se soucie de ma sécurité. Je suis bien mieux ici qu'à l'extérieur.

Une jeune femme blonde, aux cheveux ramenés en chignon serré, se leva. Elle portait un ensemble noir tout aussi strict que sa coiffure.

— Je suis le docteur Trisha Norbit.

Ellie, qui la jugeait bien jeune pour être médecin, s'abstint cependant de tout commentaire.

— Enchantée, répondit-elle faute de mieux.

— Nous avons cru comprendre que vous étiez devenus très proches, M. Rage et vous-même. J'aimerais pouvoir procéder à un examen médical et vous poser quelques questions. (Elle embrassa la salle du regard puis adressa un signe de connivence à Ellie.) En privé, cela va de soi.

— Je n'ai rien à déclarer et pas davantage besoin d'un examen médical.

Ellie poussa un soupir sonore ; il n'était pas question d'y passer la journée.

— Allons droit au but, voulez-vous ? J'ai vu le sujet aux infos. Je sais que vous pensez que M. Rage m'a fait du tort, d'une manière ou d'une autre, mais rien de tout cela n'est vrai.

Elle posa un nouveau regard chargé de mépris sur Boris puis reporta son attention sur le médecin.

— Je suis son invitée et je dors dans la chambre d'amis. C'est à peine si nous nous croisons, il ne se passe rien de louche. Je ne vois aucune raison d'être ici, mais M. North a insisté pour que j'apparaisse en public, afin que tout le monde puisse constater que je n'ai rien. Je passais une excellente journée, en fait, jusqu'à ce que vous fassiez de moi une bête curieuse en imaginant le pire.

— Il n'y a rien de charnel entre vous et M. Rage ? lança un anonyme.

Ellie le fusilla du regard.

— La question est inappropriée et hors sujet, mais j'y réponds quand même, et c'est non. Auriez-vous mal entendu le début ? M. Rage est un parfait gentleman. Je loge dans sa chambre d'amis.

— Mais vous vivez ensemble, insista l'inconnu sans masquer son hostilité. Nous savons que vous avez des relations sexuelles avec lui.

Ellie perdit patience, fit un pas en direction du fâcheux puis s'arrêta.

— Nous sommes colocataires, vous êtes sourd, ou quoi ? Feriez-vous partie de ces abrutis convaincus qu'un homme et une femme ne peuvent pas vivre sous le même toit sans coucher ensemble ?

Un homme plus âgé soupira.

— C'était dit sans intention de vous heurter, mademoiselle Brower. Le problème, c'est que nous avons besoin de savoir si vous avez des relations sexuelles avec M. Rage. Cela ferait de vous deux, à notre connaissance, le premier couple interespèces actif sexuellement. Auquel cas il conviendrait de procéder à une étude scientifique sérieuse. (Il remonta ses lunettes avec l'index.) Les effets secondaires dangereux ne sont pas à exclure. C'est de votre bien-être qu'il s'agit, et de celui de M. Rage. Vous ne tenez pas à le rendre malade, j'imagine ?

Ellie fronça les sourcils.

— Je comprends votre point de vue, mais permettez-moi d'insister : je ne suis pas en couple avec M. Rage au sens où vous l'entendez. Nous n'avons pas de relations sexuelles. J'ai simplement affaire à un type bien qui m'héberge le temps que je trouve un nouveau travail. Quand je suis sortie d'ici, des cinglés racistes ont failli me kidnapper au prétexte que j'ai travaillé au contact des Hybrides. Je suis plus en sécurité ici, à Homeland, qu'à l'extérieur.

— Très bien, dit le directeur Boris après un soupir bruyant à souhait. Vous pouvez reprendre votre poste au dortoir des femmes. Immédiatement. La sécurité va vous accompagner jusque chez M. Rage afin que vous y récupériez vos effets personnels.

Ellie eut l'impression que le sol s'ouvrait sous ses pieds et présenta un visage abasourdi à Boris. *Le salopard*. Elle prit le temps de se calmer puis secoua la tête, il n'était pas question de laisser ce fumier l'éloigner de Rage. Toutes les personnes présentes guettaient sa réaction. *Qu'ils aillent tous se faire foutre*, songea-t-elle en réfléchissant à ce qu'elle allait rétorquer à cet abruti.

— J'aimerais beaucoup retrouver mon ancien poste, croyez-moi, mais si je l'ai perdu, c'est parce que vous essayiez de me contraindre à produire un faux témoignage. Vexé que les agents de l'OPH m'aient secourue alors que la sécurité de Homeland était débordée par la prise d'assaut, vous m'avez donné l'ordre d'accuser à tort l'un de ces agents qui, selon vous, m'aurait fait subir je ne sais quelles horreurs. La vérité, c'est que les Hybrides m'ont sauvé la vie et que vos gars étaient incapables de venir à ma rescousse.

La jeune femme vit Boris blêmir; de nombreux regards se tournèrent vers lui. Le directeur était visiblement trop choqué pour faire autre chose que jeter des coups d'œil affolés à la ronde.

— Je refuse de me placer sous la responsabilité d'un type qui m'a incité à livrer un faux témoignage particulièrement dégueulasse, puis qui m'a virée parce que je refusais d'obéir. J'aurais démissionné si ce courage-là vous avait manqué, monsieur le directeur Boris. Retravailler pour vous ? Jamais de la vie. Je m'estime capable de retrouver un emploi où l'on ne me force pas à mentir.

— C'est… c'est faux ! bredouilla Boris, qui s'était enfin ressaisi, en pointant un doigt accusateur sur Ellie. Qu'on évacue immédiatement cette femme et qu'on la bannisse à jamais de Homeland !

Justice braqua un regard noir sur un garde qui s'approchait d'Ellie. La jeune femme faillit buter contre un agent de l'OPH et, en se retournant, vit que tous ses homologues avaient convergé vers elle pour faire barrage. Ellie se figea ; le vigile humain fit de même.

— La question est intéressante, énonça froidement Justice. Auriez-vous un problème avec mes équipes, monsieur le directeur ? Sauf erreur de ma part, Homeland a été conçu pour permettre à mon peuple de se structurer, pour lui fournir un foyer. Cela ne peut pas se concevoir sans personnel de sécurité. Mademoiselle Brower m'a livré la teneur de la conversation que vous aviez eue avec elle, le jour où vous l'avez licenciée. Ce que, soit dit en passant, vous n'étiez pas habilité à faire sans mon consentement. Vous avez dépassé les bornes et venez à l'instant de récidiver. Cette jeune femme est sous la protection de l'OPH… et vous osez ordonner son évacuation musclée ?

Un homme plus âgé, vêtu d'un costume, se leva brusquement et contourna la table. Il alla se placer devant Boris et fronça les sourcils.

— Jerry ? lança-t-il, d'évidence habitué à tutoyer le directeur.

— C'est faux, s'enferra l'intéressé. L'un de ses adjoints, ce Rage avec lequel elle vit désormais, a porté mademoiselle Brower jusque dans une salle de bains et l'a entièrement dévêtue. Puis il lui a donné ses propres sous-vêtements à porter. Quand elle s'est débarbouillée au lavabo, il n'a pas pu faire autrement que la voir se déshabiller et faire sa toilette. Tout ce que j'ai fait, c'est tenter de la protéger en l'incitant à dire la vérité sur ce qu'elle avait enduré. Nous ne pouvons tolérer qu'un vigile conduise une jeune femme de force dans une salle d'eau pour abuser d'elle !

— Est-ce vrai ? demanda l'homme en costume à Ellie en arquant un sourcil.

— Non. Certes, Rage m'a conduite à la salle de bains en voyant que j'étais couverte de sang. Il s'est enfermé dans une cabine et y a retiré son caleçon et sa chemise pour que j'aie quelque chose à me mettre, pendant que je me nettoyais seule. J'étais rouge des pieds à la tête. Les autres options auraient consisté à ce que je ressorte nue, ou à ce je remette mes fringues poisseuses. Toutes les issues étaient verrouillées ; je n'avais strictement rien d'autre à ma disposition. J'ai eu beau me montrer très claire, le directeur n'a rien voulu savoir. Il s'est lancé dans d'horribles accusations sans le moindre fondement, comme quoi j'aurais été abusée sexuellement… ou que je me serais conduite comme la dernière des salopes, ne songeant qu'à se faire sauter dans les toilettes juste après avoir vécu l'expérience la plus traumatisante de ma vie. Boris m'a ordonné d'écrire un rapport accusant M. Rage des pires atrocités. Comme c'était n'importe quoi, j'ai refusé, d'autant plus que c'est bel et bien la sécurité de l'OPH qui m'a sauvé la vie.

Le regard bleu glacier de l'homme âgé resta un long moment posé sur Ellie. Puis il hocha la tête et se retourna vers Boris.

— Jerry, j'ai le regret de t'informer que je te remplace avec effet immédiat. Le ver est dans le fruit, c'est manifeste, et le projet Homeland est trop important pour que nous laissions pourrir la situation. (Il s'adressa à Justice.) Je vous présente mes excuses. Nous disposions à l'évidence d'informations tronquées. À compter de ce jour, ce sera moi le nouveau directeur. Si c'est acceptable pour vous, bien sûr, ajouta-t-il après un court silence.

— Ça me va, Tom. J'ai un rendez-vous téléphonique avec le président dans dix minutes ; je vous laisse.

Justice fit signe à ses gars puis proposa son bras à Ellie.

— On y va, mademoiselle Brower ?

Ellie adressa un ultime regard noir au directeur Boris. *À l'ex-directeur*, se corrigea-t-elle en acceptant le bras tendu par Justice. Les agents de l'OPH prirent position autour d'eux. Le petit groupe quitta la salle.

— Faites-moi penser à ne jamais vous mettre en pétard, mademoiselle Brower, lui glissa le chef des Hybrides, hilare, alors qu'ils sortaient du bâtiment.

Ellie leva les yeux vers lui.

— La colère n'a pas grand-chose à voir là-dedans. J'étais un peu remontée, c'est vrai, mais surtout, j'avais peur.

Justice cessa d'avancer et la dévisagea sans chercher à masquer son incrédulité.

— Peur de quoi ? Jamais nous ne les aurions laissés s'en prendre à vous. Il n'était pas question de les autoriser à vous remettre à la porte.

Ellie ne pipa mot. Jusqu'où pouvait-elle lui faire confiance ? Il resta un long moment à la jauger.

— Vous pensiez qu'ils allaient réussir à vous éloigner de Rage ? C'est ça qui vous faisait peur ?

Merde alors… Je suis transparente à ce point ? Elle détourna la tête et contempla le parking : les véhicules étaient garés jusque dans la rue, à un endroit d'ordinaire interdit au stationnement. Elle hocha la tête.

Rage avait pris une place énorme dans sa vie depuis l'instant où elle avait posé les yeux sur lui. Elle était prête à tout pour le garder. Il avait peuplé ses rêves, elle avait continué à jouer les sous-marins chez Mercile en faisant fi des risques encourus, puis pris un job auprès des Hybrides dans l'espoir de réparer les torts qu'elle avait commis à son encontre. Tourné le dos à sa famille, à ses amis, après le séisme que représentait leur rencontre. Son existence gravitait désormais autour de Rage et de son peuple. Ils vivaient en couple… et elle n'avait aucune envie de le perdre. Elle n'y résisterait pas.

— Très bien, énonça Justice à voix basse. Je vous ramène auprès de lui.

Ellie croisa son regard de félin.

— Merci.

Ils n'avaient pas fait cinq pas quand, derrière eux, retentit un grognement rauque. Justice fit volte-face, empoigna Ellie et la mit à l'abri derrière lui. Son champ de vision occulté par la silhouette imposante du chef des Hybrides, la jeune femme dut se déhancher pour regarder dans la même direction que lui.

Ellie reconnut Slade. L'agent de l'OPH ceinturait le médecin pour l'empêcher de faire un pas de plus. Trisha Norbit était livide. Slade paraissait à cran et grognait doucement. Justice se détendit.

— Que voulez-vous, docteur Norbit ?

— Tu la connais ? s'étonna Slade. Elle courait vers nous…

Justice opina.

— Tout va bien, Slade. Laisse-la approcher. Elle n'est pas une menace.

Trisha Norbit se dégagea dès que Slade cessa de la retenir. Son regard se fixa sur Ellie.

— Je voulais juste toucher deux mots en privé à mademoiselle Brower.

Justice glissa ses pouces dans les poches avant de son jean.

— Que vouliez-vous lui dire au juste, docteur ?

— Lui laisser mes coordonnées.

Trisha Norbit, toujours secouée, sortit une carte de visite de la poche de sa jupe et la tendit à Ellie d'une main tremblante. Ellie hésita à l'accepter.

— Pourquoi en aurais-je besoin ?

— Simple précaution. C'est nécessaire, croyez-moi. Laissez-moi devenir votre médecin traitant. Tout ce que vous me direz dans ce cadre sera strictement confidentiel. Dans l'hypothèse où vous-même et M. Rage seriez... intimes, réfléchissez à tout ce que la science y gagnerait si vous m'autorisiez à vous examiner.

— Ce qui me vient à l'esprit, là tout de suite, intervint Slade en gloussant, c'est que vous faites preuve d'une curiosité mal placée. Laissez-la tranquille, doc. Si Ellie avait besoin de vos services, elle l'aurait dit tout à l'heure.

Trisha Norbit décida d'ignorer Slade et resta concentrée sur Ellie.

— J'ai consulté les rapports sur la physiologie des Hybrides ; il existe certaines différences. Et de nombreuses zones d'ombre.

— Quelles différences ?

Slade commença par froncer les sourcils puis sourit d'une oreille à l'autre.

— Ah, je vois... Cette question d'échelle de taille entre nous et les humains.

Le docteur Norbit adressa un regard courroucé à l'importun puis reporta son attention sur Ellie.

— Vous n'avez pas envie de savoir si vous risquez de tomber enceinte ? De savoir si c'est possible, à condition de suivre un traitement adapté ?

Justice fronça les sourcils.

— J'en ai discuté avec de nombreux spécialistes. Tous sont d'accord : c'est impossible. Nous sommes stériles.

Norbit tourna la tête vers le chef des Hybrides.

— Rien n'est absolument certain dans ce domaine. Et surtout, jamais personne n'a étudié ce qui se produit dans le cadre d'un couple mixte. Si une humaine a des rapports sexuels avec l'un de vos semblables, il m'apparaît souhaitable de découvrir ce qui peut en résulter, vous n'êtes pas d'accord ? Une grossesse éventuelle n'est pas ce qui me préoccupe le plus. Réfléchissez-y, monsieur North. D'autres couples mixtes sont appelés à se former, c'est dans l'ordre des choses. Mieux vaut s'assurer qu'il n'y a aucun effet secondaire néfaste, non ? Vos hommes n'ont jamais réussi à féconder une Hybride, c'est vrai. Mais Ellie est cent pour cent humaine.

— Quel genre d'effet secondaire ? gloussa Slade. La surexcitation ? Il m'est arrivé d'aller pisser en même temps qu'un humain, doc. Ce qui risque le plus de faire flipper les humaines, c'est la différence de gabarit entre nos bites et celles de vos gugusses.

— Vous êtes un porc, rétorqua Trisha Norbit en fusillant Slade du regard.

Slade cessa de sourire ; un grondement sourd émana de sa gorge.

— J'ai de l'ADN de chien, pas de cochon.

— C'est une image, intervint Ellie en parvenant à garder son sérieux. Le docteur Norbit veut dire par là que vos propos sont… déplacés.

Slade adressa un signe de tête à Ellie puis un large sourire au médecin.

— Déplacés ? Je dirais plutôt dans le mille.

— Bien ! intervint Justice, goguenard. Cette conversation prend un tour très amusant, mais il se trouve que j'ai vraiment un rendez-vous téléphonique avec le président. Ce n'était pas une excuse bidon pour nous éclipser.

— Un instant, implora Trisha Norbit à voix basse. Mademoiselle Brower, Ellie, je vous en prie, prenez ma carte. C'est moi qui m'occupe de la santé des Hybrides. S'il est tout à fait normal que vous souhaitiez éviter d'aborder publiquement certains sujets, sachez que je peux passer vous voir chez M. Rage. En toute discrétion. Je vous laisse juge, mais gardez à l'esprit à quel point il importe pour nous d'en savoir plus sur la façon dont cela se passe dans l'intimité entre les deux espèces.

Ellie se résolut à accepter la carte de visite qu'elle fourra dans la poche de son jean.

— Je ne couche pas avec M. Rage, c'est ce que j'ai déclaré publiquement, et je sais quel tollé cela susciterait s'il en était autrement.

Slade fit frémir ses narines et posa les yeux sur Ellie qui soutint son regard. Il inhalait lentement… et sourit. Elle se détourna aussitôt. Il savait qu'elle mentait pour avoir senti l'odeur de Rage sur son corps. Elle soupira intérieurement en constatant qu'il ne pipait mot.

— Il est impératif que je sache comment nos deux espèces interagissent pendant l'acte sexuel, insista Trisha Norbit à mi-voix. Le bien-être des Hybrides est sous ma responsabilité, mais aussi celui des humains. Je me dois d'en apprendre le plus possible sur les conséquences éventuelles de relations interespèces. Le sujet finira fatalement par devenir… brûlant.

— Voilà ce que je propose, mentit Ellie. Si jamais j'envisage la chose avec M. Rage, je lui en fais part, et si par miracle il se montre intéressé, je vous tiens immédiatement au courant.

Ellie tourna les talons et se dirigea d'un pas vif vers l'appartement de Rage, aussitôt suivie par Justice qui se mit à glousser doucement.

— Habilement négocié. (Il marqua un temps.) Je suggère que vous l'appeliez dès demain. Si j'en crois son dossier, Trisha Norbit est une praticienne très réputée. C'est moi qui l'ai sélectionnée. Jeune mais très brillante, elle est en outre favorable à la cause Hybride. Quand elle affirme qu'elle n'en dira rien à personne, j'ai tendance à la croire.

Ellie hocha la tête.

— Le jour où j'aurai besoin d'un toubib, je n'hésiterai pas une seconde.

Chapitre 13

Convaincu que les choses allaient mal tourner, Rage fit les cent pas pendant toute l'absence d'Ellie. Il s'était fait violence pour ne pas se précipiter dans la salle de contrôle de Homeland où les caméras de surveillance lui auraient permis d'espionner les débats. Il avait accès aux images en tant que responsable de la sécurité de la base et bras droit de Justice, mais il souhaitait par-dessus tout être présent à son retour.

Rage avait confiance en Justice et ses gars pour veiller sur Ellie. Il s'était chargé personnellement de former chacun des agents de l'OPH, qui savaient tous à quel point la jeune humaine comptait pour lui. Tout lui manquait : l'odeur d'Ellie, le son de sa voix chantante, et il lui suffisait de fermer les yeux pour qu'apparaisse le doux visage de sa belle, imprimé au fer rouge dans sa mémoire.

Être étendu à côté d'Ellie, sentir le grain de sa peau tandis qu'ils discutaient jusque tard dans la soirée, que pouvait-il espérer de mieux avant de s'endormir ? Ce bonheur-là, il souhaitait le revivre soir après soir et découvrir chaque détail de la vie d'Ellie… sauf, bien sûr, ce qui avait trait aux hommes qu'elle avait pu connaître intimement. Imaginer son Ellie dans les bras d'un autre ? C'était exclu, il lui faudrait alors tous les retrouver – et les éliminer. Si jamais son ex-mari se pointait à Homeland dans l'intention de la récupérer, Rage avait juré de lui caresser les côtes jusqu'à ce qu'il change d'avis ; une promesse qu'il se ferait un plaisir de tenir. Ellie était à lui. Pour toujours.

La référence à l'ex-mari lui fit songer aux parents démissionnaires d'Ellie. Rage arrêta son va-et-vient et posa un regard dur sur la porte d'entrée. Plus jamais, se promit-il, elle ne serait seule. Sa nouvelle famille, c'était lui-même et tout son peuple. Il comptait fermement l'affirmer à Ellie et le proclamer haut et fort. Quitte à batailler bec et ongle avec Justice si nécessaire, il ferait promulguer une loi : tout représentant de l'espèce humaine en couple avec un ou une Hybride devait être assimilé. Il était logique qu'Ellie dispose des mêmes droits que lui, elle ne faisait pas de différence entre leurs deux espèces, les Hybrides étaient de ce fait tenus de l'accepter. En tant qu'Hybride à part entière.

Rage hocha la tête. Justice entendrait parler de cette loi dès qu'il serait question d'en rédiger pour leur peuple. Homeland était promis à devenir un territoire administré par les Hybrides dans un proche avenir. Leur union pourrait alors être officialisée. Ce qui, dans l'esprit de Rage, était déjà acquis.

Encore fallait-il qu'elle rentre à la maison…

Au terme d'une attente interminable, il l'aperçut enfin par la fenêtre. Et se refit violence pour ne pas se ruer à l'extérieur. Qu'il lui en coûtait de garder son calme ! Personne n'avait tenté de l'enlever, faute de quoi elle aurait eu l'air affolée. Justice et ses gars paraissaient détendus. Il ouvrit la porte.

Rage, visiblement soulagé, émergea du bungalow et marcha vers Ellie.

— On nous observe, murmura Justice. Ellie, rentrez à la maison comme si de rien n'était. Quant à toi, Rage, efforce-toi de ne pas avoir l'air trop heureux de la voir. Ellie vient de mentir devant une salle comble ; ne flanque pas tout par terre en l'embrassant devant témoins. Faisons semblant de bavarder, ça donnera l'impression que tu es sorti me parler.

Ellie continua à marcher. Prise d'une brusque envie d'effleurer Rage au passage, elle y résista et ne lui accorda pas un regard avant d'avoir franchi le seuil. Puis elle referma la porte, ôta ses chaussures et se mit à arpenter le vestibule. Une minute plus tard, Rage entra à son tour. Leurs regards se croisèrent une fraction de seconde… et Ellie se jeta dans ses bras. Le colosse la rattrapa au vol et l'étreignit avec force.

Les pieds d'Ellie ne touchaient plus le sol ; elle avait le visage enfoui dans le cou de Rage, qui la serrait si fort que c'en était presque douloureux.

— Tu m'étouffes, haleta-t-elle.

L'étau se desserra.

— Tu es revenue.

— Oui.

L'Hybride la prit au creux de ses bras, traversa l'appartement en trombe et l'installa au bord du lit. Ellie sourit en le voyant ôter sa chemise.

— En rentrant du boulot, hier soir, tu as dit que je n'étais pas assez remise pour qu'on remette ça ; tu t'es contenté de me tenir dans tes bras pendant que je m'endormais. Idem ce matin : tu n'as pas voulu qu'on se douche ensemble en prétextant qu'il me fallait quelques jours de répit. Je peux savoir pourquoi tu te désapes ?

Rage se débarrassa de ses chaussures et baissa son pantalon. Son regard sombre et sexy était rivé sur elle.

— C'était avant qu'on t'arrache à moi. Là… j'en ai besoin.

Ellie se leva et commença à se déshabiller. Rage, déjà nu, la dévora du regard en attendant qu'elle en ait terminé. Elle fit un pas vers lui.

La jeune femme retint son souffle quand il se jeta sur elle, l'empoigna puis la fit se retourner. Elle se retrouva à genoux et penchée sur le matelas avant d'avoir eu le temps de dire « ouf »… et sentit peser sur elle le corps puissant de l'Hybride.

— Rage ?

Il gronda, colla son nez contre son cou, inhala lentement puis grogna doucement.

— Tu vas me prendre en levrette ? s'inquiéta Ellie. Sans préliminaires, comme ça, cash ?

— Tu es à moi.

La jeune femme prit peur.

— Tu me fais flipper, là… Je ne me sens pas prête.

— Ce n'est pas voulu, dit-il en lui mordillant le lobe de l'oreille. Mais j'ai tellement envie de toi. J'ai fait les cent pas tout le temps que tu étais partie, à m'imaginer le pire. Je veux être en toi. T'entendre crier mon nom, m'enivrer de ton odeur. Sentir ta chaleur humide, aller au plus profond, y rester collé à toi le plus longtemps possible.

— Oublions les préliminaires, s'entendit balbutier Ellie, tout excitée qu'elle était par sa déclaration.

Rage commença par l'empoigner par les hanches puis fit courir ses mains jusqu'à ce qu'elles se referment sur la poitrine d'Ellie et en profita pour se lover au plus près d'elle. Sa bouche s'ouvrit ; il laissa errer sa langue sur l'épaule offerte. De ses mains fermes, il comprimait les seins d'Ellie. Du bout des pouces, il lui titilla les tétons jusqu'à ce qu'ils durcissent.

Ellie glissa les mains le long de leurs corps soudés et plaqua les paumes sur ses cuisses. Puis, après quelques secondes d'hésitation, elle empoigna son cul musclé. Après l'avoir attiré plus près, elle entreprit de frotter ses fesses contre la queue rigide de l'Hybride.

Puis Ellie lâcha le cul de Rage et glissa une main entre leurs deux épidermes jusqu'à ce que ses doigts se referment sur l'épais cylindre de chair dure et brûlante.

Rage bougea dans sa main, visiblement ravi de se faire branler. Ellie laissa sa poitrine reposer sur le matelas et remua les hanches jusqu'à ce que le gland soit pile où il fallait. Rage, qui n'en demandait pas plus, donna un coup de reins. Ellie était lubrifiée à souhait quand le sexe de l'Hybride la pénétra. Elle poussa un cri, ravie de le voir répondre à un besoin qu'elle ignorait si pressant. Et sentit son sexe s'élargir de manière à pouvoir accueillir l'énorme engin de Rage. C'était l'extase. Elle gémit, poussa pour qu'il aille plus profond.

Rage se retira à peine, lâcha la poitrine d'Ellie et fit courir ses mains jusqu'aux hanches. Sitôt sa prise assurée il s'enfonça en elle, chaque fois un peu plus profondément, à cadence soutenue. La jeune femme gémit plus fort, toute au plaisir que lui procuraient ces coups de reins.

— Tu es si chaude, si étroite, si moite, gronda-t-il. Mais j'ai quand même peur de te faire mal.

— Pas... possible, haleta-t-elle. Dieu du ciel, il n'y a plus que toi. Quand je te sens en moi, plus rien d'autre n'existe.

L'Hybride se retira puis reprit ses mouvements intensifs. En entendant Ellie gémir faiblement, il se figea, la queue presque entièrement entrée en elle.

— Ne t'arrête pas, implora-t-elle.

— Je te fais mal.

— Non. Oh ça non. C'est trop bon, ne t'arrête pas !

Il poussa un grognement et lui mordilla le cou. Elle sentit le frôlement sensuel de sa langue râpeuse sur sa peau puis prit conscience qu'un croc l'effleurait, ce qui accrut encore son excitation. Quand elle voulut s'empaler sur sa queue, l'Hybride, qui la tenait toujours fermement par les hanches, l'en empêcha.

Rage se remit en action dans le sexe offert. La cadence de ses coups de reins allait crescendo. Ellie, agrippée au bord du lit, sentit tout son corps se cambrer dans l'attente de l'orgasme imminent. L'Hybride appuya ses canines contre l'épiderme de la jeune femme sans, toutefois, la faire saigner – ce qui, à ce stade, n'aurait nullement incommodé Ellie. Son univers se résumait à la montée irrépressible du plaisir tandis que son amant, grondant toujours, la pénétrait avec une ardeur renouvelée. Les terminaisons nerveuses de la jeune femme étaient au bord de la rupture.

Rage se décala légèrement afin de délivrer ses coups de boutoir dans un angle plus dévastateur encore. Son sexe frôlait désormais le point le plus sensible. Ellie, comme frappée par la foudre, sentit ses muscles se contracter sur la queue du colosse. Terrassée par l'orgasme, elle se mit à trembler des pieds à la tête. Rage, qui cessa aussitôt de lui mordre l'épaule, faillit l'écraser sous son corps massif. La tête rejetée en arrière, il poussa un hurlement sonore… et sa verge commença à enfler.

Ellie, secouée par de nouvelles vagues de plaisir, sentit sa tête buter contre l'épaule de Rage. Elle cria le nom de l'Hybride.

Le calme revenu après ce feu d'artifice, les amants se découvrirent hors d'haleine et étendus pêle-mêle l'un sur l'autre.

Je l'aime. Jamais je n'aurais cru qu'un lien aussi fort puisse exister entre deux êtres. C'est l'homme de ma vie, je veux qu'on soit tout le temps ensemble. Ellie était certaine, désormais, d'avoir fait le bon choix en tournant le dos à sa vie d'avant.

Remis de ses émotions plus rapidement qu'Ellie, Rage cessa de peser de tout son poids sur elle.

— Tu m'as vraiment manqué, glousssa-t-il.

La jeune femme rouvrit les yeux et fit l'effort de tourner la tête dans sa direction.

— Je ne me suis absentée qu'une heure.

— La plus longue de ma vie.

Ellie s'esclaffa.

— Si c'est ce qui m'attend chaque fois que je rentre, rappelle-moi de sortir plus souvent !

Il rit à son tour.

— Pas la peine. Le mieux serait encore que je t'attache une bonne fois pour toutes sur ce lit. Tu n'as pas besoin de sortir pour me donner envie d'être en toi.

Leurs corps étaient au repos et semblaient avoir fusionné. Ellie était aux anges. Rage la caressa aux endroits qui lui étaient accessibles ; sa partenaire réagit en poussant de petits cris d'extase tant les paumes de l'hybride lui faisaient un effet extraordinaire. Il se retira en douceur dès que le renflement de son sexe, consécutif à son orgasme, eut cessé.

— À quel point es-tu souple ?

— Aucune idée, répondit Ellie en haussant les épaules.

Rage se leva. Quand Ellie se retourna et voulut l'imiter, l'Hybride fut plus prompt, la souleva au creux de ses bras puissants, contourna le lit et la reposa sur le dos, la tête confortablement calée sur l'oreiller.

— Tu vas finir par te faire un tour de reins à force de me trimballer partout, plaisanta Ellie. J'aurais tout aussi bien pu ramper jusqu'à ta place, si tel était ton bon plaisir.

— Tu es trop légère pour que je me blesse en te soulevant. Nous sommes beaucoup plus costauds que vous autres, ne l'oublie pas. Je pourrais te porter pendant des heures sans verser une goutte de sueur.

Empoignant Ellie par un mollet, il lui souleva la jambe. La jeune femme se garda de protester et vit Rage se coucher à côté d'elle, lui plier la jambe puis se glisser entre ses cuisses. Ellie leva la main et entreprit d'explorer les creux et les bosses que formaient les muscles sur son corps parfaitement dessiné. Puis elle admira ses larges épaules. Qu'il était beau ! Quand elle laissa courir ses ongles sur les tétons de l'Hybride, celui-ci réagit au quart de tour : il inspira bruyamment et se tendit. Ellie se redressa jusqu'à ce que ses lèvres se referment sur un mamelon dressé.

Sa langue décrivit un cercle autour du téton ; le colosse se cambra. Gronda. Ellie, le sourire aux lèvres, se mit à lui suçoter le mamelon. Puis à le mordiller. Rage grogna derechef, tendu comme un arc. Sa queue répondit aussitôt en venant buter contre les jambes repliées d'Ellie. Aucun doute, il bandait déjà. Cela surprit la jeune femme, il fallait d'ordinaire plus de temps à un homme pour retrouver ses moyens. *Rage n'est pas comme les autres*, songea-t-elle. *C'est aussi pour cela que je l'aime.*

Ellie délaissa le téton et fit glisser ses mains jusque dans le dos de Rage. Elle le griffa légèrement depuis les omoplates jusqu'à la colonne vertébrale. L'Hybride réagit en creusant le dos, ce qui donna à la jeune femme l'impression d'avoir affaire à un gigantesque chaton. Souriant toujours, elle lui lécha le sillon entre les deux pectoraux. Et regretta de ne pas avoir de miel à sa disposition : qu'il eût été délicieux d'en faire couler sur sa peau mate puis de s'en repaître ! Elle répéta le va-et-vient entre les omoplates et le haut des fesses parfaitement dessinées, ravie de le voir s'agiter comme un ver.

— Tu transpires…

Rage sourit.

— J'ai dit que tu étais trop légère pour me faire verser la plus petite goutte de sueur, mais chaude comme tu l'es, tu me fais transpirer de désir.

— Je m'en rends compte, dit-elle, hilare.

Rage approcha sa bouche ; Ellie alla à sa rencontre. Elle adorait sa façon d'embrasser. Rien, dans son attitude, ne trahissait jamais la moindre hésitation : avec ses lèvres pleines et fermes, il assumait son rôle de mâle dominant jusque dans ses baisers. Sa langue explorait la bouche de la jeune femme avec fougue, promesse silencieuse de ce qu'il s'apprêtait à lui faire. Ellie prit à peine conscience de ses crocs effilés en les effleurant. Elle gémit et se colla à lui, brûlante de désir. Tout son corps ne souhaitait qu'une chose : qu'il lui refasse l'amour.

Rage fit glisser sa main autour de la cuisse d'Ellie. Il lui saisit la jambe derrière le genou qu'il ramena vers sa poitrine tout en venant se placer au-dessus de la jeune femme. Collée au matelas, elle tenta vainement de mettre un terme au jeu de langues, mais l'autre main de Rage, qui enserrait sa joue et son menton, l'empêchait de bouger la tête. Il continua à l'embrasser et gronda tandis qu'il repositionnait son bassin. Son sexe étirait le vagin d'Ellie à mesure qu'il s'y enfonçait, lentement, bien à fond. La queue de l'Hybride était tout entière en elle. Ellie poussa un gémissement étouffé.

Il mit enfin un terme au baiser et rouvrit les yeux. Ellie plongea dans ses prunelles sombres.

— Regarde-moi dans les yeux, beauté. Les tiens sont un spectacle incroyable, et te voir réagir à ce que j'entreprends est la plus belle chose que j'aie jamais vue.

Ellie faillit éclater en sanglots ; aucun homme ne lui avait tenu des propos si tendres, si touchants. Rage était sincère. La jeune femme voulut y croire de tout son être.

— C'est la plus jolie chose qu'on m'ait jamais dite.

Ils étaient les yeux dans les yeux quand Rage commença à remuer en elle. Agrippée à ses épaules, Ellie se concentra sur son va-et-vient lent et puissant qui, à chaque secousse, faisait grimper la fièvre. La jeune femme ressentit le besoin de rejeter la tête en arrière et de fermer les yeux tant la sensation était divine. L'Hybride l'en empêcha d'une main ferme.

— Continue à me regarder, ordonna-t-il. Je veux voir tes yeux quand tu jouis.

Ellie obtempéra, désormais incapable de penser. Le plaisir qu'elle éprouvait à chaque mouvement au ralenti dans son sexe confinait à la torture. L'intensité était inouïe, il devenait urgent qu'il accélère. Elle faillit de nouveau fermer les yeux ; Rage gronda tout en continuant à aller et venir.

— Regarde-moi.

— Plus vite, implora-t-elle. Je n'en peux plus tellement c'est bon. C'est trop…

Rage s'exécuta sans jamais rompre le contact visuel. Ellie dut s'agripper comme elle put tant elle était secouée. Elle se crispa, en proie à ce qui s'apparentait à une douleur aiguë à l'abdomen… puis ce fut l'orgasme, violent, total. Qu'ils vécurent les yeux dans les yeux.

Elle vit les pupilles de l'Hybride se contracter, son beau visage afficher une intense satisfaction. Ses yeux virèrent du brun au noir ; il hurla son nom. Ellie sentit sa queue enfler et le sperme chaud affluer. Rage sourit.

— C'était encore mieux, avoue.

Ellie, horrifiée, prit conscience qu'elle avait malencontreusement planté ses ongles dans les épaules de Rage et s'empressa de les retirer. Des perles de sang se mirent aussitôt à sourdre.

— Désolée !

Rage éclata de rire. Il se tordit le cou pour observer les dégâts, puis la regarda dans les yeux.

— Ça me plaît.

— Tu aimes être griffé jusqu'au sang ?

— Attends d'avoir vu le dos de ton épaule. Grâce à ces marques, je me sens moins coupable.

Quand Ellie voulut voir, Rage s'effondra sur elle en prenant soin, cependant, de ne pas l'écraser. Il déposa un rapide baiser sur sa bouche puis se redressa et sourit d'une oreille à l'autre.

— Je t'ai mordue, beauté, dit-il avec un clin d'œil. L'épiderme a un peu cédé, j'avoue. Prête pour la douche ?

Il m'a vraiment mordue jusqu'au sang ? Loin d'éprouver de la colère ou de l'effroi, Ellie se rendit compte qu'elle s'en fichait. À quoi bon monter sur ses grands chevaux pour une morsure indolore ? Elle préféra sourire. *Quand ça ne fait pas mal, ça compte pour du beurre. Et puis, ça ne peut pas être pire que mes griffures…*

— OK pour la douche. Et pour manger un morceau : on a zappé l'heure du déjeuner.

Chapitre 14

Ellie épia le directeur Tom Quish avec suspicion. Pour quelqu'un de son âge, soixante-cinq ans peut-être, l'homme aux yeux bleus portait beau ; il était d'évidence très bien conservé. C'était d'autant plus flagrant qu'il était pour l'heure vêtu d'un débardeur et d'un pantalon de jogging. Il avait couru avant de faire halte devant chez Rage. Ellie avait été surprise de le trouver en ouvrant après qu'on eut sonné à la porte. Elle n'avait eu aucun mal à reconnaître celui qui avait, sous ses yeux, viré l'ex-directeur Jerry Boris – un spectacle qu'elle avait beaucoup apprécié.

— Je peux entrer ?

En le rejoignant sur le perron, Ellie repéra les deux agents hybrides chargés par Rage de veiller sur la maison depuis le trottoir d'en face et ne vit aucun signe d'inquiétude sur leurs faciès. Il était clair qu'à leurs yeux, le nouveau directeur ne présentait aucune forme de menace, faute de quoi ils l'auraient empêché d'accéder à l'entrée. La jeune femme se détendit.

— Ce n'est pas vraiment chez moi, vous savez ; je ne me sens pas le droit de vous inviter à l'intérieur. (Elle prit une profonde inspiration.) Puis-je vous aider ?

— Je l'espère. Je suis ici pour vous offrir de reprendre votre poste au bâtiment des femmes. Les pensionnaires vous apprécient beaucoup et vous respectent, mademoiselle Brower. Elles ont décidé de remplacer l'actuelle responsable et ont demandé après vous.

Ellie s'efforça de ne rien laisser paraître du désarroi que faisait naître cette proposition. Aucune émotion ne se lisait dans les yeux bleu glacier de Quish. Les rides autour de sa bouche, heureusement, témoignaient du fait qu'il riait souvent, ce qui rendait sa physionomie plus avenante. Il avait l'air sympathique et Ellie l'estimait sincère… mais ne savait que lui répondre. Accepter revenait à cesser de vivre chez Rage ; elle n'en avait aucune envie.

— Je peux y réfléchir un peu ?

Gagne du temps, s'exhorta-t-elle avant de se justifier.

— C'est que j'en ai bavé, de ce licenciement brutal… Me retrouver en même temps à la rue et au chômage…

Quish la détailla des pieds à la tête. Ses yeux pétillaient d'intelligence – un peu trop au goût d'Ellie.

— Bien sûr, bien sûr. Vous n'avez qu'un mot à dire et le poste est à vous. Ne traînez pas trop, quand même : le bâtiment a besoin d'une nouvelle responsable aussi vite que possible. Comme vous le savez, d'autres pensionnaires doivent arriver dans les semaines qui viennent.

— Je l'ignorais. J'avais cru comprendre que l'effectif devait se limiter à quelques dizaines de filles jusqu'à ce que l'environnement soit jugé adapté.

— C'est chose faite, dit-il, tout sourires. Et vous y êtes pour beaucoup : toutes les pensionnaires du bâtiment vous ont trouvée formidable. On m'a notamment vanté vos cours de cuisine.

Ellie sourit à son tour.

— J'ai fait de mon mieux pour les intéresser.

— Et vous avez réussi. Elles vous adorent.

— Elles me manquent, admit Ellie. Je les aime beaucoup.

— Elles ont presque tout à apprendre, à ce que j'ai compris…

Ellie haussa les épaules.

— Elles ont vécu enfermées dans des cellules stériles. Faire la poussière, du café ou des pancakes ne faisait pas franchement partie de ce qu'elles ont pu glaner pendant leur captivité. Ça m'a rappelé l'adolescence et mes premiers contacts avec le lave-linge, quand ma mère a décrété que je devais apprendre à m'en servir pour m'occuper de mes fringues. Quand on grandit avec tous ces trucs, on apprend petit à petit, mais les Hybrides, pour leur part, se coltinent tout à la fois. Tout ce qui, pour nous, coule de source. Imaginez l'effet que doit faire un répondeur quand on ignorait ce qu'était un téléphone un an auparavant !

Une lueur d'intérêt s'alluma dans les yeux du nouveau directeur.

— Se sont-elles confiées à vous au sujet de leur vie d'avant, quand elles étaient prisonnières ?

Ellie se méfia. Il n'était pas question de dévoiler certains détails qui lui avaient été confiés par pure amitié.

— Un peu, pourquoi ?

Quish se radoucit.

— J'ai lu les rapports et bavardé avec nombre d'entre elles. C'est épouvantable, ce que ces femmes ont subi. J'ai promis à Justice North que je ferais tout ce qui est en mon pouvoir pour qu'elles aient une vie meilleure à l'avenir. Le bien-être et la sécurité des Hybrides comptent énormément à mes yeux. Je veux qu'ils bénéficient du fin du fin, et en ce qui concerne les femmes hybrides, ce fin du fin, il se trouve que c'est vous.

Touchée par ce compliment, Ellie aurait repris son job sur-le-champ s'il n'avait pas été nécessaire de ne plus vivre avec Rage pour l'assumer. La jeune femme décela une lueur de satisfaction dans les yeux de Tom Quish et reprit la parole.

— Vous êtes fortiche, côté manipulation. Je ne vous apprends rien, j'imagine ?

Le vieil homme s'autorisa un sourire en coin.

— C'est mon boulot. Avec quelles armes croyez-vous que j'aurais pu si vite lever des fonds suffisants pour Homeland et persuader les militaires de lâcher le morceau ? Si ce complexe est quasiment terminé, ce qui nous a permis d'y emménager très rapidement, c'est parce qu'il s'agissait à l'origine d'une base destinée à l'armée. Avoir du charme et des amis haut placés a ses avantages. Acceptez-vous ce poste, mademoiselle Brower ?

Ellie avait très envie de dire oui mais se retint.

— J'ai encore besoin d'un peu de temps.

— J'ai le sentiment de vous proposer une friandise que vous mourez d'envie d'accepter, mais que vous refusez uniquement parce qu'on vous a dit de vous méfier des inconnus.

— C'est assez bien résumé, répondit Ellie, un grand sourire aux lèvres.

— Pour les formules qui font mouche aussi, je me débrouille.

— C'est quoi, ce cirque ? tonna Rage.

L'Hybride, visiblement sur les nerfs, rejoignit Ellie au pas de charge en fusillant du regard le nouveau directeur de Homeland. La jeune femme leva les yeux et faillit s'emporter contre lui : Rage avait tout l'air d'un petit ami jaloux, ce qu'il était d'évidence. S'il laissait libre cours à ses émotions, Quish, à moins d'être le dernier des imbéciles, ce qu'il n'était pas, aurait tôt fait de les percer à jour. Elle fronça les sourcils. Peine perdue. Rage n'avait pas un regard pour elle, trop occupé qu'il était à intimider le vieil homme qui recula de deux bons mètres.

— J'étais en train d'échanger quelques mots avec mademoiselle Brower. Heureux de vous revoir, monsieur Rage.

— Qu'est-ce que vous lui voulez ? Ellie reste ici. Vous n'avez pas le droit de l'obliger à partir.

Ellie redouta le pire en voyant que le vieil homme les étudiait tour à tour… et ses craintes furent confirmées quand, blêmissant malgré son bronzage, il fit un pas de plus en arrière.

— J'étais venu proposer à mademoiselle Brower de reprendre son job. Elle manque beaucoup à ses anciennes protégées qui viennent de congédier la femme qui avait repris le flambeau. Elles souhaitent son retour au bâtiment des femmes. Justice m'a informé qu'elles étaient libres de choisir elles-mêmes leur responsable. Je suis passé dire à mademoiselle Brower que le poste est à elle si elle le souhaite.

— Elle n'en veut pas, cracha Rage, toujours à cran.

Et merde, songea Ellie. *Il ne se calme pas du tout…* Son regard passa de Rage à Tom Quish, qui reporta son attention sur l'Hybride après l'avoir dévisagée.

— Si c'est sa sécurité qui vous préoccupe, Ellie pourrait rester vivre chez vous. Elle pourrait travailler au bâtiment des filles pendant vos heures de service. Ce n'est pas exactement ce que stipule la fiche de poste, mais je suis certain qu'il est possible de trouver un terrain d'entente qui convienne à tout le monde.

Rage daigna enfin accorder un coup d'œil à Ellie.

— Tu en penses quoi ?

Stupéfaite qu'il lui demande son avis après le refus véhément qu'il avait commencé par opposer, la jeune femme hocha la tête, consciente que le vieil homme continuait à guetter leurs réactions. Rage opina à son tour en se retournant vers le directeur.

— Entendu comme ça. Ellie reprend son job à condition qu'elle puisse continuer à vivre sous mon toit.

Ce soudain revirement parut amuser Tom au plus haut point.

— Excellent, mademoiselle Brower. Demain matin à 9 heures ?

— Oui, s'empressa-t-elle de répondre avant que Rage puisse intervenir à sa place.

— Formidable ! Je m'occupe de passer les coups de fil nécessaires. Un membre de la sécurité passera dans la journée vous apporter votre nouveau badge.

— Merci, lança Ellie au vieil homme fringant qui s'éloignait déjà en petites foulées.

Elle attendit qu'il ait disparu avant de jeter un regard noir à Rage.

— Tu aurais pu contrôler tes nerfs, merde ! Quish sait à présent que nous sommes en couple. Tu t'es comporté comme si tu étais mon mec.

— Je le suis, rétorqua l'Hybride, les pupilles sombres et les lèvres pincées.

— Bien sûr, mais personne n'est censé le savoir, tu as oublié ? Oh, et merci de m'avoir enfin laissée décider de mon avenir, conclut-elle avant de réintégrer l'appartement au pas de charge.

— Quelle mouche te pique ? lança Rage en refermant après l'avoir suivie à l'intérieur.

Ellie fit volte-face, les poings sur les hanches.

— Notre relation doit rester secrète, gros malin ! Tu as tellement envie qu'une armée de toubibs nous oblige à passer des tests, et qu'on nous bombarde de questions sur la manière dont on s'y prend au lit ? Pas moi ! Il ne manquerait plus qu'ils demandent à filmer nos galipettes ! En plus, tu t'es permis d'affirmer que je ne voulais pas ce boulot sans me demander mon avis ! Le dortoir me manque, et en même temps, j'ai envie de vivre ici, avec toi.

Rage comprit qu'il avait merdé. Il s'était mis à flipper dès l'instant où ses gars l'avaient averti que Tom Quish, le nouveau directeur, avait frappé à sa porte. Les humains n'avaient aucune raison de se rendre dans cette partie de Homeland. Hormis pour voir Ellie. Il avait pressé le pas : personne, chez les humains, n'appréciait le fait qu'Ellie vive chez lui. Il avait fait la sourde oreille chaque fois qu'une critique de ce genre lui était parvenue.

Ellie adorait son travail auprès des femmes hybrides ; Rage savait qu'elle leur était très attachée, mais quand Tom avait offert à la jeune femme de retrouver son poste, il avait immédiatement opposé son veto, estimant qu'il devait s'agir d'un piège destiné à les séparer. Un regard à sa bien-aimée lui avait suffi pour comprendre qu'il avait eu tort de répondre à sa place. Les humaines pouvaient être aussi fortes têtes que ses sœurs hybrides. Ces dernières exigeaient de décider pour elles-mêmes, et s'il leur était agréable d'être défendues par un mâle, elles étaient assez fortes pour se débrouiller seules en cas de coup dur.

Rage s'était ravisé dès qu'il avait compris que la proposition de Quish n'avait pas pour unique but d'inciter Ellie à déménager. Il s'était détendu en voyant partir le nouveau directeur… mais pas Ellie. Aucun doute n'était permis : elle lui en voulait beaucoup d'avoir réagi comme il l'avait fait. Alors même que Rage n'avait souhaité qu'une chose – empêcher qu'on les sépare.

Il commençait à en avoir marre, du caractère secret de leur relation. Il était fier d'être avec Ellie. Certains Hybrides risquaient de le voir d'un mauvais œil ? La belle affaire ! Ils étaient nombreux à garder de la rancune envers les humains. Ça leur passerait. Tant que personne n'inquiétait Ellie, chacun était libre d'enterrer la hache de guerre à son rythme.

La priorité du moment : apaiser la colère d'Ellie. Vive d'esprit et dotée d'un solide sens de l'humour, la jeune femme pardonnait vite… et Rage connaissait le meilleur moyen de la dérider. Un sourire malicieux lui vint.

— Tu sais que tu es canon, quand tu te mets en colère ? Filmer nos galipettes… Tu n'as qu'à demander et j'achète le matériel nécessaire.

— Pas question ! rétorqua Ellie, toujours en pétard. Tu plaisantes, j'espère…

— Bien sûr, s'esclaffa Rage. Je refuse qu'on nous filme en train de faire l'amour. Je ne désire qu'une chose : qu'on le fasse. (Il s'approcha.) Tu es vraiment sexy en diable quand tu m'en veux, beauté. Sincèrement. Tu n'as qu'un mot à dire.

Ellie prit un peu de champ et quitta sa posture belliqueuse.

— Oui, je t'en veux. Ton baratin de joli cœur ne prend pas, je suis vraiment d'humeur massacrante, là. Tu n'as rien fait pour cacher le fait qu'on est ensemble et tu as dit à ce type que je ne voulais pas reprendre mon job. C'est moi que ça regarde.

— Tu as raison et j'ai eu tort, j'en suis sincèrement désolé.

Souriant toujours, il fit un pas vers sa belle qui recula d'autant.

— Tu essaies quoi, là, de m'amadouer ?

— Absolument, dit-il en lui adressant un clin d'œil. Et maintenant… on baise.

Là-dessus, il s'élança et tenta de la ceinturer.

Ellie obliqua vers la cuisine, très amusée par son comportement joueur. C'était génial de voir ce garçon, d'ordinaire ombrageux, d'humeur joyeuse. *Comment continuer à lui en vouloir quand il est ainsi ?* Impossible. Arrivée dans la cuisine, elle contourna le petit îlot central. Puis elle agrippa le bord du plan de travail et plissa les yeux en voyant Rage s'immobiliser de l'autre côté.

— On était en pleine discussion. Arrête.

— Rien n'empêche de parler pendant qu'on baise, répondit-il en s'élançant côté gauche.

Ellie secoua la tête et partit dans le même sens de rotation.

— Rage, bon sang, j'essaie de me fâcher contre toi ! Arrête de sourire, veux-tu ?

Il cessa de tourner et redevint sérieux.

— Voilà.

À mieux y regarder, Ellie vit qu'un léger tic lui faisait relever les coins de la bouche. Piquée au vif, elle eut envie de rire à son tour et dut se faire violence pour se rappeler l'objet de sa colère. *Ah oui.*

— Tu n'as pas le droit de prendre les décisions à ma place, et tu sais que nous sommes censés cacher le fait que nous formons un couple.

— Tu sais que tu m'excites de plus en plus ? À force de respirer si fort, ta poitrine va finir par faire céder les boutons de ton corsage. (Il loucha sur ses seins.) C'est ça, vas-y, respire à fond…

Alors qu'Ellie suivait le regard de l'Hybride, elle perçut du mouvement du coin de l'œil. Trop tard. Rage se saisit d'elle. Ceinturée, elle se retrouva assise sur l'îlot central, les yeux presque à hauteur de ceux de son amant. Rage lui écarta les cuisses puis, l'étreignant toujours, il l'enlaça jusqu'à ce qu'ils soient collés l'un à l'autre.

— Désolé de t'avoir contrariée, dit-il, l'air sincère. Réconcilions-nous en faisant l'amour. C'est l'idéal, à ce qu'il paraît.

Ellie sourit d'une oreille à l'autre et lui prit le visage à deux mains.

— Tu es un sale type, tu sais ?

— Un type bien, tu veux dire. As-tu conscience à quel point, ou dois-je te le rappeler ?

Il pencha la tête et poussa doucement celle d'Ellie jusqu'à ce que ses lèvres effleurent le cou de la jeune femme. Puis il entreprit de lui lécher le point sensible juste en dessous de l'oreille, avec sa langue râpeuse. Son souffle chaud la caressa.

— J'ai envie de te prendre là, tout de suite.

— Dans la chambre, gloussa Ellie.

Rage redressa la tête ; sa voix se fit plus grave encore.

— Ici.

— Dans la chambre. Ce plan de travail sert à préparer à manger…

Les sourcils arqués, il cessa de l'étreindre et s'écarta un peu. Commença à déboutonner son chemisier. Ellie retint son souffle tandis qu'il l'aidait à s'en défaire. Puis il dégrafa son pantalon, s'écarta un peu plus et la fit descendre de l'îlot. Sitôt la jeune femme debout devant lui, l'Hybride se mit à genoux et l'aida à s'en extraire.

— Va pour la cuisine, murmura Ellie, moite de désir.

Le cœur battant à tout rompre, elle jeta son pantalon dans un coin et s'attaqua à celui de Rage qui s'était relevé. Il balança lui aussi son tee-shirt.

— Parfait, marmonna Ellie en se frottant contre lui.

Sa langue entra en contact avec un mamelon de Rage qui émit un grognement en se défaisant de son pantalon à gestes brusques. Les mains d'Ellie effleurèrent son ventre plat puis s'aventurèrent plus bas, jusque sous l'élastique du caleçon. Elle lui griffa les hanches. Rage réagit en venant coller son bassin contre le corps de la jeune femme. Son sexe déjà dressé se retrouva coincé entre leurs deux épidermes.

— Mmmmh, souffla Ellie en passant d'un téton à l'autre.

— Ma beauté, gronda Rage.

L'idée qui vint alors à Ellie la fit sourire ; elle leva la tête.

— Passe-moi le miel qui est rangé dans le placard, derrière toi. À gauche. Ma gauche.

L'Hybride arqua un sourcil noir.

— Du miel ? Tu as un petit creux ?

— Je veux le lécher sur toi, répondit-elle, extatique.

Rage poussa un grognement étouffé et s'égratigna la lèvre inférieure avec ses crocs. Au prix d'une torsion du buste, il récupéra le pot de miel en un temps record et le passa à la jeune femme qui en dévissa le couvercle. Un rapide coup d'œil suffit à Ellie pour avoir confirmation qu'il était partant. Elle entreprit de verser un peu de la substance ambrée sur l'un de ses mamelons puis déplaça le pot de façon à ce que l'écoulement se poursuive jusque sur l'autre téton. Rage inhala à pleins poumons mais ne dit pas un mot. Elle posa le pot sur l'îlot central, à portée de main.

Perchée sur la pointe des pieds, Ellie commença à lécher les gouttelettes de miel qui collaient aux pectoraux saillants du colosse en laissant courir sa langue d'un point à un autre. Rage poussa un grondement caverneux. La jeune femme s'intéressa ensuite à un téton qui durcit sous ses coups de langue. Elle le prit dans sa bouche et se mit à le suçoter. Rage lui passa la main dans les cheveux mais se garda de tout geste susceptible d'être interprété comme une volonté de mettre fin au jeu.

— Encore, grogna-t-il. C'est fabuleux.

Ellie lui mordilla le mamelon. L'Hybride tressaillit et frotta sa queue, désormais rigide comme du bois, contre le ventre de la jeune femme qui abandonna le téton et survola le torse offert. Sa langue et ses lèvres recueillirent les gouttes de miel avec une lenteur étudiée, puis elle repoussa Rage contre un meuble de cuisine auquel il s'adossa.

Le regard noir de Rage, où brûlait la passion, croisa celui d'Ellie quand elle releva la tête. Elle avait déjà remarqué que ses pupilles s'assombrissaient chaque fois qu'il était très excité et trouvait cela adorable. La jeune femme s'attaqua aux gouttes de miel qui avaient coulé sur ses abdominaux. Elle les lécha une par une puis, souriant toujours, elle fit glisser le caleçon vers le bas. Le sexe de Rage était si tendu qu'elle dut mettre l'élastique du sous-vêtement à rude épreuve pour en débarrasser son bel étalon.

L'Hybride gronda quand elle lui embrassa l'os de la hanche. Ellie tourna la tête et contempla de près son impressionnante érection. Quel spectacle ! Le sourire aux lèvres, elle fit courir sa langue de la base à la pointe du pénis au garde-à-vous.

Grognant toujours, Rage l'empoigna par les avant-bras et obligea la jeune femme à se relever. À sa grande stupeur, elle vit qu'il paraissait en rogne et arqua les sourcils.

— Tu veux que j'arrête ? Pile au meilleur moment ?

Le beau ténébreux la souleva sans effort et lui cala les fesses sur le plan de travail. Puis il s'en alla ouvrir un à un les tiroirs, comme s'il cherchait quelque chose de précis.

— Rage ? Je t'ai mis en colère ? Qu'est-ce que…

— Je ne peux pas te laisser faire ça. Frustré en diable, je le suis, mais pas fâché contre toi.

— Et pourquoi pas ? J'en ai envie.

Quand il se retourna vers elle, Ellie vit qu'il tenait un gros rouleau d'adhésif argenté. Il revint, lui posa délicatement la paume à plat sur la poitrine, poussa en douceur jusqu'à ce qu'elle soit allongée sur le dos et se pencha sur elle.

— J'ai la queue qui enfle, tu te souviens ? Tu m'as tellement excité que je ne tiendrais pas une minute… et que se passerait-il, d'après toi, si je me mettais à gonfler dans ta bouche ?

Ellie le dévisagea et imagina la scène.

— Hum… Je n'ose pas imaginer, vu qu'elle est déjà assez énorme… Surtout que c'est le gland qui enfle.

L'Hybride se décrispa.

— Je risque d'adorer ça, aucun doute là-dessus, mais évite de trop me chauffer quand on essaie un nouveau truc. J'éjacule fort, Ellie, tu as dû t'en rendre compte quand je jouis en toi, non ? C'est si violent et abondant que je crains de te faire suffoquer. Gardons ça pour le deuxième round, d'accord ? Il faut d'abord que je me calme, sinon tu ne vas pas beaucoup en profiter.

— Et ça, c'est pour quoi faire ? demanda Ellie en louchant sur l'adhésif.

Il sourit jusqu'aux oreilles.

— Donne-moi tes poignets.

— Pourquoi ?

— Maintenant, insista-t-il en se saisissant d'un torchon.

La jeune femme hésita, mais elle lui faisait confiance et lui présenta ses avant-bras. Rage, tout sourires, lui enroula le torchon autour des poignets puis décolla la bande adhésive du rouleau avec les dents. Ellie, médusée, vit son amant employer l'adhésif par-dessus l'étoffe pour lui lier les poignets ensemble. Toujours allongée sur le plan de travail froid, elle assista au dévidage d'un bon mètre de bande.

Rage fit le tour de l'îlot central et se retrouva derrière la tête d'Ellie. La jeune femme eut beau se tordre le cou, il avait quitté son champ de vision. Elle l'entendit continuer à dévider la bande adhésive… puis sentit une traction progressive s'exercer sur ses poignets. Rage tira jusqu'à ce qu'Ellie ait les bras tendus vers lui. Il fit un dernier truc avant de se relever : le rouleau avait disparu.

Ellie tira en vain sur ses entraves. Puis reporta son attention sur Rage qui paraissait très amusé.

— Je peux savoir ce qui se passe ?

Brandissant le pot de miel, l'Hybride lui écarta les cuisses et se glissa dans la brèche.

— C'est mon tour.

Ellie se mordit la lèvre et frissonna. Rage commença par lui verser du miel sur le ventre puis descendit toujours plus bas ; des gouttes lui coulèrent sur l'intérieur des cuisses. Le colosse lui écarta davantage les jambes en jouant du bassin. La jeune femme ferma les yeux quand le liquide atterrit sur son sexe offert.

Rage posa le pot de miel sur le bord du plan de travail et se pencha. Sa bouche chaude et sa langue partirent à la chasse aux gouttelettes sucrées. Ellie avait très envie de le toucher, mais elle avait les bras tendus au-dessus de la tête. Le temps qu'il atteigne la peau sensible, à l'intérieur des cuisses, elle brûlait déjà de désir.

— Rage, implora-t-elle.

— Un peu de patience. J'y suis presque.

— Nooon… Tu me lécheras après, d'accord ? Prends-moi tout de suite…

Il gronda. Ellie rouvrit les yeux et croisa son regard de braise. Il se releva, lui plaqua les mains sur les cuisses et joua des hanches pour rapprocher leurs deux sexes. La jeune femme enroula ses jambes autour de la taille de Rage tandis qu'il la positionnait plus près du bord de l'îlot… et la pénétra presque aussitôt. Ellie rejeta la tête en arrière et hurla de plaisir.

— Libère-moi, gémit-elle. J'ai envie de te toucher.

Elle eut beau se débattre, le torchon et l'adhésif tinrent bon, et Rage n'avait pas ménagé assez d'espace pour qu'elle s'en défasse en glissant entre les liens.

Rage l'empoigna par les hanches et commença à la besogner en profondeur, à un rythme lent mais régulier. Ellie s'agita sur le plan de travail. Elle gémit, hoqueta, se demanda si elle allait survivre à cet afflux incroyable de sensations. L'orgasme était déjà tout proche. Il accéléra la cadence, c'était meilleur à chaque seconde. Ellie serra les jambes autour de sa taille et se plaça un peu plus haut, de manière que les coups de reins aillent le plus profondément possible.

Elle l'entendit gronder, puis la pression augmenta contre ses parois vaginales lorsqu'il se mit à enfler en elle. Il la baisait toujours. Ellie était dilatée à l'extrême. Continuant à la tenir d'une main, il se servit de l'autre pour lui caresser le clitoris avec le pouce. Ellie jouit comme jamais en poussant de hauts cris. Rage prit son plaisir et hurla son nom d'une voix caverneuse, le sexe enfoncé jusqu'à la garde, tremblant des pieds à la tête. Son sperme chaud se répandit en elle.

— Rage ! gronda une voix masculine.

Ellie rouvrit les yeux. Hébétée, sous le choc, elle vit avec effroi Justice North ainsi que deux agents de l'OPH débouler dans la cuisine. Le chef des Hybrides se jeta sur Rage et l'éloigna d'Ellie.

La jeune femme hurla de terreur : les deux colosses se battaient comme des chiffonniers dans un angle de la pièce. Justice cognait Rage ; Rage, quant à lui, mobilisait toute son énergie dans l'unique but de se rapprocher d'Ellie. Les agents en uniforme s'empressèrent d'aider Justice à l'immobiliser. Ils le saisirent par les avant-bras et l'acculèrent contre le plan de travail. Rage, fou furieux, envoya valdinguer l'un des types contre un meuble de cuisine. Du verre se brisa.

Ellie, pendant ce temps, s'employait à essayer de descendre du plan de travail où elle gisait nue. En état de choc et sous l'effet de l'adrénaline, elle tenta une manœuvre désordonnée en tirant sur ses entraves.

Le mouvement était hélas trop violent et l'angle mal choisi. Ellie se sentit tomber. Prise de panique, elle ne trouva rien à quoi se rattraper. Sa tempe heurta de plein fouet l'arête du plan de travail. Une douleur atroce lui explosa dans la boîte crânienne. Les ténèbres se refermèrent. Juste avant de perdre connaissance, elle entendit Rage hurler.

— Elliiiiiiiiiiie !

À son réveil, Rage eut la détestable surprise de se retrouver enfermé dans une cellule du poste de sécurité. Justice faisait les cent pas dans le couloir. Ce qui s'était passé lui revint en mémoire.

— Où est Ellie ? Comment va-t-elle ? glapit-il en bondissant comme un ressort et en s'agrippant aux barreaux.

— Chez le médecin, rétorqua Justice, le visage fermé. Tu l'as violée ?

— Non ! grinça Rage. Je t'aurais expliqué la situation si tu ne m'avais pas assommé après t'être jeté sur moi.

— Tu l'avais attachée et elle hurlait ! rétorqua le chef des Hybrides, anormalement pâle. Jamais je n'aurais pu croire que tu lui ferais du tort en sachant à quel point tu tiens à elle… si je ne l'avais vu par moi-même.

— Je ne l'ai pas violée.

Justice gronda.

— C'est pile ce qu'on redoutait quand certains des nôtres se sont mis à céder à leurs instincts d'animal… Tu en étais conscient, on en a discuté en long et en large, et pourtant, tu n'as pas su te retenir.

Rage sentit la colère enfler en lui.

— Je suis conscient de me montrer déraisonnable dès qu'il est question d'Ellie depuis qu'on forme un couple. Ça va bien au-delà du sexe. Ellie est à moi, c'est vrai, mais jamais je ne lui ferai du mal. Tu te goures sur toute la ligne, Justice.

— Tu as pété les plombs !

Le chef des Hybrides se rua sur les barreaux et montra les crocs à quelques centimètres du visage de Rage.

— C'est plus fort que nous, c'est ça ? Tu l'aimes, ton Ellie ? Alors explique-moi pourquoi tu l'as ligotée et pénétrée de force !

— C'est faux, gronda Rage.

Justice lâcha les barreaux et s'éloigna.

— J'ai voulu te faire confiance, mais… (Il secoua la tête.) Tu es le premier d'entre nous à t'accoupler à une humaine. Et tu as laissé tes bas instincts prendre le dessus. Nous ne sommes pas entièrement comme eux, merde, quoique nous puissions dire afin de vivre en paix avec les humains ! Il n'y a pas de caméra ici, tu peux tout me dire. C'est à ce point-là ? Le besoin de la posséder est si puissant que tu n'as pas pu faire autrement que la violer ?

— Je ne l'ai *pas* violée !

Afin d'essayer de se calmer, Rage lâcha à son tour les barreaux, qu'il étreignait à s'en blanchir les phalanges, et prit un peu de champ.

— Ellie m'obsède, c'est vrai. Je ne vis plus que pour elle. Mon cœur bat pour elle, Justice. Elle est tout à mes yeux. Je crois même que je suis accro à son odeur. Quand je ne la sens pas flotter dans l'air, je me sens en manque. Mais pour autant, jamais je ne lui ferai de mal. Tu fais fausse route.

— J'y croirai quand je l'entendrai de la bouche d'Ellie. Dans l'intervalle, tant qu'on ignore si tu n'es pas victime d'un quelconque effet secondaire, je suis au regret de te dire que tu n'as pas le droit de la voir.

Rage se rua sur la porte de sa cellule qu'il secoua en pure perte.

— Fais-moi sortir. Est-elle blessée ? Il faut que je la voie.

— Tu n'iras nulle part tant que je n'aurai pas parlé avec elle. Enfermer une humaine et la ligoter… tu as perdu la tête, ou quoi ? (Justice gronda doucement.) Cette femme te rend cinglé ! Je ne sais plus quoi dire. (Il se racla la gorge.) Comment tu as pu faire un truc pareil ?

— Je ne lui ai fait aucun mal. Tu me connais bien et tu sais qu'elle est tout pour moi. Jamais je ne m'en prendrai à Ellie. On faisait l'amour.

— Toutes ces années de labo souterrain t'ont rendu dingue, ou quoi ? Attacher une nana et la violer jusqu'à ce qu'elle hurle de douleur, ça n'a rien à voir avec « faire l'amour » ! Quelque chose cloche chez toi, mec. Je te laisse. Tu me fends le cœur.

Justice tourna les talons et s'éloigna à grandes enjambées.

— Justice ? Reviens ! Ouvre cette cage ! Tu te plantes, je ne suis pas fou et jamais je ne toucherai un cheveu de ma petite Ellie !

Il eut beau secouer les barreaux, ceux-ci tinrent bon.

Rage se retourna et laissa exploser son désespoir. Ellie était blessée ; on lui refusait d'aller la voir ; son meilleur ami était convaincu qu'il était devenu fou en s'accouplant à une humaine.

Chapitre 15

Ellie sut que quelque chose clochait avant même d'être pleinement réveillée. Une douleur sourde lui vrillait la tête. Elle ouvrit les yeux et découvrit un éclairage cru, puis un plafond qu'elle ne connaissait pas. L'angoisse déferla. *Où suis-je ? Qu'est-ce qui s'est passé ?* Une silhouette apparut, occultant la source de lumière.

Ellie reconnut Trisha Norbit et fronça les sourcils. *Que fait-elle penchée sur moi ?* Le médecin avait noué ses cheveux en une queue-de-cheval approximative. Faisant fi des dehors proprets, elle avait l'air inquiète. Ses yeux bleus étaient rivés sur ceux d'Ellie.

— Tout va bien. Je vous ai administré un antidouleur. Voulez-vous boire un peu d'eau ?

La grimace d'Ellie s'accentua.

— Qu'est-ce qui m'arrive ?

Trisha, à son tour, fronça les sourcils.

— Vous ne vous souvenez pas ?

Me souvenir de quoi ? La dernière image, c'est… La mémoire lui revint par bribes. Ellie voulut se relever et chercha désespérément Rage du regard. Elle avait atterri Dieu sait comment dans cette chambrette… et il n'était pas là.

— Où est Rage ?

— En cellule.

— Pourquoi ?

Trisha s'installa au bord du matelas.

— Justice a appris que le nouveau directeur était venu vous voir. (Elle prit une profonde inspiration.) Il s'est aussitôt rendu chez Rage afin de savoir ce que voulait Tom Quish. Il a frappé à la porte, mais comme personne ne venait ouvrir et qu'il a entendu des cris, il a décidé d'intervenir. En déboulant dans la cuisine, Justice et ses gars ont vu Rage en train de vous maltraiter. Selon toute vraisemblance, il vous avait ligotée pour vous empêcher de vous défendre.

— Me… maltraiter ?

Ellie, bouche bée, était si abasourdie qu'il lui fallut plusieurs secondes avant de reprendre.

— On faisait l'amour…

Trisha se mordit la lèvre.

— Vous vous êtes cogné la tête contre le bord du plan de travail auquel vous étiez ligotée. Il a fallu que je vous fasse quelques points de suture à la tempe. (Elle ménagea un silence.) Si vous le souhaitez, je peux faire venir dans l'heure un psychologue spécialisé dans les agressions sexuelles. Vous n'avez rien de grave à la tête. Une légère commotion cérébrale, peut-être, mais je me porte garante de votre intégrité physique. Sur le plan émotionnel, en revanche… (Trisha prit Ellie par la main.) Vous pouvez tout me dire. J'estime cependant qu'il est préférable de consulter un spécialiste des agressions sexuelles. Personne n'en saura rien. Justice North est dans la salle d'attente, il souhaite s'entretenir avec vous dès que vous y consentirez.

Il a fait le serment de punir sévèrement Rage pour ce qu'il vous a fait subir, mais si vous préférez que ce soit la police du monde extérieur qui prenne le relais dans cette affaire, il se dit prêt à leur livrer Rage. Le choix vous appartient.

Ellie retira vivement sa main.

— Justice ! hurla-t-elle.

La porte s'ouvrit à la volée. Justice avait piteuse allure : chemise déchirée, lèvre tuméfiée, cocard à un œil, vilain bleu au niveau du front. Il s'immobilisa sitôt le seuil franchi.

— Libérez-le immédiatement, dit Ellie d'une voix rendue tremblante par l'effet conjugué de la colère et de l'effroi. Il ne m'a fait aucun mal, mais vous, si. Laissez sortir Rage, bordel !

La jeune femme s'entendait vociférer mais n'en avait cure.

— Qu'est-ce qui vous prend, tous ? Rage ne m'a pas violée !

Justice blêmit. Il ouvrit la bouche ; aucun son n'en sortit.

Ellie souleva la couverture sous laquelle elle était couchée… et fut soulagée d'être vêtue. Elle n'en savait rien avant de lancer ses jambes à l'assaut du sol. Quelqu'un lui avait passé un pyjama deux-pièces bouffant et rose pâle. Elle posa les pieds par terre. La douleur qui fusa dans son crâne lui fit presque regretter de quitter le lit lorsqu'elle se leva d'un bond.

— Tout doux, ordonna Trisha en l'attrapant par un bras. Vous êtes sous sédatifs ; restez allongée.

Ellie se dégagea d'une ruade et concentra son courroux sur Justice. Elle réussit à faire un pas… puis ses genoux cédèrent. Trisha la rattrapa comme elle put, mais les deux femmes allaient dégringoler ensemble quand Justice, d'un bond, les retint *in extremis*. Fort comme un bœuf, il parvint à orienter leur chute de façon qu'elles retombent sur le matelas. Ellie s'y effondra la première, suivie de près par Trisha qui se reçut en douceur juste à côté. Ellie, au bord des larmes, resta étendue à foudroyer du regard le chef des Hybrides.

— Il n'abusait pas de moi ! Comment avez-vous pu penser un truc pareil ?

Justice marqua un temps.

— Vous étiez attachée et vous hurliez... C'est sa faute, si vous êtes blessée.

Ellie sentit les larmes rouler sur ses joues.

— On faisait l'amour et c'était génial jusqu'à ce que vous vous jetiez sur lui, salopard ! On s'éclatait, on riait, et d'un seul coup... (Sa voix se brisa.) C'est votre faute si je me suis fait mal, pas la sienne. La vôtre. Tout se serait passé à merveille si vous n'aviez pas débarqué, attaqué Rage. C'est à cause de vous que ma tête a heurté le plan de travail.

Justice recula d'un pas et passa de blême à livide.

— Mais... mais vous hurliez quand j'ai frappé à la porte... Et vous étiez ligotée quand on a débarqué...

Ellie se tourna vers Trisha.

— Leurs femmes ne crient jamais, quand elles jouissent ?

La praticienne haussa les épaules.

— Aucune idée... Mais certaines d'entre nous le font, c'est une certitude.

— Il vous avait attachée, rappela Justice à voix basse.

— C'était un jeu, vous êtes sourd ou quoi ? Un jeu très excitant. Personne n'a remarqué qu'il m'avait passé un torchon autour des poignets pour que l'adhésif ne m'arrache pas la peau ? Vous croyez vraiment que les violeurs prennent des gants avec leurs victimes ? (Les larmes chaudes redoublèrent.) Où est-il ? Vous lui avez fait mal ? Libérez-le. Je veux le voir. Immédiatement.

— Je m'en charge, répondit Justice.

Il fit volte-face et claqua la porte en sortant.

Ellie, toujours en larmes, se détourna et se couvrit la figure. Elle sentit qu'on lui frottait le dos : c'était Trisha qui s'efforçait de la réconforter. La jeune femme renifla.

— Ils ont fait du mal à Rage ?

— Je n'en sais rien, avoua Trisha. Je me suis occupée d'un des agents qui sont intervenus. Rage ne s'est pas avoué vaincu avant d'avoir distribué quelques coups.

« Avoué vaincu » ? Alarmée par cette nouvelle, Ellie se redressa, sécha ses larmes et dévisagea la jeune femme.

— Mais vous n'avez pas été appelée au chevet de Rage ? Ça veut dire qu'il n'a rien ?

Trisha hésita.

— Désolée, je n'en sais vraiment pas plus. S'il avait été gravement touché, j'imagine qu'on l'aurait conduit ici ou qu'on aurait appelé une ambulance…

— Mon Dieu ! gémit Ellie. C'est quoi, ce délire ? On s'éclatait, on faisait l'amour… et boum.

Elle secoua la tête et le regretta aussitôt.

— Vivre notre vie peinards, c'est trop demander ?

La physionomie de Trisha s'adoucit.

— Personne ne sait à quoi s'attendre. Je suis certaine que M. North et ses deux agents ont cru vous sauver.

— Me sauver… de Rage ? glapit Ellie, indifférente aux larmes qui recommençaient à lui inonder les joues. Jamais il ne me ferait du mal…

Trisha prit la main d'Ellie dans les siennes.

— Je suis désolée.

Sans crier gare, la porte s'ouvrit avec fracas. Ellie et Trisha sursautèrent ; Tom Quish déboula en trombe. Son regard passa d'une jeune femme à l'autre.

— Qu'est-ce qui se passe, ici ? C'est le bordel, si j'en crois la sécurité : on m'a dit qu'un Hybride est sous les verrous et que Mlle Brower, inconsciente, a été portée à l'infirmerie par deux agents de l'OPH qui, selon toute vraisemblance, ont été pris dans une bagarre.

Génial, songea Ellie. *Vraiment super*. Les mots lui manquèrent. Le nouveau directeur venait d'apparaître au générique de son pire cauchemar.

Trisha lâcha la main d'Ellie.

— De quel droit osez-vous débarquer chez moi ? C'est ma chambre ici, directeur Quish. Quant à ce que vous venez d'évoquer, il s'agit d'un regrettable incident, rien de plus.

Elle fit rempart de son corps entre Ellie et le vieil homme, qui parut navré.

— Que s'est-il passé ? reprit-il, l'air plus calme.

Trisha bomba le torse et posa un regard noir sur le directeur.

— C'est très simple : un intrus s'est faufilé dans l'enceinte, au nez et à la barbe de vos vigiles, et a effrayé Mlle Brower. Elle s'est mise à hurler. M. Rage, M. North et deux de ses agents étaient sur place, mentit Trisha. Je vous ai dit que j'avais repéré ce matin un imbécile muni d'un appareil photo rôdant aux abords de la clinique. C'est sûrement le même type. (Elle tourna la tête vers Ellie et lui adressa un signe de connivence.) Le gars que vous avez vu par la fenêtre, était-ce un petit blond, vêtu d'un jean et d'un polo vert ?

Abasourdie de voir une quasi-inconnue raconter des bobards afin de protéger ses petits secrets, Ellie la dévisagea puis parvint à acquiescer.

— Ça ressemble en effet au mec qui m'a fait si peur…

Le vieil homme fronça les sourcils.

— Et pourquoi diable M. Rage est-il sous les verrous ?

Le soulagement se lut sur les traits de Trisha avant qu'elle se retourne vers Quish.

— Parce qu'il s'est lancé à la poursuite de ce salopard dans l'intention de le tuer, pardi. Sous l'effet de la frayeur, Mlle Brower a reculé précipitamment. Sa tête a heurté un meuble de cuisine. Le choc l'a mise KO. Vous savez à quel point les Hybrides sont protecteurs envers les femmes ; Ellie est son invitée, et voilà qu'un abruti muni d'un flash provoque un grave accident sous ses yeux. Il a un peu pété les plombs. Leur instinct animal les rend redoutables pour ce qui est de donner la chasse, je ne vous apprends rien. M. North a estimé… malvenu… de laisser son adjoint tuer un intrus humain. Dans le feu de l'action, il a fallu intervenir de manière assez musclée. M. Rage a été placé en cellule le temps qu'il recouvre son calme.

— C'est exact, intervint Slade.

Adossé au chambranle, l'Hybride avait délaissé l'uniforme des forces de sécurité de l'OPH au profit d'un jean et d'un débardeur noir. Il reprit :

— Je passais dans l'intention de prendre la déposition de Mlle Brower à propos du type qu'elle a aperçu par la fenêtre. Si vous voulez bien nous excuser, monsieur le directeur, je ne suis pas en service, mais j'aimerais recueillir son témoignage aussi vite que possible. Vous pourriez dire à vos gars de retrouver cet intrus avant qu'il ne provoque d'autres incidents ?

Ellie épia Tom Quish et vit qu'il était piqué au vif.

— Très bien. Si telle est la version que vous avez tous envie de raconter, je m'y range. (Il posa un regard soucieux sur Ellie.) Comment vous sentez-vous, mademoiselle Brower ? Je peux faire quelque chose pour vous ?

— Ça ira, promit-elle à voix basse. Merci pour votre sollicitude.

Le vieil homme tourna les talons et quitta la pièce. Ellie dévisagea Trisha ; elle n'en revenait toujours pas de l'avoir entendue mentir avec un tel aplomb. Le médecin haussa les épaules.

— Je vous ai dit que vous pouviez me faire confiance.

Slade poussa un gros soupir.

— Je m'installe dans le salon, histoire de faire barrage si jamais quelqu'un d'autre a l'idée de débarquer. (Son regard glissa jusqu'à Ellie.) Rage ne devrait pas tarder. Il est furax comme pas permis, mais indemne.

Puis il adressa un grand sourire à Trisha.

— Vous mentez super bien, doc.

Slade se fendit d'un clin d'œil puis sortit à son tour et referma la porte. Les épaules de Trisha s'affaissèrent ; elle retourna s'asseoir à côté d'Ellie.

— Ce n'est pas mon fort, d'habitude… Je n'ai pas été trop mauvaise ?

— Au contraire ! Quish est parti. C'est une preuve, non ?

Trisha posa un regard insistant sur Ellie.

— Ménagez-vous pendant deux ou trois semaines. Vous n'y êtes pas allée de main morte, contre ce plan de travail ; au premier signe de migraine, de vertiges ou d'inconfort, n'hésitez pas à m'appeler sur-le-champ. Quand je parle de vous ménager, abstenez-vous par exemple de tout rapport sexuel pendant une bonne semaine. Restez au calme et évitez toute activité physique. Et gardez la région suturée aussi sèche que possible. J'ai utilisé du fil qui se dissout tout seul, il ne me sera pas nécessaire d'ôter les points. La plaie est propre ; elle ne devrait pas laisser de vilaine cicatrice.

— Formidable, grommela Ellie, incapable de masquer l'amertume qu'elle éprouvait à l'énoncé de ces nouvelles.

— Puis-je vous poser quelques questions ?

— Du genre ?

— Eh bien, commença Trisha tout en ajustant sa position au bord du lit, j'ai épluché les rapports concernant la physiologie des Hybrides… et il se trouve que M. Rage a de l'ADN canin. Il est écrit qu'ils ont le pénis qui enfle pendant l'acte. (Elle ménagea un silence.) Est-ce douloureux ?

— Non. (Ellie secoua la tête.) C'est ahurissant, ce qui vient d'arriver…

— Combien de temps devez-vous patienter avant que le gonflement s'estompe ?

Ellie fronça les sourcils.

— Je vous en prie… C'est important.

— Comment ça, important ? Afin de rencarder les autres femmes qui décideraient de coucher avec un Hybride ?

Trisha hésita.

— C'est… plus personnel encore. Je suis attirée par l'un d'eux.

— Ah d'accord, se détendit Ellie. Rassurez-vous, ce n'est pas douloureux du tout. Il suffit d'attendre quelques minutes. Trois, je dirais.

— Je vous remercie. D'autres surprises auxquelles s'attendre ?

— Je l'aime plus que ma propre vie.

Trisha se leva.

— Vous pouvez rentrer chez lui mais n'oubliez pas ce que je vous ai dit à propos des maux de tête. M. Rage devra vous réveiller toutes les deux ou trois heures afin de vérifier que tout va bien. Dites-lui bien de me contacter au moindre signe alarmant. Je vais vous donner des antalgiques qui vous aideront à supporter la douleur.

— Merci, docteur Norbit.

— Appelez-moi Trisha, dit-elle avant de sortir.

Ellie entendit des voix quelques minutes plus tard. La porte s'ouvrit à la volée ; Rage entra au pas de charge. La jeune femme hoqueta : le visage couvert de bleus, il portait un tee-shirt tout déchiré qui n'était a priori pas à lui. L'Hybride traversa la chambre en trois enjambées sans s'être donné la peine de refermer. Il prit place avec précaution au bord du matelas, se saisit d'Ellie tout aussi délicatement, la souleva puis la cala sur ses genoux avant de la serrer contre sa poitrine.

— Tu vas bien ?

Ellie lui passa un bras autour du cou. Il avait un œil au beurre noir qui n'était pas gonflé au point d'être occulté. Elle fit l'inventaire de ses plaies et bosses, lui effleura le visage d'une main tremblante et posa sa paume au seul endroit qui paraissait indemne.

— On m'a fait quelques points de suture. Et toi, ça va ? Qu'est-ce qui s'est passé ?

— Ils ont voulu m'empêcher de te rejoindre, voilà tout, gronda-t-il. (Ses yeux se posèrent sur la tempe d'Ellie.) Il y a vraiment des points de suture, sous ce pansement ?

— Quelques-uns. Rien de méchant.

La main d'Ellie quitta la joue de Rage pour son tee-shirt déchiré. Elle tira sur le col afin de jeter un coup d'œil sur ce que l'étoffe cachait et vit qu'il avait le torse constellé de marques rougeâtres. Son regard horrifié remonta jusqu'aux yeux noirs du colosse.

— Ce n'est rien. Un incident de plus à mettre au compte des soucis de communication.

— Tu minimises, rétorqua Ellie en réprimant un sanglot.

Rage la serra un peu plus fort.

— C'est vrai, mais le problème est réglé. Et j'en retire une leçon importante.

— Laquelle ?

— Que le prochain coup, on a grand intérêt à se barricader.

Ellie esquissa un sourire pour le récompenser d'avoir tout fait pour alléger l'ambiance.

— Rentrons à la maison. Trisha m'a donné son feu vert. Elle est partie me chercher des antalgiques pour la nuit. Nous voilà privés de galipettes pour une semaine, et tu es censé me réveiller toutes les deux heures pour t'assurer que tout va bien.

Rage fit la grimace.

— Toute une semaine ? (Son regard s'adoucit.) J'y survivrai, beauté, l'essentiel, c'est que tu n'aies rien de grave. Tu m'as flanqué la frousse de ma vie en criant puis en tombant… Tu ne bougeais plus… et j'ai senti l'odeur de ton sang.

— Ça va aller.

L'Hybride se releva en soulevant Ellie au creux de ses bras.

— Rentrons.

Ellie posa la joue contre son épaule et lui passa son autre bras autour du cou. Elle allait sortir vêtue d'un pyjama d'emprunt – et celui lui était égal qu'on la voie ainsi. Rage avança jusqu'à la porte qu'il ouvrit complètement à l'aide d'un pied. Justice, Slade et Trisha patientaient dans le salon.

— Désolé, s'excusa Justice à mi-voix. Si j'avais su, jamais je ne me serais rué dans cette cuisine. (Il regarda Rage dans les yeux.) Au fond de moi, je te savais incapable de faire du mal à Ellie, mais après le premier incident, je me suis mis à douter de toi.

— Un premier incident ? releva Trisha, un sourcil arqué. De quelle nature ?

Ellie soupira.

— Encore un malentendu, Trisha. Je vous expliquerai un autre jour.

Trisha exhiba une boîte de médicaments qu'elle tendit au couple.

— Je m'en charge, proposa Slade en se saisissant des médocs. Je les reconduis en bagnole. Ça ferait jaser, si quelqu'un voyait Rage portant une humaine en pyjama…

— Un comprimé toutes les quatre à six heures, précisa le médecin.

Slade hésita.

— Tu veux que je la porte à ta place, mec ? Ça dérouille comme pas permis, les impacts de Taser.

— T'occupe, grogna Rage.

Slade ouvrit la porte et s'effaça. Rage sortit et obliqua vers la voiture garée à l'angle de l'allée ; l'agent de l'OPH leur ouvrit la portière arrière. Rage se glissa à l'intérieur sans lâcher Ellie, en prenant soin qu'elle ne se cogne pas au passage. Le choc du colosse contre la banquette fut cependant assez violent pour réveiller les élancements dans la boîte crânienne de la jeune femme, qui poussa un petit gémissement.

Rage gronda. Ellie lui frotta la nuque comme elle put.

— Ça ira. J'ai un peu mal à la tête, c'est tout.

L'Hybride, confus, la serra contre lui. Ellie, quant à elle, eut un choc en prenant la mesure de ce qui venait de leur arriver. Comment une soirée si bien commencée avait-elle pu dégénérer à ce point ? Craignant d'accentuer le désarroi de Rage, elle refoula ses larmes.

Ellie sourit aux jeunes Hybrides assemblées dans la cuisine du dortoir. Huit nouvelles, arrivées ce matin même. Les découvrir sur le seuil du bâtiment, avec leurs valises, lui avait fait un choc. Brise était à ses côtés au moment de les accueillir.

— Elles sont minuscules, avait soufflé Ellie.

— En effet, avait répondu Brise, le visage fermé.

Ellie avait levé les yeux vers son adjointe.

— Je croyais que vous étiez toutes bâties sur le même modèle…

Brise avait marqué un temps d'hésitation.

— Nous sommes… des prototypes expérimentaux, Ellie. On nous a rendues plus fortes, plus endurantes, afin de pouvoir encaisser les molécules conçues pour rendre les humains plus costauds. Si Justice nous a envoyées ici les premières, c'est précisément parce que nous sommes solides. Dures au mal. Celles-ci… (Le regard de Brise s'était porté sur les huit arrivantes.) Celles-ci n'ont vraiment pas eu de chance.

— Comment ça ?

— Plus tard, avait murmuré Brise.

Ellie leur avait montré leurs chambres. Elles étaient désormais réunies dans la cuisine pour un topo d'introduction. C'était étrange, de côtoyer des Hybrides de son gabarit, voire plus petites qu'elle, après tout ce temps passé en compagnie d'amazones de haute stature ! La taille des nouvelles s'échelonnait entre un mètre cinquante et un mètre soixante. Leur ossature, quant à elle, était aussi frêle que chez une humaine menue ; seule la forme du visage permettait de déceler leur statut d'Hybride. Elles paraissaient en outre timides et réservées, contrairement à Brise et ses semblables. Ellie sourit dans l'espoir de les mettre à l'aise.

— Je sais que ça paraît insurmontable, mais croyez-moi, d'ici une semaine, vous saurez toutes faire la cuisine et utiliser les appareils qui se trouvent autour de nous.

Une petite blonde aux grands yeux gris leva la main.

— Oui ? dit Ellie, souriant toujours.

La blonde se mordit la lèvre.

— Vous êtes des nôtres ?

Ellie secoua la tête.

— Je ne suis pas une Hybride.

Elle jeta un coup d'œil à Brise, restée auprès des nouvelles depuis leur arrivée au dortoir.

— Ellie est une humaine pur jus – mais une gentille, affirma l'amazone d'une voix douce. C'est la mascotte du dortoir, renchérit-elle avec un clin d'œil à l'intéressée. On l'appelle notre caniche. Vous savez, ces petits chiens tout mignons qui ont le poil bouclé ?

La blonde eut l'air choquée et braqua ses grands yeux sur Ellie.

— Vous n'êtes pas fâchée d'être traitée de mascotte ?

— Pas du tout, gloussa Ellie, je sais que c'est affectueux. Comment vous appelez-vous ?

— Demi-portion, répondit la blonde après une courte hésitation.

Ellie eut un regard pour Brise qui haussa les épaules. Cette énigme-là devrait attendre – comme le petit millier d'autres. Autant enchaîner.

— D'autres questions ?

— Je peux ? demanda Demi-portion à Brise.

L'amazone soupira.

— Bien sûr, vous êtes libres, désormais, plus la peine de demander la permission à tout bout de champ. Il n'y a plus lieu d'avoir peur, Demi-portion. Pose toutes les questions que tu voudras.

Demi-portion se crispa ; elle prit un air apeuré et s'adressa à Ellie.

— Ce que vous comptez nous apprendre… c'est pour qu'on devienne meilleures dans ce qu'on faisait avant ?

— Non, grinça Brise. C'est du passé, tout ça. Vous êtes libres, vous comprenez ? Ellie va vous enseigner à vous débrouiller par vous-mêmes dans une maison, comme le font les humains. Leurs femmes apprennent à faire la cuisine et à faire marcher toutes ces machines. (L'amazone se leva d'un bond.) J'ai besoin de prendre l'air, dit-elle en prenant congé précipitamment.

Ellie, confuse, la regarda partir. La situation lui échappait. Les yeux gris de Demi-portion étaient emplis de larmes. Ellie s'approcha d'elle.

— Ce n'est rien, beaucoup de nouveautés à la fois, c'est tout. Ça va aller ?

— Je l'ai fâchée, balbutia Demi-portion en séchant ses larmes.

Ellie se rangea à cet avis après un coup d'œil dans la direction prise par Brise.

— Que voulais-tu dire par « ce qu'on faisait avant » ?

De plus en plus apeurée, la petite blonde se détourna brusquement et se jeta dans les bras d'une autre arrivante qu'elle étreignit avec force. Ellie prit conscience qu'elles avaient toutes très peur, mais de quoi ? Jamais elle n'avait vu une Hybride se comporter ainsi. Elle recula. Les aurait-elle effrayées en venant trop près ?

— Si vous alliez déballer vos affaires, les filles ? Inutile de brusquer les choses le premier jour, et ça vous donnera l'occasion de rencontrer les autres pensionnaires. J'ai collé un mot sur la porte de votre chambre où figure l'heure des repas. Si vous avez des questions, je suis dans les murs jusqu'à 17 heures. Les autres nanas pourront vous venir en aide de jour comme de nuit.

Ellie assista au départ précipité de la petite troupe puis partit en quête de son amie Brise. L'apercevant par une fenêtre du salon, elle sortit du bâtiment. L'immense amazone avait pris place sur un banc, à l'ombre d'un arbre, dans le jardin situé devant le dortoir. Ellie s'installa à côté d'elle.

— Je peux en savoir plus ?

Brise lissait compulsivement le gazon avec son pied nu.

— C'est ce qu'on leur a fait subir ; ça me met hors de moi. Les toubibs ont fait d'elles des êtres faibles à dessein. Ces filles ont la trouille de te poser une question… et tu as entendu ce qu'a dit la petite blonde, à propos d'avant ? J'ai eu beau leur répéter cent fois que c'était fini et bien fini, toute cette merde, elles continuent à vivre dans la terreur, convaincues qu'on leur a menti – et qu'elles vont devoir y retourner.

— Je ne pige pas.

Quand Brise leva la tête, Ellie vit qu'elle avait la larme à l'œil.

— Ils leur ont collé des gènes d'animaux domestiques pour les rendre petites et malingres. Pas pour qu'elles servent de cobayes, oh ça non. Ça n'avait rien à voir avec la recherche scientifique. Elles ont été créées pour qu'on abuse d'elles.

Ellie, interdite, croisa les bras.

— Comment ça ?

Brise sécha une larme qui lui avait coulé sur la joue et baissa la tête.

— Des cadeaux. Les médecins ont fabriqué des esclaves sexuelles, offertes aux fumiers qui avaient financé les labos souterrains. Et qui ont été revendues à des salopards assez friqués et pervers pour avoir envie de se taper un animal ayant l'air suffisamment humain pour les faire bander. S'ils les ont créées petites et frêles, c'est pour qu'elles soient incapables de se défendre.

— Dieu du ciel, murmura Ellie en se sentant blêmir. Dis-moi que ce n'est pas vrai…

Brise secoua la tête.

— Seules quelques-unes ont été libérées. Justice poursuit les recherches avec l'aide du gouvernement américain. Pour la plupart de celles qui ont été retrouvées grâce aux transactions financières, hélas, les secours sont arrivés trop tard… Les types appréhendés ont avoué qu'ils les avaient maltraitées jusqu'à ce que mort s'ensuive. Les huit nouvelles sont les moins malingres et les plus résistantes. Elles ont survécu au pire.

— Je crois que je vais vomir…

L'Hybride la regarda dans les yeux.

— À qui le dis-tu ! Les pauvres petites ont été livrées à des barjos zoophiles et à la lie du genre humain. Des assassins qui ont avoué battre leur esclave à mort… ou la regarder crever de faim.

Ellie se félicita de n'avoir rien pris au petit déjeuner, faute de quoi elle aurait dégobillé sur l'herbe.

— Et donc, quand la petite blonde m'a parlé de leur vie d'avant… à quoi pensait-elle ? Que je suis là pour faire d'elles de meilleures…

Elle dut fermer la bouche ; la bile menaçait de refluer.

— De meilleures esclaves, gronda Brise.

— Les fumiers.

L'amazone acquiesça.

— Je sais que je n'aurais pas dû m'énerver, mais ça me met hors de moi. J'en ai bavé, Ellie, tu peux me croire. Nos vies étaient un enfer… mais ces malheureuses ont subi cent fois pire. Plusieurs vigiles ont tenté de me violer. Je ne me suis jamais laissé faire, et j'ai même réussi à en tuer un. Pour l'essentiel, le personnel s'efforçait de nous protéger contre ce genre de merde. Ça n'arrivait pas souvent, d'ailleurs. Nous étions trop précieuses pour qu'ils laissent un abruti nous abîmer ; je l'ai souvent entendu dire. Quand les types du labo nous obligeaient à avoir des rapports sexuels avec les mâles de notre espèce, ça se passait toujours sans violence. Dans la dignité et le respect mutuel. Les pauvres petites, elles, n'ont pas eu droit à ce genre d'égard de la part de leurs violeurs.

Ellie se leva. Ses jambes flageolaient.

— Je vais faire mon possible pour gagner leur confiance, mais ça ne va pas être facile…

Brise se leva à son tour et lui adressa un sourire sans joie.

— Ta petite taille pourrait être un atout. Demi-portion a d'abord cru que tu étais des leurs.

Les deux femmes réintégrèrent le bâtiment. Ellie avait le moral au plus bas. Chaque fois qu'elle pensait avoir touché le fond en matière d'atrocités infligées aux Hybrides, une nouvelle monstruosité se présentait.

Ellie sourit à Rage. Il s'était opposé à ce qu'elle aille travailler ce matin, ce qui avait donné lieu à une dispute, et il était prêt à tout pour se faire pardonner. Sauf à lui faire l'amour : Rage avait trop peur de la blesser. Le sourire de la jeune femme s'effaça. Quand prendrait-il conscience qu'elle n'avait rien d'un petit bibelot fragile ?

— J'ai beaucoup de peine pour elles, avoua-t-elle.

— Toujours ton bon cœur, répondit Rage en lui caressant la joue avec son pouce. Elles sont libres, désormais. Et nous en libérerons d'autres d'ici peu.

— J'aimerais tant leur faire plaisir…

— Qu'as-tu en tête ? dit le colosse en l'obligeant à s'asseoir à côté de lui sur le canapé.

Ellie céda très volontiers ; elle adorait se pelotonner contre lui.

— Rien de précis. Brise m'a raconté qu'elles n'avaient de contact avec personne, hormis leur tortionnaire.

— En effet. C'est nous qu'on traite d'animaux, mais ces gars-là se sont vraiment conduits comme des prédateurs. Certaines filles ont été découvertes enfermées à la cave.

Elles étaient à l'isolement pour que personne ne soupçonne leur existence. Jamais elles n'avaient le droit de sortir, plusieurs n'avaient même pas de vêtements…

Les visions d'horreur que faisaient naître ces détails sordides firent frissonner Ellie.

— Elles ont cru que je leur enseignais la cuisine pour le bon plaisir de leurs « propriétaires »… Qu'il s'agissait d'une parenthèse, qu'on allait les renvoyer au bagne.

Rage fit la grimace.

— Hélas oui, c'est à ce point. Justice les tient à l'écart des garçons, sans exception. Il tient à ce qu'elles se renforcent émotionnellement avant de nous être présentées.

— Mais… vous protégez vos femmes. Je l'ai vu.

— Tu as raison, Ellie, mais pour ces malheureuses, tous les hommes sont des bourreaux et des violeurs. Elles n'ont rien connu d'autre.

— Où avez-vous trouvé à les loger à l'écart des hommes, entre leur libération et maintenant ? À moins qu'elles aient été découvertes en même temps et conduites directement ici, bien sûr…

— Non. Justice a pris contact avec les autorités religieuses. Certaines congrégations disposent de retraites où aucun homme n'est admis. Les petites y ont été accueillies à bras ouverts, le temps de se remettre de ce qu'elles avaient subi. Les huit premières sont ici à titre d'essai. Si c'est concluant, elles pourront tourner le dos au passé et se bâtir un avenir.

— Et dans le cas contraire ?

— Justice projette de fonder une communauté réservée aux femmes où elles pourront vivre en paix.

— Les pauvres petites.

Ellie se rencogna un peu plus contre la grande carcasse de l'Hybride puis jeta un coup d'œil au poste de télévision. Rage était fan de baseball ; une retransmission n'allait pas tarder à commencer.

— Si seulement je trouvais quoi faire pour les aider…

— Une idée va te venir.

— Mouais. Je l'espère.

Le scoop tomba juste avant le match. Ellie, atterrée, se redressa et écouta le reporter dévoiler le sujet d'ouverture consacré aux Hybrides. Un cliché apparut à l'écran : Rage la portant dans ses bras vers une voiture. Il avait l'air en pétard et Ellie mal en point.

— L'enfoiré, gronda Rage en tendant le bras vers son téléphone.

— Silence, ordonna Ellie. Je veux entendre ce qu'il raconte.

— D'où diable sort cette photo ?

— Aucune idée.

Ils écoutèrent sagement. Puis Rage éteignit la télé et se leva d'un bond. Il composa un numéro sur son portable tout en se ruant à la cuisine. Ellie, restée assise, l'entendit pester depuis le salon. Elle tremblait.

Le grand public savait, pour eux deux. Le journaliste avait annoncé qu'ils formaient le premier couple formé d'un Hybride et d'une humaine. Le sujet sous-tendait qu'Ellie – leurs deux noms avaient été mentionnés – aurait été blessée… et le présentateur avait désigné Rage comme auteur présumé de l'agression.

Ellie ferma les yeux pour réprimer des larmes de colère. Elle souffrait physiquement pour Rage. Pourquoi diable fallait-il que les gens se l'imaginent violent, incontrôlable ? Parce qu'il était hybride ? Ils savaient même qu'il possédait de l'ADN canin ! Le sujet en avait fait mention. Ce type d'information ne pouvait venir que de l'intérieur. Quelqu'un, à Homeland, avait contacté les médias.

Tremblant toujours, Ellie quitta le canapé. Rage était au téléphone et faisait les cent pas dans la cuisine. Leurs regards se croisèrent. L'Hybride, en rogne et livide, cessa son va-et-vient. Ellie se jeta dans ses bras ; il l'enlaça de sa main libre et posa la tête sur le sommet du crâne de sa bien-aimée.

Ellie l'étreignit jusqu'à la fin du coup de fil. Sitôt l'appel coupé, Rage abattit le téléphone sur le plan de travail. L'enlaçant toujours, il entreprit de lui caresser le dos.

— Justice est sur le coup. Une conférence de presse s'impose, Ellie. Il n'a pas le choix. Les médias insinuent que tu es blessée ; on a besoin du soutien de l'opinion publique.

— Je sais, dit-elle en hochant la tête.

— C'est l'œuvre d'une taupe. Ils savent que je suis un Hybride canin, et cette info-là n'a jamais été rendue publique. En outre, ils nous ont appelés par nos prénoms…

Ellie grimaça.

— C'est un coup du docteur Norbit, selon toi ? L'idée me fait horreur…

— Je n'en sais rien. Nous finirons bien par le découvrir. Il m'en coûte de le dire, mais soit c'est elle, soit c'est quelqu'un de l'équipe de sécurité humaine. Eux aussi ont accès à nos dossiers. Un gars m'a appris que Tom s'était pointé chez le médecin. L'alerte proviendrait des vigiles humains ; ça signifie qu'ils savent qu'il est arrivé quelque chose.

Ellie s'écarta juste assez pour le regarder dans les yeux.

— Je suis navrée qu'ils aient sous-entendu que tu m'avais fait du mal. Quelle bande d'abrutis…

Une partie de la tension qui se lisait sur les traits de l'Hybride disparut.

— Ce n'est pas ta faute ; il faut toujours que les gens s'imaginent le pire. Même les miens m'en ont cru capable, c'est dire…

— Qu'est-ce qu'on va devenir ?

Rage afficha un demi-sourire.

— Le bon côté des choses, c'est que nous n'avons plus besoin de nous cacher.

— C'est sûr, ricana Ellie, notre couple fait les gros titres ! Je ferais mieux d'appeler mes parents avant qu'ils l'apprennent par les médias et pètent les plombs.

Rage se rembrunit.

— Et s'ils ne supportaient pas l'idée de nous savoir ensemble ? s'inquiéta-t-il en quêtant la réponse dans les yeux d'Ellie. Tu me quitterais ?

— Jamais, dit-elle en le serrant dans ses bras. Promis juré. Je me fiche de ce qu'ils peuvent penser.

— À ce propos…, commença Rage, vivement soulagé.

— Quoi donc ?

Il hésita.

— T'ai-je dit que je t'aime ?

Ellie sentit son cœur bondir dans sa poitrine.

— Non, jamais. C'est une déclaration ?

Une ombre de sourire aux lèvres et l'œil pétillant de malice, Rage saisit la balle au bond.

— Tout dépend… Et toi, tu m'aimes ?

Ellie rit aux éclats et hocha la tête.

— Oui !

— Je t'aime, beauté.

— Moi aussi, je t'aime.

Les yeux embués de larmes, elle cilla avant de poursuivre.

— Depuis un certain temps, en fait, mais je n'osais pas te l'avouer.

— Pourquoi ?

Elle haussa les épaules.

— Parce que je suis une idiote. Les mecs humains ont une fâcheuse tendance à flipper quand une femme déclare sa flamme trop vite.

Rage arqua un sourcil.

— Je ne suis pas humain à cent pour cent, et savoir que tu m'aimes me rend fou de joie. Ne redis plus jamais que tu es stupide, Ellie. Tu as simplement été échaudée par une expérience malheureuse. Ce qui ne risque pas de se reproduire : cette fois, tu as misé sur le bon cheval.

Se fendant d'un nouveau sourire en coin, il était particulièrement craquant avec ses beaux yeux chocolat emplis de promesses.

Ellie, si tourneboulée qu'elle craignit un instant d'éclater en sanglots, réussit à rire de sa boutade. *Il m'aime !* Ses yeux s'embuèrent de nouveau, elle ravala ses larmes. Ce n'était pas uniquement sexuel : leurs deux cœurs ne faisaient qu'un. *Les problèmes ? Quels problèmes ? Il m'aime !*

— Je… je t'aime tellement que j'en perds mes mots. Je suis heureuse que ce soit réciproque.

Rage gloussa puis, redevenu grave :

— Je me suis renseigné, question mariage. L'union mixte ne fait l'objet d'aucune disposition spécifique et rien, dans les textes, ne s'y oppose, puisque rien n'a été voté concernant les Hybrides.

Mariage ? Ellie, abasourdie, le dévisagea. Elle était à mille lieues d'imaginer Rage impliqué dans cette direction… et pourtant, de toute évidence, l'idée avait fait plus que l'effleurer. Désirait-elle l'épouser ? Elle le regarda droit dans les yeux. Il avait pris une place considérable dans sa vie depuis ce fameux jour, la première fois qu'elle l'avait vu dans sa cellule stérile.

— Tu as pensé au mariage ? Sérieusement ?

— Bien sûr, pourquoi pas ? Quelque chose te gêne, dans la perspective de m'épouser ? Je t'aime et je veux m'engager auprès de toi, Ellie. C'est le lien le plus fort qui existe entre vous autres humains.

— Pour cela, je t'aime encore plus fort.

Rage souleva Ellie qu'il porta jusqu'au salon et reprit place sur le canapé avec sa bien-aimée sur ses genoux. Elle l'enlaça ; ils se sourirent.

— Si je te demandais de m'épouser dans un proche avenir, envisagerais-tu sérieusement de dire oui ?

Ellie s'esclaffa.

— Affirmatif, sauf que tu n'es pas censé me demander si je « l'envisage ». Sois plus direct !

— Je le ferais volontiers, mais le temps m'a manqué pour t'acheter une bague.

Il se saisit de la main d'Ellie posée derrière sa nuque, la porta à ses lèvres et lui fit le baisemain. Puis il la tourna paume en l'air et contempla ses doigts.

— Tes doigts sont fins, d'accord, mais j'ignore ta taille de bague précise.

— 52.

— 52, c'est noté. (Refermant sa main immense sur la frêle menotte, il la regarda dans les yeux.) Le service juridique est sur le coup pour savoir si, oui ou non, nous pouvons nous marier. Ils n'ont rien trouvé jusqu'ici qui s'y oppose dans les textes de loi. Notre cas de figure va faire jurisprudence ; c'est l'expression qu'ils m'ont sortie.

— J'imagine qu'on peut dire ça, en effet, gloussa Ellie.

— Le service juridique estime que ça devrait rouler tout seul. Ils misaient en outre sur le fait que personne ne serait mis au courant avant qu'on soit bel et bien mariés – à condition que tu acceptes, ça va sans dire. Mais à présent, j'ai bien peur que les extrémistes fassent tout pour s'opposer à notre union.

— Je vois mal sur quel fondement juridique. Tu as des droits, Rage. Si les autorités ont décidé de traiter les Hybrides comme des citoyens à part entière, comment pourraient-ils vous priver de certaines prérogatives ? Ça ne tient pas debout.

Le téléphone sonna. Rage déposa Ellie à côté de lui avec précaution, se leva et alla décrocher. Ellie s'installa confortablement et essaya de se détendre. La voix de Rage formait un fond sonore inintelligible.

Il veut m'épouser ! Elle sourit béatement.

— Les appels commencent déjà à arriver, déclara Justice avant de grommeler un juron. Je viens d'avoir le président. Il a beau dire qu'il nous soutient à cent pour cent j'ai perçu l'inquiétude dans sa voix. Je lui ai assuré que tout allait pour le mieux ici, que le reportage assombrissait le tableau.

— Nickel. J'ai rameuté nos gars. Ils se tiennent prêts à filer un coup de main aux vigiles humains en cas d'afflux de protestataires. C'est couru d'avance, d'après moi. Ces tarés-là vont devenir dingues en apprenant que le pire est arrivé : qu'un Hybride est officiellement en couple avec une humaine. (Rage ménagea un silence.) Désolé pour le grabuge, l'ami, mais je ne céderai rien. Ellie en vaut la peine ; tu peux me croire sur parole.

— J'ai déjà entendu cet air-là et je te le répète, on est tous très heureux pour vous. Tu as notre soutien. (À son tour, Justice ménagea une courte pause.) Un point-presse s'impose. Les gens s'imaginent le pire, qu'Ellie a été blessée par l'un des nôtres, il faut qu'on mette les choses au clair.

— On est d'accord, sauf que je refuse d'envoyer Ellie répondre à leurs questions. Ils vont l'agresser verbalement, elle va entendre des choses moches qui vont la blesser. Pas question. C'est mon job, de veiller sur elle. Laissons nos alliés humains gérer la crise, ils sont payés pour affronter les médias, non ? C'est à eux, d'aller au charbon.

— Ton job consiste aussi à veiller sur notre peuple et sur son image. Il y a de fortes chances pour qu'ils exigent de voir Ellie ; le grand public verra ainsi qu'elle n'a rien de sérieux. On a besoin d'une bonne image, mec. Le pire, ce serait que d'autres humains nous prennent en grippe et viennent se masser aux portes de Homeland. Le président cessera de nous soutenir s'il apprend qu'une majorité de ses électeurs est vent debout contre nous.

— Je connais mon job. Or il se trouve que maintenant, Ellie est une Hybride, elle aussi. Son intégrité physique est, de ce fait, sous ma responsabilité. Je refuse de la mettre en danger pour la cause.

— Entendu. J'organise une réunion avec Tom, notre meilleur atout dans cette situation. Très investi en politique, il possède une longue expérience des relations publiques et saura comment s'y prendre. (Justice soupira.) Si seulement ces humains anti-Hybrides pouvaient cesser de nous pourrir la vie…

— Bien d'accord avec toi, mais nous sommes libres et c'est, semble-t-il, le prix à payer. Nous savions d'emblée que rien ne serait facile. On va s'en sortir, mec. Nos équipes de sécurité sont préparées au pire et tu sais y faire avec les humains. Bien mieux que moi. (Rage laissa échapper un petit rire.) Je n'aimerais pas être à ta place, en ce moment.

— Il n'y a pas moyen de te convaincre de laisser Ellie se présenter aux médias ?

— Non. Ellie attend que je raccroche, je vais la rejoindre. Elle se fait un sang d'encre. Il faut que j'aille l'aider à se détendre.

— Je rêve, ricana Justice, ou tu viens de dire que c'est Ellie qui a besoin de se détendre ?

Rage réagit au quart de tour à la pique de son vieil ami.

— Ben quoi ? Elle est toute chamboulée, merde, ça me rend dingue, de la voir comme ça !

— « L'aider à se détendre » ?

— En lui frottant le dos, rétorqua Rage, tout sourires, sa mauvaise humeur envolée. Ça lui changera les idées. Je suis son mec, c'est à moi de l'aiguiller vers des pensées plus agréables. Qu'est-ce qui te chiffonne là-dedans ? Si tu étais en couple, toi aussi, tu penserais avant tout à son bien-être.

— Bien dit, l'ami. Tu vas finir par me rendre jaloux ; je n'ai pas de nana qui m'attend, moi, conclut Justice avant de raccrocher.

— Justice organise une conférence de presse demain. Il a décidé que nous n'étions pas obligés de répondre aux journalistes. Je lui ai dit qu'il n'en était pas question, déclara Rage en émergeant de la cuisine.

Ellie arqua un sourcil.

— Tu aurais pu me demander mon avis…

Les yeux noirs de l'Hybride se réduisirent à deux fentes.

— Pas question qu'on t'expose comme une bête de foire et de laisser les humains te balancer des choses horribles.

— Ne monte pas sur tes grands chevaux, je t'en prie, j'ai déjà du mal à garder mes nerfs. Tu dois me demander mon avis. Ça se fait, merde.

— Je pense avant tout à te protéger, gronda Rage.

Ellie soupira. Elle l'aimait. Dominant par nature, il avait à cœur de veiller sur elle. Deux options s'offraient à elle : lutter pied à pied ou accepter de le voir se comporter ainsi. Il l'aimait de tout son être, c'était flagrant. L'Hybride s'apaisa en voyant sa bien-aimée hocher la tête.

— Je ne souhaite qu'une chose : qu'il ne puisse rien t'arriver.

— Je le sais, Rage. J'aimerais simplement être consultée. C'est d'accord ?

— J'essaierai. Veux-tu que je rappelle Justice pour lui dire que nous sommes prêts à répondre aux questions des journalistes ?

— Tu ferais ça pour moi ? Tu m'accompagnerais ?

Il prit place à côté d'elle.

— Si tu y vas, j'y vais aussi.

Ellie l'aima encore plus après ces quelques mots qui avaient dû lui coûter beaucoup.

— Inutile de le rappeler. Je n'ai pas du tout envie d'assister à ce cirque.

— Les femmes, grommela Rage, tout sourires.

Ellie se pencha vers lui, l'embrassa du bout des lèvres et se redressa.

— Il va falloir que tu t'y fasses, si tu comptes m'épouser.

— Et comment, j'y compte !

Le téléphone se remit à sonner. Rage poussa un juron.

— Ça n'arrêta jamais ?

La jeune femme acquiesça.

— Autant profiter de ce que tu vas répondre pour appeler mes parents. Ce serait mal élevé de les laisser découvrir la situation aux infos du soir.

L'Hybride fit grise mine.

— Peu m'importe que ça leur fasse plaisir ou non, s'empressa d'ajouter Ellie. Ma vie tourne autour de toi, désormais. Rien d'autre ne compte. Il n'empêche, mieux vaut qu'ils l'apprennent par ma bouche.

— Je devrais peut-être arracher les fils téléphoniques…

— Ellie fut tentée de le laisser faire – puis reprit contact avec la dure réalité.

— N’en fais rien, ça va encore faire débarquer du monde.

— Un point pour toi.

Chapitre 16

— Sincèrement navré de vous faire participer à ce cirque, déclara le directeur Tom Quish à Ellie et Rage. Justice est furieux après moi, mais j'ai plus d'expérience que lui vis-à-vis des médias et du grand public. Les gens raffolent des histoires d'amour. Il faut rallier le plus de soutiens possible. Vous voir apparaître ensemble tordra le cou à toutes les méchantes rumeurs dont se repaissent les torchons à scandale.

— On peut en savoir plus sur ces rumeurs ? s'enquit Rage en haussant un sourcil.

Tom secoua la tête.

— Je n'y tiens pas, sauf si vous retenez vraiment Ellie enchaînée dans une niche pour vous venger de ce que les humains vous ont fait subir. Ça ne vole pas plus haut.

Ellie se tourna vers Rage et lui sourit.

— Enchaînée, hmm ? Plutôt excitant, ma foi.

— Je penserai à te construire une niche, rétorqua l'Hybride, hilare.

— Voilà ce que je veux entendre ! applaudit le vieil homme. Vous prenez l'affaire rudement bien, tous les deux…

Rage haussa les épaules.

— J'étais en rogne, mais Ellie m'a dit que ça ne ferait qu'empirer les choses. Elle s'est mise à pleurer quand j'ai parlé de massacrer tous ces connards.

Sa bonne humeur envolée, Tom Quish, horrifié, fit les yeux ronds.

— Il plaisante, le rassura Ellie.

— J'aime mieux ça, rétorqua le directeur, soulagé.

— Je n'ai pas pleuré quand il a dit ça. Je lui ai dit que je n'aimais pas voir couler le sang.

Rage gloussa. Ellie lui décocha un clin d'œil. Tom maugréa.

— Vous allez me faire faire un infarctus, vous deux. Les gens ne vont plus savoir quoi penser. Allez-y mollo avec le second degré.

— Les « gens », comme vous dites, me voient comme une bête fauve qui contraint Ellie à être son jouet sexuel, grinça Rage, les mâchoires serrées. Je me trompe ?

— Calme-toi, intervint Ellie qui se rapprocha et lui caressa la poitrine. La colère est ton ennemie. Rappelle-toi notre conversation de ce matin. Je sais à quel point tout ça te met hors de toi, mais te voir exploser est précisément ce que nos adversaires espèrent. Sois cool. Rigole. Si un journaliste te balance ce genre d'accusation à la con, pense à ce que je t'ai dit : devenir ton esclave sexuelle ? Plutôt deux fois qu'une !

Rage sourit à s'en découvrir les canines.

— Ça ne m'empêchera pas d'être en rogne, mais ça me donnera sacrément envie de te ramener à la maison.

— Une heure, Rage. Garde ton sang-froid une heure. Je t'en sais capable et c'est pour notre bien à tous, fit valoir

Ellie. Libre à toi de te lâcher par la suite, si jamais ça dégénère dehors.

Il posa une main sur sa joue.

—Je te promets d'essayer, beauté. Tout ce que tu voudras.

—Merci.

—Mais s'ils t'insultent, je ne garantis rien. Tu sais à quel point je m'emporte aisément dès qu'on s'en prend à toi.

—Ils vont m'insulter, ronchonna la jeune femme. C'est couru d'avance. Ça ne me fera ni chaud ni froid. Contente-toi de garder tes nerfs.

—Quel type serais-je si je laissais quelqu'un te dire des horreurs sans réagir ?

—Un type futé, intervint sèchement Tom Quish. Le monde entier a les yeux rivés sur vous deux. Votre histoire fait les gros titres sur les cinq continents. Vous n'avez pas idée du retentissement que va avoir cette conférence de presse ! Charmez les journalistes, et ils vous mangeront dans la main. Tous les médias seront ravis de couvrir votre idylle. Si jamais ça se passe mal, en revanche, les pisse-copie vont se déchaîner. Nous avons besoin de rentrées d'argent, Rage. Pensez à tous les Hybrides. Ainsi qu'à Ellie. Qu'arrivera-t-il si les crédits qui font tourner Homeland sont coupés ? C'est la fermeture assurée, où iront tous les pensionnaires ? Nos juristes, qui travaillent d'arrache-pied pour obtenir des compensations financières auprès des tribunaux, ont acquis la certitude que Mercile Industries fait tout pour faire traîner les procédures en longueur.

—Entendu, soupira l'Hybride. Je comprends. Je resterai assis bien tranquillement quoi qu'il arrive.

— Merci.

Le vieil homme soupira à son tour et lança un regard appuyé à Ellie en croisant les doigts. Puis il empoigna son blouson et fit le tour de son bureau.

— Bien, allons-y.

Rage prit Ellie par la main. La jeune femme s'efforça de faire taire sa nervosité ; c'était la première fois qu'elle allait affronter une armée de caméras et de journalistes. Pour des raisons de sécurité, la conférence de presse devait se dérouler devant la porte principale. Cette solution avait été retenue afin de limiter au maximum les risques d'intrusion, tout en autorisant une surveillance depuis le mur d'enceinte.

— Je suis là, assura Rage. Pour te faire du mal, il faudra qu'ils me passent sur le corps.

Ellie se fendit d'un sourire timide.

— Je déteste l'idée d'affronter cette meute, mais avec toi à mes côtés, je sais que tout ira bien.

L'Hybride l'attira tout contre lui au moment de franchir l'enceinte de Homeland. Ellie prit immédiatement conscience des proportions démentes du show médiatique : un demi-million de flashs aveugla le couple avant même qu'ils puissent poser un pied sur l'estrade.

Justice et Tom précédaient Ellie et Rage. L'Hybride lâcha la main de la jeune femme et passa un bras protecteur autour de sa taille. Son corps massif la dissimulait à bon nombre de caméras. Les journalistes les bombardèrent de questions qu'ils prirent soin d'ignorer : Tom les avait briefés.

Ellie prit un siège entre Rage et Trisha Norbit, heureuse de se trouver assise à côté d'elle. Trisha lui étreignit la main sous la table et afficha un sourire conquérant. Ellie serra l'immense poigne de l'Hybride qui referma son autre main sur celle de sa bien-aimée et la caressa doucement afin de la réconforter. Tom se leva et tenta de faire taire la meute. *Bon courage*, songea Ellie. Le brouhaha était digne d'un asile de fous.

Le directeur mit quelques minutes à obtenir un silence relatif. Ellie l'écouta haranguer la presse.

— Les rumeurs qui circulent à propos de M. Rage s'en prenant à Ellie Brower sont infondées, énonça-t-il d'une voix puissante au timbre bien posé. Ils vivent en couple au sein de Homeland. Le cliché qui tourne en boucle sur toutes les chaînes a été réalisé à la suite d'un banal accident survenu à Ellie. Mademoiselle Brower a été prise en charge par notre médecin-chef. Je laisse la parole au docteur Norbit qui vous le confirmera.

Trisha se pencha vers le micro et se présenta. Une volée de questions fusa aussitôt ; les journalistes criaient pour se faire entendre. La praticienne dut attendre que le silence se fasse pour s'exprimer.

— Bien sûr que les rumeurs sont infondées, martela-t-elle en secouant la tête et en adressant un regard courroucé aux reporters. Ellie a commis une simple maladresse en nettoyant la cuisine, mentit-elle. Sa tête a heurté le bord du plan de travail alors qu'elle se relevait après avoir passé la serpillière. Elle s'est assommée. M. Rage n'était pas présent quand l'accident s'est produit. Il a découvert Ellie en rentrant du travail. Les images ont été prises alors qu'il portait Ellie vers la voiture après que je l'eus examinée. C'est aussi simple que ça.

— Vous confirmez, mademoiselle Brower ? lança un journaliste qui s'était levé.

Ellie se fendit d'un sourire forcé et s'efforça de discipliner son rythme cardiaque.

— Je confirme, en effet. (*Souris et mens*, s'admonesta-t-elle. *Tu peux le faire.*) Vous imaginez mon embarras ? Une bête maladresse a suffi pour que je me retrouve aux infos de 11 heures.

— Couchez-vous avec M. Rage ? demanda un autre envoyé spécial.

Ellie hésita.

— Et vous, avec qui couchez-vous ? C'est assez indiscret, comme question…

— Avec personne, rétorqua le journaliste en souriant. Mais je le ferais si j'étais avec quelqu'un. Allons, mademoiselle Brower, êtes-vous, oui ou non, intime avec M. Rage ?

Sentant Rage se crisper, Ellie lui serra la main pour lui indiquer que tout allait bien.

— Ma vie sexuelle n'est pas ouverte au débat public. Je répéterai simplement ce que Tom vous a annoncé, à savoir que Rage et moi vivons ensemble, et que nous sommes engagés dans une relation sérieuse.

L'homme hocha la tête et se rassit. Un autre journaliste se leva.

— Monsieur Rage, vous arrive-t-il de mordre Mlle Brower ? La rumeur affirme que cela se produit pendant les ébats sexuels…

Les phalanges meurtries par le regain de tension chez l'Hybride, Ellie se retint à grand-peine de grimacer. Elle lui caressa le dos de la main avec l'ongle du pouce. Rage se détendit et secoua la tête.

— Jamais je ne ferais du mal à Ellie. (Il retroussa sa lèvre supérieure pour faire apparaître ses crocs.) Ça la blesserait, si je la mordais.

D'autres questions fusèrent ; Ellie faillit éclater de rire à l'énoncé des plus absurdes. Tom Quish dut élever la voix. Il répéta ses instructions, « une question à la fois, s'il vous plaît », en menaçant de mettre fin à l'entrevue. Le brouhaha cessa. Une personne se leva.

— Comment faites-vous pour vous embrasser, avec des crocs pareils ?

Rage voulut répondre ; Ellie l'en dissuada d'une bourrade.

— Comment embrasse-t-on une personne qui a les dents en avant, des dents de lapin ou à qui il manque des dents ? On l'embrasse, point barre. La question est idiote.

— J'en conclus que vous vous embrassez ?

— Bien sûr. Regardez-le ! dit-elle en se tournant vers Rage avec un sourire.

Puis, au reporter :

— Ses crocs ne posent aucun problème.

La question suivante émana d'une femme.

— Quel effet cela fait-il, d'être avec un homme que vous savez stérile ?

— Docteur Norbit, lança un type sans attendre son tour, menez-vous des recherches sur ce couple ?

— Non, répondit Trisha. Ellie et Rage sont des êtres humains, pas des animaux de laboratoire.

— Ellie, insista la même journaliste, quel effet cela fait-il de savoir que votre partenaire ne peut pas vous faire d'enfants ?

Ellie dévisagea l'obstinée et prit le temps de formuler sa réponse.

— Tomber enceinte n'est jamais acquis d'avance, quel que soit le partenaire. De très nombreux couples découvrent en cours de route qu'ils ne pourront pas avoir d'enfants pour une raison ou pour une autre. C'est pour ça qu'il est permis de recourir à l'adoption, à la GPA et à la PMA. Vous en connaissez beaucoup, des femmes qui ont choisi l'élu de leur cœur en vertu de sa capacité à leur donner une ribambelle de mioches ? Je suis la seule à trouver ça bizarre ? Cette question-là ne me fait ni chaud ni froid. Je n'y ai même pas réfléchi, pour tout vous dire.

La journaliste capitula. Un autre reporter se leva, et ainsi de suite. Ellie s'efforça de garder son calme en dépit du caractère inepte de la plupart des questions. Les pisse-copie voulaient savoir si Rage l'aidait dans les tâches ménagères, si Ellie le considérait comme un type normal. Rage restait zen, riait souvent, ne perdit pas une fois son sang-froid. Ellie, qui l'épiait du coin de l'œil, était très fière de la manière dont il accueillait ce ramassis d'âneries. Il savait être affable quand la situation l'exigeait. Il croisa son regard et lui sourit.

— Ellie ? brailla tout à trac un type vers les derniers rangs.

Ellie tourna la tête et s'efforça de le situer.

— Oui ?

— Quel effet ça fait, de trahir ta race en te faisant sauter par un putain d'animal ?

L'attaque verbale frappa Ellie par sa soudaineté et sa violence. Alors qu'elle venait d'identifier l'abruti incriminé, elle vit un type grand et mince, en complet-veston, bousculer les gens assis devant lui et brandir un flingue. Les premiers cris retentirent en même temps que les détonations. Ellie, figée par l'effroi, fut fauchée par un corps lourd et s'écrasa au sol sous l'individu qui l'avait plaquée.

La jeune femme rouvrit les yeux. C'était Rage qui l'avait mise à terre et faisait rempart de son corps. D'autres coups de feu claquèrent ; la foule hurla de plus belle. L'Hybride se replaça pour mieux faire écran. Au prix d'une contorsion, il s'interposa entre elle et l'origine des tirs.

Puis il passa les bras sous la jeune femme, la souleva, la contraignit à se lover en boule contre son torse puissant et se releva comme il put. Ellie bien calée dans ses bras, il s'élança à vive allure vers les portes de la base, dos à la foule et au tireur.

Rage eut un soubresaut, faillit lâcher sa bien-aimée mais se reprit aussitôt. Avançant toujours, il beugla des ordres dont le sens échappa à Ellie : la jeune femme était trop abasourdie et manquait d'air, ses jambes repliées lui comprimaient les poumons. Le violent soubresaut en pleine course n'avait rien arrangé. Il l'étreignait si bien qu'elle ne voyait pas grand-chose de la scène.

Elle sut cependant qu'ils venaient de franchir le portail quand une section de mur lui apparut dans un flash… puis

Rage tomba à genoux. Haletant bruyamment, il tenait toujours bon. Ses bras mollirent. Ellie remua un peu, leva la tête – et vit qu'il grimaçait de douleur.

— Rage ?

L'Hybride trouva la force de la déposer devant lui. La jeune femme vit ses yeux se révulser. Il s'écroula sur le flanc, dans le gazon, à moins d'un mètre d'elle. Sourde au tumulte qui faisait rage alentour, Ellie rampa jusqu'au colosse terrassé. Le sang lui apparut alors.

— RAGE !

Hurlant son nom, Ellie palpa d'une main tremblante la tache poisseuse qui s'élargissait à vue d'œil. Elle comprit malgré la panique qu'il avait été touché et plaqua les paumes sur la plaie pour tenter d'endiguer l'hémorragie. Son regard affolé se fixa sur les traits de l'Hybride. Il respirait mais avait perdu connaissance.

— Au secours ! s'égosilla-t-elle.

Trisha tomba à genoux de l'autre côté du corps inerte. Après avoir repoussé les mains d'Ellie, elle déchira la chemise de Rage afin d'examiner la plaie. Ellie détourna les yeux de ses paumes maculées de sang et s'approcha du visage cendreux tandis que le médecin, désormais épaulé par d'autres volontaires, se mettait à l'ouvrage.

— Rage ?

Tremblant comme une feuille, les joues baignées de larmes, elle lui effleura le visage sans faire cas de ses doigts rougis.

— Rage ? Réveille-toi, je t'en prie…

Sa voix se brisa sur un sanglot.

— Qu'on m'apporte une trousse de premiers secours, beugla Trisha. Tout de suite !

Il ne bougeait pas un muscle. Ellie, au désespoir, se tourna vers sa voisine.

— Trisha ? Il va s'en sortir, dites ?

L'intéressée croisa un instant son regard puis détourna la tête.

— Il faut l'hospitaliser immédiatement. Appelez les urgences, dites-leur de préparer une salle d'opération et du… (Elle poussa un juron.) Justice ? Dites à quelques-uns de vos gars avec de l'ADN canin de venir avec nous. Rage va avoir besoin d'être transfusé ; avec un peu de chance, l'un d'eux sera compatible.

Debout derrière Ellie, Justice avait déjà son portable à la main.

— Je les rameute tous.

— Trisha ? répéta Ellie, toujours tremblante.

Trisha se retourna vers elle, le visage fermé.

— Il a été touché deux fois, Ellie. Son état est critique. Je promets de tout faire pour le sauver.

Ellie sentit son monde s'écrouler. Il était fichu, c'était couru d'avance. Elle observa le sang qui maculait ses mains, les vêtements de Rage, les mains de Trisha. Caressa son visage ; murmura son nom. Quelqu'un se saisit d'elle par-derrière et l'arracha à l'homme de sa vie. Elle eut beau se débattre, hurler son nom, Rage ne bougeait toujours pas. L'individu qui la tenait resserra son étreinte et opéra un demi-tour.

— Laissez-les s'occuper de lui, Ellie. Je vais vous conduire à l'hôpital. Calmez-vous ! lui ordonna l'homme au creux de l'oreille. Vous ne lui rendez pas service, là.

Ellie sanglota. Cessa de hurler et de s'agiter en tous sens : l'homme avait raison, c'était pire qu'inutile. Slade, car c'était lui qui la tenait, était aussi costaud que Rage. Les pieds de la jeune femme ne touchaient même pas le sol. L'agent de l'OPH lui murmurait des propos rassurants. À trois pas de là, Trisha et son équipe paraient au plus pressé. Un brancard apparut. Rage fut hissé dessus à gestes rapides et précis. Ellie leva les yeux : l'hélico d'une chaîne de télé décrivait des cercles au-dessus d'eux.

Étreignant toujours Ellie au cas où elle tenterait de se ruer sur Rage, Slade obliqua à vive allure vers le parking. Il la déposa avec précaution sur le siège arrière d'un 4x4 de patrouille puis empoigna l'émetteur radio.

— À tous les canins. Rejoignez-moi au parking. On décolle, j'ai Ellie avec moi.

Sitôt installé au volant, Slade tourna la tête et dévisagea la jeune femme. Ellie pleurait, roulée en boule sur la banquette, mais elle en avait assez entendu pour décrypter la situation. L'agent de l'OPH apparaissait presque aussi dévasté qu'elle : cela se voyait à sa mine défaite.

— J'étais sur le chemin de ronde quand ça a commencé. Il y avait trois tireurs en tout. J'en ai dégommé un, mais les deux autres étaient dans la foule, impossible de les abattre sans risquer de toucher un innocent. Je suis désolé de n'avoir pas pu les neutraliser à temps. (Il ménagea une pause.) Rage va s'en sortir, promit-il sur un ton résolu. Nous sommes plus résistants que les humains et guérissons plus vite. On encaisse, nous autres.

Ellie essuya ses larmes.

— Je ne peux pas le perdre, gémit-elle.

— Ça n'arrivera pas.

Les portières s'ouvrirent ; d'autres costauds grimpèrent à bord. Ellie vit qu'ils étaient armés jusqu'aux dents : pistolet à la hanche, arme d'épaule en bandoulière. Tous des Hybrides canins, à en croire la forme de leurs yeux. Slade démarra, manœuvra pour quitter la place de stationnement puis mit les gaz en direction de la sortie principale. Il monta le son de la radio afin de l'entendre malgré le rugissement du moteur.

— Dégagez la voie, on arrive.

Il n'eut pas besoin de ralentir : la foule avait disparu. La fusillade et le bain de sang avaient suffi à disperser journalistes et manifestants.

Ellie faisait les cent pas, les yeux rivés sur les types présents autour d'elle. Pas moins de sept agents de l'OPH lui tenaient compagnie dans la salle d'attente privatisée ; l'hôpital l'avait mise à leur disposition dès qu'il avait été manifeste que l'escorte en armes avait pour mission de veiller sur Ellie. D'autres agents faisaient le guet à l'entrée de la salle d'opération où Rage était entre la vie et la mort.

— Il vit toujours, assura Justice.

La jeune femme fit un signe de la tête au chef des Hybrides, au téléphone avec l'un des agents en faction devant la salle d'opération. Il voyait ce qui se passait à l'intérieur et livrait des détails au fur et à mesure. Ellie savait gré à Justice d'avoir songé à ce dispositif qui lui permettait d'être tenue informée. Comment diable faisaient les gens pour attendre sans rien savoir quand un être cher était au bloc?

Slade entra et se dirigea droit vers Ellie, à qui il tendit un gros gobelet en plastique avec couvercle. Une paille en dépassait. Ellie s'obligea à sourire.

—Le café ne se boit pas à la paille, mais merci quand même.

—C'est du café glacé, répondit Slade, souriant à son tour. Vous tremblez trop pour avoir droit à un café chaud. Rage me botterait le cul si je vous laissais vous brûler.

Les larmes aux yeux, Ellie se fendit d'un vrai sourire.

—Merci. C'est gentil.

Il hocha la tête puis se tourna vers Justice qui, toujours au téléphone, éloigna le combiné de sa bouche.

—Je t'écoute.

Slade soupira.

—Les trois tireurs ont été retrouvés. L'un d'eux a survécu, malheureusement. La police m'a dit qu'il s'agit d'un humain tellement bête qu'il crache tout. Il dit appartenir au groupe terroriste Race pure.

Justice s'offusqua bruyamment.

—Dire qu'on n'est pas censés les traiter de terroristes… Continue.

—Ils ont eu vent de la conférence de presse et se sont fait passer pour des photographes. Ce ne sont pas nos gars qui ont assuré la sécurité, gronda Slade. Il semblerait qu'aucun de ceux qui se sont présentés avec une carte de presse n'a été fouillé.

— À compter d'aujourd'hui, décréta Justice, c'est nous qui nous chargeons de la sécurité des nôtres.

Slade acquiesça.

— Comment va Rage ?

— Il survit. Deux de nos gars sont compatibles. Traqueur et Pénombre sont en train de donner leur sang.

Ellie tendait l'oreille en sirotant son café. Elle dut admettre qu'ils s'étaient tous montrés formidables envers elle. Ils veillaient sur elle et sur Rage. Les Hybrides étaient venus en nombre à l'hôpital afin de trouver un maximum de donneurs compatibles. Le sang humain aurait pu faire l'affaire, mais Justice lui avait expliqué que celui des leurs était préférable en raison de sa composition spécifique.

La jeune femme se remémora son arrivée à l'hôpital. Justice l'avait conduite dans une salle de bains, s'était efforcé de la calmer et lui avait promis que tout serait fait pour tirer Rage d'affaire. Ce faisant, il l'avait orientée vers un lavabo. Ellie était en état de choc. Il lui avait lavé les mains comme on le fait à un petit enfant puis lui avait tendu des affaires achetées à son intention, qui portaient encore les étiquettes. Justice était sorti le temps qu'elle ôte ses fringues poisseuses et ne l'avait pas quittée d'une semelle depuis lors. Elle reporta son attention sur lui : il reprenait le fil de sa conversation téléphonique.

— Je t'écoute. Où ça en est ?

Ellie crut défaillir en voyant Justice fermer les yeux après avoir coupé la communication. Transie d'effroi, elle resta rivée sur lui jusqu'à ce qu'il rouvre les yeux. Il se tourna vers elle.

— Il est vivant, Ellie. Les deux balles ont été extraites. L'hémorragie est sous contrôle, les paramètres sont bons. Trisha est catégorique : sauf complication imprévue, il est tiré d'affaire.

Les larmes ruisselèrent sur les joues d'Ellie quand elle prit conscience que Rage était sauvé. Elle hocha la tête, mais refusa d'y croire tout à fait tant qu'elle ne l'aurait pas vu. De longues heures s'écoulèrent avant que le blessé soit transféré aux soins intensifs. Les agents de l'OPH furent autorisés à veiller sur lui depuis la salle d'observation voisine de sa chambre.

Ellie se massa le cou, épuisée, mais refusa d'aller dormir. Elle gardait les yeux rivés sur Rage à travers la paroi vitrée depuis cette même salle d'observation ; on ne lui accordait que quelques minutes de temps en temps à son chevet. Un toubib qui n'était pas Trisha surveillait l'état du blessé.

La scène en rappela d'autres à Ellie : toutes ces fois où elle avait épié le sujet 416 derrière une vitre sans tain, quand il était captif du labo clandestin. L'envie de pleurer revint en force : quel déchirement c'était, de voir un homme d'ordinaire si vigoureux étendu et inconscient…

Justice était assis dans un angle. Quelqu'un lui avait apporté un ordinateur portable ; l'oreillette de son téléphone était en place. Il chuchotait quelques mots à son interlocuteur de temps à autre. Ellie l'épia du coin de l'œil : lui arrivait-il de cesser de travailler ? Puis elle reporta son attention sur Rage qui, derrière la vitre, paraissait dormir. Le docteur vérifia les paramètres du patient puis sortit dans le couloir.

— Ellie ? lança Justice à voix basse.

— Oui ? dit l'intéressée en se retournant.

Justice lui souriait timidement.

— Il va s'en sortir. Je vous l'ai dit, Trisha a donné l'ordre qu'il reste sous sédatifs. Il est pénible de rester étendu pour un Hybride, l'immobilité ne nous vaut rien. Mieux vaut le laisser dormir et récupérer : dès qu'il ouvrira un œil, il voudra se lever à tout prix. De vraies têtes de mule, tous autant que nous sommes…

— Je le sais bien, mais je n'arriverai pas à fermer l'œil tant que je n'aurai pas entendu le son de sa voix.

— Je comprends. Je suis au courant, pour cette affaire de mariage. Rage s'en est ouvert ? Il m'a dit qu'il comptait se jeter à l'eau…

— Oui, avoua Ellie en se rasseyant. On en a parlé hier soir.

— Il vous aime, vous le savez, j'imagine ?

— C'est réciproque. Rage est toute ma vie.

— J'avais deviné, ça transparaît chaque fois que vous le regardez. (Il marqua une pause.) Enfants, nous n'avions jamais rien qui soit vraiment à nous. Rage vous en a parlé ? Du coup, mieux valait ne pas s'attacher à un objet quelconque… Il se trouvait toujours un surveillant, ou un laborantin, pour nous confisquer ce que nous avions eu la faiblesse de chérir un temps. Pour nous punir, ou simplement nous faire du mal. Le mariage est, pour lui, synonyme de sécurité. Il voit cela comme l'autorisation de vous garder jusqu'à sa mort. Vous lui appartiendrez ; jamais personne ne pourra vous enlever à lui. Je tenais à ce que ce soit très clair. Si vous l'épousez, c'est pour toujours. N'acceptez qu'en parfaite connaissance de cause.

— Je le sais.

Justice plissa les yeux.

— Il ne voudra jamais entendre parler de divorce, vous comprenez ? Ça le tuerait. À ses yeux, le mariage est une union définitive. C'est un vœu qui signifie qu'il n'a plus à redouter de vous perdre. Il est prêt à tuer comme à mourir pour vous protéger, et vous aime de tout son être. Je me suis renseigné sur les mariages entre humains. Sur ce plan-là, nous sommes très différents. Rage est d'une loyauté indéfectible. Laissez-vous séduire par un autre homme et vous signerez son arrêt de mort. Nous sommes possessifs à l'extrême. C'est viscéral, comme l'ADN qu'on a fourré dans nos cellules : les changements qu'on nous a fait subir ne sont pas uniquement physiques. Nous sommes des protecteurs teigneux, jaloux de ce que nous tenons pour acquis. J'ignore si Rage vous a expliqué tout ça, mais j'y tenais, car quand l'un d'entre nous s'accouple, c'est pour la vie. Ce lien-là est déjà en lui ; s'il s'est retenu jusqu'ici, c'était pour lui permettre d'accepter l'idée que vous puissiez le quitter.

— Je vous remercie, Justice, mais il est vain d'essayer de me faire peur. Je l'aime. Je n'ai nulle intention de divorcer un jour… et encore moins de le tromper !

Ellie n'était pas vexée : Justice s'efforçait honnêtement de lui faire comprendre ce que serait sa vie si elle épousait Rage.

— Je ne désire qu'une chose, reprit-elle. Passer toute mon existence auprès de lui. Jour après jour, seconde après seconde.

— Il vous arrivera d'avoir peur. Un Hybride grogne, gronde, domine. Nous avons beau essayer de nous restreindre, c'est pire depuis qu'on est libres. Le combat est permanent entre nos parts animale et humaine, Ellie. Je sais à quel point les femmes sont éprises d'indépendance. Les nôtres le sont aussi… mais elles nous comprennent. Savent ménager notre susceptibilité. Je tenais à ce que vous sachiez tout ça, Ellie. Rage ne fera jamais exprès de vous heurter ou de froisser votre fierté. C'est tout simplement dans sa nature de se montrer hargneux et de vouloir contrôler la situation.

— Comme la fois où il a refusé à ma place que je reprenne mon travail ? dit Ellie, que ce souvenir fit sourire.

— Il a fait ça ? Vous l'avez repris, pourtant…

— Il a fini par me demander si je voulais rempiler. Mais sa réaction initiale m'avait mise en rogne.

Justice esquissa un sourire.

— Je m'en doute. Même si, le connaissant, c'était pour vous protéger.

— Je sais.

— Vous connaissez bien nos différences, on dirait.

— En effet.

Le chef des Hybrides hésita.

— Puis-je vous poser une question très indiscrète ?

— Bien sûr. Je vous écoute.

— Pourquoi vous avoir attachée ?

M'avoir attachée ? Un instant interdite, Ellie comprit ce à quoi il faisait allusion. *Oh*. Elle se sentit rougir.

— Vous voulez dire… avec le torchon et le scotch ?

— Oui.

— Eh bien… Rage était surexcité et avait besoin de se calmer. Il m'a lié les mains pour que je ne puisse pas le caresser.

— Il était en colère ?

Ellie secoua la tête ; son rouge aux joues s'accentua.

— Il était surexcité… sexuellement. Comme il voulait que ce soit génial pour tous les deux, il a décidé de me rendre la pareille jusqu'à ce que mon état d'excitation soit équivalent au sien. Comme j'adore le toucher, il m'a lié les mains.

Une lueur d'amusement s'alluma dans les yeux de chat de Justice.

— Je comprends, maintenant… Et ça ne vous ennuie pas, d'être attachée ? Les nôtres ont horreur de ça. C'est viscéral.

— Personne ne m'a jamais fait subir ce que les Hybrides ont enduré. Je ne rêve jamais que je sers de cobaye. Il se trouve certainement des gens qui flippent quand on les attache, mais pas moi. J'ai confiance en Rage et je sais qu'il ne me fera jamais de mal. Quant à être dominée, si c'est par lui, je trouve ça… très excitant. Ça répond à votre question ?

— On ne peut mieux. Merci infiniment, Ellie. Je suis navré d'avoir réagi comme je l'ai fait et du tort que cela vous a causé. J'ai cru qu'il avait perdu la tête, qu'il s'en prenait à vous ; depuis ce jour où il vous a sauté dessus, dans la salle de conférences, il n'est plus le même dès qu'il s'agit de vous. J'étais convaincu qu'il avait pété les plombs.

— Il avait réellement envie de me tuer, ce jour-là. (Ellie gloussa.) Je suis ravie qu'il ait changé d'avis.

— J'ai une bonne nouvelle, sinon.

— Ah bon ? dit Ellie, plus détendue, en se recalant dans son siège. Excellent, laquelle ?

— Tous ces événements ont des répercussions très positives, exposa Justice en désignant Rage. Je sors d'un débriefing avec notre directrice des relations publiques, qui m'informe que les médias sont derrière nous à cent pour cent. Les coups de fil et les mails de soutien affluent. Le grand public est horrifié par ce qui vient d'arriver ; les caméras tournaient, beaucoup de chaînes ont diffusé la fusillade. Vous étiez au courant ?

Ellie, pétrifiée, n'en crut pas ses oreilles.

— Les médias ont… retransmis en direct… le moment où Rage s'est fait tirer dessus ?

— Tout va bien, s'empressa d'ajouter Justice pour la rassurer. C'est très positif, semble-t-il : la cote des Hybrides auprès du plus grand nombre a fait un bond spectaculaire. Que vous rappelez-vous, au juste ? Je suis conscient que, contrairement à nous, vous n'avez pas été formée à retenir les moindres détails d'une situation extrême…

— Pas grand-chose… Le chaos qui se déchaîne, puis Rage qui me porte à l'intérieur, pour qu'on soit à l'abri des tirs… et qui s'effondre.

— Quand les humains ont ouvert le feu, relata posément Justice, Rage a réagi. En renversant la table, il a placé à couvert tous ceux qui y étaient assis. Puis il s'est jeté sur vous pour s'assurer qu'aucune balle ne pouvait vous atteindre. Touché une première fois, il a compris que la table n'était pas assez épaisse pour arrêter les projectiles. Alors il vous a soulevée et s'est mis à courir. Une seconde balle l'a fauché en pleine course. (Justice marqua un temps.)

C'était vous la cible, Ellie. Ces types étaient venus dans l'intention de vous tuer. Rage les en a empêchés en vous mettant à l'abri.

Les yeux inondés de larmes, Ellie s'essuya le visage d'un revers de main. Rage lui avait sauvé la vie ! Elle en avait vaguement conscience, certes, mais entendre le récit détaillé de ce qu'il avait fait pour la protéger lui brisa le cœur. Il avait encaissé deux balles à sa place.

— Ils m'ont bel et bien fait du mal, sanglota-t-elle. En tirant sur Rage.

— Je sais. La bonne nouvelle, selon notre directrice des relations publiques, c'est qu'un consensus semble s'être cristallisé : tous les pères de famille rêvent de voir leur fille épouser un Hybride après avoir vu ce que Rage a fait pour vous sauver la vie. Et toutes les femmes nous considèrent comme des héros. (L'air déconfit, il haussa les épaules.) On m'a assuré que c'était une bonne chose, cette adhésion des pères de famille…

Ce fut plus fort qu'Ellie : elle éclata de rire au milieu de ses larmes.

— Une chose est sûre, en tout cas : les femmes qui lorgnent du côté de types comme Rage ou comme vous ont bigrement raison.

— Je vois. Merci. (Il la gratifia d'un clin d'œil.) Je suis censé le savoir, mais en toute honnêteté, j'ai encore beaucoup de choses à apprendre en ce qui concerne les humains.

— Quant à moi, je suis ravie que les Hybrides aient enfin la cote.

Justice hocha la tête.

— C'est extraordinairement bienvenu, en effet. Le fait que Rage ait risqué sa vie pour vous a fait forte impression sur l'opinion publique. Il paraît même que de très nombreux citoyens interpellent l'administration, tant fédérale que locale, pour qu'elle agisse contre les groupes radicaux qui nous prennent pour cible. Ils mettent la pression pour que tous ceux qui ont soutenu les anti-Hybrides cessent de le faire. Aussi cynique que cela puisse sembler, cette tragédie est une vraie bénédiction en ce qu'elle a permis à l'espèce humaine d'être en prise directe avec ce que nous subissons. Nous en ressortons… un peu plus humains à leurs yeux.

Ellie se retourna vers la vitre et contempla le visage endormi de son bien-aimé.

— J'en suis heureuse.

— Moi aussi, Ellie. Ne vous en faites pas, il va s'en sortir.

— Je sais, dit-elle en acquiesçant.

Sourd à la douleur aiguë qui l'assaillit dès le réveil, Rage songea d'abord à Ellie. Il voulut se redresser, la chercher du regard. Des mains fermes l'en dissuadèrent.

— Rage ?

C'était la douce voix de son Ellie !

Il rouvrit les yeux : elle était là, tout près de lui, pâle et épuisée. Il respira à fond pour s'assurer qu'il ne rêvait pas. Son odeur était là, presque imperceptible en raison des effluves puissants de médicament, d'antiseptique et de Dieu sait quoi encore.

— Ne bouge surtout pas, ordonna-t-elle. On t'a tiré dessus. (Ses beaux yeux bleus étaient baignés de larmes.)

Tu m'as sauvé la vie et tu vas t'en remettre. Mais pour guérir rapidement, il faut que tu remues le moins possible.

Il détailla son visage avec soin.

— Tu… tu n'as rien ?

La peur l'assaillit en repensant à tout ce qui aurait pu arriver à son Ellie.

— Je… je n'avais qu'un seul but : te mettre à l'abri des tirs. Pour qu'il ne t'arrive rien.

— Tu as réussi.

Rage se détendit ; les mains puissantes qui le retenaient cessèrent d'appuyer.

— Où est Justice ?

— Derrière toi.

Rage tourna la tête et vit qu'en effet son meilleur ami était là.

— Veille sur mon Ellie tant que j'en suis incapable. Je veux une escouade entière pour la protéger. Hybrides uniquement. Seuls nos frères sont à la hauteur. Ellie doit passer avant tout, Justice. Promets-le-moi.

— Rassure-toi. Les dispositions ont été prises. Concentre-toi sur ta guérison, je m'occupe de tout le reste. Nos meilleurs gars veillent sur Ellie vingt-quatre heures sur vingt-quatre. Personne ne peut l'approcher. Tu as ma parole.

Cessant de se tordre le cou, Rage contempla la jeune femme, tendit le bras et lui caressa la joue. Son pouce balaya les larmes qu'elle n'avait pas su retenir.

— Je t'aime.

— Moi aussi, je t'aime. J'ai eu si peur de te voir mourir dans mes bras…

— Tu ne te débarrasseras pas de moi si facilement. On est ensemble à jamais.

La voir sourire malgré les larmes fit chaud au cœur à l'Hybride. Elle était indemne, il avait encaissé les balles qui étaient destinées à sa bien-aimée. Là était l'essentiel.

— J'en suis heureuse. Tu peux dormir tranquille, je reste auprès de toi, d'accord ?

— Je t'aime, bredouilla-t-il sous l'effet des sédatifs, je te l'ai dit ?

Ses paupières étaient lourdes. Très lourdes.

— Moi aussi, je t'aime, et oui, tu me l'as déjà dit. Rendors-toi. Je vais bien.

Parfaitement détendu malgré la douleur sourde, il se laissa happer par les ténèbres.

Chapitre 17

Ellie observait Puce, la brune minuscule, qui lessivait le couloir tout en riant aux éclats. La jeune femme dut masquer son sourire puis se tourna vers Brise.

— À la voir, on pourrait jurer qu'il n'y a rien de plus exaltant que passer la serpillière.

L'amazone gloussa.

— Et tu n'as rien vu : certaines se réjouissent de récurer les toilettes ! C'est dingue, non ? Je déteste faire ça. Les produits chimiques sentent trop mauvais.

— C'est votre odorat qui est trop développé.

— Sans blague ! Et sinon, comment va Rage ?

— Impec. Furieux qu'on continue à le mettre sous sédatifs, cela dit. Bien obligé : il n'arrêtait pas de vouloir se lever et exigeait qu'on lui rende ses fringues. Imagine un peu la tête de la malheureuse infirmière ! Elle débarque, Rage est nu comme un ver, il grogne pour qu'on lui passe des vêtements… Elle s'est mise à hurler comme une possédée. Quand ses collègues l'ont rattrapée, elle avait couru jusqu'au parking de l'hôpital.

— Pourquoi crier comme ça ? s'interrogea Brise, perplexe.

Ellie ricana.

— Rage est un colosse, Brise. Un colosse en rogne, au sang chaud. Au sens propre. Essaie de te figurer ce que ressent une nana timide qui tombe nez à nez avec un culturiste à poil, grondant comme un fauve et bandant comme un cerf !

L'amazone afficha un sourire carnassier.

— C'est vrai que nos mecs sont impressionnants, de ce côté-là…

— Tu l'as dit, abonda Ellie, un aussi large sourire aux lèvres.

— Elle n'a pas trouvé le spectacle excitant ?

— Terrifiant, plutôt.

— Quelle bourrique !

— Où es-tu allée pêcher cette expression ? s'esclaffa Ellie.

— À la télé, pardi. Je peaufine mon vocabulaire. Bourrique ; nunuche ; chaudasse sans cervelle.

Riant de plus belle, Ellie secoua la tête.

— Mauvaise pioche. Tout allait bien jusqu'à ce que tu la traites de chaudasse : ça désigne une nana qui couche à tout-va… et l'infirmière dont il est question a pris la fuite en voyant un homme nu.

— Pigé, dit Brise en se fendant d'un clin d'œil. Je vais continuer à regarder la télé.

— Au fait… j'ai une question à te poser.

— Envoie, rétorqua Brise, souriante. C'est de l'argot aussi. (Son sourire s'effaça.) Ne le prends pas au pied de la lettre, surtout. Si tu m'envoies un truc à la tête, ça ne me fera sûrement pas mal, mais je risque de te blesser en ripostant.

— Entendu, dit Ellie en s'efforçant de garder son sérieux. Je veux bien le croire. Voici ma question : d'où sortez-vous vos noms ? Je les trouve géniaux mais qu'avez-vous contre les prénoms ordinaires, de type Mary ou Tina ?

— C'est simple : nous ne sommes pas des gens lambda. Certains ont choisi un nom adapté à ce qu'ils font de mieux, d'autres à ce qu'ils préfèrent dans la vie. J'ai pris « Brise » parce qu'une fois libre, j'ai aimé par-dessus tout sentir le vent me caresser le visage.

— Mon nom à moi, on l'a choisi à ma place, intervint Demi-portion en venant prendre place à côté d'Ellie sur le canapé. Quand on m'a conduite à l'hôpital où des médecins s'occupaient des Hybrides, l'un d'eux m'a regardée dans les yeux et m'a dit que les autres filles faisaient deux fois ma taille. Tout le monde s'est mis à m'appeler Demi-portion pendant ma convalescence, et ça m'est resté.

Ellie se retint de s'esclaffer et se contenta de lui sourire.

— Les docteurs qui nous ont soignées n'avaient vu que des sujets expérimentaux dans mon genre, expliqua Brise. Demi-portion fut l'une des premières de son... type... à arriver.

— Et Puce s'appelle Puce parce que les médecins ont vu qu'elle était encore plus petite que moi, reprit Demi-portion, rayonnante.

— Quant à Justice, poursuivit l'amazone, il a choisi ce nom parce que c'est ce qu'il souhaitait pour notre peuple. Il vient du labo le plus au nord – d'où son nom de famille, North.

— Je me trompe, demanda Ellie en levant les yeux vers Brise, ou il est rare que vous ayez un nom de famille ?

— Non, c'est vrai. On verra ça plus tard. Quand le besoin se fera sentir, j'y réfléchirai ; Justice est d'accord pour que tous ceux qui le souhaitent prennent le sien. Tu penses quoi de « Brise North » ?

— Ça sonne bien.

— Je trouve aussi. Et puis ça a du sens : je viens du même labo que Justice.

— Je l'ignorais.

— Eh oui. On a souvent copulé sous la contrainte, Justice et moi. Un type bien sous tous rapports.

— Je n'en doute pas, convint Ellie.

Justice et Brise… couchant ensemble ? Ellie eut beau tenter de se figurer la scène, rien ne vint.

— Quand un gars et une fille sont issus du même labo, reprit Brise, il y a de fortes chances pour qu'on les ait obligés à copuler. Les scientifiques ont tout essayé pour qu'on tombe enceintes. Dès que ça ne donnait rien avec un mâle, ils nous en collaient un autre.

— Aucune d'entre nous n'a jamais été offerte à un Hybride, avoua Demi-portion avec une pointe de regret.

Brise se pencha vers elle et lui pressa doucement l'épaule.

— Tu m'en vois navrée. Ils ont toujours été gentils et prévenants. Ça se passait dans le respect mutuel et la dignité. Je regrette que tu n'aies pas connu ça, mais si le cœur t'en dit un jour, je suis sûre que ton tour viendra.

Alors qu'Ellie refrénait les cent questions qui se bousculaient dans sa tête, Demi-portion leva les yeux vers elle.

— J'ai eu de la chance, par rapport à beaucoup d'autres. On m'a donnée à un vieux type qui n'était pas partageur. Puce, en revanche… (La petite Hybride était au bord des larmes.) L'homme à qui on l'a donnée était jeune et costaud. Il la battait. Et il la prêtait à ses meilleurs amis, aussi. Mon propriétaire, lui, était malingre ; ses coups ne faisaient pas bien mal. Les dernières années, son truc ne fonctionnait plus. Rapport à l'âge. Ça le mettait en rogne chaque fois qu'il essayait, alors il me frappait, mais de moins en moins fort. Vers la fin, tout ce qu'il faisait, c'était me crier dessus.

— Vraiment désolée, dit Ellie, résistant à l'élan qui l'incitait à prendre la petite Hybride dans ses bras pour la réconforter. Sais-tu comment ils vous ont retrouvées ?

— En remontant les transactions, intervint Brise. Tous les particuliers ayant versé de fortes sommes à Mercile Industries ont fait l'objet de procédures judiciaires dès que nous avons compris que certaines des nôtres avaient été « offertes ». C'est comme ça que Demi-portion a été trouvée. Et la plupart de ses semblables.

— J'ai eu très peur, murmura la petite Hybride, comme si elle craignait d'être écoutée. Il y a eu un vacarme terrible, et des tas d'hommes armés ont défoncé la porte. J'ai bien cru qu'ils venaient me tuer ! C'est là qu'est arrivée une femme qui a dit aux types de nous laisser seules. Elle m'a parlé en ôtant mes chaînes puis elle m'a fait sortir de ma cage. En me promettant que là où j'allais, plus personne ne me ferait de mal.

— C'était une Hybride ? voulut savoir Ellie, curieuse.

— Non, fit Brise en secouant la tête. Une humaine à cent pour cent. Son nom m'échappe, mais c'est elle qui participe aux raids chaque fois qu'un mandat est délivré. Elle prend en charge les filles délivrées avant de nous les confier.

— Elle s'appelle Jessie, précisa Demi-portion, un sourire aux lèvres. Cheveux très roux, immenses yeux bleus, aussi petite que nous autres et avec une voix toute douce.

— Ellie ? lança une autre Hybride.

— Oui ? fit l'intéressée en se levant.

— Tu devrais rentrer. Je viens de répondre sur la ligne du dortoir : Rage a quitté l'hôpital.

— Mais, mais… il ne devait pas sortir avant après-demain…

— L'autorité et nos mâles, ça fait deux, se gaussa Brise dans le dos d'Ellie.

— Misère, soupira Ellie. Bon, eh bien, à demain, les filles. Pourvu qu'il n'ait blessé personne, marmonna-t-elle après s'être éloignée.

Ellie s'échinait à entraîner Rage vers le lit contre la volonté de celui-ci. Elle adressa un regard torve à Tigre, l'agent de l'OPH qui l'avait raccompagné, et que leur petit manège amusait au plus haut point. Les bras croisés, il rechignait à aider la jeune femme à contraindre son supérieur et le signifia en obliquant vers la sortie.

— Pas question de me coucher, gronda Rage, je n'ai fait que ça pendant toute une semaine !

Ellie secoua la tête.

— Va te reposer ou je te jure que j'emprunte un Taser, je t'assomme avec et je te ligote sur le lit.

Rage grogna de plus belle et plissa les yeux. La jeune femme l'imita tout en continuant à s'escrimer.

— Arrête de grogner ! Moi aussi, j'en suis capable. Et va te déshabiller, ajouta-t-elle en lui jetant un regard noir. Tu es sorti trop tôt. Inutile d'essayer de me baratiner : amour de ma vie ou pas, si tu ne vas pas te coucher tout de suite, j'emprunte son Taser à Tigre. Je ne plaisante pas.

Rage cessa de lutter et se fendit d'un large sourire qui lui découvrit les crocs.

— Si je me couche tout nu, tu te déshabilles et tu me rejoins ?

— Oublie, rétorqua Ellie, bouche bée. Tu as failli y passer il n'y a pas huit jours, tu as oublié ? Les galipettes attendront. Allez, je t'en prie.

— Si on me demande, je suis à côté, déclara Tigre, hilare.

Ellie fit volte-face et vit l'agent franchir le seuil. Elle fusilla Rage du regard.

— Tu savais qu'il était encore là et tu as dit ça exprès !

Rage gloussa.

— Il est parti, à présent. Déshabille-toi et je fais pareil. Allons au lit tous les deux. J'ai quand même le droit de te toucher. (Il se retourna et l'enlaça.) Je veux sentir ta peau contre la mienne. Ça m'aidera à guérir plus vite.

— Parce que ça favorise la cicatrisation ? Première nouvelle…

— Tu as raison, mais ça m'aidera à me sentir mieux.

Ellie gloussa à son tour.

— Je te propose un marché : tu te désapes, tu vas au lit, et pendant ce temps, je te prépare un truc à grignoter. Je viendrai m'allonger à côté de toi quand tu auras déjeuné.

— Nue ?

— Non. Tu es censé te reposer. Par contre, rien ne m'empêche de te frotter le dos et de jouer avec tes cheveux. Tu vas adorer.

Il gronda doucement.

— Tu sais quoi, beauté ? Je serais prêt à m'étendre sur une planche à clous si tu étais d'accord pour me masser… mais pas le dos ou les cheveux.

Ellie se passa la langue sur les lèvres, réfléchit et décréta qu'il n'était pas dangereux de le masser avec de la lotion – à condition qu'il reste immobile. Rage gronda et la pressa tout contre lui. Elle hocha la tête.

— Je m'occupe de ton déjeuner. Toi, tu vas au lit. J'en ai pour deux minutes.

L'Hybride relâcha son étreinte. Ellie, en se dirigeant vers la cuisine, entendit du tissu se déchirer et tourna la tête : Rage la suivait des yeux. Il avait employé la manière forte pour ouvrir son tee-shirt par le devant, plutôt que de l'ôter au risque d'appuyer sur son pansement. Elle éclata de rire.

— Tu es pressé à ce point de te coucher ?

— Cours à la cuisine et reviens vite.

En sortant de la chambre, Ellie faillit percuter Tigre qui recula, l'air réjoui.

— Laisse-moi deviner. Ouïe et odorat hyper développés ?

— Je vais monter la garde au salon. C'est assez loin de la chambre, ça m'évitera d'entendre ce qu'il veut que vous lui massiez.

La jeune femme prépara un sandwich à la dinde accompagné d'un soda et d'un paquet de chips. C'était bon d'avoir Rage de retour à la maison, départ anticipé de l'hôpital ou pas. Elle avait émis le souhait de rester à plein-temps auprès de lui, mais l'équipe médicale s'y était opposée : le cirque des médias tournait à l'hystérie quand le couple vedette était rassemblé.

Ellie entra dans la chambre et referma avec soin. L'absence de verrou n'était pas un problème, Tigre avait compris qu'il ne fallait pas les déranger. Rage, tout sourires, était étendu – et visiblement nu comme un ver sous le drap. Il avait calé les deux oreillers derrière lui afin d'attendre le plus confortablement possible. L'étoffe formait un chapiteau au niveau de l'entrejambe. Ellie s'en aperçut et rit aux éclats.

— Tout excité à l'idée de manger un morceau ? railla-t-elle. Je sais ton goût pour la dinde, mais quand même…

Ses yeux noirs étincelèrent.

— Tu comptes réellement me faire avaler ça avant ?

Penchée au bord du matelas, Ellie lui tendit le plateau-repas. Son attention dériva jusqu'à l'impressionnant « piquet » du chapiteau.

— Je ne sais pas où poser le plateau, s'amusa-t-elle. Dévore-moi ça, mon grand.

Après un grognement, Rage empoigna le sandwich et en avala une énorme bouchée presque sans mâcher. Ellie, toujours hilare, ouvrit la canette et la lui proposa. Il but une gorgée sans cesser de la dévorer des yeux. Ellie se redressa et se dirigea vers la salle de bains attenante.

— Où tu vas ? grinça l'Hybride, son sourire envolé.

— Je reviens tout de suite. Patience.

— Pas mon fort, maugréa-t-il.

Ellie ouvrit le meuble au-dessus du lavabo et y trouva la lotion. Munie d'une serviette, elle retourna dans la chambre en brandissant les deux articles.

— Que dis-tu d'un massage ?

— Ne me tente pas. La semaine a été longue, très longue.

Ellie prit place au bord du matelas, défit le capuchon, s'étala de la lotion sur les mains puis dut jouer des coudes pour soulever le drap. Rage grogna et se cambra à la seconde où les paumes de la jeune femme entrèrent en contact avec sa queue dressée. Ellie se pencha et entreprit de lui lécher la poitrine en prenant soin d'éviter son pansement. Il avait écopé d'une balle dans le flanc et d'une autre dans le dos, près de l'épaule. À quelques centimètres près, l'impact aurait réduit l'omoplate en miettes.

— Je t'aime, gronda-t-il.

Ellie le caressa lentement. Chaque seconde passée à effleurer cette peau soyeuse, tendue autour du manche aussi dur que de l'acier, était un rêve. Elle joua de la langue sur un téton, puis sur l'autre, tout en continuant à lui stimuler le sexe de la base jusqu'au bout du gland. Rage, grondant toujours, enfla jusqu'à des proportions impressionnantes. Obnubilée par cet énorme engin, la jeune femme tenait à le voir jouir.

L'Hybride, tendu comme un arc, grogna son nom. Puis trembla des pieds à la tête : l'orgasme arrivait. Son gland enfla considérablement. C'était ce renflement qu'elle sentait quand il la pénétrait à fond, dans les derniers instants. Ellie, fascinée, observa la boule qui n'en finissait plus d'enfler.

Se rappelant qu'il éjaculait puissamment, Ellie plaça une main en coupole tout en accentuant le mouvement de va-et-vient et la pression exercée sur sa queue. Quand le jet de sperme fusa dans sa paume, elle sut qu'il n'avait pas exagéré : le risque de suffocation était bien réel lorsqu'il était très excité. S'arrachant au fascinant spectacle, Ellie leva les yeux vers le visage de son bien-aimé.

La tête rejetée en arrière, il hurlait son nom tandis qu'elle le vidait jusqu'à la dernière goutte. Ellie, béate, continua à stimuler sa verge hypersensible jusqu'à ce que Rage l'en empêche.

Elle l'embrassa sur la bouche. Fit courir sa langue sur sa lèvre inférieure. Grognant toujours son nom, il lui caressa les seins.

— Tu te sens mieux ? Plus détendu ?

Pour toute réponse, il grogna.

Ellie se mit hors de portée de ses mains baladeuses, l'essuya avec la serviette et lança celle-ci vers la salle de bains. Restée à distance, elle vit que Rage avait les yeux rivés sur elle.

— J'ai envie de toi.

La jeune femme piailla, surprise, quand il lui sauta dessus sans crier gare et l'étala de tout son long sur le lit. Son dos avait à peine heurté le matelas que l'Hybride était sur elle. Ellie le dévisagea.

— Tu vas rouvrir tes plaies, mon amour.

— Mais non.

La jupe d'Ellie empoignée d'une main ferme, Rage la lui remonta jusqu'en haut des cuisses.

— Rage, arrête.

Elle croisa ses yeux noirs.

— Je n'ai pas fini de déjeuner… et tu es au menu.

Ellie sentit le désir irradier en elle.

— Mais… tes points de suture…

— Je ferai très attention à ne pas tirer dessus. (Il sourit.) Je reste au-dessus, comme ça, je ne remuerai pas trop. Comment l'appelles-tu, déjà… ton petit bouton ? Je suis d'humeur à lécher un bouton, Ellie.

— Je devrais dire non mais c'est impossible, haleta-t-elle, tout entière tournée vers ce qu'il s'apprêtait à faire.

La jeune femme appuya contre la main du colosse dès qu'elle le sentit s'introduire dans sa culotte. Deux doigts se refermèrent sur l'échancrure, juste en dessous du nombril. Il tira un coup sec. L'étoffe n'y résista pas. Il jeta les lambeaux de sous-vêtement.

— Tu devrais arrêter de porter ces trucs, beauté. Ça m'agace.

— Entendu.

Il s'esclaffa.

— Pas de récrimination ?

Elle fit « non » de la tête. Rage commença à lui titiller le clitoris tout en douceur. L'ardeur monta d'un cran. Le sentant glisser vers la terre promise, Ellie écarta les cuisses afin qu'il puisse se caler confortablement.

— Je suis prête à toutes les brûler, si c'est le prix à payer pour que tu continues.

— Brûle-les, pressa-t-il à voix basse en glissant toujours plus bas.

Usant de sa main libre, Rage lui dénuda la poitrine. Puis ses lèvres lui effleurèrent le ventre et sa langue courut jusqu'au nombril.

— Brûle aussi tes soutiens-gorge.

— Tout ce que tu voudras, gémit Ellie, surexcitée.

Son bel amant lui avait tellement manqué qu'elle n'en pouvait déjà plus alors qu'il l'avait à peine touchée. Elle gémit de plus belle.

— J'adore la façon dont tu me mets au supplice avec ton pouce…

Rage descendit en effleurant l'amas d'étoffe au niveau des hanches puis reprit contact avec la chair nue. Il lui écarta les cuisses au maximum, gronda… et enfouit sa tête. Agrippée aux draps, gémissant son nom, la jeune femme se pressa contre sa bouche quand il commença à la lécher.

— Le goût de ton sexe m'a manqué, dit-il d'une voix rauque. J'y suis accro.

Sa langue allait et venait à l'endroit précis qui menaçait de la rendre folle. Ellie gémit plus fort pour lui faire comprendre à quel point la sensation était inouïe. L'Hybride accentua la pression ; collé à son clitoris, il stimulait le petit bouton du plat de la langue.

— Rage, marmonna-t-elle.

— J'ai dit « Arrêtez-vous », merde ! beugla Tigre.

La porte s'était ouverte à la volée. Tout en levant la tête, Rage crispa le poing sur la jupe remontée d'Ellie et rabattit l'étoffe de façon à occulter le sexe offert. Ellie, abasourdie, se tordit le cou : une inconnue et Tigre coupaient brusquement leur élan sur le seuil de la chambre. La femme était bouche bée ; l'agent de l'OPH, quant à lui, éclata de rire avant de se détourner.

— J'ai fait de mon mieux pour l'en empêcher, gloussa-t-il. Vraiment désolé, mec. Je te présente ton infirmière à domicile.

Rage gronda. Ellie, paniquée, voulut tirer sur sa jupe pour la baisser au maximum, mais l'Hybride s'était montré plus prompt. La jeune femme se dégagea comme elle put des épaules du colosse jusqu'à être en mesure de s'asseoir. Ses yeux s'attardèrent sur le corps de Rage, toujours étendu sur le ventre. Le drap avait glissé et ne lui couvrait presque plus les fesses. Ellie loucha ensuite vers l'infirmière, une brune d'environ vingt-cinq ans, qui eut la présence d'esprit de fermer la bouche… pour la rouvrir presque aussitôt.

— Vous ne devriez pas faire ça, monsieur Rage ! Enfin, vous risquez de faire sauter vos points de suture… Quant à vous, mademoiselle Brower, vous devriez avoir honte !

— Sortez, grogna Rage qui saisit au vol Ellie par le poignet alors qu'elle tentait de se lever. Immédiatement !

L'infirmière, plutôt jolie au demeurant, avait les traits tirés par l'indignation.

— Pas question. Je me félicite d'être arrivée à point nommé.

— M'étonnerait que ces deux-là soient d'accord avec vous, ricana Tigre. Vous avez plutôt le chic pour tomber mal, je dirais. Pas vrai, les tourtereaux ?

— Fais-la sortir, exigea Rage.

— Pas possible, répondit Tigre en se retournant derechef. C'est ton infirmière à domicile, mec. Elle doit squatter ici toute la semaine. Justice est inflexible : c'est ça ou le retour à l'hosto, vu qu'Ellie part toute la journée au boulot. Tu étais d'accord parce que ça te permettait de finir ta convalescence ici. Désolé, mec. Pas de mon ressort.

L'infirmière secoua la tête.

— Vous êtes consciente que M. Rage s'est fait tirer dessus deux fois pour vous protéger ? Ça ne vous suffit pas, mademoiselle Brower ? C'est de dormir, dont il a besoin. Pas de s'agiter au lit.

Là-dessus, elle se pencha, ramassa la culotte déchirée d'Ellie qu'elle brandit entre le pouce et l'index et la fusilla du regard.

— Ceci n'est pas acceptable.

Adossé à la paroi, Tigre se tenait les côtes. Ellie sentit qu'elle était cramoisie ; Rage, quant à lui, était d'humeur massacrante. L'infirmière jeta la culotte en lambeaux dans la corbeille à papier située près de la porte.

— Laissez-moi seule avec mon patient, je vous prie. Je dois m'assurer que ses sutures ont tenu, et c'est l'heure de ses antalgiques.

Ellie s'échina à échapper à la poigne de fer de Rage. À la seconde où il lâcha prise, elle sauta du lit de son côté, se dirigea vers la commode et ouvrit le tiroir à culottes. Puis, toujours écarlate, elle alla s'enfermer dans la salle de bains. Et suivit ce qui se disait à côté tout en arrangeant sa mise.

— Et moi qui craignais de m'ennuyer, s'esclaffa Tigre.

— Ta gueule, grinça Rage. Ne remets jamais les pieds dans cette chambre quand la porte est fermée. Jamais.

Ellie émergea de la salle d'eau et alla chercher un pantalon de jogging qu'elle tendit à Rage. Son regard croisa celui de l'infirmière.

— Veuillez sortir ou tourner le dos pendant que j'aide Rage à s'habiller.

— Pas la peine, railla l'infirmière. Vu que je m'apprête à lui faire sa toilette.

— C'est moi qui m'en occuperai. Contentez-vous de lui donner ses médicaments, puis sortez pour qu'il puisse enfiler ça.

L'infirmière et Ellie s'affrontèrent du regard.

— C'est mon boulot, de m'occuper de M. Rage.

— Non, c'est le mien, répliqua Ellie, les lèvres pincées. Je suis infirmière, moi aussi.

— Oh, oh ! fit Tigre. Ça sent la querelle territoriale...

Rage fronça les sourcils, furieux d'avoir été interrompu alors qu'il profitait – enfin ! – de son Ellie. Cet instant-là, il l'avait attendu des jours entiers : rentrer à la maison et retrouver sa bien-aimée, loin des regards inquisiteurs des vigiles et du personnel médical. Tout lui avait manqué. La tenir dans ses bras, l'entendre rire, discuter jusqu'au bout de la nuit tendrement enlacés. Sans oublier le goût de sa chair, le contact de ses mains sur lui. Il était suffisamment remis pour lui faire l'amour.

L'infirmière était censée arriver bien plus tard, et Rage n'était pas satisfait de celle qu'on lui avait envoyée. Le regard noir qu'elle dardait sur Ellie lui donnait envie de gronder. Personne n'avait le droit de dévisager sa femme avec de la haine dans les yeux ! S'il n'avait pas promis qu'il autorisait une infirmière à s'installer chez lui, il aurait volontiers demandé à Tigre de la reconduire sur-le-champ jusqu'au portail de la base.

Les femmes hybrides se montraient possessives. En observant Ellie, il remarqua qu'elle avait les épaules et les mâchoires crispées. Tigre avait vu juste : les deux humaines étaient à deux doigts d'en venir aux mains pour avoir l'ascendant.

Autoriser Ellie à en découdre ? Pas question, décida-t-il, elle risquait de prendre un mauvais coup. Rage s'exhorta au calme. En se montrant zen, peut-être ferait-il comprendre à Ellie qu'elle n'avait pas à s'en faire et que l'autre nana ne représentait pas une menace… Jamais il n'autoriserait une autre femme à poser les mains sur lui. Il lui suffisait de clarifier la situation : c'était à Ellie de faire sa toilette, de l'aider à s'habiller si nécessaire. L'infirmière avait intérêt à filer doux. Il prit une profonde inspiration.

— C'est Ellie qui fera ma toilette, énonça-t-il sur un ton sans appel. Personne d'autre.

L'infirmière, très remontée, le fusilla du regard.

— C'est moi votre infirmière attitrée, pas elle.

— J'en ai rien à foutre, glapit Rage, à deux doigts de s'emporter contre cette humaine mal embouchée. Ellie est la seule autorisée à me toucher. Ellie ? (L'intéressée tourna la tête vers lui.) Calme-toi. Je t'appartiens.

Il la regarda dans les yeux afin d'appuyer son propos.

— Il n'y a personne d'autre, reprit-il. Tu es la seule femme que je désire.

Aujourd'hui et pour toute la vie, compléta-t-il mentalement, désormais certain d'avoir trouvé l'âme sœur.

Chaque seconde passée auprès d'Ellie raffermissait le lien qui les unissait.

—Toi seule existes.

—Je le sais, répondit-elle, plus détendue.

—Ne lui saute pas à la gorge, d'accord ?

Décidé à recourir à l'humour pour capter l'attention d'Ellie, Rage se fichait comme d'une guigne que cela puisse effrayer cette pimbêche d'infirmière. Le plus sérieusement du monde, il ajouta :

—Même si elle l'a bien mérité en débarquant comme une furie.

L'infirmière, qui prenait d'évidence la menace sous-jacente pour argent comptant, fit les yeux ronds et recula jusqu'au seuil de la chambre.

—M-mais, bredouilla-t-elle, en proie à un début de panique, j'avais cru comprendre que vous étiez humaine... V-vous êtes une Hybride, vous aussi ?

L'effroi suscité amusa Rage au plus haut point.

—Bien sûr qu'Ellie est une Hybride. Puisque c'est ma femme.

Ellie soupira.

—Je suis aussi humaine que vous. Ce qui, en l'espèce, n'a rien de glorieux. (Elle s'approcha de Rage et lui parla à mi-voix.) Je n'avais aucune intention de lui sauter à la gorge, enfin ! Simplement, je déteste l'idée qu'elle pose les mains sur toi.

—Jalouse ? lança-t-il, narquois.

Toute trace de courroux évanouie, elle répondit par un léger hochement de tête.

—C'est moi qui te fais ta toilette.

Le colosse lui prit la main.

— Rien que toi, marché conclu. Et sinon… j'ai droit à un autre sandwich ? J'ai toujours faim. (Il réprima à grand-peine sa frustration.) Mon déjeuner a été interrompu.

Un sourire aux lèvres, Ellie déposa le pantalon de jogging plié sur les genoux recouverts d'un drap de l'Hybride.

— Enfile ça, nous ne sommes plus seuls.

À l'infirmière prostrée sur le seuil :

— Je vous montre où se trouve la chambre d'amis pendant que Rage passe un pantalon.

À Tigre, avec un regard noir appuyé :

— Quant à toi… efface-moi ce sourire niais. Il n'y a pas de quoi rire. Tu peux surveiller Rage et vérifier qu'il ne lui arrive rien de fâcheux en s'habillant ?

— Ça roule, répondit l'intéressé, hilare. Vraiment tout sauf ennuyeuse, cette mission.

— Pousse-toi ou je te mords, lui glissa Ellie en passant.

— Mordre, c'est mon rayon, lança Rage, hilare lui aussi, ce qui fit rire son comparse.

Ellie mourait d'envie d'assassiner Belinda Thomas. Elle eut beau desserrer les poings et respirer à fond, rien n'y fit. Idem après avoir compté jusqu'à dix aussi lentement que possible. *Rien à faire, elle me tape sur les nerfs*. Elle décrispa les mâchoires : se casser les dents n'arrangerait rien, bien au contraire. Elle voyait rouge.

L'infirmière était encore avec Rage. Elle se pavanait dans sa chambre vêtue d'un short en jean si court qu'il frisait l'indécence et, pour couronner le tout, d'un petit haut guère plus couvrant qu'un soutif. Le ventre plat, bronzé et dénudé, elle était penchée sous le nez de l'Hybride, ayant cru bon de passer l'aspirateur alors que la chambre était déjà nickel. Rage paraissait hypnotisé par les quelques centimètres carrés de croupe à nu que la posture provocatrice de Belinda mettait en valeur.

— Rage ?

Se tournant aussitôt vers Ellie, il lui sourit.

— Salut, beauté.

Belinda, surprise, se redressa, fronça les sourcils en découvrant Ellie et coupa l'aspirateur.

— Vous rentrez tôt, aujourd'hui, dit-elle sur un ton de reproche.

Ellie hocha la tête.

— C'est le nouvel uniforme d'infirmière ? Quelqu'un devrait en toucher deux mots à votre patron…

Une étincelle mauvaise s'alluma dans les yeux de Belinda.

— Il fait super chaud, se défendit-elle, et quand je suis détachée à domicile, je ne suis pas tenue de travailler en uniforme.

— C'est regrettable. Quant à l'aspirateur, j'ai fait le ménage avant-hier, ce n'était pas nécessaire.

— Vous avez des progrès à faire, question ménage, rétorqua Belinda en arquant un sourcil. Il y a des tas de choses que je fais très bien. Je parie que je vous vaux largement dans beaucoup de domaines, ajouta-t-elle, perfide, en adressant un clin d'œil à Rage.

Ellie fit un pas vers elle.

— Sale petite…

— Ellie ! intervint Rage en haussant la voix. Viens ici, tu m'as manqué.

Coupant court à sa furieuse envie de gifler l'autre morue, la jeune femme s'exécuta et prit place au bord du lit. Sa colère était intacte. Pire, elle s'intensifia en découvrant la mine réjouie de l'Hybride. Rage se délectait de la voir sortir les griffes. Quoi de plus normal, au demeurant ? Belinda Thomas l'aguichait à longueur de journée !

— Je vais faire chauffer l'huile de massage, minauda Belinda. Il faut que je m'occupe de cette épaule. Faute de traitement adéquat, c'est la contracture assurée.

Là-dessus, elle quitta la pièce en emportant l'aspirateur.

— N'entre pas dans son jeu en te fâchant après elle, la pressa Rage à mi-voix.

— J'ouvre la porte et je te surprends les yeux rivés sur son cul ! s'indigna Ellie. Si jamais elle te touche avec ses mains pleines d'huile, je te préviens : je déménage illico.

Il cessa aussitôt de sourire.

— Elle ne m'intéresse pas, Ellie. Je regardais son cul, c'est vrai, mais c'est parce qu'elle a la peau bizarre. Rien à voir avec le tien.

— Bizarre ? répéta Ellie, à deux doigts d'exploser.

— Le bas de ses fesses est tout plissé et marbré. Tes fesses à toi sont toutes lisses. Je les adore.

— Tu lui matais les fesses parce qu'elle a de la cellulite ?

— Que veux-tu que je fasse d'autre ? Elle m'a confisqué la télécommande au prétexte que la télé pourrait nuire à ma convalescence. J'ai voulu la récupérer, mais Tigre m'a dit que je n'avais pas le droit de mettre sa chambre à sac.

Ellie le dévisagea.

— C'est invivable ; elle te drague ouvertement. Tu ne t'en es peut-être pas rendu compte, mais elle n'y va pas par quatre chemins, tu peux me croire. Ça me rend dingue. Et puis je suis infirmière, merde ! Je peux m'occuper de toi ! Peu m'importe ce que tu as promis ou non à Justice.

— Tu es jalouse.

— Évidemment que je suis jalouse !

Rage sourit d'une oreille à l'autre.

— J'adore te voir comme ça, mais c'est inutile et tu le sais. Tu es la seule. L'unique. Fais comme moi : méprise. J'ai bien vu qu'elle me draguait. En pure perte. Je ne ressens absolument rien pour cette femme.

Il attira Ellie sur ses genoux.

— Tu es la seule qui me fasse de l'effet. Tu la sens ? Elle t'appartient.

— C'est l'heure du massage d'épaule, lança Belinda depuis le seuil.

Ellie ferma les yeux ; Rage l'attira tout contre lui jusqu'à ce qu'elle ait la tête posée sur son épaule valide.

— Fichez le camp, grogna-t-il. C'est Ellie qui va me masser.

— Enfin, Rage, s'indigna l'infirmière. Je suis une professionnelle. Donnez plutôt congé à votre petite nana, qu'elle aille jouer ailleurs pendant que je travaille.

Ellie se cabra. Rage, d'évidence à court de patience, montra les crocs.

— Ellie n'est pas ma « petite nana » mais ma future femme. Ne faites plus jamais allusion à elle comme si elle était quantité négligeable ; Ellie est tout pour moi. Et cessez de m'appeler ainsi. Pour vous, c'est monsieur Rage, compris ? Dernière chose, rugit-il. Quand je vous dis de foutre le camp, vous foutez le camp !

Douce musique aux oreilles d'Ellie, qui entendit Belinda hoqueter puis la porte claquer. Rage lui caressa le dos.

— Elle est partie.

Ellie rouvrit les yeux.

— Merci. J'ai confiance en toi, tu le sais bien. Simplement… (Elle secoua la tête.) Tout rentrera dans l'ordre dès que tu seras rétabli et que cette poufiasse aura fichu le camp pour de bon.

— Nous sommes sous pression avec tous ces gens qui vont et viennent à la maison ; les moments en tête à tête sont rares. (Il prit la tête d'Ellie dans le creux de ses mains.) Il me tarde de me retrouver seul avec toi. C'est ce que je désire le plus au monde.

— Moi aussi. Mais quelle peste, celle-là ! Elle m'énerve au plus haut point, et en plus, elle te fait du rentre-dedans ! Si les rôles étaient inversés et qu'un infirmier me drague aussi lourdement, comment réagirais-tu ?

— Au quart de tour, répondit Rage, tout sourires. Ça ne durerait pas : le pauvre gars aurait du mal à te toucher avec les deux mains en miettes et à te baratiner avec le maxillaire brisé.

Ellie éclata de rire.

— Attention, tu me donnes des idées sur la façon de corriger l'autre peste ! Ce qu'il me tarde de la voir partir… Il n'y en a plus pour longtemps, Dieu merci.

Rage rit à son tour.

— Bien dit ! Remercie ton Dieu, glissa-t-il, l'œil pétillant de malice. Et sinon, pour ce fameux massage aux huiles chaudes… Tu es partante ?

— Avec grand plaisir.

— Pas à l'épaule, ronronna l'Hybride. Et débarrasse-toi de ce jean. J'espère que tu as tenu ta promesse et que tu ne portes pas de culotte.

— Quelle promesse ? J'avais fait vœu de toutes les brûler si tu continuais à me faire du bien, c'est vrai, mais tu as dû t'interrompre quand Super Poufiasse a débarqué.

Ellie descendit du lit et s'en écarta de quelques enjambées, puis déboutonna son jean et en écarta les pans.

— C'est ton jour de chance : promesse tenue ou non, je n'en porte pas.

Rage riva les yeux sur le triangle de chair ainsi dévoilé. Tout en poussant un grondement sourd, il empoigna le drap qu'il envoya valdinguer et se leva d'un bond. Ellie se passa la langue sur les lèvres et jeta un coup d'œil inquiet à la porte.

— Il faudrait vraiment qu'on pose un verrou…

— Elle n'osera jamais, grogna l'Hybride.

— Chasse cette pensée, murmura-t-elle, l'index devant la bouche, tu vas lui donner de mauvaises idées…

La jeune femme trottina jusqu'au petit secrétaire, souleva la chaise et alla caler celle-ci sous la poignée de la porte. Puis elle fit volte-face, ôta sa tunique et la jeta par terre.

— Tu n'as pas brûlé tes soutiens-gorge, fit remarquer Rage en se débarrassant prestement de son bas de jogging.

— J'étais au travail. Tu tiens tant que ça à ce que mes seins ballottent sous le nez d'autres hommes ?

— Pas vraiment, non. Je tuerai le premier qui louchera sur ces seins, qui sont à moi.

Ellie s'esclaffa en ôtant son jean.

— À toi, hein ?

— À moi, confirma-t-il en l'enlaçant.

Puis il lui plaqua les mains sur la poitrine.

— Massage d'abord ?

— Non. La dernière fois, c'est moi qui ai été régalé le premier. Allonge-toi, ma beauté. Tu me dois un repas.

Ellie sortit de son étreinte et grimpa sur le matelas. Allongée sur le dos, elle sourit à Rage qui se penchait déjà sur elle.

— Si quelqu'un nous interrompt, gronda l'Hybride en la saisissant par les hanches puis en commençant à la caresser, je jure que je fais un carton. Avec le flingue que j'ai rangé dans le tiroir de la table de nuit.

Ellie ricana.

— Tu n'aurais pas dû me dire ça. C'est sur Belinda que je vais faire un carton.

Rage lui adressa un clin d'œil.

— Je te montrerai tout à l'heure comment ça fonctionne.

Chapitre 18

— Pas question.

Rage, inflexible, avait les yeux assombris par la fureur. Ellie soutint son regard.

— Justice insiste. Il dit que le public demande à me voir, à s'assurer que tout va bien pour nous. Ce serait l'occasion d'annoncer que tu te rétablis.

— Non, gronda l'Hybride, les bras croisés.

Ellie cessa d'occulter le micro du téléphone.

— Il refuse, Justice. Je suis désolée.

La jeune femme écouta la réponse puis raccrocha. Elle s'installa au bord du lit.

— Il dit qu'il comprend et qu'il se contentera de diffuser un communiqué écrit. Quelqu'un nous apportera le texte pour qu'on le valide dans l'après-midi. Il partira ce soir.

— Peu m'importe son contenu. Rappelle-le et dis-lui que je me fie à son jugement.

— Entendu. (Ellie marqua un temps.) Je peux savoir pourquoi tu refuses que j'aille parler aux journalistes ?

— Tu n'iras nulle part. On t'a déjà prise pour cible, je refuse de t'offrir en pâture aux cinglés de la gâchette.

— Tu te fais du souci pour moi, conclut Ellie, sa rancœur envolée.

— En permanence. C'est mon boulot de veiller à ce qu'il ne t'arrive rien, et dans cette optique, le plus simple, c'est de ne pas t'exposer.

— D'accord.

— D'accord ? Tu ne râles pas ?

Le colosse n'avait pas l'air convaincu à cent pour cent.

— Tu n'as pas l'intention d'aller parler aux reporters dans mon dos, j'espère ?

— J'ai déjà dit non à Justice. Et pour qui tu me prends, d'abord ? maugréa Ellie, les sourcils froncés.

— Pour une nana qui déteste s'entendre dire ce qu'elle doit faire ou ne pas faire.

La jeune femme haussa les épaules.

— Je sais que tu agis ainsi pour me protéger. Et que tu as d'excellentes raisons de me l'interdire : la dernière fois qu'on s'est présentés à la presse, tu as reçu deux balles.

Rage se décrispa.

— Merci, lâcha-t-il sur un ton bourru.

— C'est l'heure de changer les pansements et d'avaler ses médicaments, roucoula Belinda en entrant dans la chambre, sa trousse à pharmacie en main.

Ellie, plus qu'agacée, adressa une grimace à Rage pour lui signifier son état d'esprit puis se leva.

— Je file sous la douche.

— Fais vite.

La jeune femme coula un regard noir en direction de l'infirmière en se dirigeant vers la salle de bains. Peine perdue : Belinda l'ignora superbement. Il en était ainsi depuis que Rage l'avait congédiée avec fracas. Cela étant, plus personne n'avait déboulé dans leur chambre à l'improviste. Ellie se déshabilla puis régla la température du jet. La journée avait été longue, elle était heureuse de pouvoir se délasser.

Un profond soupir lui échappa tandis qu'elle se glissait sous l'eau chaude. Elle ferma les yeux et s'obligea à se détendre.

Ses pensées dérivèrent aussitôt vers les problèmes de boulot. Au cours d'une ronde, un vigile humain était tombé par mégarde sur l'une des Hybrides de petite taille, qui s'était mise à hurler en découvrant un « intrus » mâle dans la cuisine du bâtiment.

Il avait fallu une heure à Ellie pour la calmer. Puis elle avait téléphoné au poste de sécurité, à Darren Artino et à Justice, exigeant d'eux que plus aucun vigile de sexe masculin ne pénètre dans le dortoir des filles sauf en cas d'urgence, et ce, jusqu'à ce que les nouvelles pensionnaires soient habituées à côtoyer des hommes. Le responsable de la sécurité s'était insurgé contre cette requête ; Ellie n'avait eu gain de cause que grâce à l'appui de Justice. Pour couronner le tout, elle était tombée nez à nez avec Super Poufiasse en rentrant à la maison, ce qui n'avait fait qu'accentuer son stress.

La porte de la salle de bains s'ouvrit à la volée. Le choc contre la paroi était d'une rare violence. Ellie sursauta puis fit coulisser l'ouverture de la cabine de douche : Rage était là, les traits assombris par la fureur. La jeune femme voulut se saisir de sa serviette et grimaça. Un coup d'œil à sa main endolorie lui apprit qu'elle s'était entaillé la paume contre une arête métallique. Un mince filet de sang commençait à sourdre. Elle s'empressa d'oublier cette écorchure minime, il y avait plus pressé, connaître l'origine du courroux de Rage.

— Qu'est-ce qui se passe ?

L'Hybride referma la porte tout aussi violemment, les enfermant ensemble.

— Cette nana doit foutre le camp !

Ellie s'entoura de la serviette et sortit de la cabine de douche, encore toute ruisselante.

— Super Poufiasse ? Tu prêches une convertie !

— Cette salope-là, oui !

Rage, tremblant, dévisagea Ellie et devint tout pâle.

— Je ne l'ai pas embrassée. C'est elle qui m'a agrippé et a posé ses lèvres sur les miennes. Elle a même essayé de faire entrer sa langue dans ma bouche. (Il gronda.) Je l'ai repoussée ; elle a commencé à se déshabiller. (Nouveau grondement, plus sonore.) Alors je me suis réfugié ici. Il faut qu'elle parte.

En entendant cela, Ellie sentit sa colère dépasser celle de l'Hybride.

— Elle t'a… embrassé ?

— Elle m'a d'abord fait une piqûre, puis elle a changé mes pansements, et là, sans crier gare, voilà qu'elle se jette sur mes genoux et qu'elle m'embrasse à pleine bouche. Fais-la sortir avant que je lui fasse du mal, Ellie.

— Elle est à moi.

Ellie défit la serviette et opta pour sa chemise de nuit accrochée à la porte. Pas le temps d'aller chercher des fringues propres dans l'autre chambre, et pas question non plus de remettre la tenue dans laquelle elle avait sué toute la journée. Un nouveau coup d'œil à Rage lui fit prendre conscience de sa tension extrême. Il la dévisageait sans mot dire.

— Je m'en occupe.

— Je n'ai rien fait pour provoquer ça…

— Je te crois, dit Ellie en acquiesçant.

Rage se saisit d'elle sans crier gare alors qu'elle passait sous son nez. Il l'enlaça et lui prit le visage entre les mains.

— Embrasse-moi.

— Laisse-moi d'abord m'occuper d'elle.

— Embrasse-moi, grinça-t-il. Son odeur est sur moi, c'est insupportable.

Ellie comprit. Rage avait l'odorat hypersensible et appréciait d'avoir l'odeur d'Ellie à fleur de peau : il se frottait à elle à tout bout de champ afin de s'en imprégner. Aussi perturbant que cela soit, c'était en même temps génial de savoir qu'il aimait aller partout avec sa trace olfactive.

Elle l'embrassa. Frotta son corps menu à l'immense carcasse de l'Hybride. De toute évidence, Rage faisait peu de cas des auréoles qui fleurissaient sur sa tenue au contact de celle d'Ellie. Elle fit courir ses mains sur son visage, dans son cou. Prit soin de se frotter partout où Belinda avait pu apposer son odeur.

Ses pieds quittèrent le sol ; son dos heurta la paroi. Les mains de Rage glissèrent jusqu'à ses hanches. Il la souleva encore et lui écarta les jambes afin qu'elle les love autour de sa taille. À cet instant, la lucidité rattrapa Ellie qui se débattit dans les bras du colosse. Elle cessa de le caresser et laissa pendre ses jambes.

Mettant fin à l'embrassade, la jeune femme vit immédiatement le filet de sang qu'avait laissé son écorchure oubliée sur le maxillaire et la joue de Rage.

— Lâche-moi. Je te mets du sang partout.

— Tu saignes ? s'inquiéta-t-il aussitôt. Où ça ? J'étais trop remué pour le remarquer, et je retenais en plus ma respiration pour éviter d'inhaler l'odeur de cette nana.

Elle rougit.

— Je me suis écorché la main sur la porte de la douche. Une vis qui dépasse, peut-être… Je mets un pansement et ensuite, je m'occupe du cas Belinda. Comme, en plus, je vais bientôt avoir mes règles, j'en connais une qui va amèrement regretter d'avoir déconné avec toi.

Quelque chose changea dans le regard de Rage, qui inhala à fond.

— Tes règles sont pour bientôt ? Je ne sens rien…

— Bizarre, ça ! Brise m'a pourtant prévenue que les mecs hybrides s'en aperçoivent à près d'une borne de distance… et m'a dit quoi faire quand ça arrive.

Rage grogna doucement.

— Bien vu de sa part.

— Sinon, toujours selon elle, jamais je ne pourrais rentrer à la maison sans me faire repérer à l'odeur. (Ellie sourit brusquement.) Elle a voulu me faire marcher, ou quoi ?

— Ça nous excite, ronronna l'Hybride, les pupilles assombries par le désir.

— Ah bon ?

— Tu n'as jamais laissé un homme te toucher pendant tes règles ?

Ellie secoua la tête. Son ex-mari avait toujours joué les dégoûtés à cet égard et la jeune femme, pour sa part, n'avait jamais jugé nécessaire d'insister : souvent ballonnée et sujette aux crampes abdominales, elle ne s'était jamais trouvée sexy pendant ces jours-là.

— Ça rend les femmes plus chaudes et plus humides, précisa Rage en la plaquant plus fermement contre le mur. Je t'ai déjà dit à quel point c'était excitant ?

— Rage, arrête, rétorqua Ellie qui, tout en souriant, le repoussa afin de prendre un peu de champ. Mes règles n'ont pas commencé, j'ai la main qui saigne et il faut que j'aille toucher deux mots à Super Poufiasse. Patience. J'en termine avec elle et je suis à toi.

Rage gronda plus fort et refusa de reculer, continuant à coller Ellie à la paroi. Prise d'un malaise diffus, elle poussa tant qu'elle put.

— Ça suffit, d'accord ? Tu m'écrases. Laisse-moi passer.

Il recula comme à regret. Ellie se faufila comme une anguille puis, enfin libérée, secoua la tête.

— Allez, mon grand, laisse-moi sortir de la salle de bains. Je botte les fesses d'une certaine infirmière et ensuite, je te remets au lit. (Elle lui frotta le bras.) Tu dois te ménager, tu n'es pas encore totalement remis. Rappelle-toi ce qu'a dit Trisha. En me faisant l'amour contre le mur, tu risquerais de faire sauter tes points de suture. On pourra s'envoyer en l'air dans toutes les positions qu'on veut d'ici quelques jours, mais dans l'intervalle, on la joue tranquille, d'accord ? Dans un lit.

L'organisme en surchauffe, Rage bataillait pied à pied pour garder le contrôle de ses actes. Il dut contracter tous les muscles de son visage afin de ne pas hurler. Le souffle court, il vit Ellie qui traversait la salle de bains. Une colère noire l'habitait. Qui n'était pas dirigée contre elle.

Il la désirait si fort que c'en était douloureux. Tout son être ne souhaitait qu'une chose : alpaguer Ellie, la plaquer contre le mur et la pénétrer. Il serra les poings le long du corps et refréna ses pulsions. Elle avait dit non et il s'était juré de ne jamais lui faire de mal, de ne jamais la brusquer… mais que c'était difficile de ne pas se jeter sur elle !

Qu'est-ce qui m'arrive, bordel ? Inspiration, expiration. Pas la moindre idée. La chaleur s'intensifiait dans son corps massif, il inhala l'odeur d'Ellie… et sa queue se raidit jusqu'à la limite du tolérable.

C'est sûrement lié à cette nana qui m'a sauté dessus, songea-t-il. Non sans raison : accro comme il l'était à l'odeur d'Ellie, il avait la plus grande peine à s'en passer. Il avait fallu qu'une autre femme se frotte à lui pour qu'il prenne pleinement conscience de son addiction.

La bête qui est en moi pointe encore son vilain museau… Contraint de dominer ses pulsions pour ne pas risquer de faire du tort à Ellie, l'Hybride avait malheureusement de plus en plus de difficultés à faire taire ce besoin pressant de la baiser. De fourrer son sexe dans sa chatte.

Il prit conscience qu'il bavait un peu à cause de l'odeur de sang qui flottait dans la pièce. C'était choquant, un brin effrayant… monstrueux, même. Dos au mur, le souffle court au point de haleter, Rage tenta de se ressaisir.

Sentant que les pulsions montaient en lui sans qu'il puisse les contenir, le colosse opéra une brusque volte-face et frappa la paroi. La douleur vive qui lui fusa dans le bras l'aida à reprendre un semblant de contrôle ; la colère reflua, il fut de nouveau capable de penser.

Figée un court instant par ce déchaînement de violence, Ellie, elle-même d'humeur massacrante, mit cela sur le compte de l'attitude inqualifiable de Super Poufiasse.

— Toujours fâché après elle ? Cogner le mur t'a fait du bien ?

Il se tourna vers elle en secouant sa main endolorie.

— C'est pas ça. Ce qui me rend dingue, c'est de ne pas pouvoir te sauter.

— J'avais compris, mon grand, mais c'est un coup à t'obliger à retourner à l'hôpital. Retourne te coucher pendant que je règle son compte à mademoiselle Bisou-Bisou. On fera l'amour après, sur le lit, tout en douceur, histoire de ne prendre aucun risque. (Ellie colla un pansement adhésif sur sa paume écorchée.) Je vais de ce pas nous en débarrasser une bonne fois pour toutes.

Rage grogna puis ouvrit la porte de la salle de bains. Ellie le suivit dans la chambre, l'y laissa et partit en quête de l'infirmière. Elle ne prit pas la peine de passer une culotte : la chemise de nuit lui descendait jusqu'aux genoux. Il lui tardait d'ordonner à Belinda Thomas de ramasser ses affaires et de foutre le camp ; jamais elle n'avait vu Rage si agité.

Ellie trouva l'infirmière installée dans le canapé du salon. L'air agacée, elle brandissait la télécommande.

Tigre, vautré dans un fauteuil près de l'entrée, feuilletait un magazine. Il arqua un sourcil en voyant débouler Ellie en chemise de nuit.

— Un peu tôt pour aller se coucher, non ? dit-il en consultant sa montre. Il n'est que 4 heures…

— Toi, déclara Ellie en désignant Belinda, tu dégages. Tu es virée. Finie. Appelle qui tu veux, mais pas avant d'avant pris tes affaires et mis les voiles.

À l'agent de l'OPH :

— De deux choses l'une : soit elle quitte Homeland illico, soit je l'envoie à l'infirmerie… sur une civière. Et prière de ne plus jamais l'autoriser à revenir.

— Ce n'est pas à vous de me dire où je dois aller, rétorqua Belinda en jetant un regard noir à Ellie. J'ai été engagée par Justice North pour prendre soin de Rage. Lui seul peut me signifier mon congé.

— Très bien.

Ellie se rua sur le téléphone et composa le numéro de Justice qu'elle connaissait par cœur.

— Justice North à l'appareil, annonça l'intéressé d'une voix calme.

— Belinda Thomas vient de se jeter à la tête de Rage. Il est prêt à la tuer, et moi, pire encore. Je viens de lui dire de ramasser ses merdes et de dégager, mais selon elle, vous seul êtes habilité à la virer.

Un blanc. Puis :

— Elle vient de quoi ?

— De sauter au cou de Rage. Je prenais ma douche quand elle lui a littéralement sauté dessus. Il a débarqué furax dans la salle de bains. Je m'en sors bien : il ne m'a pas écrasée en se frottant à moi. Il a complètement pété les plombs, Justice. Je ne l'ai jamais vu aussi furieux. Nous voulons tous les deux qu'elle parte immédiatement. Je prendrai des jours de congé pour m'occuper de lui moi-même, mais s'il vous plaît, sortez-la d'ici.

— Est-ce que vous êtes blessée ? Il vous a fait du mal ? gronda Justice.

— Je n'ai rien. Il est juste hors de lui à l'idée qu'elle tente de le séduire et il a été très agressif quand il a voulu remplacer l'odeur de cette femme par la mienne.

— Est-ce qu'il vous a blessée ? Il a tenté de vous brutaliser ? Il faut que j'appelle le médecin ?

— Il n'a pas essayé de coucher avec moi. Il s'est contenté de se frotter à moi et a failli m'écraser contre le mur. Mais là n'est pas la question. Je veux que cette nana s'en aille, Justice. Tout de suite. Si vous ne la virez pas, je jure que je lui casse les bras pour la mettre hors d'état de nuire. Je suis sérieuse.

— J'arrive. Passez-moi Tigre.

Ellie obtempéra. L'agent de l'OPH, un brin inquiet, accepta le combiné. Ellie fusilla Belinda du regard ; des flammes auraient tout aussi bien pu sortir de ses narines tant elle bouillait intérieurement.

— Fais tes valises. Il arrive pour te virer.

Belinda lui tint tête.

— Vous…

— Vous quoi ? hurla Ellie, à deux doigts de péter un plomb.

Un feu mauvais couvait dans les yeux verts de l'infirmière.

— C'est vous qui allez remballer les vôtres, dit-elle avant de s'élancer dans le couloir d'un pas décidé.

Ellie s'obligea à ne pas sortir de ses gonds. Elle loucha vers Tigre : adossé au chambranle de l'entrée, loin d'elle, il arborait une expression tendue qui la fit froncer les sourcils. Puis il raccrocha.

— Un problème ? s'inquiéta la jeune femme en le découvrant livide.

— Ellie, dit-il en ouvrant la porte. Suivez-moi à l'extérieur.

La jeune femme baissa les yeux sur sa tenue légère.

— Pas question de sortir en chemise de nuit. Pourquoi diable irais-je dehors ? L'autre morue est en train de faire ses valises, elle ne peut pas nous entendre depuis sa chambre.

L'agent de l'OPH courut presque au-devant d'elle.

— C'est pas le moment de discuter, femme ! Sortez immédiatement, j'ai dit.

Ellie recula d'un mètre ou deux ; Tigre se figea, respira par les narines et fit la grimace.

— Merde, vous saignez… Et moi qui viens de dire à Justice que Rage ne vous avait fait aucun mal.

— C'est exact, rétorqua la jeune femme en présentant sa paume ornée d'un pansement rose. C'est moi qui me suis coupée en sortant de la douche. Jamais Rage ne lèverait la main sur moi.

L'Hybride renifla de nouveau.

— L'odeur de sang n'est pas très forte.

— Normal, c'est une bête égratignure. Qui saigne à peine.

— Il faut sortir illico.

Ellie recula encore.

— Je n'irai nulle part. Je ne suis pas habillée pour sortir, et si tu t'imagines que je vais laisser Super Poufiasse seule avec Rage, tu te fourres le doigt dans l'œil.

— Ellie, grinça Tigre, Rage a subi des injections massives de substances régénératrices pour accélérer sa cicatrisation. On m'a chargé de surveiller ses réactions… et là, de toute évidence, il voit rouge. Vous êtes en danger. Il faut vous réfugier en lieu sûr. (Il regarda sa montre.) La piqûre lui a été faite il y a quoi, quinze minutes ?

Ellie lui jeta un regard noir.

— Je suis allée prendre ma douche quand Belinda a déclaré qu'elle allait lui administrer son traitement. Rage m'a dit qu'elle lui avait fait une piqûre. Pourquoi serais-je en danger ?

Vif comme l'éclair, Tigre passa un bras autour de sa taille, la fit pivoter d'un demi-tour et lui plaqua une main sur la bouche. Les pieds de la jeune femme quittèrent le sol. L'agent de l'OPH fila vers la sortie en ceinturant Ellie qui se débattait vainement. Une poignée de secondes plus tard, ils émergèrent au grand jour.

— Du calme, lui intima l'Hybride au creux de l'oreille. N'ayez pas peur : il le sentirait. Il s'est imprégné de votre odeur, si j'ai bien compris. Respirez à fond deux ou trois fois et je vous explique tout, d'accord ? Mais évitez d'élever la voix. Promis ?

Ellie, plus furieuse qu'inquiète, hocha la tête. Son ravisseur se décrispa et l'aida à reprendre contact avec le sol. Dès qu'elle put parler de nouveau, Ellie le foudroya du regard.

— C'est quoi, ce cirque ? siffla-t-elle à mi-voix.

— Vous avez idée de ce que Rage a encaissé ? rétorqua-t-il, les sourcils froncés. Un humain en serait mort. Il s'est passé une semaine à peine, et voilà qu'il gambade comme un lapin. Vous ne trouvez pas ça hyper rapide, comme guérison ?

— Les Hybrides guérissent vite. Rage m'a assuré que c'était normal.

— C'est vrai jusqu'à un certain point, mais pas aussi vite qu'il l'a fait. Pas sans aide. L'information est classée top secret. En tant que compagne de Rage, vous êtes cependant considérée comme une Hybride, il faut que vous sachiez. Certains médecins n'avaient pas archivé toutes leurs données scientifiques sur les systèmes informatiques qu'ils ont détruits quand les labos clandestins ont été perquisitionnés. Nous avons réussi à mettre la main sur plusieurs formules des drogues qu'ils utilisaient sur nous.

Cette nouvelle la surprit.

— Pourquoi tout ce secret ?

Il hésita avant de poursuivre.

— À votre avis, comment se fait-il que le président des États-Unis et son administration n'aient pas hésité une seconde avant de nous faire cadeau d'une base militaire ? Et qu'ils répondent favorablement à toutes nos exigences ? Certains humains, très attachés à notre cause, ont prodigué des conseils à Justice. Ils lui ont expliqué la notion de souveraineté. Quand nous avons demandé à jouir des mêmes droits que les citoyens lambda, le gouvernement a dit banco. L'OPH forme un État indépendant sur le sol américain – sur une terre qui nous a été donnée. Nous jouissons en outre d'une immunité diplomatique très étendue. Ce qui fait de nous des citoyens américains avec des privilèges particuliers.

— C'est normal que vous soyez citoyens des États-Unis, vous y êtes nés. Et c'est tout aussi légitime qu'on vous ait fourni un lieu où vivre en paix : avec tous ces groupuscules extrémistes en circulation, c'était trop dangereux de vous mêler d'emblée à la population.

— Au fil des décennies, Mercile Industries a empoché des milliards de dollars pour mener ses recherches. Le président en exercice est responsable des six dernières années de financement public. Des crédits militaires.

Ellie le dévisagea, perplexe.

— En quoi ça concerne l'état actuel de Rage ?

— Mercile avait promis de livrer des molécules destinées aux forces armées. Des drogues censées rendre les soldats plus forts, plus efficaces au combat, plus aptes à se remettre de leurs blessures… et même aiguiser leurs sens. Un avantage chimique sur les autres nations. Les pouvoirs publics font déjà vacciner nos troupes avant de les envoyer dans des pays à risque. Imaginez que les gars reçoivent en plus une piqûre qui les rend plus forts, plus rapides et plus durs à tuer : ça signifierait des conflits plus faciles à gagner et beaucoup moins coûteux en vies humaines. Personne ne savait que Mercile avait jeté la morale et la loi aux orties dans l'unique but de fournir ces avancées. Les subventions publiques ont servi à faire de nous des esclaves. Ce fric, c'est notre sueur, notre sang. Nos souffrances.

Le grand public serait outré d'apprendre que l'argent des impôts avait servi à financer de telles atrocités. Il fallait s'attendre à une levée de boucliers de la part de toutes les associations humanitaires de la planète, voire à une crise diplomatique majeure.

— C'est horrible, murmura-t-elle. Abominable. Mais en quoi cela vous conduit-il à croire que Rage puisse être dangereux ? J'ai très envie d'y retourner, Tigre. Viens-en au fait.

— Mercile a mis au point tout un tas de produits ; les rapports qui ont pu être récupérés font état de plusieurs victimes chez les volontaires humains. Un lot, en particulier, accélère la guérison des Hybrides de façon phénoménale. (Il se racla la gorge.) Avec parfois un effet secondaire : de brèves crises de folie. Ça n'a pas refroidi les toubibs de Mercile. D'après ce qu'on a pu lire, ils estimaient… rentable… de sauver les spécimens gravement blessés quitte à ce qu'ils deviennent temporairement ingérables. Les Hybrides victimes de ces épisodes de démence ont tous pleinement récupéré. Les volontaires humains, quant à eux, n'ont pas eu cette chance. Certains sont morts ; les autres ont eu la cervelle grillée.

— C'est ça que tu redoutes ? comprit Ellie. Que Rage pète un plomb ?

— Oui. Les rapports étaient incomplets. On ignore à peu près tout de ces effets secondaires : quand est-ce qu'ils se produisent, pour combien de temps… Ce qu'on sait, en revanche, c'est qu'il existe des cas de folie homicide.

— Et Rage est concerné, selon toi ?

— Vous l'avez décrit comme en état second, très agressif : il vous a plaquée contre le mur et vous a reniflée.

Dites-moi la vérité, Ellie. Est-ce son comportement normal ? Vous le connaissez mieux que quiconque.

La jeune femme se remémora l'épisode de la salle de bains.

— Il ne m'a fait aucun mal et je l'en crois incapable. Sa colère était peut-être due à cette maudite infirmière. J'ai moi-même très envie de l'étrangler, et pourtant, je ne suis sous l'effet d'aucune molécule expérimentale.

— On n'est jamais trop prudent. Mieux vaut vous tenir à l'écart tant qu'il subsiste le moindre doute. La part humaine d'un Hybride semble s'estomper quand le sujet réagit mal au produit ; c'est son instinct bestial qui prend le dessus. Nous sommes des prédateurs et le risque existe que votre odeur soit, dans sa tête, assimilée à celle d'une proie.

— C'est grotesque, s'offusqua Ellie. Rage m'aime ! Il s'est fâché parce que Super Poufiasse lui a sauté dessus, point barre. Il ne m'a absolument rien fait et ça ne risque pas d'arriver.

Tigre la dévisagea avec soin.

— Ne tentons pas le diable.

La jeune femme hésita.

— Je comprends, mais je refuse de le laisser. Allons lui parler ; tu verras qu'il a toute sa tête.

Un véhicule pila devant le bungalow. En se retournant, Ellie vit Slade descendre côté conducteur et Justice côté passager. Trisha, accompagnée d'un inconnu, émergea à son tour de l'arrière.

— Vous êtes saine et sauve, dit Justice, soulagé. Il faut partir. Tigre va vous conduire jusque chez le docteur Norbit.

Trisha tendit un trousseau à l'immense Hybride.

— Ce sont les clés de chez moi. Il y a une chambre d'amis. (Elle détailla Ellie des pieds à la tête.) Vous trouverez de quoi vous habiller, n'hésitez surtout pas à taper dans ma garde-robe.

— Où est l'infirmière ? demanda Slade, aux aguets.

— Toujours à l'intérieur. (Tigre haussa les épaules.) Elle fait sa valise.

— Et merde, gronda Justice. Il risque de s'en prendre à elle. C'est elle qui a tout déclenché. Éloigne Ellie.

Slade ouvrit la porte d'entrée et s'engouffra à l'intérieur, Justice sur ses talons. Trisha et l'inconnu restèrent dehors. Ellie observa l'homme avec curiosité.

— Le docteur Ted Treadmont, exposa Trisha. Responsable des recherches sur les Hybrides. Filez, Ellie. Vous pourrez revenir dès qu'il n'y aura plus de danger.

— Combien de fois faut-il que je me répète ? Rage ne me fera aucun mal. Je reste.

Tigre poussa un juron étouffé.

— Il va m'en vouloir à mort, c'est sûr…

Sans plus d'explications, l'agent de l'OPH bondit sur Ellie, la ceintura et lui plaqua une main sur la bouche. Puis il se tourna vers Trisha.

— Filez-moi un coup de main, doc. Vous pourriez ouvrir le coffre ? Le déverrouillage est situé sous le tableau de bord, à gauche. Il faut que je l'évacue en vitesse, au cas où Rage péterait les plombs.

Trisha courut à la voiture. Ellie eut beau se débattre et griffer l'avant-bras de son ravisseur, il tint bon. Bâillonnée comme elle l'était, la jeune femme en fut réduite à pousser de petits cris étouffés. Les coups de pied répétés n'eurent pas plus d'effet. Le coffre s'ouvrit ; Tigre la balança dedans.

— Non ! hurla Ellie.

Le couvercle claqua. Plongée dans le noir, Ellie tambourina sur ce couvercle de sarcophage improvisé et cria de plus belle.

— Laissez-moi sortir !

Le moteur vrombit. Ellie assena un nouveau coup de pied au hayon. Peine perdue. Elle hurla, encore sous le choc d'avoir été enfermée dans un coffre de bagnole par Tigre à qui elle faisait confiance. Puis elle cessa de vociférer : la voiture démarrait en trombe.

Claustrophobe, la jeune femme lutta contre la panique. Une brusque embardée l'envoya bouler contre quelque chose de dur. La douleur lui vrilla le genou. Elle se remit à hurler. S'il enchaînait les virages à cette allure de dingue, elle était sûre de finir en vrac. Nouvelle embardée ; Ellie alla heurter le fond du coffre. Cette fois, c'était le bras qui avait morflé.

Roulée en boule, Ellie s'efforça de discipliner sa respiration jusqu'à ce que le véhicule s'immobilise enfin. En proie au pire accès de claustrophobie de son existence, elle avait beau savoir que l'air respirable était disponible en quantité, ça ne l'empêchait pas de suffoquer. Le coffre s'ouvrit. Ellie fit aussitôt des pieds et des mains pour s'en extraire et respira à pleins poumons.

Quand Tigre se proposa de l'aider, elle lui frappa les mains. L'Hybride fit un pas en arrière, surpris ; Ellie dégringola sur le bitume et braqua sur lui un regard de bête traquée. Il fronça les sourcils.

— Qu'est-ce qui vous prend ? On est arrivés.

— Ne me refais jamais ce coup-là ! hurla-t-elle, les joues striées de larmes, en reculant maladroitement. J'ai horreur d'être enfermée dans le noir et à l'étroit !

— Ne criez pas, ordonna Tigre. Je suis désolé. Calmez-vous, Ellie. Respirez à fond. Tout va bien, inspirez, expirez. Voilà. J'ignorais que vous aviez le mal du trou.

— Je n'ai pas le mal du trou !

Puis, un ton en dessous :

— C'est quoi, ça ?

— La panique quand on se retrouve à l'étroit et dans le noir. C'est comme ça qu'on l'appelle entre nous. Vraiment désolé. Ça va mieux ? Bien, allons-y. Vous risquez d'attirer l'attention dans cette chemise de nuit toute fine. C'est la partie de Homeland réservée aux humains.

Ellie prit conscience qu'en effet, elle était presque nue, et qu'il était urgent de trouver à se vêtir. *D'accord. Je commence par m'habiller. Et ensuite, cap sur la maison.* Ellie hocha la tête et suivit Tigre jusqu'à la porte d'entrée. Il ouvrit et s'effaça. Ellie pénétra dans le vestibule, tourna les talons… et flanqua un coup de pied au mollet de l'Hybride à s'en meurtrir les orteils.

— Je peux savoir pourquoi vous me tapez ? gronda-t-il.

— Pour tout. Et d'abord, je n'ai pas le mal du trou, je souffre de claustrophobie.

Il fronça les sourcils.

— Ça veut dire la même chose, non ?

— Va au diable.

Ellie, qui n'avait pas oublié la topographie des lieux depuis sa première visite, partit en trombe vers la chambre de Trisha. Elle claqua la porte derrière elle et obliqua vers la commode.

La jeune femme emprunta un pantalon de jogging, un soutien-gorge de sport et un tee-shirt XL provenant d'un concert de rock auquel Trisha avait dû assister. Elle essaya une paire de chaussures mais les deux femmes ne faisaient pas la même pointure. Tant pis, elle irait pieds nus. Puis elle décrocha le téléphone fixe de la table de nuit et appela le bungalow, désireuse de parler à Rage. Coup d'œil inquiet à la porte de la chambre : Tigre risquait de débouler et de l'en empêcher.

— Ellie ? glapit Rage, furax.

— Salut. On m'a obligée à partir. Comment vas-tu ?

— Où es-tu ? gronda-t-il.

— Ne lui dites rien ! hurla Tigre, entré en trombe.

— Où es-tu ? répéta Rage en vociférant.

L'agent de l'OPH lui arracha le combiné, raccrocha d'un geste rageur et toisa Ellie, l'air mauvais.

— Tout ce que j'ai raconté sur la piste olfactive, le prédateur, la proie, ça vous a échappé ?

— Je tenais simplement à lui faire savoir que je n'ai rien et à lui demander comment il va. Vous délirez à pleins tuyaux, tous autant que vous êtes ! Jamais il ne me ferait de mal.

Tigre arqua un sourcil.

— Ah ouais ? (Il décrocha le téléphone.) On va vite savoir à quel point vous êtes à côté de la plaque.

— Qui appelez-vous ?

— Justice.

Ellie prit place au bord du matelas, un regard noir rivé sur l'Hybride. Il patienta. Fit la grimace. Raccrocha.

— On a un gros souci. Justice ne répond pas, je suis tombé sur sa messagerie au bout de six sonneries.

— Il est occupé, ça arrive.

— Justice répond toujours. Toujours.

Tigre composa un autre numéro, écouta, pâlit puis coupa la communication.

— Slade ne répond pas non plus, alors qu'il décroche toujours avant la troisième sonnerie. Ils sont entrés tous les deux et ne répondent pas. Merde.

Il pianota de nouveau. Jura au bout d'une minute et raccrocha, puis tendit le combiné à Ellie.

— Pas de succès non plus avec Norbit.

— Ils sont peut-être tous les trois en train de discuter avec lui et ne répondent pas à leur portable par courtoisie.

— Appelez chez vous, parlez-lui quelques minutes, essayez de savoir comment il va, mais surtout, ne lui dites pas où vous êtes. Vous pouvez faire ça ?

Ellie accepta le téléphone.

— Toute cette histoire est débile.

— Parlez-lui. Vous le connaissez. Tâchez de voir s'il est lui-même ou pas, d'accord ? Et demandez-lui où sont Slade et Justice.

— Vous allez vous sentir idiots, tous.

— Je cours le risque. Ne lui dites pas où vous êtes, promis ?

— Promis, marmonna-t-elle, heureuse de pouvoir reparler à Rage.

Selon elle, c'était Tigre qui piquait une crise. De paranoïa.

Rage répondit dès la première sonnerie et brailla son nom. Il était tellement énervé qu'elle eut du mal à reconnaître « Ellie ».

— C'est moi. Comment vas-tu ?

— Où tu es ?

— Ils craignent que tu fasses une réaction à un médicament qu'on t'a injecté et que tu représentes un danger pour moi. Je vais bien. Justice et Slade sont avec toi ?

— Où es-tu ? grinça-t-il. Dis-le-moi tout de suite, Ellie.

Ellie croisa le regard inquiet de Tigre. Aucun doute, Rage était bizarre.

— Je rentre bientôt. Justice et Slade sont toujours là ?

— Ils sont sortis, gronda l'Hybride. C'est moi qui irai te chercher si tu ne me dis pas tout de suite où tu es. Rentre immédiatement. Ne m'oblige pas à te retrouver.

— Calme-toi, mon grand. Les médecins vont t'ausculter, je rentrerai dès qu'ils auront donné leur feu vert.

— Puisque tu insistes… je viens te chercher.

Il raccrocha violemment.

— Rage ?

Ellie, médusée, secoua la tête.

— Il est vraiment en pétard. Il a dit qu'il venait me chercher et boum, il a raccroché. On aurait juré… une menace.

— Et merde, maugréa Tigre. Il est bloqué en mode chasseur, je le voyais venir gros comme une maison… Il faut filer.

Il raccrocha le téléphone fixe, sortit son portable de sa poche arrière et appela.

—Ici Tigre. Justice et Slade ont perdu le contact. Ils étaient chez Rage. Les médocs l'ont rendu bestial, il en a après sa compagne. Je suis avec Ellie au domicile du docteur Norbit. Envoyez deux équipes illico. Une chez Rage, l'autre ici pour extraire Ellie de la zone de chasse.

—La « zone de chasse » ? glapit Ellie. Ça va pas, la tête ? Si Rage est furieux, c'est parce qu'il s'inquiète de ma disparition !

Tigre l'empoigna fermement par l'avant-bras.

—Rage ne s'inquiète pas. Il est barjo. Allez, on se remue. Votre homme est l'un de nos tout meilleurs pisteurs. Il faut sortir de sa zone de chasse.

Sur ce, l'Hybride l'obligea à se relever.

—Ça suffit ! s'emporta Ellie en s'arrachant à son étreinte.

—Permettez-moi d'insister ; on s'est mal compris, vous et moi. Le produit qu'il a reçu occulte sa part humaine au profit de l'animal qui est en lui. Sauf erreur de ma part, Rage n'est plus qu'un fauve en ce moment. Un prédateur qui vous a reniflée et qui vous identifie comme sa proie. Le pire est à craindre s'il vous retrouve.

—Mais Rage m'aime. Ce qui le met hors de lui, c'est…

—Il pourrait vous tuer, martela Tigre. Imaginez ce qu'il ressentira quand la drogue cessera de faire effet : en prenant conscience de ses actes, il lui faudra affronter le fait qu'il vous a tuée, vous, la femme de sa vie. Si vous tenez à lui, remuez-vous, Ellie. Laissez-moi vous conduire en un lieu où nous serons certains qu'il ne peut pas commettre un geste qui vous anéantirait tous les deux.

Ellie dévisagea son interlocuteur. On ignorait tant de choses sur les Hybrides… *Se pourrait-il que Tigre ait raison ? C'est vrai que Rage s'est comporté comme un dingue dès qu'il a fait irruption dans la salle de bains.* Pour autant, il n'était pas question de l'abandonner en pleine détresse.

— Il faut d'abord que je me change et que j'aille aux toilettes. Où allons-nous ?

— Hors de Homeland. La base n'est pas assez grande pour vous y cacher. En outre, mieux vaut se tenir à l'écart d'éventuels témoins humains.

Ellie se rendit à la salle de bains et ouvrit les placards en quête d'aspirine : le stress commençait à lui donner mal à la tête. Trisha, malheureusement, ne conservait aucun médicament chez elle. La jeune femme tourna les talons et s'inquiéta de voir Tigre qui rôdait près du seuil.

— J'ai besoin d'utiliser les toilettes et ça ne risque pas d'arriver tant que tu me mates, lança-t-elle. Un peu d'intimité, c'est trop demander ?

— Grouillez-vous. S'il devine que vous êtes ici, Rage n'aura même pas besoin de son flair pour vous trouver.

Brise descendit de voiture et posa un regard inquiet sur les deux mâles. Justice et Slade patientaient devant chez Rage. Elle s'était attendue au pire en recevant le coup de fil, mais manifestement, Rage ne s'en était pas pris à eux. Mise au courant du seul plan susceptible de sauver l'amant d'Ellie, l'amazone avait accepté de tenir le rôle clé. Elle les rejoignit en tremblant.

Justice s'exprima le premier.

— Brise, je suis navré de te demander ça. (Il contempla ses pieds.) Dans son état, Rage est vraiment fichu de blesser Ellie. L'humaine est beaucoup moins robuste que toi, il pourrait lui briser les os rien qu'en la serrant un peu trop fort… voire la tuer s'il est aussi agressif que ce que nous craignons.

Brise réprima une grimace.

— Je comprends. Ellie risque de m'en vouloir à mort, mais c'est un moindre mal. Il n'est pas question que je laisse Rage la tuer. J'y vais et je fais au mieux.

Justice releva enfin la tête. Ses yeux étaient emplis de tristesse.

— Vraiment désolé. Du fond du cœur.

L'amazone opina.

— J'aime vraiment beaucoup Ellie. Je l'aurais fait uniquement parce que tu me l'avais demandé, mais là, c'est carrément hors de question que je n'y aille pas.

— Ellie comprendra.

— Tss… Les mecs ne comprennent jamais rien, ricana Brise.

En réaction, le chef des Hybrides fronça les sourcils.

— Si nous entrons et essayons de le maîtriser, il tentera de nous tuer et nous serons obligés de répliquer, exposa Justice d'un ton égal. Quant à l'endormir à la seringue hypodermique, c'est trop risqué aussi : la surdose de produits chimiques peut provoquer un arrêt du cœur. T'envoyer au casse-pipe dans l'espoir de l'apaiser est notre meilleure option. Surtout, appelle à l'aide s'il se montre dangereux. Je refuse de te laisser mourir. S'il t'attaque, il faudra qu'on le neutralise… quitte à devoir le tuer.

Brise ouvrit la porte, pénétra dans le vestibule et referma derrière elle. Puis elle dut faire une pause le temps que la peur reflue. L'amazone n'avait affronté ce type de situation qu'une seule fois – et avait failli y passer. Elle fit rouler ses épaules. Ellie était devenue son amie, la crise qui couvait se devait d'être résolue entre Hybrides. Mais comme elle n'était pas celle que Rage attendait, Brise pria pour avoir le temps d'en placer une avant qu'il ne la tue.

L'immense Hybride se figea après avoir fait trois pas en direction du salon, respira à fond puis recula. Elle rouvrit la porte d'entrée et s'adressa à Justice.

— Qui est entré là-dedans ?

— Pourquoi ?

— Contente-toi de répondre, grinça Brise.

— Moi, Tigre, Slade, Rage, Ellie et l'infirmière. Je peux savoir pourquoi ?

L'amazone le foudroya du regard.

— Cette infirmière ne serait pas une petite nana aux yeux verts, par hasard ?

Justice acquiesça.

— C'est en effet ce à quoi ressemble Belinda Thomas. Quel est le problème ?

— Je connais cette odeur. La nana en question bossait dans mon secteur du labo. Tu n'as jamais eu affaire à elle ? Son nom, c'est Beatrice Thorton, pas Belinda Thomas.

— Tu en es sûre ? demanda Justice, une colère froide dans les yeux.

Brise manifesta son courroux en montrant les crocs.

— Oublier la puanteur de quelqu'un d'aussi tordu ? Jamais. C'est elle qui s'est occupée de Rage ?

Justice blêmit.

— Elle lui administre son traitement…

— C'était la plus cruelle d'entre tous, gronda l'amazone. Et le hasard fait rudement bien les choses : elle supervisait les drogues expérimentales qui nous étaient injectées.

Quelque chose se brisa avec fracas à l'arrière de la maison. Brise serra les poings.

— Où est-elle ?

— Au poste de sécurité, en attente de son expulsion. Comme on n'a pas pu récupérer ses affaires, elle attend qu'on les lui rapporte.

Justice voulut utiliser son portable et prit conscience qu'en fuyant pour échapper aux griffes de Rage, il avait dû le laisser tomber dans la chambre. Probablement quand il avait été projeté contre le mur.

— Je me charge de la faire mettre au trou, dit-il avant de se diriger vers la voiture pour passer un appel radio.

Brise referma la porte, inquiète du vacarme qui retentissait au fond du bungalow. Si l'ennemie déclarée des Hybrides avait injecté à Rage les pires saletés à sa disposition, il fallait s'attendre à une réaction effrayante. Elle s'aperçut qu'elle tremblait et corrigea sa posture. Avec un peu de chance, il serait possible de discuter avec Rage et la crise pourrait aisément être désamorcée. Le raffut continuait. Comme si Rage, rendu fou furieux, était en train de saccager une pièce entière de sa propre maison.

— Une seconde, grinça Ellie en coulant un regard noir à Tigre qui lui faisait signe de se dépêcher de sortir. Le temps d'enfiler des chaussettes. Je ne vais quand même pas sortir pieds nus !

— Du nerf. L'équipe sera là d'une seconde à l'autre, je veux qu'on soit prêts à partir à leur arrivée. (Il se dirigea vers la porte d'entrée.) Pourvu que Brise parvienne à le calmer avant qu'il se lance à vos trousses…

Ellie fit un pas vers lui après avoir entendu sa dernière phrase.

— Brise ? Qu'est-ce qu'elle fabrique chez Rage ?

Tigre se retourna.

— Elle s'efforce de remplacer votre odeur par la sienne. Brise est consciente qu'il risque de vous tuer et fait son possible pour vous sauver la vie. De toutes nos filles, c'est elle la plus solide. On a essayé d'envoyer une des nanas qui étaient dans le même labo que Rage, puisqu'il les connaît, mais aucune n'a eu le cran d'y aller. En captivité, toutes les Hybrides ont vu ce qui se passe quand un mâle est victime d'une surdose de médocs. Seule Brise a eu le courage d'aller risquer sa peau pour épargner la vôtre. Allez, Ellie, grouillez-vous. Si Rage refuse de sentir Brise, il va vous donner la chasse.

— Brise va l'autoriser à ce qu'il la… renifle ? En quoi cela la met-elle en danger ?

L'agent de l'OPH poussa un juron indistinct.

— Quand l'un des nôtres a pété les plombs et est bloqué en mode chasse, la colère peut se muer en… désir sexuel. (Court silence.) Ça n'a rien d'agréable pour la partenaire concernée, Ellie. Si Rage accepte Brise à votre place, elle va vivre un enfer, c'est couru. Le risque qu'il la tue est bien réel.

Ellie eut l'impression d'avoir reçu un coup de poing au foie.

— Tu veux dire qu'elle… qu'il… qu'ils vont…

— Dans ces cas-là, il s'agit de sexe primaire et violent, Ellie. Finissez ce que vous faisiez et allons-y. Il est impossible de savoir s'il va accepter ou non. S'il la tue d'emblée, elle ne parviendra même pas à le ralentir. Les tranquillisants ne sont pas une option non plus : avec ce qu'il a déjà dans les veines, ça pourrait lui être fatal. Nous faisons le maximum pour vous sauver tous les deux.

Impatient de voir l'équipe arriver, Tigre lui tourna le dos et scruta la rue par la fenêtre. Le cœur d'Ellie battait à tout rompre. Elle ferma les yeux et se laissa submerger par l'afflux d'informations. *Quel merdier…*

— Je crois que je vais vomir.

La jeune femme courut jusqu'à la salle de bains, claqua la porte et ferma à clé. Puis elle fit couler le robinet du lavabo à pleine puissance pour couvrir sa fuite et ouvrit la fenêtre.

Chapitre 19

La chance souriait à Ellie : en se garant devant chez Trisha, Tigre s'était contenté de couper le contact sans retirer la clé. L'Hybride devait encore la croire à la salle de bains quand il l'avait vue courir vers la bagnole. Il s'était mis à crier alors qu'elle ouvrait la portière côté conducteur. Le temps qu'il émerge du bâtiment, Ellie avait démarré en trombe, laissant des traces de pneus sur le bitume dans sa hâte de le semer.

Sitôt garée derrière le bungalow de Rage, elle scruta les environs immédiats : personne n'était à l'affût pour l'empêcher d'agir. Elle coupa le moteur et sortit du véhicule. Le mur du jardin était haut mais pas impossible à escalader. Ellie poussa un juron puis prit appui du bout des doigts au sommet de l'obstacle. Elle n'avait plus fait le mur depuis l'adolescence.

C'était plus ardu que dans ses souvenirs. Le mur enfin franchi, elle clopina en direction de la chambre du fond après s'être entaillé le pied en se recevant au sol. Quelle guigne d'être pieds nus ! Ses paumes lui cuisaient aussi. En jetant un coup d'œil, elle vit quelques écorchures dues à la texture inégale du muret. Un bruit de lutte – grondements sourds, verre brisé – la fit accélérer malgré la plaie au pied en direction de la porte vitrée coulissante. Celle de leur chambre.

— Non, glapit Rage.

Ellie actionna la porte coulissante sans prendre le temps de réfléchir. Le rideau écarté, elle fut choquée par la scène qu'elle découvrit.

La chambre était dévastée. La commode était renversée, la table de nuit était en miettes et tout un côté de la pièce était jonché d'éclats de verre, résultat du miroir brisé qui se trouvait, peu de temps auparavant, au-dessus de la commode. Brise était recroquevillée dans ce même angle, entre les portes du placard et de la salle de bains, dos au mur. Une pommette marbrée, elle saignait aussi par la bouche. Son tee-shirt était déjà maculé.

Acculée par l'immense carcasse de Rage, à moins d'un mètre d'elle, l'amazone n'en menait pas large. Il grondait comme un possédé. Son propre tee-shirt déchiré, torse nu, il se tenait ramassé sur lui-même, comme s'il était à deux doigts de se jeter sur Brise. Les poings serrés.

— Rage ? balbutia Ellie, apeurée, sous le choc.

Le colosse tourna la tête dans sa direction. Les yeux froids, comme morts, la firent reculer d'un pas. Il grogna, émit un son caverneux, bestial. Et montra les crocs.

— Je suis rentrée, murmura Ellie.

— Tire-toi, souffla Brise. Fuis !

Ellie regarda l'amazone et remarqua de nouveau son visage tuméfié. C'était l'œuvre de Rage. Il avait frappé une femme ! Sa frayeur monta d'un cran : il n'était plus lui-même. Jamais l'homme qu'elle connaissait, qu'elle aimait, n'aurait fait ça. Elle reporta son attention sur lui : savait-il seulement qui elle était ? Grondant de plus belle, il se redressa et fit un pas dans sa direction.

— Fous le camp, grogna Brise. Tout de suite.

Ellie, tendue comme un arc, continua à le regarder dans les yeux.

— Rage, tu m'entends ?

Il fondit sur elle. Ellie recula précipitamment, affolée par son air mauvais. Brise sauta sur le dos du colosse. Les deux lutteurs tombèrent pêle-mêle, aux pieds d'Ellie ou presque.

— Tire-toi, haleta l'amazone qui luttait pour le maintenir cloué au sol. Il va nous tuer. Cours !

Rage se débarrassa de l'importune d'une ruade qui projeta Brise contre le mur. Le choc mat parvint aux oreilles d'Ellie. L'amazone retomba sur des éclats de verre. Rage, accroupi, le regard halluciné, fixait l'humaine. Il poussa un nouveau grondement caverneux. C'était un inconnu qui la dévisageait, un dément. Un fou furieux. Elle fit un pas en arrière, puis un autre quand Rage se déplia, immense.

— Tombe à genoux, grogna Brise en s'arrachant au sol jonché de bris de verre. Évite son regard. Baisse la tête.

Terrifiée comme elle l'était, Ellie obtempéra mécaniquement. Elle s'agenouilla et se recroquevilla sur elle-même. Les yeux clos, elle avait bien trop peur pour lever la tête vers son amant drogué à mort. Rage était tout près, désormais, juste au-dessus d'elle : elle l'entendait haleter comme un soufflet de forge.

— Rage ? lança Brise en grondant. Écoute-moi. Ne fais pas de mal à Ellie. Tu l'aimes, tu t'en souviens ? (Bruit de tissu qui se déchire.) Regarde-moi, Rage. Par ici.

Ellie leva la tête et rouvrit les yeux. Brise avait arraché son tee-shirt, sa poitrine était offerte aux regards. Elle frotta ses bras que la chute sur les éclats de verre avait striés de plaies, puis ses seins rougis de sang, et tendit lentement les mains, paumes vers le ciel, comme pour s'assurer que la vue du liquide vermeil retiendrait l'attention de Rage. Il renifla. Grogna. Se tourna vers Brise.

— C'est bien, ronronna l'amazone. Approche.

Rage avança vers elle d'un pas hésitant. Il se remit à grogner. Brise, tremblante de peur et pâle comme un linge, parvint à ne pas reculer. Elle baissa lentement les mains et serra les poings.

— Sors d'ici, à présent, ordonna-t-elle à voix basse.

Ellie comprit que cela s'adressait à elle tout en se relevant avec peine.

— Qu'est-ce qui lui arrive ?

— Cette maudite infirmière est une ancienne employée de Mercile. Elle a dû lui administrer une saleté qui le rend hyper violent.

À gestes mesurés, l'amazone se rencogna dans l'angle de la pièce puis, sitôt le dos au mur, tourna lentement la tête de façon à avoir Ellie dans son champ de vision.

— Sors d'ici pendant qu'il est concentré sur moi et sur le sang frais. Je ne sais pas s'il s'apprête à me monter ou à me tuer, conclut Brise en posant un regard affolé sur Rage.

La… monter ? Ellie secoua la tête.

— Je vais détourner son attention. Profites-en pour filer, Brise. Dis à tout le monde de rester à l'écart. Il ne va pas me tuer.

Brise braqua vers elle une expression médusée. Rage était tout près d'elle, désormais ; il humait le sang qui maculait les paumes et la poitrine de l'amazone et poussait des cris rauques. Sans crier gare, il lui agrippa un poignet et porta la main de Brise à sa bouche. Ellie, horrifiée, le vit renifler la paume ensanglantée… sans, toutefois, lui dévorer la main.

— Fous le camp, Ellie, murmura Brise.

— Non, c'est toi qui sors !

Ellie se déshabilla à la hâte. Si Rage avait besoin d'une femme, il l'aurait, elle.

— Sors, Brise. Je ne risque rien. Dis-leur de ne pas rentrer. Rage ? (La jeune femme approcha à pas comptés et éleva la voix.) Rage ! Lâche-la immédiatement !

Il pivota d'un bloc. Ellie connut un bref élan de panique en découvrant les yeux noirs qui dévoraient son corps dénudé avec un appétit manifeste : Rage n'était pas présent dans ce regard de fauve.

— Salut mon grand. Tu me reconnais ? C'est moi, Ellie. Je t'aime et tu m'aimes. Lâche-la et viens par ici, si tu as besoin d'une femme.

Rage lâcha Brise et la détailla de nouveau des pieds à la tête, les narines frémissantes. Le cœur d'Ellie battait à tout rompre. L'amazone agrippa le colosse afin d'attirer son attention.

Le fauve, sans se retourner, porta un coup sec qui toucha Brise à la tempe et l'envoya bouler vers la porte. Elle s'affala sur le tapis. Rage fit un pas vers Ellie. Puis un autre. Elle lui adressa un signe de tête tout en obliquant vers la salle de bains et pria pour qu'il la suive à l'intérieur.

Elle pourrait les y enfermer et, mieux encore, l'espace était trop exigu pour qu'il l'envoie balader trop fort.

— C'est ça, mon grand, suis-moi. Je suis ton Ellie. Allons à la salle de bains pour plus d'intimité.

La jeune femme jeta un coup d'œil vers Brise. L'amazone, à quatre pattes, était en train de se relever.

— Brise, supplia Ellie à mi-voix. Sors et dis-leur de ne pas entrer quoi qu'il arrive.

Elle recula encore. Rage, grondant toujours, avança vers elle à pas lents. La salle de bains n'était plus qu'à deux enjambées.

— Viens, bébé. Rejoins ta petite Ellie. Tout en douceur.

— Rage ! gronda Brise.

— Silence, tempêta Ellie. Reste en dehors de ça. Ne la regarde pas, mon grand. Reste concentré sur moi. Je suis là.

Cette odeur avait quelque chose d'irrésistible. Rage la renifla, aux prises avec la brume mentale qui l'empêchait de formuler une pensée cohérente. Il n'était plus que colère et douleur cuisante. Ses efforts payèrent ; son champ de vision se dégagea.

L'humaine qui se tenait nue, à moins d'un mètre, lui rappelait vaguement quelque chose. Ses grands yeux bleus étaient écarquillés par la terreur. Il renifla de plus belle et fouilla dans sa mémoire embrouillée. L'Hybride se vit de retour dans sa cellule. Ses bourreaux lui avaient fait du tort… L'humaine y était forcément pour quelque chose… D'autres images l'assaillirent.

Il la vit qui lui souriait, perçut l'écho de son rire clair, crut se souvenir qu'il lui avait caressé la joue. Il sut qu'il la connaissait bien malgré son état de confusion totale. Nouveau reniflement, toujours cette odeur. Les fragments de souvenir affluèrent.

Son regard s'attarda plus bas… et le désir s'empara de lui. Il eut brusquement envie de l'attraper, de la mettre à genoux et de la posséder. Puis il hésita : agir ainsi, ce serait faire mal à la petite humaine, et pour quelque raison obscure, il sut que c'était mal. Elle comptait pour lui, c'était sûr, mais pourquoi ? Rage consacra toute son énergie à déchirer cette brume. Qui était-elle ? Pourquoi diable une humaine serait-elle importante puisqu'ils étaient tous ses ennemis ?

D'autres réminiscences se bousculèrent. La petite blonde qui lui souriait, assise en face de lui ; puis assise sur ses genoux et pendue à son cou. Eux deux prenant une douche ensemble, l'humaine lui savonnant le torse avec ses petites mains couleur porcelaine, lui se penchant pour l'embrasser. Il avait son nom sur le bout de la langue, sa cervelle était en ébullition… et soudain, il sut.

Ellie. La femme autour de laquelle tout gravitait, qui le rendait heureux. Rage fit un pas hésitant vers elle, luttant à la fois contre la fureur noire qui menaçait de l'engloutir et contre les élancements terribles qui le mettaient presque à genoux. Il lui fallait l'étreindre, la toucher. Il connaissait son nom. L'aimait de toute son âme. Son odeur lui servait de bouée. S'approcher encore.

— Ellie, grogna-t-il.

Quelque chose venait enfin de s'allumer dans les yeux noirs de l'Hybride. Une lueur d'émotion. Ellie sourit.

— Oui, Rage, c'est bien moi. Approche tout doucement. Sans me faire de mal.

Deux pas de géant maladroits plus tard, il s'immobilisa devant elle. Ellie tendit la main lentement, dans un geste d'apaisement… et se retrouva ceinturée puis plaquée contre le mur, avec tant d'énergie qu'elle en eut le souffle coupé. Rage enfouit sa tête dans le creux de son épaule pour mieux la respirer. Ellie inspira à fond. Brise, debout au beau milieu de la chambre dévastée, observait la scène en ayant l'air très, très inquiète.

— Tout va bien, murmura Ellie. Tu peux y aller.

L'amazone hésita.

— Ellie, gronda Rage.

— Oui, bébé, c'est moi, dit-elle en se pendant fermement à son cou.

Il gronda derechef et lui lécha le cou en haletant. Puis, d'une main puissante, il lui pétrit les fesses avec une vigueur douloureuse. Ellie serra les dents et hocha la tête à l'adresse de Brise pour lui signifier que tout allait bien. L'amazone acquiesça et recula pas à pas ; Ellie la vit sortir en refermant la baie vitrée.

— Ellie, gronda Rage.

— Je suis là.

Changeant de posture, le colosse fit pression avec son torse massif. Il cessa de lui martyriser le fessier pour déchirer quelque chose. Ellie ferma les yeux et s'efforça de discipliner sa respiration.

— Rage ? Tu m'entends ? Parle-moi.

Énième grondement. Douleur à la taille : il la ceinturait avec hargne. De sa main libre et d'un mouvement de hanches, l'Hybride força le passage entre les cuisses d'Ellie qui hoqueta. Rage grogna de plus belle… mais la pression diminua.

— Rage ?

Il la relâcha aussitôt et recula en titubant. Ellie, qui tremblait comme une feuille, eut du mal à garder l'équilibre. Sous ses yeux, l'immense Hybride tomba à quatre pattes et poussa un cri déchirant qui fit à Ellie un pincement au cœur. Elle s'agenouilla à son tour et n'hésita pas une seconde à se coller à lui, à l'enlacer tendrement.

— Je suis là, mon grand. Ça va aller. Tu m'entends ? Je t'aime.

Comme secoué d'un spasme, il se redressa en faisant pivoter sa grande carcasse. Ellie, éjectée, se retrouva assise sur le tapis. Rage se pelotonna contre elle en un éclair. Couché sur le flanc, la tête posée sur les cuisses d'Ellie, il replia les jambes jusqu'à ce qu'elles lui appuient dans le dos et s'agrippa à elle comme un naufragé à sa planche de salut. Le visage enfoui contre le ventre de la frêle humaine, il se mit à sangloter.

Ellie baissa les yeux. Le voir ainsi lui brisait le cœur ; elle sentit les larmes affluer. Se reprit aussitôt. C'était affreux, Rage avait l'air d'un enfant apeuré. Secouée de légers tremblements, elle lui passa la main dans les cheveux tout en lui frottant le dos.

— Tout va bien. Je suis là. On va s'en sortir ensemble.

— Qu'est-ce qui m'arrive ? dit-il d'une voix rauque en l'étreignant.

— Rien de méchant. Un produit utilisé pour te soigner qui te tape sur le système. Ça va passer.

Il secoua la tête.

— Non, c'est autre chose. Je connais ces produits-là, j'en ai déjà pris. C'est très différent. Ça vient d'un coup. (Il eut un soubresaut aussi violent qu'involontaire.) J'ai du mal à penser ; la colère me consume.

— Tout va bien se passer, promit Ellie d'une voix douce. On est ensemble. Je resterai assise avec toi le temps qu'il faudra. Tu ne vas pas me faire de mal, je le sais, parce que tu m'aimes autant que je t'aime.

Il frotta son visage contre le ventre d'Ellie. Tira la langue et lui lécha la base de la poitrine. La jeune femme, titillée, se cabra pour l'empêcher de recommencer.

— Ça chatouille.

— Tu es nue.

— Oui, hein, tu as remarqué ? C'était pour attirer ton attention.

— Mon attention, tu l'as toujours.

En l'inspectant des pieds à la tête, Ellie vit que Rage avait le devant du jean arraché : c'était ça, le bruit d'étoffe déchirée quand il l'avait plaquée contre le mur. Elle frissonna. Si elle avait échoué à le calmer, à l'atteindre émotionnellement, il l'aurait baisée debout, brutalement, sans le moindre égard pour elle ou pour ses propres blessures. Ellie continua à lui frotter le dos et à jouer avec ses mèches sombres.

— Parle-moi. Je fais mon possible, mais les ténèbres sont tout près.

Ellie vit qu'il avait les yeux rivés sur elle et qu'un voile de brume pesait sur ses pupilles chocolat.

— Je suis avec toi, mon grand. (Un sourire forcé aux lèvres, elle tenta de dissimuler son inquiétude.) Je ne bougerai pas tant que tu n'es pas redevenu toi-même.

— J'ai fait du mal à quelqu'un ? Tout est flou, dans ma tête…

— Tout le monde va bien, ne t'en fais pas.

Brise exceptée, bien sûr. Mais mieux valait ne pas en parler.

— Je te veux, ronronna-t-il, les yeux fermés.

— Laisse-moi me rhabiller, réagit Ellie en se crispant.

Il secoua la tête.

— Le désir me fait oublier la colère. Et puis, ça ne changerait rien : je te sentirais autant à travers les vêtements. Tu saignes. Je t'ai blessée ?

— Non. De bêtes égratignures en escaladant le mur derrière la maison.

Elle fit tourner son pied jusqu'à avoir la plante en ligne de mire. L'entaille était plus profonde qu'elle l'aurait cru, une petite tache de sang maculait déjà le tapis.

— C'est mon pied qui saigne. Si tu bouges un tout petit peu, je pourrai attraper un truc à mettre en dessous. Histoire d'épargner le tapis.

— M'en fous, du tapis.

Ellie s'esclaffa.

— Tu dis ça maintenant parce que tu es dans les vapes, mais dès demain, tu me chanteras une autre chanson quand il faudra recouvrir la tache.

L'Hybride grogna.

— Je t'aime, Ellie.

— Moi aussi. Comment te sens-tu ?

— Enragé. Mal partout, aussi. Comme si j'étais en train de cuire.

— Reste bien collé à moi.

— Te lâcher est au-dessus de mes forces. Tu es bien sûre que je ne t'ai pas fait mal ?

— Certaine. Tu ne m'as rien fait. Juste flanqué une trouille de tous…

La porte de la chambre s'entrouvrit. Ellie tourna la tête. Rage se crispa et gronda. Trisha risqua un œil.

— Tout va bien ?

Ellie caressa de plus belle le dos de l'Hybride pour l'apaiser.

— Tout va bien, dit-elle assez fort pour que tout le monde l'entende… et en priant pour que ce soit vrai.

Puis, à mi-voix :

— Détends-toi, mon grand. C'est le docteur Norbit.

— Je peux entrer ? souffla l'intéressée. Il faudrait que je l'examine…

Ellie pouvait-elle courir le risque de faire entrer quelqu'un d'autre ? Elle fut prise d'un doute en l'étudiant.

— Reste bien collé à moi, mon grand. Trisha doit t'examiner pour voir si elle peut faire quelque chose.

— Non.

L'étreignant douloureusement, il leva la tête vers elle.

— Tu es à moi. Je ne veux pas qu'ils t'emmènent.

— Je n'irai nulle part. C'est promis, tu entends ? Laisse entrer Trisha, je t'en prie. Rien ne nous empêche de rester collés pendant qu'elle t'ausculte.

Rage prit une inspiration saccadée puis cilla. Il fit un signe de tête approximatif puis tourna de nouveau son visage vers le ventre d'Ellie. La jeune femme adressa un coup d'œil à Trisha.

Cette dernière pénétra dans l'embrasure pas à pas.

— Ellie, il faudrait aussi que Ted vienne. Il saura mieux que moi identifier la substance d'après les symptômes que montre Rage.

Ellie tiqua en se rappelant qu'elle était nue.

— Je peux avoir quelque chose à me mettre, avant qu'il entre ?

Trisha enjamba les débris afin d'atteindre le lit. Elle tira sur le drap du dessous, s'approcha du couple d'un pas hésitant puis entreprit de recouvrir Ellie sans toucher l'Hybride. La jeune femme ne sut que penser : pour la couvrir, le drap devait aussi englober la grande carcasse de Rage puisque celui-ci était collé à elle.

— Ça ne va pas marcher… Si vous me donniez plutôt un de mes hauts rangés dans l'armoire ?

Ellie se rappela alors que ledit meuble était renversé et poussa un soupir.

— Passez-moi plutôt le tee-shirt de Rage… Vous le voyez ?

Trisha lança le drap sur le matelas et se dirigea vers l'angle de la pièce. Les bris de verre crissaient sous ses semelles. Elle ramassa le tee-shirt de l'Hybride et retourna vers Ellie, qui se vit contrainte d'arrêter de cajoler Rage pour l'enfiler. À la seconde où ses mains ne furent plus en contact avec les cheveux et le dos du colosse, il se crispa, l'étreignit à l'écraser et enfonça la tête dans le ventre de la jeune femme. Ellie se servit du tee-shirt pour se couvrir la poitrine en toute hâte puis se remit à caresser Rage. Aussitôt apaisé, il cessa de la comprimer entre ses bras musculeux et de lui appuyer douloureusement sur le ventre.

—Je suis là, murmura Ellie. Tiens-toi à moi. Ils vont découvrir ce que tu as et te guérir. (Elle leva les yeux vers Trisha.) Je crois que vous pouvez le faire entrer. Mes seins sont couverts et j'imagine qu'on ne voit pas le reste de mon anatomie, avec Rage lové autour de moi.

Trisha secoua la tête.

—De toute façon, Ted est médecin, lui aussi. Il vous a blessée ?

—Je n'ai rien. Je vous l'ai déjà dit, non ? Il est incapable de me faire du mal.

Rage grogna pour tout commentaire. Ellie se rencogna contre lui tout en continuant à lui masser le dos et le cuir chevelu.

— Tout doux, mon grand. Ce n'est rien. Fais-moi confiance.

Le docteur Treadmont entra à son tour. Justice, quant à lui, s'arrêta dans l'embrasure, renifla, se raidit et fronça les sourcils en dévisageant Ellie.

—Il ne m'a fait aucun mal, je vous dis. C'est moi qui me suis écorchée en faisant le mur. D'où l'odeur de sang.

—Je sais tout cela, j'écoutais à la porte et j'ai tout entendu. C'est lui que je reniflais. (Resté sur le seuil, le chef des Hybrides épia Rage avec le plus grand soin.) Ted, il y a un truc qui cloche. Il sent bizarre, l'odeur n'est pas celle des médocs qu'il prend depuis plusieurs jours.

Le toubib hocha la tête.

—Je m'en doute. Les symptômes ne correspondent pas à ce que nous lui avons prescrit.

— Mais encore ? intervint Ellie en les regardant tour à tour.

— Le traitement ne devrait pas lui faire cet effet-là, répondit Treadmont en s'agenouillant près du couple. (Il ouvrit sa sacoche puis se tourna vers Ellie.) J'ai besoin de lui faire une prise de sang. Il est possible que son comportement soit dû à un produit que lui a injecté l'infirmière. Un peu de sang est nécessaire pour conduire des examens.

Sentant Rage se crisper et l'entendant gronder, Ellie se colla encore un peu plus à lui.

— Rage, écoute-moi bien. On est ensemble et c'est tout ce qui compte. Ces gens sont là pour t'aider, tu comprends ? Détends-toi.

Il hocha la tête contre son ventre.

Justice se détourna et s'adressa à voix basse à un interlocuteur resté hors de vue dans le vestibule.

— Fouille la maison et les affaires de l'infirmière, et rapporte-nous les médicaments que tu trouveras.

Puis, à Ellie :

— Comment ça se passe ?

— Il assure comme un chef. Et Brise ?

— Elle s'inquiète à votre sujet.

— Aucun souci à se faire.

Ellie regardait Ted et Trisha examiner Rage. Elle le caressait en multipliant les propos apaisants afin qu'il se tienne tranquille pendant que Trisha lui faisait une prise de sang dans le bras. Tendu et grondant à plusieurs reprises, l'Hybride ne lâchait pas Ellie et buvait ses paroles, le visage enfoui contre son ventre.

— Rage ? demanda Ted à voix basse. Comment te sens-tu, mon garçon ?

— En colère, murmura le colosse. En rut aussi. Du mal à penser. La peau qui me brûle. Perdu. Si douloureux… Envie de baiser Ellie à en crever.

La jeune femme se sentit rougir sans s'offusquer pour autant. Rage, en rut ? Il ne lui apprenait rien : avec son jean déchiré, collé à elle comme il l'était, Ellie n'avait aucun doute sur son état d'excitation à travers l'étoffe du caleçon.

— Te sens-tu d'humeur violente ? poursuivit Treadmont en piochant une fiole de liquide incolore dans sa sacoche, puis une seringue dont il déchira l'enveloppe stérile.

Rage hocha la tête.

— Je meurs d'envie de massacrer un truc.

— Écoute-moi, mon garçon. Je ne le ferai pas contre ton gré, mais que dirais-tu d'une petite piqûre ? Comme ça, tu dormiras quelques heures, et avec un peu de chance, la saleté qu'on t'a flanquée dans les veines aura cessé d'agir au réveil. Si jamais il y a un problème, Trisha et moi restons à tes côtés pour agir immédiatement.

La peur s'empara d'Ellie.

— Pas question ! Tigre a dit qu'il risquait d'y passer si on essayait de l'endormir !

Le docteur croisa son regard et prit un air pénétré.

— Le risque existe en conjonction avec un autre produit, mais celui qui agit sur Rage n'est pas celui auquel nous pensions alors. Je suis tout à fait certain que son organisme peut tolérer un sédatif. Et si jamais je me trompe, nous sommes parés, ajouta Ted en brandissant une autre seringue. À injecter en cas de défaillance cardiaque.

Tout est prévu, comme vous pouvez le voir, mais Rage souffre, il l'a dit lui-même. Il faut l'endormir.

D'abord tendu comme un arc, Rage finit par se décrisper.

— Faites-le, gronda-t-il. Ellie, ne me lâche pas.

Il l'étreignit de toutes ses forces.

— Je suis là, promit la jeune femme à voix basse.

Treadmont administra le sédatif à Rage puis adressa un signe de tête à Ellie.

— C'est l'affaire de quelques minutes. Il va se détendre puis s'endormir.

— Tranquillise-toi, mon grand, murmura-t-elle. Je ne bouge pas. À ton réveil, tout ira bien, tu entends ? Et je serai présente au moment où tu rouvriras les yeux.

Il hocha la tête. Au bout d'une poignée de minutes, Ellie prit conscience que le corps massif de l'Hybride, devenu flasque, lui écrasait les jambes. Elle dut le tenir contre elle pour empêcher sa tête de basculer dans un angle incongru. Puis ce furent les bras du colosse qui se ramollirent et qui glissèrent jusqu'au sol, derrière les fesses d'Ellie. Elle fit un signe de tête aux deux médecins.

— Il est KO.

— Soulevons-le, dit Justice en entrant dans la chambre.

— Je ne préfère pas, rétorqua Ellie. Je suis à poil.

— Faisons-le de manière à ne pas vous révéler aux garçons, proposa Trisha en se relevant. Ted et Justice, soulevez-le par les bras et gardez les yeux fermés. Dès que possible, je passe une serviette à Ellie pour qu'elle se couvre avec. Sitôt dégagée, Ellie, vous pourrez aller vous rhabiller dans la salle de bains pendant que les garçons s'occuperont de l'étendre sur le lit. On a de la chance : c'est le seul meuble de la pièce qui soit resté intact.

Les yeux fermés, donc, Ted et Justice manipulèrent la grande carcasse pendant qu'Ellie s'enveloppait de la serviette fournie par Trisha. La jeune femme se releva avec l'aide de cette dernière puis se hâta de récupérer ses affaires sales, disséminées au petit bonheur, et se réfugia dans la salle de bains pour les enfiler. Quand elle émergea, plusieurs autres personnes avaient afflué dans la chambre. Rage était étendu sur le dos et dormait. Ellie le rejoignit, s'installa au bord du matelas et se saisit d'une main molle.

— Le danger est écarté, assura Treadmont.

— Visez un peu, grinça Trisha en exhibant un flacon de liquide marron foncé provenant de la trousse de Belinda, découverte dans sa chambre. Du Freltridontomez.

— Bigre, maugréa Ted. Heureusement qu'on ne l'a pas endormi quand il était debout. En se sentant agressé, il aurait pu faire une attaque avant que le sédatif fasse effet.

— Qu'est-ce que c'est ? voulut savoir Ellie en regardant tour à tour les deux médecins.

— Un composé chimique qui agit sur le cerveau. De faux signaux de douleur aiguë arrivent au cortex sans que le corps souffre. Le patient entre dans une rage folle, perd les pédales et devient incapable de formuler une pensée cohérente. Les symptômes de Rage s'expliquent… et ils auraient empiré d'heure en heure.

— Pourquoi diable lui administrer cette merde ? s'interrogea Trisha tout en continuant à inventorier le contenu de la trousse de la fausse Belinda. Elle savait que Rage allait devenir hyper dangereux. D'après ce que j'ai lu dans les rapports, cette saleté était utilisée de temps à autre sur les Hybrides pour les obliger à se battre.

— En effet, gronda Tigre depuis le seuil de la chambre. On m'a injecté cette merde deux ou trois fois. Je ne me rappelais même plus mon nom. Il n'y avait que l'envie pressante de tuer quelqu'un, de me déchaîner au premier prétexte. Quand j'émergeais du brouillard, je ne gardais presque aucun souvenir de ce que j'avais pu faire.

En le voyant entrer dans la pièce, Ellie s'interrogea : lui tenait-il rancune de lui avoir faussé compagnie chez Trisha ? Le regard noir qu'il lui lança précéda sa réponse.

— Ça va se payer cher… Me filer entre les doigts et me voler ma bagnole…

— C'était pas malin de laisser les clés sur le contact, rétorqua Ellie, agacée de le voir réagir ainsi. Et puis je te l'avais bien dit, que je ne risquais rien.

— C'est moi qui avais pris cette décision, intervint Justice en soupirant. Je craignais pour votre vie, Ellie.

— Parce que j'avais tort, en affirmant qu'il ne me ferait aucun mal ?

— Vous avez eu de la chance, glissa Trisha. J'ai épluché les rapports de Mercile au sujet de ce produit. (Elle secoua la tête.) Comportement brutal, folie et pulsions homicides sont la norme. Cela étant, ces salauds-là n'ont probablement jamais drogué un sujet afin qu'il s'en prenne à l'amour de sa vie.

Brise entra à son tour d'un pas hésitant. Elle s'était nettoyé la figure et portait un débardeur non déchiré. Ellie la détailla, inquiète à son sujet.

— Comment vas-tu ?

L'amazone vint s'asseoir au bout du lit et fronça les sourcils.

— Bien, merci. Toi, en revanche, tu es vraiment cinglée… ou très, très amoureuse.

— Un peu les deux, j'imagine.

Brise afficha un grand sourire aussitôt suivi d'une grimace. Elle porta la main à sa bouche : une lèvre était gonflée, un vilain hématome commençait à bleuir. Ellie observa les dégâts.

— Vraiment désolée qu'il t'ait frappée… Il n'était pas dans son état normal.

— C'est toi qu'il voulait, pas moi, et ça l'a mis en rogne. Je l'ai compris très vite. Il aurait pu me faire beaucoup plus mal mais il n'en a rien fait.

L'amazone contempla Rage avant de poursuivre.

— Tu as fait le bon choix, Ellie. C'est un type bien qui n'a pas son pareil, question self-control.

— Comment peux-tu dire ça après qu'il t'a frappée ? Tu devrais lui en vouloir à mort, non ? rétorqua Ellie, perplexe.

— J'ai vu ce dont nos hommes sont capables quand ils perdent la boule. Ils font des ravages. Lui a tout fait pour se retenir. Il n'a réagi qu'au moment où j'ai voulu le toucher, ou quand j'ai essayé de l'empêcher d'aller jusqu'à toi. Et même alors, il s'est contenté de me repousser d'une gifle, sans me mordre ou chercher à me faire mal. (Elle marqua un temps.) Il n'a pas levé la main sur toi. Tu n'imagines pas à quel point il t'aime, pour avoir trouvé la force morale de calmer ses ardeurs.

Brise hocha la tête puis conclut, quitte à radoter :

— Rage est quelqu'un de bien. Un mâle très fort et très protecteur. Tu as fait le bon choix, Ellie Brower.

Ellie acquiesça à son tour.

— Merci à toi d'avoir risqué ta vie pour sauver la mienne.

— N'en jetez plus, gronda Tigre.

Slade éclata de rire.

— On se fait tous des bisous ?

— Arrêtez, ordonna Justice calmement. (Un brin irrité, il regarda ses gars tour à tour.) Cette histoire, c'est du sabotage qualifié. Slade, va toucher deux mots à cette infirmière, ajouta-t-il, les traits tendus par la colère. Peu m'importe la façon dont tu t'y prends. Je veux savoir pourquoi elle a fait ça, et qui l'y a aidée.

Le sourire de Tigre se figea.

— Je peux l'accompagner ?

Justice, perplexe, l'observa par en dessous.

— Tu as passé pas mal de temps, avec cette nana… Aurais-tu des sentiments pour elle ?

— Non. Je suis furieux, au contraire. Elle a agi sous mon nez. Si Slade a des scrupules à lui faire cracher le morceau, sache que je n'en aurai pas. Je n'irai pas jusqu'à la tuer… mais elle risque de le regretter.

— Entendu. (Justice ménagea un silence.) N'oubliez pas que les humains vont vous épier via les caméras. Certaines méthodes pourraient les choquer.

— Message reçu, répondit Slade, un sourire mauvais aux lèvres, avant de tourner les talons et de s'éloigner.

Tigre lui emboîta le pas. Ellie les regarda s'éloigner jusqu'à ce qu'ils soient hors de vue. Elle reporta son attention sur Justice.

— Pourquoi faire ça à Rage ?

— À cause de vous, répondit aussitôt Treadmont. Tous les yeux sont rivés sur la relation que vous entretenez avec Rage ; les groupuscules extrémistes ne veulent pas d'une belle histoire d'amour.

— C'est même pire que ça, reprit Trisha. Ce serait du pain béni pour Mercile Industries si Rage, devenu fou, avait tué Ellie. Ouvrons les yeux, merde. Ils se fichent comme d'une guigne d'avoir emprisonné des gens dans leurs labos clandestins et d'avoir mené des expériences illégales sur eux. Leur message est univoque : les Hybrides sont des animaux, pas des humains ; ils font tout pour que les médias et le grand public pensent la même chose. Si un Hybride avait pété un plomb et tué sa petite amie humaine, imaginez un peu la cata. Ellie et Rage sont la cible idéale puisque le monde entier les observe.

— Et Beatrice Thorton a travaillé pour Mercile, grinça Brise.

— Beatrice Thorton ? Qui est-ce ? demanda Ellie.

— Une ancienne employée de Mercile Industries. Alias Belinda Thomas, expliqua Justice en allant s'asseoir sur la commode renversée.

— Cette salope a travaillé pour Mercile ?

Ellie, abasourdie, se tourna vers Brise en quête d'une confirmation.

— Je l'ai reconnue à l'odeur en entrant ici, grogna l'amazone sous l'effet de la colère. Difficile de l'oublier, celle-là : c'était la pire de tous. Elle torturait les nôtres, ça la rendait toujours hilare de nous planter une aiguille dans le corps. Elle prenait plaisir à nous voir souffrir. (Brise s'adressa à Justice.) Tu es bien sûr de ne l'avoir jamais rencontrée ?

— Sûr et certain. Elle devait travailler uniquement dans l'aile des filles.

— C'est quand même étrange qu'elle n'ait pas eu peur de se faire reconnaître par l'un d'entre vous, avança Ted.

— Comme elle travaillait dans l'aile des femmes, elle a pu estimer que le risque était minime. (Ellie jeta un coup d'œil à la ronde avant de reprendre.) C'est vrai, si on y réfléchit, la seule femme dans la vie de Rage, c'est moi. Ils savaient que je ne risquais pas de l'identifier : j'ai bossé dans la partie du labo où Rage était détenu. Pas elle. Tout le monde sait par ailleurs que les femmes hybrides sont logées dans un même bâtiment et qu'elles ne sont pas légion. Je l'ai vu aux infos : à les entendre, elles ne seraient qu'une poignée.

— Vous travailliez pour Mercile ? s'étonna Treadmont en jetant un regard noir à Ellie.

— Ne vous faites pas de fausses idées, intervint Justice, les sourcils froncés. Ellie était sous la responsabilité de Victor Helio. Vous l'avez rencontré. Il l'a approchée alors qu'elle travaillait au siège de la boîte, sans savoir ce qui se tramait dans les labos secrets. Quand il lui a fait part de ce que quelques-uns soupçonnaient, il a demandé à Ellie d'aider à faire éclater la vérité. Cette jeune femme a sorti des preuves en douce au péril de sa vie – des preuves qui ont permis de lancer les perquisitions. Certains des rapports médicaux auxquels vous avez accès sont le fruit de son aventure.

— Oh, se radoucit le médecin. C'était sacrément courageux, dites donc. Qu'est-ce qui vous a poussée à agir ? L'envie de devenir agent secret, de travailler pour la police ?

— Non, répondit Ellie en se retenant de rire. L'aventure, très peu pour moi. J'ai simplement réagi à ce que m'a dit Victor Helio à propos des rumeurs qui circulaient. Je ne pouvais quand même pas rester les bras croisés en sachant que mes employeurs étaient soupçonnés de prendre des prisonniers pour cobayes ! L'idée m'a révulsée.

— Vous êtes quelqu'un de bien, déclara Ted.

Puis, à Trisha :

— S'ils sont décidés à utiliser leurs saletés de produits pour s'en prendre aux Hybrides, les grands moyens s'imposent. Blocus impératif de tout ce qui pénètre dans Homeland et qui est susceptible de constituer une menace.

— À commencer par l'alimentation, approuva Trisha.

— C'est possible, d'après vous ? s'inquiéta Justice.

— J'essaie de me mettre à leur place, rétorqua Ted, la mine grave. Comment s'y prendre pour nuire à votre peuple… Faire péter les plombs à tout le monde en contaminant la nourriture ? Ça aurait de la gueule.

— Au risque d'affecter aussi les humains qui vivent ici ? rebondit Justice, perplexe.

Treadmont haussa les épaules.

— Je suis prêt à parier qu'ils s'en contrefichent. Mis en cause pour ce qu'ils vous ont fait subir, ils n'ont qu'une seule échappatoire : affirmer que vous n'avez rien d'humain. Dans cette optique, rendre une partie des Hybrides suffisamment cinglés pour qu'un bain de sang éclate, avec les médias qui s'emparent aussitôt de l'affaire, c'est l'idéal, non ?

— Nous n'avons aucune preuve qu'un complot de cette ampleur soit d'actualité, gronda Justice. Je n'ai pas envie de semer la panique pour rien.

— Très juste, trancha Ted. Je m'attelle à dénicher une molécule susceptible de neutraliser les effets délétères du Freltridontomez. De cette manière, s'ils récidivent, nous disposerons d'un antidote injectable par voie hypodermique qui permettra d'éviter que le sang coule. Ce serait l'idéal. Comme je l'ai dit tout à l'heure, il existe un vrai risque d'AVC ou de crise cardiaque si l'on essaie d'endormir un sujet rendu enragé par cette saleté.

Trisha se leva.

— Quelles sont les chances de trouver l'antidote, selon vous ? Il va falloir faire vite. Et, en parallèle, faire analyser l'eau et les vivres qui arrivent.

— Nous possédons des documents relatifs au Freltridontomez rédigés par les gens de chez Mercile. Il est possible qu'ils aient mis au point ce fameux antidote, dit Ted en empoignant sa sacoche. Le fait que nous n'ayons pas mis la main sur un papier le stipulant noir sur blanc ne prouve rien.

— Mettons-nous au travail, rebondit Trisha en prenant elle aussi sa sacoche. (Elle se figea et adressa un sourire à Ellie.) Quand Rage s'éveillera, il se peut qu'il souffre de la tête et ait mal partout, mais sinon, il devrait être entièrement remis. Appelez-nous au moindre souci. Vous pourrez nous joindre au labo central.

Sitôt les deux médecins partis en trombe, Ellie arqua un sourcil et marmonna à Justice :

— Ils m'ont donné le tournis, dites donc… Ils sont toujours comme ça ?

Le chef des Hybrides opina.

— Ted est un brin paranoïaque, mais pour le reste, il est le meilleur dans son domaine. Je ne crois pas à sa théorie du complot à grande échelle. Vous pouvez manger et boire tranquille, Ellie. Si nos ennemis étaient en mesure d'empoisonner nos stocks de vivres, ils n'auraient pas eu besoin d'envoyer cette sorcière faire une piqûre à Rage, et nous aurions tous été contaminés.

— Selon vous, cette Belinda-Beatrice nous a-t-elle été envoyée par un groupe d'extrémistes ou par Mercile ?

— Je penche pour Mercile. D'une pierre deux coups.

— Comment ça ?

Il arqua à son tour un sourcil.

— C'est à vous qu'ils doivent tous leurs ennuis, Ellie. Quelle meilleure vengeance que de faire de celui pour lequel vous avez risqué votre vie votre bourreau ? Imaginez un peu l'écho qu'aurait eu votre mort des mains de Rage ; l'OPH ne s'en serait pas relevée. Ted a raison. La seule ligne de défense, pour Mercile, consiste à convaincre l'opinion publique que nous n'avons rien d'humain et que, de ce fait, nous utiliser comme cobayes n'était pas un crime. Les gros bonnets de Mercile risquent la prison ferme. Sans parler des compensations financières que nous exigeons.

Ellie soupesa ces arguments.

— Moi aussi, je parierais sur Mercile.

Elle jeta un coup d'œil à Rage : il dormait paisiblement.

— J'ai des coups de fil à passer, Ellie. Histoire d'apprendre ce que nous chante cette Beatrice Thorton. Si vous avez besoin de quoi que ce soit, retrouvez-moi au salon.

— Ne vous donnez pas la peine de rester. Et merci pour tout, au fait. Enfin, pour presque tout : pas pour Tigre me balançant dans un coffre de bagnole.

Le chef des Hybrides grimaça.

— Je suis dans la pièce voisine. Nous devons rester à proximité pour nous assurer que Rage aura vraiment récupéré à son réveil.

Sur ces bonnes paroles, Justice fit signe à sa troupe de le suivre. Brise se leva.

— Bon, je rentre me coucher.

Ellie lui adressa un regard chargé de gratitude.

— C'est vraiment chouette, ce que tu as fait pour moi. Je ne l'oublierai pas. Merci du fond du cœur.

— On se reverra à ton retour au boulot. Prends quelques jours ; on se débrouille, au bâtiment. Ne t'en fais pas pour nous.

— Merci encore.

Ellie vit la chambre se vider. Enfin seule avec Rage, elle se pelotonna contre l'immense Hybride endormi.

— Je t'aime.

Elle s'agrippa à lui, consciente qu'ils avaient été à deux doigts d'y passer l'un comme l'autre. L'idée la terrifia.

Chapitre 20

Ellie n'avait qu'une envie : se rendre au poste de sécurité et cogner Beatrice Thorton, alias Super Poufiasse, alias Belinda Thomas. Tigre et Slade l'avaient cuisinée jusqu'à ce qu'elle craque et livre des aveux complets. Un cadre de Mercile l'avait engagée pour qu'elle fasse une – très – mauvaise publicité aux Hybrides. Dans cette optique, transformer Rage en fauve incontrôlable était parfait pour retourner l'opinion publique.

Entièrement guéri, Rage avait accusé le coup en apprenant à quel point il avait perdu le contrôle de ses actes. La faute à Super Poufiasse, qui n'avait reculé devant rien pour arriver à ses fins. L'OPH l'avait livrée aux autorités ; elle devrait répondre d'une longue liste de crimes – ce qui faisait une belle jambe à Ellie et à Rage.

Cette garce avait bien failli anéantir leur vie. Elle avait jeté son dévolu sur Rage parce qu'il était le sujet le plus facile à atteindre après la fusillade. Il lui avait suffi de se faire embaucher en tant qu'infirmière. Elle n'avait pas hésité à soudoyer quelques candidates afin qu'elles renoncent à postuler.

Beatrice Thorton avait confessé une sérieuse envie de coucher avec Rage. Pour cette raison, elle l'avait dragué avec insistance et avait fait vivre un enfer à Ellie. Finissant par comprendre que jamais l'Hybride ne voudrait d'elle, elle avait mis son plan à exécution pendant qu'Ellie prenait une douche : l'occasion était belle, il y avait de fortes probabilités pour que Rage, devenu fou furieux, tue sa bien-aimée. C'était machiavélique à souhait. Seul ombre au tableau : l'amour que vouait Rage à Ellie était plus fort que la haine.

Justice, le regard dur, s'adressa à Ellie et Rage.

— Elle va moisir en taule de longues années, vous avez ma parole. Les autorités m'ont assuré qu'elles comptaient faire un exemple. Il va falloir qu'on revoie nos protocoles de sécurité de A à Z, et il a été décidé de former plusieurs des nôtres au métier d'infirmier. De cette manière, à l'avenir, nous ne dépendrons plus des humains pour prendre soin de nos malades ou blessés.

Visiblement gêné aux entournures, Rage remua sur son siège et laissa errer son regard dans le bureau de Justice.

— A-t-elle dit si Mercile envisageait d'en envoyer d'autres ?

Les épaules de Justice s'affaissèrent.

— Nous sommes convaincus qu'ils vont récidiver. Seule satisfaction : l'attaque n'était pas d'aussi grande ampleur que ce que craignaient nos toubibs. Les réserves d'eau potable et de nourriture sont intactes. Nous devons juste nous méfier des humains de pure souche. (Il adressa un regard penaud à Ellie.) Ne le prenez pas pour vous, surtout. J'ai totalement confiance en vous. Je parlais des humains que nous ne connaissons pas. À compter d'aujourd'hui, nous mènerons une enquête approfondie avant d'autoriser un inconnu à franchir nos portes.

— Nous ne sommes pas assez autonomes, conclut Rage. Les humains qui travaillent ici sont nombreux. Si ceux de Mercile ont un autre sale coup en vue, il leur suffira de graisser quelques pattes pour infiltrer des individus dangereux.

— Je te laisse juge des mesures à prendre, rétorqua Justice, l'air las. Une longue série de bagarres nous attend, vieux frère. Ce ne sont pas les ennemis qui manquent. Notre meilleur espoir, c'est que les procès et le bouche-à-oreille finissent par avoir la peau de Mercile. Je prie pour que cette boîte de malheur disparaisse un jour. Par la suite, il ne nous restera plus qu'à composer avec les humains qui voient en nous une erreur de la nature.

Rage soupira.

— N'oublie pas tous les ex-employés de Mercile qui vont écoper de lourdes peines de prison : leurs proches seront autant d'ennemis potentiels. Sans oublier tous ceux qui ont échappé à la police. Méfions-nous de ceux-là. Nos frères et sœurs sont certes en mesure de les identifier, mais l'incident qui vient de se produire m'a fait prendre la mesure du danger qu'on représente à leurs yeux. Cette humaine aurait pu tenter d'éliminer toutes celles qui risquaient de la reconnaître formellement. Une chance pour nous qu'elle ne l'ait pas fait.

— Une menace de plus à garder à l'esprit, fit Justice en fourrageant dans sa chevelure.

Ellie jeta un coup d'œil à sa montre.

— Désolée de vous abandonner, les garçons, mais le devoir m'attend. Les pensionnaires m'attendent.

Un anniversaire surprise est au programme ; je n'ai pas le droit de louper ça.

— Un anniversaire surprise ? s'étonna Rage, un large sourire aux lèvres.

La jeune femme se leva puis lui prit le visage à deux mains.

— Eh oui, figure-toi. Avec cadeaux, gâteau, décorations. Tout le kit. Ça promet d'être chouette.

L'Hybride l'embrassa. Ellie sourit, s'éloigna et adressa un signe d'adieu aux deux compères.

— Heureuse de vous avoir vu, Justice. Quant à toi, mon grand, on se voit ce soir à la maison.

— Et comment, gronda l'intéressé. N'oublie pas que je suis officiellement guéri…

Justice éclata de rire ; le rouge monta aux joues d'Ellie. *Reste-t-il une seule personne, dans tout Homeland, qui ignore que Rage a été déclaré apte à faire l'amour ce matin même ? Probablement pas.* Elle sortit du bâtiment, s'installa dans sa voiturette de golf qui lui avait manqué, mit le contact et démarra en direction du bâtiment des filles.

L'excitation y régnait. Il était prévu de fêter l'anniversaire d'une des pensionnaires ; tout devait être prêt quand elle rentrerait des cours. Ellie prit les choses en main. Les filles étaient présentes au grand complet, elles tenaient toutes à vociférer de concert quand la vedette du jour pénétrerait dans la bibliothèque.

Surprise par ce comité d'accueil tonitruant, l'intéressée fit un bond spectaculaire, resta quelques secondes médusée… puis sourit jusqu'aux oreilles quand elle comprit ce que toutes les filles avaient fait pour elle. La voir aux anges fit chaud au cœur à Ellie ; en dépit des efforts consentis, le jeu en valait vraiment la chandelle.

Il était 18 heures quand Ellie réintégra le bungalow de Rage. Heureuse d'être rentrée la première, la jeune femme courut jusqu'à la cuisine et sortit du bas du réfrigérateur les sandwichs qu'elle avait préparés en douce, le matin même, après que Rage fut parti assister à un séminaire sur la sécurité. Sitôt la dînette complétée par quelques canettes de soda et un paquet de chips, elle porta le tout dans la chambre.

La porte claqua dix minutes plus tard. Ellie bondit hors du lit, fila dans le placard, s'y cacha en gloussant et attendit. Rage la cherchait toujours dès son arrivée. Consciente qu'il n'aurait aucun mal à la renifler, elle savait en outre qu'il s'amuserait de découvrir qu'elle s'était cachée. Ses pas résonnèrent.

Ellie s'efforça de ne pas rire quand le placard s'ouvrit à la volée. Rage, les sourcils froncés, baissa lentement les yeux… et vit qu'elle était nue. La jeune femme sourit.

— Il t'en a fallu, du temps, pour me trouver.

— Pourquoi te caches-tu ?

Ellie fit un pas vers lui.

— Pour que tu le mérites, ne serait-ce qu'un tout petit peu.

— Mériter quoi ? dit-il, les yeux rivés sur sa poitrine.

— Moi, gros malin, répondit-elle en s'agrippant à son uniforme. J'ai d'abord pensé à t'attendre au lit, et puis je me suis dit que ce serait trop facile.

L'Hybride l'aida à lui retirer sa vareuse, puis sa chemise, et ôta ses chaussures.

— J'aime quand c'est facile.

Elle s'esclaffa.

— Tu as remarqué le pique-nique que j'ai préparé ? Je me suis dit qu'on pourrait se mettre à poil, dîner ensemble et regarder la télé bien sagement. Pas mal comme soirée, non ?

— Super, rétorqua Rage, un rictus aux lèvres.

Après s'être écarté pour éviter tout contact, il déboutonna son pantalon et s'en dévêtit en même temps que de son caleçon. Puis ce furent les chaussettes. Nu comme un ver et déjà en pleine érection, il lui sourit en montrant les crocs.

— Mangeons, dit-il en se dirigeant vers le lit.

Ellie le suivit. Assise en tailleur de son côté du matelas, elle ne chercha pas un instant à cacher son sexe – bien au contraire. Ses yeux chocolat rivés sur l'entrecuisse offert, le colosse prit de longues et profondes inspirations et poussa un grognement sourd.

— Tu peux répéter, s'il te plaît ? Je n'ai pas tout saisi.

Ellie laissa un éclat malicieux scintiller dans ses pupilles quand Rage croisa son regard.

— Rien, répondit-il, tout sourires. Ça a l'air fameux. J'adore la viande saignante.

— J'ai déposé tout ce que tu aimes sur ce lit, dit Ellie en se passant la langue sur les lèvres, d'abord en bas, puis en haut.

Rage contempla sa bouche. Il mordit dans un sandwich, mâcha et déglutit.

— Oublions ça, gronda-t-il en balançant le sandwich entamé et en se jetant sur elle.

Ellie, hilare, se retrouva couchée sur le dos, son bel étalon penché au-dessus d'elle.

— La seule chose qui me fait envie, c'est toi.

— Et le match, alors ?

Le nez dans son cou, il lui effleura l'épaule avec les lèvres.

— La seule chose que j'ai envie de regarder, c'est toi.

Les mains plaquées sur sa poitrine, il lui caressa les tétons avec les pouces.

— Je suis guéri et j'ai la ferme intention d'en profiter pleinement.

— Tu as bien fermé la porte ?

— À double tour. Et rappelle-toi : je garde un flingue dans le tiroir de la table de nuit. Le premier qui franchit le seuil de cette chambre, je le truffe de plomb.

Quand Ellie commença à lui griffer le dos, Rage se cambra et gronda.

— Tout doux. Ne m'excite pas trop, sinon je ne réponds de rien. Je veux que ce soit bon pour toi aussi.

— Tu as confiance en moi ?

— Totalement, répondit l'Hybride sans hésiter.

— Je peux me placer au-dessus ?

D'abord surpris, Rage plissa peu à peu les yeux.

— Tu veux être au-dessus ? C'est mon poids qui pose problème ?

Ce disant, il se souleva de quelques centimètres pour soulager sa partenaire qui ne voulut rien savoir et le ramena tout contre elle.

— Non, ce n'est pas ça. J'aime que nos deux corps se touchent et j'adore être en dessous, mais j'ai très envie de te chevaucher. (Elle le dévisagea avec intensité.) Brise m'a confié que vous n'aimiez pas beaucoup ça, mais es-tu au moins prêt à essayer ? Pour moi ?

Le maxillaire de Rage se crispa.

— Tu veux me dominer, c'est ça ?

— Mais non, pas du tout, dit-elle en riant. Aie confiance et laisse-moi te chevaucher. Je parie que ça va te plaire.

Le colosse se plia à la requête sans crier gare. Il fit rouler leurs deux corps jusqu'à ce qu'Ellie se retrouve perchée sur lui… et fit grise mine.

— Je t'aime, beauté. Domine-moi si c'est important pour toi. Je tiens à prouver que je ferais n'importe quoi pour toi. Même ça.

Le sourire d'Ellie se figea : il n'avait l'air ni réjoui, ni excité. Plutôt malheureux, pour tout dire. *Misère.* La jeune femme ne s'attendait pas à ce qu'il réagisse aussi mal. Elle se redressa, à califourchon sur son ventre. Se mordit la lèvre, tentée de les faire revenir à la position initiale, puis regarda le corps d'athlète étendu sous elle.

Ellie recula et découvrit son érection de mule, ravie de constater qu'il n'avait pas baissé la garde pour autant, puis posa les fesses sur ses cuisses. Penchée en avant, elle entreprit de lui lécher un téton et de le mordiller. Elle dut creuser le ventre pour ménager un peu d'espace entre son épiderme et la queue dressée.

Rage se crispa et se remit à gronder. Ellie le mordilla de plus belle et suçota le téton durci. Il cala fermement ses mains sur les hanches de sa partenaire sans bouger pour autant. Aucun doute n'était permis : il bandait encore plus fort.

— Ellie, grogna-t-il. Ça fait si longtemps qu'on n'a pas fait l'amour… je n'en peux plus. J'ai beau essayer de me soumettre à toi, n'oublie pas que je ne suis pas entièrement humain, ma patience a des limites.

Elle s'esclaffa, cessa de le mordiller et se redressa. Son sourire s'effaça.

— Détends-toi.

Un sourcil arqué, il baissa la tête vers le membre dressé contre l'estomac d'Ellie. Puis il la regarda dans les yeux.

— J'ai l'air détendu, selon toi ?

Ellie souleva les hanches et empoigna le sexe de Rage. Sa main effleura la verge tendue puis, du bout des ongles, elle suivit la courbe jusqu'aux bourses. Il poussa un grognement sourd, lui lâcha les hanches, tendit les bras vers la tête de lit et s'y agrippa. Le bois craqua sous la pression considérable. D'un coup d'œil, Ellie vit qu'il avait les jointures blanches et que tous ses muscles se gonflaient. Quel spectacle ! Elle n'en rata pas une miette.

Ellie se souleva jusqu'à se placer à l'aplomb de la queue de Rage et se laissa choir tout en douceur, en prenant soin d'ajuster la position au millimètre. Le désir était à son paroxysme. Elle crevait d'envie de le sentir au plus profond, de ressentir ce que leurs corps vivaient ensemble.

Mouillée et plus que décidée à le chevaucher pour lui prouver à quel point c'était jouissif, elle gémit en se baissant peu à peu. Son intimité dilatée accepta la queue dressée jusqu'à la garde. Elle ne cessa d'appuyer que lorsqu'il fut entièrement en elle. À sa place, bien au chaud.

Rage rejeta la tête en arrière et gronda comme un damné. Un craquement sec retentit. D'un coup d'œil, il constata qu'il venait d'arracher un barreau à la tête de lit. Il s'en débarrassa et en empoigna un autre. Leurs regards se croisèrent. Ellie paraissait vivre une expérience mémorable et l'Hybride la trouva sexy en diable, ainsi clouée sur ses hanches. Le sexe chaud qui lui comprimait la queue lui donnait bigrement envie de donner un grand coup de reins.

— Tu vas me tuer.

Ellie se mit en mouvement.

— Si c'est ça, mourir, j'y suis prête, gémit-elle avant de se laisser retomber, de remonter, de se tortiller comme un ver et de recommencer.

Rage lâcha la tête de lit. Une main plaquée sur un sein de la belle, il glissa l'autre entre leurs deux corps en mouvement. Ellie rejeta à son tour la tête en arrière et geignit bruyamment quand, du pouce, il entreprit de lui caresser le petit bouton. Comme prise de frénésie, elle intensifia brusquement son va-et-vient. L'Hybride, grognant de plus belle et juché sur les talons, joua des hanches avec vigueur afin de la pénétrer bien à fond.

Il poussa un juron en sentant sa queue enfler et ses couilles remonter : l'orgasme était imminent. Au plaisir qu'il éprouvait chaque fois qu'Ellie s'empalait sur lui venait s'ajouter la sensation divine de son intimité contractée autour de lui ; elle aussi vacillait au bord de l'orgasme, la stimulation du clitoris la faisait grimper au septième ciel. Il grogna, se retint comme il put – et y parvint jusqu'à ce qu'elle hurle son nom. Le plaisir déferla.

Rage fut pris d'un soubresaut si violent qu'il faillit déloger sa cavalière. Il éjacula en hurlant à son tour. Poussa une dernière fois avec les hanches. Rugit. Vécut le paradis sur terre. Ellie s'effondra sur son torse ; les deux amants étaient à bout de souffle.

Il l'enlaça et sourit sous l'effet d'un bonheur parfait. Ellie était son nirvana. Arrivée dans sa vie alors qu'il connaissait l'enfer, ange solaire synonyme d'espoir, elle était tout pour lui. Il n'en avait pas pris conscience tout de suite du fond de son cachot. Et pourtant, dans un recoin de son esprit, il avait dû comprendre d'emblée qu'elle était son âme sœur.

Ayant failli la perdre sous l'effet de cette saleté de drogue, il était terrifié : comment avait-il pu être à un cheveu de tuer l'amour de sa vie ? Même en pleine démence, il avait su qu'Ellie était spéciale, qu'elle comptait plus que tout, qu'il ne lui survivrait pas. Sa précieuse Ellie donnait un sens à sa vie. Être avec elle, c'était la mettre en danger, mais vivre sans elle... c'était tout bonnement impensable.

— Alors, haleta-t-elle contre sa poitrine, ça valait le coup ?

Ses idées noires envolées, Rage gloussa de félicité.

— Si c'est ça, me soumettre, c'est quand tu veux.

— J'étais sûre que tu allais adorer, dit Ellie en lui caressant le torse.

— J'adore tout ce qui vient de toi.

Là-dessus, il renversa la situation et aplatit la frêle humaine sous son immense carcasse. Ellie le regarda dans les yeux ; ses jambes étaient toujours enroulées autour de lui, et ses bras pendus à son cou.

— Tu n'en pouvais plus, hein ?

— C'était surtout pour être sûr que tu ne vas pas essayer de te lever.

— On est soudés, là. Je ne m'y risquerai pas tant que tu n'as pas dégonflé. Et puis rappelle-toi ce que je t'ai dit l'autre fois : tu es mon gros nounours.

— Aucun problème, beauté, mais ce n'est pas pour ça que je n'ai pas envie que tu te lèves.

— Tu as envie qu'on reste collés ? C'est trop chou, minauda-t-elle en l'embrassant sous le menton. J'adore quand tu m'enlaces.

Il gloussa.

— Te tenir dans mes bras est en effet la deuxième chose au monde que je préfère, mais il y a autre chose… Du retard à rattraper, par exemple. (Il commença à remuer en elle, d'abord au ralenti.) Voilà ce que je préfère avant tout.

Ellie gémit, immédiatement réceptive… mais manifesta sa surprise.

— Encore ? Si vite ?

Il acquiesça tout en baissant la tête jusqu'à ce que sa bouche lui effleure le cou.

— Encore.

— Je t'aime tant, murmura-t-elle.

Chapitre 21

— Détends-toi, dit Ellie, hilare.

Rage faisait les cent pas ; un grognement ténu sourdait de sa bouche entrouverte.

La jeune femme s'approcha, le saisit au vol par l'avant-bras et l'obligea à s'arrêter devant elle. Elle lui caressa la joue.

— Tout va bien se passer.

— Tout part toujours en sucette, tu veux dire…

Après avoir poussé un gros soupir, il l'enlaça et la dévora des yeux.

— Tu es sûre de vouloir procéder ainsi ? Brise et ses copines m'ont dit que je faisais une bêtise. Elles sont convaincues que tu m'en voudras plus tard. J'espère qu'elles disent ça parce qu'elles ont vu trop de films ; Brise m'a fait tout un speech sur les familles humaines, à l'entendre, il devrait y avoir plus de monde.

— Ça, pour ce qui est des films… c'est vrai qu'elles en regardent trop, et c'est ma faute. Je leur en passe un chaque jour ou presque, histoire qu'elles en apprennent le plus possible sur la vraie vie – enfin, façon de parler. Je suis ravie, Rage. C'est toi ma famille. J'aime mes parents, mais ils n'ont pas compris la vraie nature de ce qui nous unit quand je les ai eus au téléphone. Inutile de me voiler la face :

quoi que je fasse, quel que soit l'homme qui partage ma vie, ils ne sont jamais contents. C'est à eux d'en assumer les conséquences. Ma vie ne leur plaît pas ? Tant pis pour eux. Ma vie est auprès de toi, désormais. Tu es tout pour moi.

Rage se mordilla la lèvre inférieure.

— Et pour ce qui est des enfants ? J'aimerais tant pouvoir t'en donner… mais j'en suis incapable. (Son regard était empli de tristesse.) Je suis navré.

— Ne le sois pas. Tu aimerais être père ?

Ellie eut un pincement au cœur en s'imaginant un Rage miniature trottinant dans la maison. Elle était sûre que ce serait un bébé adorable… et tout aussi certaine que ce bonheur-là n'était pas pour elle.

— Oui, beaucoup. (Il l'attira tout contre lui.) Mais c'est toi qui comptes. Le plus important, c'est que nous soyons ensemble et je te sais gré de m'accepter tel que je suis, Ellie. T'avoir auprès de moi suffit amplement à mon bonheur.

— Moi aussi, j'aimerais bien avoir deux ou trois marmots… (Elle lui sourit.) On verra ce que l'avenir nous réserve. Trisha et Ted sont des toubibs du tonnerre, je les crois capables de corriger ce que l'on t'a fait subir. Et puis sinon, on peut toujours adopter. Ce ne sont pas les solutions qui manquent. Au pire, même sans enfants, je suis certaine d'être heureuse avec toi.

Il hocha la tête.

— Ça ne mange pas de pain d'en parler à nos deux cracks, c'est vrai. C'est bien la première fois que j'accueille avec plaisir l'idée de subir des examens ! Jamais je n'aurais cru que ces mots-là franchiraient un jour mes lèvres, après tout ce qu'on m'a fait endurer en cellule…

Cette évocation de leur passé, des circonstances dans lesquelles ils s'étaient rencontrés, fit sombrer le cœur d'Ellie.

— Me pardonneras-tu un jour les torts que je t'ai causés ?

Rage la regarda dans les yeux.

— La question ne se pose même pas. C'est déjà fait. Tu as agi dans l'unique but de tous nous tirer d'affaire.

— Merci, dit-elle, radieuse.

L'Hybride se rembrunit.

— Tu es bien sûre que tu ne vas pas regretter, pour aujourd'hui ? Que c'est ce que tu souhaites du fond du cœur ? Je veux que tout soit parfait.

— Hé, murmura Ellie. Ne fais pas cette tête. Être avec toi me rend plus heureuse que tout ce que j'ai connu. Combien de fois faudra-t-il que je te le répète avant que tu y croies ? Je t'aime, grand nigaud ! Si tu savais à quel point mon cœur est près d'éclater, tu ne ressentirais pas le besoin de poser cette question. Je suis absolument certaine que c'est exactement ce que je veux, sans la moindre fausse note. Parce que nous sommes ensemble.

La salle de conférences s'ouvrit. Ellie tourna la tête : Justice entra avec, dans son sillage, toute une petite foule. Ellie sourit en découvrant plusieurs visages familiers.

— C'est sûr et certain, Ellie ? Ça peut attendre, nous pourrions organiser quelque chose de plus traditionnel.

Ellie croisa son regard.

— Puisque je te le dis ! Peu m'importe où ça a lieu et comment c'est organisé.

— Pourvu qu'il n'y ait pas d'incident, gronda le colosse. Ni tireur fou ni infirmière diabolique.

La jeune femme se mordit la lèvre pour se retenir d'éclater de rire : Rage paraissait convaincu de l'imminence d'une nouvelle catastrophe.

— C'est précisément pour ça qu'on a décidé de le faire aujourd'hui, en comité restreint, histoire que peu de gens soient mis dans la confidence. Pour semer le chaos, encore faudrait-il que nos ennemis soient au courant.

— J'aime ta logique imparable.

Ellie s'approcha et se hissa sur la pointe des pieds pour lui effleurer le lobe de l'oreille avec les lèvres.

— Et moi, j'aime ton cul et le fait que tu sois parfaitement rétabli. Il me tarde qu'on se retrouve tous les deux.

— Ellie ? fit Slade.

L'intéressée tourna la tête.

— Une petite seconde. On avait un truc à se dire en privé.

— En privé, en privé… On a tous entendu, se gaussa Slade en se flattant l'oreille. Ouïe fine, aurais-tu oublié ? Heureux d'apprendre que l'ami Rage tient la super forme, cela dit.

Se sentant rougir, Ellie lui adressa un regard noir.

— Dis donc, toi, tu ne pourrais pas faire semblant de ne rien avoir entendu ?

Slade lui répondit par un clin d'œil complice.

— Où serait le plaisir ? Tu es trop mignonne quand tu piques un fard.

Rage gronda, une lueur d'avertissement dans les pupilles, tandis que Slade allait s'asseoir. Ellie secoua la tête ; Rage haussa les épaules.

Un homme aux cheveux blancs entra à son tour. Vêtu de noir, il tenait une bible à la main. Il vint se placer devant Ellie et Rage. Son regard sévère embrassa l'assemblée.

— Veuillez tous vous asseoir.

Les voix se turent. Ellie vit de la perplexité sur une majorité de visages : que se passait-il au juste entre le couple et le vieux type en habit long ? La plupart des gens ignoraient la raison pour laquelle ils avaient été convoqués à cette « réunion » ; seuls quelques-uns riaient sous cape. Brise fit un signe à Ellie depuis le premier rang. Ellie la salua en retour, puis leva les yeux vers Rage. Leurs deux regards fusionnèrent.

— Si nous sommes assemblés aujourd'hui, proclama le vieil homme, c'est pour célébrer l'union de Rage North et d'Ellie Brower.

L'homme inspira.

— Attention à ce que vous dites, gronda Rage à l'attention du pasteur. Ne demandez pas si quelqu'un a une objection à faire. On s'était mis d'accord.

L'homme pâlit et se racla la gorge.

— Rage, acceptez-vous de prendre Ellie pour épouse ?

— Oui.

Le pasteur s'apprêtait à poursuivre quand Rage émit un nouveau grondement de menace. Le vieil homme haussa les sourcils et demanda d'une voix blanche :

— Il faut que je coupe encore ?

Les yeux mi-clos, l'Hybride grogna derechef. Ellie retint à grand-peine son hilarité. Le pasteur se racla la gorge de plus belle.

— Ellie, acceptez-vous de prendre Rage pour époux ?

— Oui.

— Je vous déclare mari et femme.

À Rage, avec un regard chargé de crainte :

— C'était assez rapide, selon vous ?

Plus fort :

— Vous pouvez embrasser la mariée. L'union est légalement prononcée.

Rage afficha un large sourire.

— Personne ne nous en a empêchés.

— Les mécontents n'ont pas eu le temps d'en placer une, gloussa Ellie, tendue vers lui. Embrasse-moi.

Rage se pencha sur elle. Ellie ferma les yeux, le cœur battant à tout rompre. La vie promettait de ne jamais être ennuyeuse avec son bel époux. Il prit possession de sa bouche. Ellie, éperdue, oublia aussitôt l'assemblée qui n'avait d'yeux que pour eux.

— Ils ne sont pas censés échanger les alliances ? murmura Demi-portion.

— Oh ça, pour ce qui est d'échanger, ils ne vont pas se priver, s'esclaffa Slade. Mais là tout de suite, j'ai dans l'idée que l'ami Rage a l'intention de lui enfiler autre chose.

Brise éclata de rire.

— Hmm, il va falloir les séparer, on dirait… ou évacuer la salle. Rage paraît décidé à conclure la cérémonie par un strip-tease en duo. Ça leur fait de l'effet, d'être mariés !

Justice se leva.

— Fichons le camp, dit-il à voix basse, conscient que son peuple avait l'ouïe assez fine pour entendre. Allez, au trot.

Il jeta un coup d'œil aux tourtereaux qui s'embrassaient à pleine bouche au bout de la salle. Les voir ainsi enlacés lui fit éprouver des sentiments contradictoires. Heureux de les savoir épanouis, le chef des Hybrides ressentait en parallèle un pincement au cœur : connaîtrait-il un jour pareille félicité ?

Une main lui toucha l'épaule. Il s'arracha à la contemplation du couple et croisa le regard de Tigre.

— Tout le monde s'en va, murmura Tigre. Je donne l'ordre à un de nos gars de veiller à ce que personne ne vienne les déranger. Slade s'occupe de raccompagner le pasteur. (Il ménagea une pause.) Ces deux-là sont tellement à ce qu'ils font que la salle pourrait prendre feu sans qu'ils s'en aperçoivent.

Justice accorda un dernier coup d'œil au couple et sourit jusqu'aux oreilles.

— Allons-y.

Sitôt dans le couloir, il referma la porte à double battant.

— J'aimerais bien vivre ça un jour, avoua-t-il.

Tigre s'immobilisa, pencha la tête de côté et resta un long moment à dévisager Justice.

— Si ça me tombait dessus, je vivrais dans la trouille de tout perdre.

Justice hocha la tête.

— Nous sommes libres. Tout nous est permis, désormais, à condition qu'on le veuille vraiment.

— Ils sont à poil et font l'amour sur une table ? s'enquit Slade en les rejoignant.

— Probablement, rétorqua Tigre, hilare. L'ami Justice devient sentimental : il veut une nana rien qu'à lui. Pas moi. Je vis très bien sans. Et toi, mec ?

Slade visualisa Trisha et son beau sourire.

— Bonne question. Qui peut dire ce que l'avenir nous réserve ?

Si vous avez aimé ce livre,
découvrez également aux éditions

Milady

Achevé d'imprimer en mars 2022
Par CPI Brodard & Taupin à La Flèche
N° d'impression : 3047637
Dépôt légal : mai 2018
Imprimé en France
81122800-6